猫儿山日落　黄珊虎/摄

猫儿山八角田湿地漓江源　蒋得斌/摄

南方铁杉　蒋俊/摄

猫儿山上的白颈长尾雉，国家一级保护野生动物　猫儿山管理处 / 供图

猫儿山上的黑熊，国家二级保护野生动物　猫儿山管理处 / 供图

金额雀鹛，国家一级保护野生动物　博云 / 摄

棉凫嬉戏于蓖草花中　唐斌 / 摄

中华大草莺 唐斌/摄

龙潭江瀑布　王兴洪 / 摄

灵渠古韵　李耀光/摄

大溶江、灵渠、漓江交汇处

灵渠边五架车村傍晚

兴坪渔村古民居　李来发/摄

幽洞星河　吴勇/摄

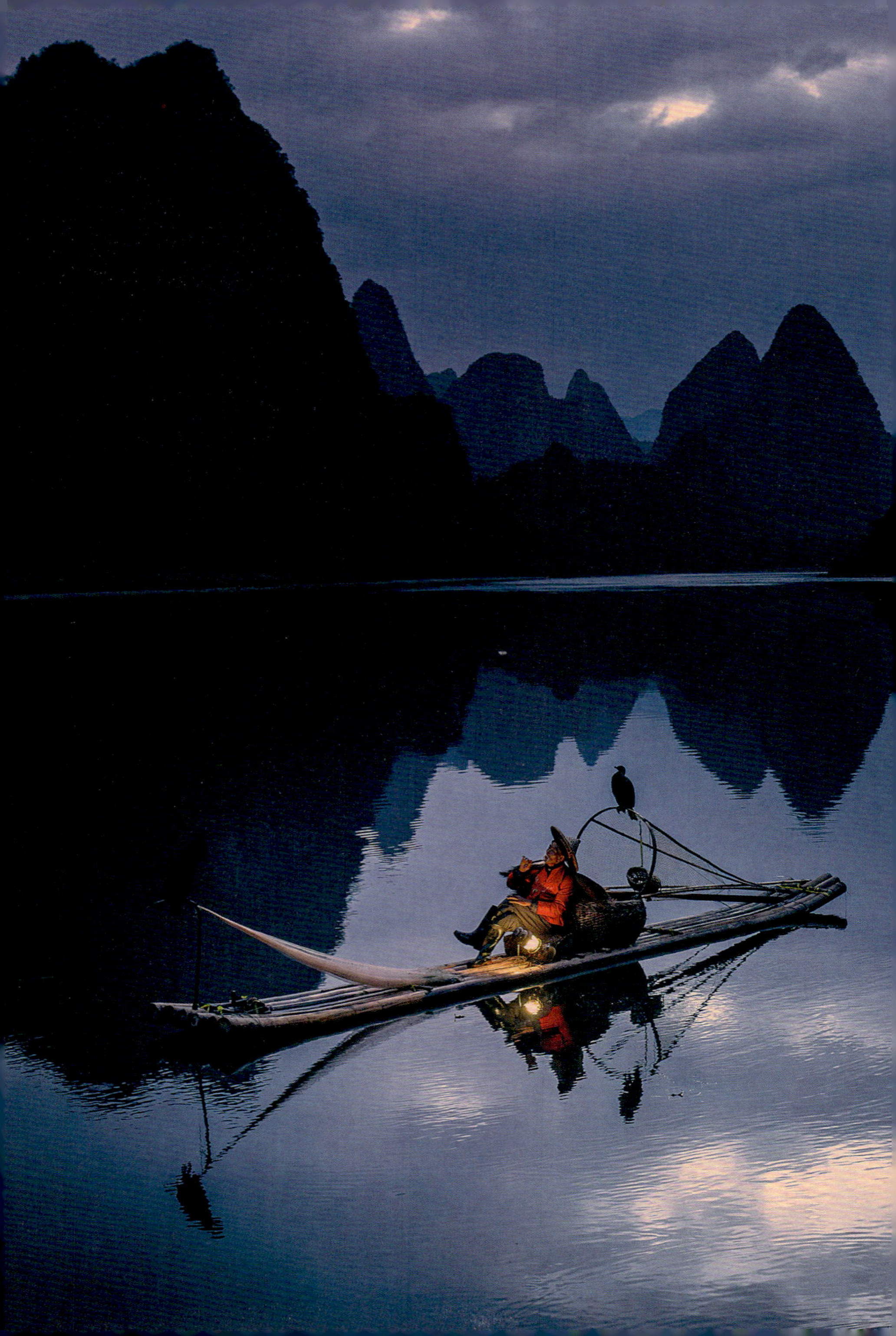

漓江渔火　黄珊虎/摄

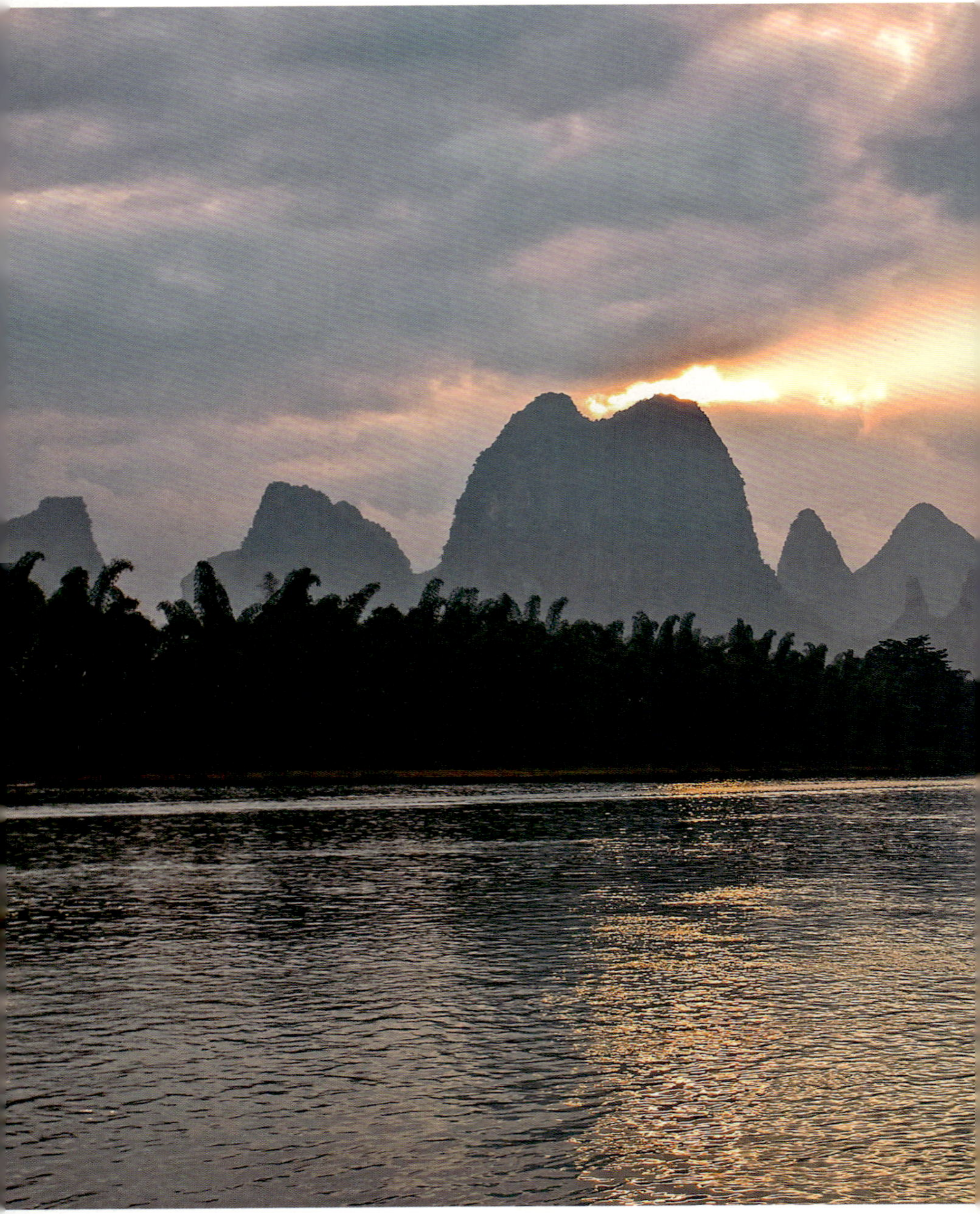

黄布倒影　阳旰初 / 摄

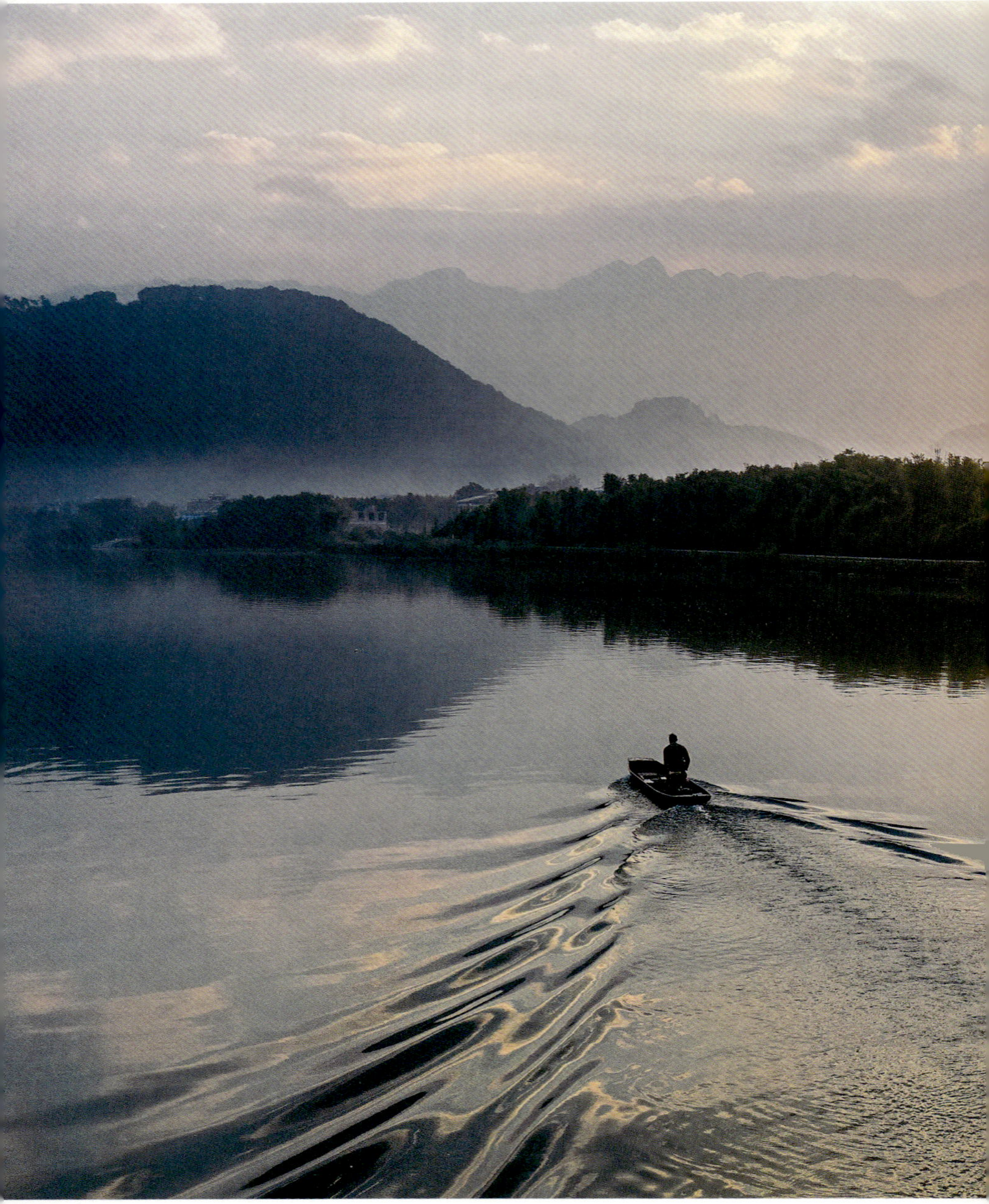

桂江之晓　黄俊霖/摄

船上人家　落霞/摄

桂江船民　黄金华/摄

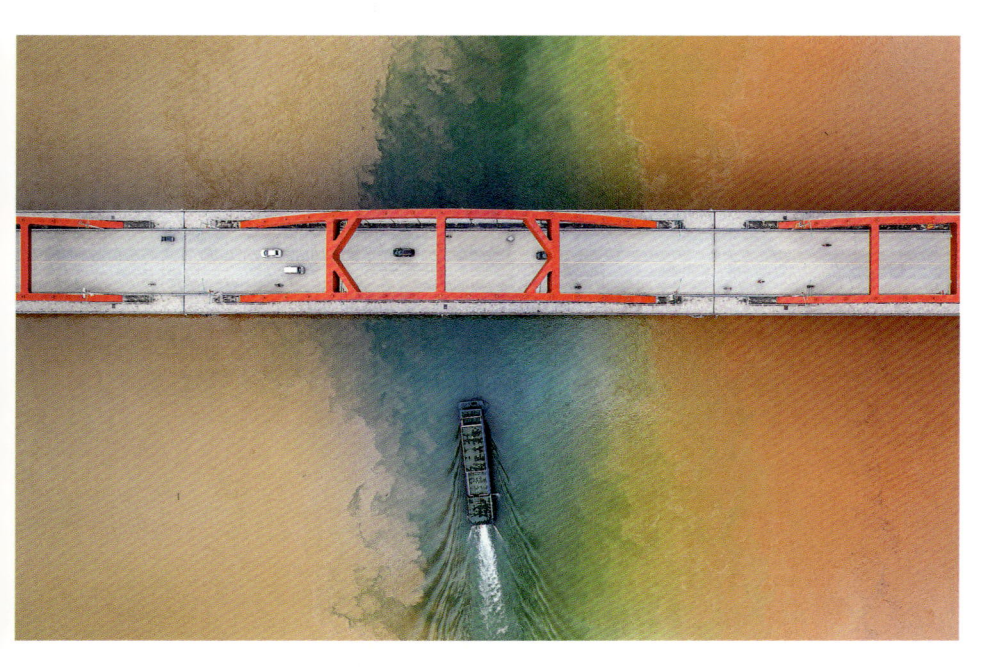

三江（左为茶江，中为漓江，右为荔江）汇流为桂江　黄俊霖/摄

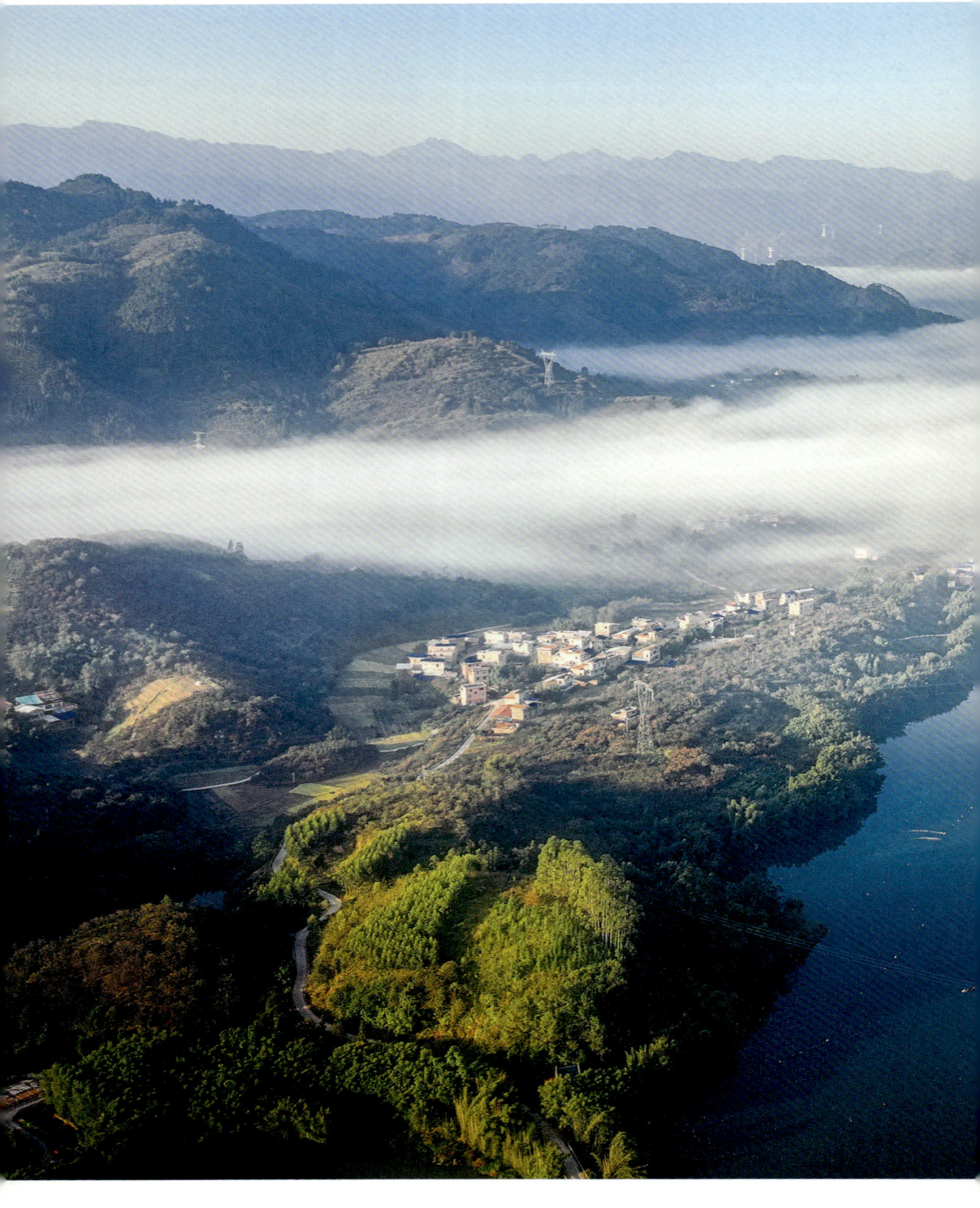

桂江晴岚　黄俊霖/摄

2023年桂林艺术节·戏剧大巴车,游客们在大巴车上体验山水间流动的艺术之旅
桂林市委宣传部 / 供图

2023年桂林艺术节象山公园户外剧场特色非遗演出　桂林市委宣传部 / 供图

江如练

任林举 著

广西师范大学出版社

·桂林·

江如练
JIANG RU LIAN

总 策 划：汤文辉　张俊显
出版统筹：罗财勇
编辑总监：余慧敏
责任编辑：梁文春
责任校对：朱筱婷　冉　娜
责任技编：余吐艳
营销统筹：秦　念
营销编辑：薛梅花　昀　方俪颖
装帧设计：@吾然设计工作室

图书在版编目（CIP）数据

江如练 / 任林举著. -- 桂林：广西师范大学出版社，2024.3
ISBN 978-7-5598-6712-4

I. ①江… II. ①任… III. ①报告文学－中国－当代 IV. ①I25

中国国家版本馆 CIP 数据核字（2023）第 239607 号

广西师范大学出版社出版发行

（广西桂林市五里店路 9 号　邮政编码：541004）
　网址：http://www.bbtpress.com
出版人：黄轩庄
全国新华书店经销
广西广大印务有限责任公司印刷
（桂林市临桂区秧塘工业园西城大道北侧广西师范大学出版社集团有限公司创意产业园内　邮政编码：541199）
开本：880 mm × 1 240 mm　1/32
印张：13.875　　插页：12　　字数：260 千
2024 年 3 月第 1 版　2024 年 3 月第 1 次印刷
定价：58.00 元

如发现印装质量问题，影响阅读，请与出版社发行部门联系调换。

目 录

第一部 江源序曲

一
天降"招摇"
3

二
心心念念
12

三
生机乍现
34

第二部 灵渠之灵

一
千载灵渠
55

二
水利的真义
64

三
转化之功
79

四
终极答案
97

第三部 山重水复

一 秀甲天下 115

二 命差运使 138

三 兼容之策 161

四 义在人本 179

第四部 各行其道

一 飞羽之踪 221

二 隐而非隐 240

三 一往而深 267

四 慧眼妙观 292

第五部 漓水船家

一 漓江渔火 313

二 时代的转弯处 323

三 转身即岸 350

第六部 河背之表

一 澄江如练 383

二 水墨情怀 389

三 古樟奇缘 400

四 心怀手握 411

五 消失与留存 422

尾声 434

江源序曲

第一部

一

天降"招摇"

如果，你仅仅是一个登山爱好者，以手，以脚，或手脚并用，抵达猫儿山的顶峰，猫儿山不过是一块直抵青空、突兀的石头。

如果，你是一个普通的旅游者，以眼，以耳，以灵动的五感，认真"游"了猫儿山，猫儿山不过是一处妙趣横生的风景。

如果，你以一个不确定的身份，站在更高更远的地方，以心怀，以性灵，去理解，去感悟猫儿山，猫儿山则是一个神话。

从大溶江、灵渠、漓江的交汇处到深藏于原始森林之下的八角田湿地，其间有很多条陆路和水道相连，但每一条都不是全貌，而只是一条条隐约的线索。我们只知道其间的一切都与猫儿山和漓江有关，却不知道其关联的深度和广度，更不知道是谁，为什么以如此方式设计了这一切，造就了这一切。

一切要从哪里说起呢？就从漓江正式获得命名的地方开始吧！对，就是人们惯常所说的"三江口"。三条各有来历的水脉，虽身世不同，走向各异，却偏偏穿越时空聚于一处，想必是总有一些使命在肩吧？或为了一段经历的结束，或为了一种境界的开始，总应该"为了"点什么。但在这个傍晚，它们看起来更像是无所用心，漫无目的，似乎不想寻找新的方向，也无意继续奔腾流淌，仅仅是安于团聚与休恬。

江面开阔而平展。开阔，不但给它们自己留下了足够的回旋余地，也给人们的视线留下了驰骋的空间，只是没有泛起人们想象的汹涌波涛，哪怕是小小的浪花和微微的涟漪。平展，如光滑的镜面，清晰映照出三江六岸的树木和胭脂色晚霞的倒影，让人一时分不清哪里是天上，哪里是地下。

树木静默，如岸边静默的石头，枝叶不摇，倒影不动。有竹筏，系于树干之上，像一只安静的骆驼，仿佛历尽艰辛，疲倦得再也不想动身，也仿佛蓄势待发随时准备启航，载着客人漂向远方。

傍晚的"三江口"竟然是那么静，那么美。静美如天堂花园的秘密入口，让人按捺不住内心的阵阵冲动，想解下岸边的竹筏，随意选择一个方向，一篙篙划去，消失在暮霭深处。

那就选择大溶江吧！江口以远，似乎有神秘的召唤隐约传来。过大溶，入六垌，而后是龙潭……不知从什么时候开始，江水渐渐地发出了声音，及至龙潭江主流，流水的声势渐大，以至于轰鸣。

惊愕中举目遥望，仿佛走错了维度。铺陈在眼前的事物，看起来并非山体，也非河床，更不似平常的流水和瀑布。那是谁，在往昔的岁月间劈开一道缝隙，让那些透明的想法和心愿破口而出，一泻千里，滔滔不绝。

其实，叫河流也好，叫瀑布也好，叫潭渊也好，都不过是很久以后的事情，是后来的人类一厢情愿的命名。放眼远山，这悠长跌宕的水脉，已远远超出了人们平素的想象和认知。晶莹如玉的"果冻水"、巨大如屋的鹅卵石、翠如锦屏的竹林岸、震耳欲聋的"潜龙过潭"、一跃而下的天梯瀑布……一帧帧奇特的图画或景象，以其强烈的视听感召，不由分说，将人们的思绪引向虚幻之境。莫非，造物者暗运心机，已将某些自然的真谛编排到这曲折而绵长的叙事之中？

这一江跳跃的流水，从两千多米的高处一个台阶一个台阶地跌落下来，断而又续，续而又断，不知死了多少次，又重生了多少回。上百幅幅面迥异的瀑布，上百个大小不同的潭渊，上百个长短不一的段落，如诉，如歌，依着抑扬顿挫的节奏，一节节、一阕阕，跌宕起伏地陈述下来，是一道道难解的谜题，也是一段段华美的乐章。

　　陡峭的石崖为其间的水流提供着必要的约束和边界，错落有致的草木则为其提供了外围的呼应、映衬和点缀。石床如管，流水如风，如流动的声母，不断地与那些韵母般大大小小的石头摩擦、碰撞，协奏出美妙动听的天籁。平缓时，如慢条斯理的道白；湍急处，如激情飞扬的抒发；潭渊间，如低回的沉吟或短暂的停顿，再出发，依旧如娓娓道来的另一程倾诉。

　　有细小的山泉从两岸的树丛间浸漫过来，如涣散为水的珠帘，也如一颗颗光的音符，亮晶晶，飞下石崖，溅到卵石或江水之中，同变奏的龙潭江共同奏响一曲清凉的和弦。

　　一路循声而上，龙潭江最华美、最雄浑的乐段以瀑落深潭的方式，在江水跃下山体断崖的瞬间完成了前世今生的涅槃。水入深潭之后，龙潭江不再是龙潭江，而是大龙潭。

　　大龙潭瀑布雄伟，潭深水盛，飞沫不掩澄澈，喧响不夺深沉，动而不失其静，以一种无可复制的存在方式和特质，被确认为龙潭江之心。当江水以潜龙过滩的方式，穿越河道间的巨石，再上路，龙潭江并不更名换姓，仍叫龙潭江，但此龙潭江已非彼龙潭江，那是龙潭江的来世。

　　清道光《兴安县志》记载："龙潭江在县西一百里，乌岭界下，四面皆石，石壁突开一巨潭，潭面生成石涧,潭口生成石门,水深不可测。涧水下潭,声如雷吼,三数里闻其声。相传,其下有龙隐,故祈雨辄应。"

大龙潭究竟有多深?据当地人估算,至少有60米深。至今,关于潭的深度仍无定论。也有民间传说,此潭通于地下暗河,所以深不可测。

大龙潭边缘,聚集了很多观瀑和纳凉的人,欢声笑语,打闹嬉戏,却很少有人能静下来用心去倾听、解读龙潭江的流水之音。人们无意,当然也不必猜测龙来何处,龙隐何方。毕竟,流水的走向、清浊和流淌方式,远在现实之外,都是山需要思考的一些问题。

站在石崖下看大龙潭瀑布,仿佛是一段无根无源的天上之水。近处的喧嚣阻挡了远处的声音,瀑布顶端的石崖和树木遮住了远眺的视线,让我们无法继续探寻龙潭江的来路和大山隐秘的发心、起念。但有一点确定无疑,那就是翻越瀑布流下的垭口,一切都离天空和白云更近了。

此时,我们已身在"五岭绝首"猫儿山中。所谓"五岭"一般指分布于湘赣桂粤交界处的越城岭、都庞岭、萌渚岭、骑田岭和大庾岭,即所谓的华南地区。《山海经·南山经》记曰:"招摇之山,临于西海之上,多桂,多金玉。有草焉,其状如韭而青华,其名曰祝余,食之不饥。有木焉,其状如穀而黑理,其华四照,其名曰迷榖,佩之不迷。"

1983年12月,中国第一次全国性《山海经》学术研讨会在四川省成都市召开，四川省社会科学院历史研究所在研讨会上发表了学术研究成果《试论招摇山的地理位置》，论证猫儿山就是《山海经》所记的鹊山第一山——招摇山。遗憾的是，在那次全国性《山海经》学术研讨会上，专家们并没有考证出那种叫作"迷榖"的树是否存在，生长于哪里。

如果，那种"其华四照""佩之不迷"的神树依然生长在猫儿山中，我们是否就可以采折一朵"迷榖"花插在头上，在山中自由行走。如此一来，不管我们走到哪里，都不会在古木参天的原始森林里找不到归来的路，也不会在纵横交错的山溪之间混淆了哪一条连着漓江，哪一条又注入了浔江（古宜河，又称寻江）。可是，我们遍寻整个山系，即便在生物多样性最丰富、最立体的八角田湿地，也不能在铁杉、红豆杉、杜鹃、观光木、钟萼木、爬满青苔的藤以及无名杂树混交的植物王国里找到那种照亮人心的树。

当猫儿山的高度上升至1800米时，山体的坡度骤然平缓下来，平均坡度在20度左右。这时，便有山间湿地和盆地出现。仿佛一切变奏都来自山体的变奏。至此，众水沉默，草木无声，只有风扯着雾在森林里"悄"着脚儿走，只有密密匝匝的鸟鸣如闪着银光的针，在雾里穿来穿去，缝补着山的秘密。

这就是孕育了大美漓江的八角田湿地。八座差不多等高的山中小山，如八个忠诚的卫士，牢牢地护卫着一个面积为240公顷的低洼盆地。盆地里林深草密，苔藓、矮林间溪水纵横，水塘密布，泥沼、泥炭土松软深厚，很大一部分湿地虽然并没有地表明水，但只要脚踏上去，立即会有丰盈的水从松软的腐叶和泥土间涌出来。原来，在这片郁郁葱葱的森林下边藏着一个隐形的湖泊。

正当我们准备离开八角田，转头走向更高处时，突然有神秘之手在空中一抖，海潮般的大雾便弥漫了整个山区。山脊失去了轮廓，沟壑被浓雾填平，粗大的树木在视野中模糊成一道淡淡的影子。

乾坤倒旋，世界仿佛瞬间重归混沌。站在无边无际的蒙昧之中猜想山的来由、水的去处以及世界本来的样貌与某些事物的真相，对于一个平凡人来说，简直是一道无解的谜题，但此时却成为一个"不得不"做的选择。莫非有谁故意躲在暗处设计了这样的课程？

这样的时刻、这样的设计，山的路与人的路已经密切相关，山的事情已真正成为人的事情。也许只有这样的时刻人类才会从随波逐流的状态进入独立思考、主动选择和积极行动。

那天，浓密的雾与漆黑的夜在猫儿山顺利完成了无缝衔接。换句话说，笼罩了整个山系的浓雾，在黄昏时分摇身一变，就变成了漆黑的夜晚。月不露面，星不眨眼，苦思冥想却寻不到出口的人们和猫儿山一同，沉浸于无边无际的黑暗。而这浩瀚如深渊般的黑，则如一种最不透明的思想，考验、试炼着在黑暗中摸索和思考的每一个人。

这场看似没有尽头的考验，却在第二天凌晨4点突然结束。有人掀开窗帘看到了窗外的新月如钩和点点星光。这是谜底揭晓的时刻，也是考分公布的时刻。但这时节，已经很少有人记得并持续关注昨夜雾里的事情，当然也不会去刻意寻找什么所谓的答案。难得一见的猫儿山日出即将在一个多小时之后出现，人们开始踩着月光走在去往猫儿山顶峰的路上。

天将破晓。日未出，先有粉红的色彩如花，借着云朵的接应，渲染出来。云也稀奇，并不是一大片，只是精致的几小片，不浓不淡，不疏不密，组合到一处，好似一幅抽象的绘画，恰好对应日出的位置。从人们引颈对着日出方向整齐划一的翘望，便足以猜测到人们焦急的心情，但越是焦急等待，太阳越是迟迟不出。

那一团矜持的火焰，在以傲视万物的节奏缓缓上升，先是从云的下方一点点将血色注入云朵，待到云彩最下边的部分由殷红而明黄，又由明黄而浅黄时，才让顶端的云显现出诗意的线条和轮廓。并非实体的云，竟在素淡的天幕上幻化出精美的实像：如细致排列的羽毛，如一只张开的翅膀。这让人不由得联想到振翅飞翔。然而，太阳终究是太阳，它无时无刻不在携万物共同飞翔，它并不需要翅膀，更不需要振翅。

当太阳跃升至云朵之上，人们才看清，此时的猫儿山云雾并没有完全散去。所谓的散，也只限于山峰之上，半山以下的云雾依然蛰伏于山谷和林莽之间，久久未去，并在阳光的照耀下暴露出来。突然有一拨白云从对面的山腰掩杀过来，如洁白的羊群，如卷起浪花的滔滔江水，不由得让人再次紧张起来。莫非这一拨白云打过头阵之后，紧接着又会有更大规模的云雾蜂拥而上，把已经露出容颜的猫儿山再次掩埋在无边的云雾之中？

片刻之后，趋势方明，天空和山野已变得更加澄澈、干净，所有的云雾正在按照某种规则有序撤退，渐行渐远，渐渐消逝。一个小时之后，云雾散尽，乾坤朗朗，明亮的阳光照耀着猫儿山的每一片树叶、每一块石头、每一座山岭，万物仿佛都变得透明，纷纷呈现出清晰的筋脉。

站在山巅远望，人间烟火、世间万象尽收眼底矣！众水缤纷，从林间，从湿地，从石头的缝隙，从或狭窄或宽阔的河床出发，如血液流过网状的血管，各从其流，一部分被归纳命名为资江，一部分被归纳命名为浔江，另一部分则被汇总命名为漓江。

只因这一脉滋养生命的灵秀之水，便有树生发，有草滋长，有庄稼、果木和竹子，青青翠翠拔地而起，有山，长成了竹笋般峭拔挺立的峰林、峰丛。于是乎，也有了山水之间热火朝天的民生。

二

心心念念

　　王绍能醒来时正好是清晨4点55分，这时，离猫儿山的日出时间还有47分钟。这种特殊生物钟是多年的环境保护工作对他的馈赠，牢固地安装到他身体的某个部位，每到固定时间，必将准时把他闹醒。

　　自从猫儿山自然保护管理处从山上迁到桂林市里之后，王绍能改变了每天都起早到山里转一圈的习惯，由经常改为定期，但他还会因为各种原因不断地往山里跑。这是他的工作职责，同时也是他的情感倾向，他喜欢。按规定他可以每半个月到山上巡查一次，对管理处下辖的13个管理站进行检查、督导，但实际上他差不多每周都要跑一两趟。

　　除了正常的定期巡视或蹲点，很多随机或突发的事件都能让王绍能"说不着念不到"地到山上走一趟。山上有大型"观鸟护鸟"活动或其他公益活动他要到现场，有盗猎和盗伐案件他要到现场，分布在山区各处的管理站及工作人员有什么问题他要到现场，出现洪水、火险等自然灾害他更要到现场，甚至偶有游客在山上迷路他也要赶到现场参与救援。

前天，他刚刚去过毛竹山管理站，带领弟兄们进社区进行防火、环保宣传，昨天回来后管理处的领导又把他叫去"语重心长"地叮嘱一番："绍能啊，咱们管理处可全指望你们保护科扛大旗啦！去年桂林大旱四处起火我们猫儿山却平安无事，全仗你们的严防死守，作出了巨大贡献。今年眼看着雨季来临，山区仍然一场雨都没下，怕是又要出现极端气候，你们可不能掉以轻心啊！要发扬成绩，再接再厉，确保平安无事，等顺利渡过难关之后，我去自治区给你们请功。你知道吧？总书记叮嘱我们一定要呵护好桂林山水，你们肩上责任重大，使命神圣啊！"

领导说这话时，王绍能只是微微一笑，并没有说什么。本来山上的一应工作前几天都已经布置得稳稳当当，无须更多担忧。现在领导又把总书记的叮嘱说出来相激励，看来还是有些放心不下，是把事情的重要性提到最高级。其实，大可不必，总书记来桂林叮嘱了什么，自己肩上有多大的责任，每个人心里都记得清清楚楚，根本用不着反反复复地强调。但领导的用意王绍能还是能够领会和理解的。关键时期，只有一线工作人员都在现场，领导们心里才踏实、有底。正好王绍能也愿意待在山里，那里不但温差大、凉快、空气清新，还有很多自己关心以及愿意看到的事物。他二话没说，就决定依领导的意思回到山里再蹲上一阵子。

王绍能出门的时候，山上的雾已经彻底散去，虽然天色未明，但早有一钩弯月挂在山头。已经有一伙伙登顶看日出的人，向刻有"华南之巅"的顶峰方向陆续走去。然而，王绍能的目标并不是要去看日出，等到与两个同事会合之后，他带队掉头朝山下的方向走去。趁清早没有车辆和行人的搅扰，他要看望、感受一下自己为之奔波、守望的猫儿山的整体生态状况。

他要看看那些高大隽秀的铁杉树，看看红豆杉、长叶槭、乌干枥、红茶树。特别是那几十棵珍稀的红茶树，只有他和少数管护员知道它们长在哪里。如果运气好，还能在沿途看到藏酋猴、麂和一些珍稀漂亮的鸟。每至清晨，在下山的路上随处可见那些浅吟低唱的灰腹地莺和蓝短翅鸫，灌丛间穿行的小仙鹟，山顶的蓝鹀和戈氏岩鹀，不爱抛头露面的金头缝叶莺和小鳞胸鹪鹛以及性格羞涩行为诡异的眼纹噪鹛。

曾有一些专门过来拍鸟的发烧友，连续多次进山专程守候，也寻不到"猫儿山三金"（金额雀鹛、金胸雀鹛、金色鸦雀）的影子。特别是金额雀鹛，更难得一见，以至于有一些人在失望之余怀疑起这种鸟在猫儿山是否真实存在。但对王绍能和管护员们来说，遇到这些鸟是稀松平常的事。或许是这里的动物都很有灵气，知道这些人是专门保护它们的，所以就不怕、不躲、不藏。

王绍能从东北林业大学毕业后就分配到猫儿山工作，至今已整整24年了，24年来他从未离开过这里。20多年的工作经历，让他深深认识到猫儿山对整个桂林山水的重要性和意义。如果人生真的需要在心里放上一个神用以敬畏，那么素有"五岭绝首""华南之巅"称谓的猫儿山就是王绍能的神。

在王绍能的眼里，猫儿山处处事事都可敬可爱。论风景，它不说是天下一绝，也是独一无二。你看它森林植被如此苍翠繁茂，峰岩瀑泉如此神韵兼备，世界上哪一处山水能比它更为独特？难怪1990年陆定一在老山界题碑盛赞猫儿山具有"泰山之雄、华山之险、庐山之幽、峨眉之秀"。

不仅如此，猫儿山还是漓江、资江和浔江三大江的发源地，涵养着三大水系8725平方公里流域的生态，惠及当地的民生。发源于猫儿山的河流共有39条，其中19条各级支流都汇入了漓江。猫儿山生态的好坏，直接影响到漓江的水质和流域生态，保护好漓江的源头，其重要性不言而喻。

因为猫儿山生态状况对漓江流域广大地区的工农业生产和人们的生活及环境具有深远影响和重大意义，猫儿山自古就受到官民各方的重视和呵护。清嘉庆年间,楚匪尹洛川勾结兴安县差王成等人在猫儿山开窑烧炭,破坏漓江水源林。龚锡绅等20多位乡民自觉此事重大,联名提起控告,遂引起各级官府的重视,对此类事情进行了查禁,并于道光元年(1821)勒碑公示:"该处地保及附近居民等人知悉,嗣后猫儿山龙潭、中洞、界版江并三地梯子江、杉木江、江头江等处一带水源山场,永行封禁,不许开窑烧炭。如敢抗违,许即指名禀报拿究。"[1]

"以古为镜,可以知兴替。"猫儿山的生态受到了党和国家的高度重视。20世纪70年代国家正式成立猫儿山保护区,猫儿山生态保护有了专门的组织机构。2003年猫儿山成为国家级自然保护区,2011年猫儿山被纳入世界人与生物圈保护区网络。可以毫不夸张地说,在猫儿山工作了24年的王绍能已经成为猫儿山生态保护的见证者。经过多年坚持不懈的严格管护,猫儿山已成为名副其实的动植物王国和天然绿色水库。

进入新时代以来,特别是2021年习近平总书记考察漓江作出"桂林山水甲天下,天生丽质,绿水青山,是大自然赐予中华民族的一块宝地,一定要呵护好"的指示之后,猫儿山的生态保护工作更上了一层楼,人、财、物上的加大投入和智能化管控手段的应用,加大

---

1. 黄金玲、蒋得斌主编:《广西猫儿山自然保护区综合科学考察》,湖南科学技术出版社,2002年,第348页。

了管区内的管控力度，提高了管区内的管理水平，猫儿山自然生态系统的完整性和原真性得到了进一步保护、修复和提升。

近几年，有科研团队在猫儿山自然保护区考察时，不断发现新的动植物物种。动物有猫儿山小鲵、猫儿山林蛙、猫儿山掌突蟾、莫氏肥螈，植物有猫儿山大戟。更多新物种被发现，证明猫儿山生态正在得到快速改善，同时也进一步丰富了我国的生物图谱。

24年的倾力守护，王绍能早已与这里的山山水水结下了不解之缘。山中的一草一木和每一种生物，都是他的亲戚朋友，每提起一样，都能让他喜形于色，眉开眼笑。但有一样东西，一提起来，他却立即收敛了笑容，令他心有余悸。那就是潜行在草莽之间或蜷伏于树木枝叶之间的蛇类。

近些年由于猫儿山自然保护区的生态越来越好，猫儿山生物多样性指数大幅攀升。随着猫儿山鸟类和蛙类数量的激增，山林里的蛇类数量也大大增加。无毒的蛇类且不用说，在几个著名的毒蛇种类中，猫儿山就有金环蛇、银环蛇、竹叶青和粗壮的尖吻蛇（也称五步蛇）。几年前，曾有一名管护员在巡护途中被倒挂在树枝上的竹叶青咬中了拇指。因为管护员在巡护山林时，多数要走到很远的地方，远离人烟，救治条件极差，经过多方救治，虽然那名管护员最后保住了生命，但还是不得不把他的拇指截掉。

自然界的动植物固然重要，但相比之下，王绍能还是更加关心管理站的几十名管护员。什么东西能比人的生命更重要呢？虽然他是一个铁杆的生态保护主义者，但也不会忽视管护员的生命安危。更何况，他自己也是管护员出身，知道管护员的不易和艰难，知道他们每天的工作强度和所面临的各种考验。每当有管护员被山上的动物咬伤，巡护时摔伤了身体或遇到盗伐盗猎者的威胁、伤害，王绍能还是会感到很揪心。

　　在王绍能的心里，他从来没有把这些管护员当作下属，而是当作命运与共的兄弟。他像了解自己一样了解他们每一个人的状况，也像理解和体谅自己一样理解和体谅他们。

　　在大山里当一名管护员真是艰苦啊！这个行当看起来光荣、神圣，实际上存在着许多不为人知的难，概括起来，至少有工资待遇低、工作条件艰苦、工作强度高、生活单调寂寞等问题。特别是保护区建立初期，因山大、沟深、林密，几乎所有的管理站都远离村庄，几近与世隔绝。管护员们每月微薄的工资，根本没有能力置办自己的交通工具，别说小汽车，就是摩托车也不敢奢望。即便有了，也没有可以通行的道路。

　　管理站刚刚建立的时候，山上还没有通电，晚上要靠蜡烛照明，手机常常没有信号，无法与外界沟通。管护员回一趟家不仅要间隔半个多月，而且每趟都要步行七八个小时。因为管护员过着"野人"一样的生活,没有一个城镇户口的姑娘愿意嫁给他们。直到今日,40岁以上的管护员,包括王绍能在内,没有一个人娶到拥有城镇户口的媳妇。

近些年,随着国家和自治区、桂林市对漓江流域包括源头猫儿山自然保护区管理投入的力度加大,山上的工作条件已经得到了大幅改善,原来狭窄的简易工棚都变成了宽敞的固定房,劳累了一天的管护人员终于有了一个遮风挡雨、好好休息的地方。通信设施和防护装备也较从前有了提升。虽然管护员工资收入和工作强度依然没有改变,但因为生态环境好了,在家从事养殖业和种植业的家属们收入增加了,管护员的家庭收入也随之增加,再加上管理处的领导善于做他们的思想工作,管护队伍呈现出相对稳定的状态。但总体上说,干这行能够坚持下来的,多数靠境界和情怀支撑。

和以往一样,王绍能到管理站总是要给兄弟们带一些慰问品,东西虽不多,但能够表达一下对他们的关心和情义。当然,管护员们也都把他当作知心朋友,听说他要来,早早地把手头工作干完,候着他来和大家吃顿团圆饭,唠唠知心话。昨晚刚到山上,他就接到庵堂坪管理站王华生打来的电话:"快点来吧,王科,我们这里的白鹇都想你了,天天大清早排着队在这里等你呢!"

王绍能领会王华生的意思,这是他表达自己情感的一贯方式。这是一名老管护员,再有两年他就要正式退休、离开管护岗位了。在成为一名管护员之前，王华生就住在保护区附近的村庄，经常跟保护区的管护员打交道，目睹他们兢兢业业地守护漓江源头的水源涵养林和野生动植物，觉得非常有意义，心血来潮，就作出了进入保护区工作的决定。

2003年王华生加入了猫儿山的巡护队伍。从漕江管理站到八角田管理站，最后到庵堂坪管理站，王华生辗转变换了几个工作地点，从一名普通管护员干到了站长，从当初的青壮年到如今的两鬓斑白，人也在激情澎湃的奔波中老去了。因为临近退休，他虽已不再担任站长职务，但仍旧做一名普通的管护员。

王华生所在的管理站，位于猫儿山主峰半山腰，海拔1600米，这里常年云雾缭绕，湿气极重，遇到冬天大雪封山，连给养都是大问题，只能步行上下山，取雪水饮用，生活条件极其艰苦。这些年，不论工作遇到什么困难，面对何种条件，王华生都没有抱怨过一次。在同事眼里，他永远是那样乐观向上，是一个从来没有烦恼和情绪低落时刻的老大哥和主心骨，大事小事他都会走在前面。

每当王华生带领年轻管护员巡山护林或做环保宣传，从来都是仔细叮嘱，不放过任何细节。逢年过节，在庵堂坪辖区里的回龙寺香火鼎盛，春日里挖笋的游客也多，王华生不但会跟在游客后面耐心讲解安全用火注意事项，还到处巡逻，制止游客挖笋毁林。反正只要他认为有一点不安全的苗头，就会"喋喋不休"，"不依不饶"，不达到放心的程度，誓不罢休。去年，管委会推荐他参加中央广播电视总台《感动中国》栏目年度人物评选，凭着对这片山水的热爱，他一路人气满满，一直冲到了第九期。

5点40分左右，王绍能步行到了管理站附近。他远远就看到了一公两母三只漂亮的白鹇在管理站左侧的小池塘边埋头吃食。原来，为了饲养从湿地那边移过来的小鱼，管护员在池塘上安了一盏电灯，吸引了众多的飞虫来送食上门。有一些虫子直接成了鱼的食物，有一些剩下来，就吸引了白鹇每天早晨来吃早餐。

白鹇是这山里最美的精灵之一，洁白的羽毛、长长的尾翎、秀雅的姿态和步伐，常让人联想到飘飘仙子。当王绍能一行走近一点时，几只白鹇顿时警觉起来，抬起头愣怔片刻，即刻展开翅膀，朝着太阳升起的东方飞去。白鹇美丽的身影圣洁明亮，一下子就把山间草木和王绍能的心照亮了。

今天，王绍能隐约感觉王华生似乎有什么事情想对他说，所以安排完工作他特意问了王华生有什么事情。王华生似乎被王绍能的突然袭击搞得不知所措，信口回了一句"没事"。"真的没事儿吗？"王华生沉默片刻后，还是承认了自己有事。

什么事呢？原来王华生的老伴得了乳腺癌，确诊之后，老伴当即决定放弃治疗，因为两个人的收入不高，没有存款，只要去住院治疗就得举债。考虑到未来的负担，老伴执意不再去任何地方住院或治疗。王华生说到老伴时，眼睛里噙满了泪水，他是自愧这辈子没有好好照顾家和老伴，临了还要让她带着病痛走到生命尽头。

王华生流泪的时候，王绍能也流了泪，他深深理解和同情这些弟兄的生活状况，于是一边流泪一边对王华生说："从今天开始，你暂时放下手头工作，全力陪嫂子看病，你的巡护任务由弟兄们轮流替代。至于费用，我来想办法，你要知道，你后边还有管理处，还有这么多弟兄……"

大约9点钟，司机开车赶到庵堂坪管理站来接王绍能。中午前他要赶到茨坪管理站，重点安排近期的森林防火工作。走到对游人开放的那片原始森林入口处，他让司机停下车，他要去八角田湿地漓江源一带看看。那里有一个隐秘的水塘，他要去看看猫儿山小鲵幼体的成长情况，顺便研究一下猫儿山小鲵的成体究竟躲在哪里安享它们的夏日时光。

2003年2月，王绍能在八角田森林湿地水塘中发现了猫儿山小鲵，凭直觉，他认为这是一种以前从来没有见过的物种。他向保护区报告后，研究人员在原始森林里采得这种物种成体8条和卵袋3对，并把标本送到了广西大学动物科学技术学院周放教授手中。

2005年11月，周放教授及保护区科研人员，在保护区海拔近2000米的3个冷水坑里，捕捉到多条"四脚怪鱼"和多对卵袋。经认真考察研究,科研人员初步确定这种"四脚怪鱼"是中国两栖纲有尾目小鲵科小鲵属的一个新种,并将其命名为"猫儿山小鲵"。

2021年2月,新调整的《国家重点保护野生动物名录》正式发布,把猫儿山小鲵作为猫儿山自然保护区的特有品种,列入国家重点一级保护野生动物名录。猫儿山小鲵是一种珍稀动物,除了产卵期能在有限的几个高山冷水塘里见到它们的身影,平时没有人能监测到它们究竟藏身何处。

和往日一样,这次王绍能仍无所获,但对他来说无所谓,只要那些精灵在,早晚会发现它们的行踪,他不急,他相信时间。现在,即使到那里简单转一转,确切地说,是空走一趟,心里也觉得甜丝丝的。

车过毛竹山管理站附近,王绍能给该站站长刘崇华打了一个电话。因为前两天王绍能刚从这里离开,近期重点防火工作和针对季节性资源保护的一系列措施已经落实完毕,王绍能就不打算在这里多停留了。况且,在事前没有打招呼的情况下,站里的所有人都将进山巡查,这会儿,他们说不定都在十几公里之外的深山里,挥汗如雨地爬山呢。

由于管护工作的单调、艰苦,现在很多年轻人宁可选择去城里当快递员或打其他的零工,也不愿意选择在大山里摸爬滚打。这些年,前来应聘管护员的年轻人零零星星地来又陆陆续续地走,基本没有留下几个。在岗的管护员大多是45岁以上的"老家伙"。年纪大，资历也老，像刘崇华这样的80后，实属屈指可数。因此，管理处和保护科不约而同地把这个年轻人当成一个典范，重点扶持，精心培养，以期能够成为年轻人的榜样。

管理处的干部在开会之余总喜欢谈谈最为关键的管护队伍，每谈及此事，大家都忍不住对刘崇华等几个表现突出的年轻人赞扬一番，同时也会谈谈美好愿望或者梦想，希望当下的年轻人都能被刘崇华这样有情怀、有使命感的典范感召。这样一来，生态保护工作不就后继有人了嘛！当然，有事没事，王绍能也愿意跟刘崇华聊一聊，问问他近期的情况，也顺便叮嘱他几句。

说起这刘崇华也是真争气，自从20岁来保护区干管护工作，18年下来，在领导的关怀和老管护员的带领影响下，从犹豫到坚定，从淡漠到热爱，从热爱到担当，几乎走出了一条完美的成长路线。刘崇华18年的坚守，百炼成钢，当年那个黝黑壮实的毛头小伙，如今依然黝黑壮实，但经过了岁月雕刻的脸上已经写满了沉稳与坚毅。当他站在你的面前，有条不紊地谈论他的工作以及对自己工作的理解和态度时，你就知道他是在用另一种方式告诉你，他对自己此生的选择无怨无悔。

除了积极向上、懂事、能干，王绍能最欣赏刘崇华的还是他的勇敢和担当："这是我们保护区里难得的一员虎将啊！"王绍能会随口说出他对刘崇华的评价。一个干保护工作的人，不但要腿勤、眼尖、心灵，能够捕捉到不法分子的行踪，抓得准，还要管得严，不姑息，不畏惧，不手软。早在漕江管理站当普通管护员时，刘崇华就表现得十分突出。王绍能至今还清晰记得几年前的一个案件。

在一次巡护中，刘崇华发现三名盗猎分子在保护区里面捕捉飞鼠，而且他们每个人都带着自制的土枪。按常规处理办法，管护员要考虑人身安全，不直接和盗猎分子接触，而是把情况报告给森林公安或采取其他妥善处理措施。当时的刘崇华血气方刚，哪考虑那么多，只要一犹豫，几个违法分子就会逃之夭夭。于是他立即冲上去"收赃""扣人"，哪怕几个人拿着土枪在他面前晃来晃去，并扬言不放过他，定要事后"报仇雪恨"。狭路相逢勇者胜，更何况管护员有职责、使命在身，最后几个人还是被刘崇华的勇气震慑，乖乖投降。

一直以来，刘崇华在工作中遇到任何破坏森林资源的行为，都坚持"敢于阻止，敢于亮剑，绝不留情"的原则，先后参与处理了"易某海砍伐毛竹案""张某贵盗伐小杂竹案""张某壹非法进入保护区捕猎野生动物案""李某、唐某竹、唐某连和孙某文非法进入保护区砍杂竹、狩猎案""胡某保、胡某德和胡某祥非法砍伐小杂竹案"等案件。在制止非法人员进入保护区砍伐和捕猎野生动物时，刘崇华几次被打伤，被威胁，但是他毫不惧怕，敢于出面阻止，体现了猫儿山自然保护区管护队伍保护环境和野生动植物的决心和勇气，起到了很好的警示和震慑作用，维护了保护工作的神圣和威严。为此，刘崇华获得了很多荣誉，曾10次荣获猫儿山自然保护区优秀管护员称号，3次荣获优秀站长称号，1次荣获中国生物圈保护区网络绿色卫士奖。

在一个岔路口，王绍能让司机把车开进一条杂草丛生、只有两道隐约车辙的山间沙石路。路很难走，除了颠簸摇晃，还有树枝划过车体的尖锐刺耳之声。20多分钟后，车停在了一个叫百合冲的沟口。

今年这个季节，虽然雨季已经到来，但山上的雨水并不是很丰沛。动物们总能够排除一切外部干扰，严格按照节令行事。山蛙开始变得异常活跃，鸣叫、跳跃，相互追逐，有时甚至一改胆小的习性，不太避让行人和其他动物。有经验的山民都知道，这正是进山捕捉山蛙的好时节。当然，这也是猫儿山自然保护区管护员们最操心的季节。

山上的动物看似散漫自由、无拘无束，实际上都遵循着严格的活动规律，在比较固定的范围活动。百合冲这地方就是山蛙的一个活动场，每年到了这个季节，总有个别山民觊觎着这里，等着钻管护员的空子。看护得严了，他们就打消捕蛙的念头；看护得松了，他们就会生出非分之想，伺机行动。

2021年，这里曾经发生一起盗捕山蛙的案件。

那是一个夜晚，接到附近居民反映有可疑人员进山的报告之后，管护员们立即带着手电和必要的装备第一时间赶到现场。多年与盗猎分子打交道，管护员们都有丰富的经验。到达现场后，他们首先对地上的足迹进行分析，研判作案人数和行走方向，然后对周围环境展开搜索，寻找嫌疑人的交通工具。经过十多分钟的搜寻，找到一辆可疑摩托车隐藏在村路草丛中，小溪干石上隐约留下嫌疑人未干的足迹。如此诡异的行踪和行为，已经表明了这几个人的企图。

由于夜路难行，需要追踪的区域太大，几个管护员分散开又太危险，结队搜索效率又低，且容易暴露目标，于是大家决定采用伏守的方法：在盗猎分子的摩托车附近隐蔽下来，等他们作案结束返回时，连赃带人一起抓获。恰在这时，管理处的督查组也闻讯赶来，他们才放弃了伏守的方法，撤得稍远一些，兵分两路堵住路的两端即可。

当时，天气异常闷热，夜里又下起了雨。大家只好都挤进督查组的车里避雨。人多空间小，那个滋味就像是在蒸一锅馒头。时至午夜，睡意一次次袭来，大家强打精神，全神贯注盯着摩托车所在的方向，谁也不敢懈怠。

直到凌晨3点，才见到远处一束光亮划破天空。要等的人终于出现了，大家立即做好了准备。两分钟后，一辆满载山货的摩托车疾驶而来，"干什么的！停下车来！"在手电强光的照射和管护员们的围堵下，盗猎嫌疑人束手就擒。经过清点，查获不法分子作案工具，清点归类二级保护动物山蛙112只，并移交森林公安依法处理。

王绍能七拐八拐到了两水管理站时，已经是下午一点多钟。站长侯勇生和几名管护员都已经完成了当天的巡护任务，一边用毛巾擦汗，一边焦急地等待王绍能的到来。这些山里的汉子趁大清早天气凉快就开始了管辖区段的巡查工作。大热天，边走边流汗，体能消耗巨大，他们早已饿得"前胸贴后背"。王绍能也知道他们饿了，便摆摆手带头在餐桌前坐了下来。还没等寒暄几句，就迫不及待地问他们，最近有什么新情况没有。

管护员王和羽口快，边嚼饭边说："我们这里又有熊来过了。"

前几天山边有一个居民反映，他养的羊前晚有一只不见回圈，去放羊的地方找，发现羊已经死了。但可怕的是旁边不远处还站着一只熊，于是他撒腿就跑了回来。王和羽问清楚情况后，立即向管理处做了汇报。因为事发地点是两水乡林场区域，不属于猫儿山自然保护区管辖的区域，又因为涉及赔偿的问题，管护员不便直接取证，只能让居民报告村委会、乡政府和林业主管部门，之后，再由管理站配合相关部门一起查看取证。

当天下午一点多钟，由两水乡政府、社水村村委会、两水乡派出所和猫儿山管理站组成的调查组前往事发现场查验。调查组成员徒步两公里后到达村民的羊场，在牧羊人的带领下，众人翻越几座小山丘，跨过一条小溪到了村民指认的第一现场。在这里，一些小灌木被压倒伏，其间夹杂着羊毛和血迹，明显是黑熊扑杀羊时留下的痕迹，但并不见羊的残骸。顺着牧羊人所指的方向，调查组成员沿着黑熊留下的痕迹一路追踪。追踪大约一公里后，在一处坡道平缓的地方，有大片灌木杂草被压倒，大家推测这是黑熊曾在这里用餐和休息所致。坡道下方发现有熊的粪便，粪便较硬，形状清晰，粪便中有明显的毛状物，应该是不能消化的羊毛。经验丰富的调查组成员从倒伏的草丛现场判断，那只熊可能刚刚离开不久。

为了不与熊发生正面冲突，请示领导后，调查组成员在安全地带燃放了爆竹。之后，继续顺着熊留下的足迹追踪。也许是受到爆竹声的惊吓，那只熊在六七百米处的箭竹丛中丢下羊骸跑了。被熊捕杀的羊是一头领头羊，脖子上还套着响铃，棕白色，两只角有十四五厘米长，外形还算完整，只是内脏已被掏空……

王和羽讲得绘声绘色，意犹未尽。王绍能只是微笑着听，并没有插话。就在王和羽说话的间隙，管护员李付全迫不及待地把话头插了进来，讲起了他自己的见闻："我前两天还遇到了很大一群藏酋猴，以前从来没有这么大的群……"

连续下了几天雨,终于迎来了久违的阳光。大清早李付全和黄明勇就从驻地出发去山上巡查。步行一个多小时之后,进入一片茂密的森林。林子很静,不时地传来几声清脆的鸟叫。

走在前边的黄明勇突然回头说了一句:"怎么有人说话的声音?"

"这深山老林的,怎么可能?"

两人带着疑惑聆听,远处是有一些似人非人的声音。声音若隐若现,两个人循声继续前行一段,更加确定不是人类的声音。根据以往的经验推测,应该是一群猴子。两人蹑手蹑脚继续靠近,走了二三十米,终于发现前面的一棵大树上有十几只藏酋猴正在进食。

这些年随着生态环境越来越好,在山里看到几只藏酋猴并不稀奇,但这么大的一个猴群,确实还是很少见。两人立即掏出手机开始拍照。由于距离太远,手机拍摄的效果不好,他们只好继续往前靠近。可是没走几步,机警的猴群里就传出了惊叫的声音,群猴开始在树上蹿跳,眨眼的工夫就不见了踪影……

队员们兴致勃勃讲林间趣事的时候,站长侯勇生知道这并不是王绍能最关心的工作重点,但既然王绍能在那里饶有兴致地听,他也就没有打断,毕竟,生物多样性也是生态保护工作的重要成果之一。轮到他说话时,他就直奔今天的重点主题,汇报了站里的防火情况,以及重要点位的监督、卡点的设置和宣传工作情况。

待侯勇生汇报完工作，几个人的中午饭也吃得差不多了。王绍能突然问了侯勇生一句："媳妇最近咋样？"同时调皮一笑。侯勇生也回以一笑，并不做语言上的回答。原来这句话已经成了王绍能打趣侯勇生的惯用语。王绍能人老实，迟于话语，幽默感差，想逗逗趣又不善于寻找新鲜话题，就只能拿侯勇生多年前的一段往事幽默一下。

多年前，也就是2007年，27岁的侯勇生来到了保护区，成为一名普通的管护员。刚来到猫儿山自然保护区时，侯勇生看到保护区周边放牧情况比较严重，森林植被遭到了破坏，就暗下决心，一定要做好自己的工作，改变这种状况。

然而，初出茅庐的他面临着重重困难，尤其是在茨坪管理站的时候，作为一个"本地人"，他要面对很多乡邻的"人情"和村民的白眼。当时的管理站离家很远，山路崎岖，骑摩托车都需要三个多小时，更何况那时连摩托车也买不起。他索性就少回家，白天巡护，晚上和休班时间硬"啃"与自然保护相关的法律法规和生态保护知识，学会了就去给村民们做讲解。他的经验是："跟村民们把法律法规讲得透了，把长远的发展利益讲明了，让村里的人实实在在地认同我们，认同环境保护是功在千秋的事情，这才能形成统一战线。"为了达到共建共管、和谐社区的目的，侯勇生挨家挨户找老乡谈心，贴标语，发环保资料，渐渐地，那些喜欢上山"创收"的不法人员少了，老乡们对保护区管护员的态度有了转变，从抱怨抵触到配合，乃至自觉保护环境，遇到受伤的野生动物也会打电话给他。

　　老乡的工作是做好了，可是家里的事情却没有摆平。第二个孩子出生后，侯勇生当上了管理站站长。家庭负担变得更重了，他却因为工作更忙，回家的次数更少了。有时侯勇生回家去亲近亲近孩子，还没等孩子记住爸爸的脸，他就跨出家门走了，只给家人和孩子留下一个迷彩服的背影。

　　就是告别的那一刻，深深印入孩子的脑海。孩子想爸爸呀，想那个一直穿着迷彩服的人。之后，孩子每每看到穿迷彩服的人，就扑上去叫爸爸。媳妇是一个情感细腻而敏感的人，见此情景，只能暗自伤神落泪。日久，实在无法忍受这情感上的折磨，一气之下便向侯勇生提出离婚，可是最终又舍不得，没办法，仍旧那么半是理解半是埋怨地过着清苦的日子。

　　说起来，那已经是往事了。近些年，侯勇生家里的情况好多了，孩子长大了，山下的经济也发展了，媳妇靠种绿色蔬菜和水果，每年收入六七万元，完全可以"养得起"这个只讲奉献不讲回报的丈夫了。一双儿女勤奋好学，成绩优异，小日子过得和美着呢！所以，当王绍能仍拿往事打趣时，他心里有底，知道往事已成佳话。

这些年，管理处也很注意生态保护意识的加强与宣传，在强调保护的同时也十分注重民生建设，通过科学引领让保护区周边的老百姓从生态保护中获得利益。管理处不仅与保护区周边社区的村民广泛签订村民小组看管委托书，共同管护森林植被，还手把手教他们如何吃好"生态饭"，抽出部分精力和财力扶持、引导、促进他们利用独特的生态优势发展特色经济。管理处的领导每年都要带队为保护区边缘的居民们送鱼，送蜜蜂，送相关的养殖技术，帮助他们发展旅游产业。

王绍能的这个下午，是平平常常的一个下午，也是十分忙碌的一个下午。他不仅要按事先安排好的行程去当地政府交流工作，还要去几个防火关键点位查看布设情况，同管护员们一起去散发宣传品，还要……还要做的事情很多。

傍晚时分，王绍能才赶回山上，他要弃车在山路上走一走。对他来说，在猫儿山的山路上走走是最佳的休闲和放松方式。路上，他遇到一个匆匆赶路的游客热情和他打招呼："老哥，抓紧往前走啊，今天天气好，可以赶上最漂亮的日落。"他笑而不语。他并没有兴致去看日落。日出日落，对猫儿山的守护者来说，简直稀松平常，只不过是浮光掠影，他们的风景在山下，在常人目光抵达不到的地方，就算他们闭上眼睛也能看到远处渐渐浮现的"金山银山"，那才是他们心中最美的风景。

三

生机乍现

（一）

龙潭江继续向前，与发源于猫儿山的另一条水脉乌龟江汇合，出山口，过集镇，复被命名为六峒江。

龙家兴的生态鱼馆就建在乌龟江与龙潭江交汇处，也就是六峒江的起始处。他给自己的"农家乐"起了一个冠冕堂皇的名字叫"漓源饭店"，意思是漓江源头的饭店或靠近漓江源头的饭店。本来饭店位于三江交汇处，把名字往哪条江上靠都可以，但他偏偏舍近求远挂靠到漓江上。显然，他是一个善动脑筋、有品牌意识的人，懂得借助漓江的名气为自己的生意制造声势。

问龙家兴饭店门前的那条江是什么江，他信口回答，是龙潭江。明明应该是六垌江嘛，为什么要说是龙潭江？见问话的人用疑问的目光看着自己，龙家兴才如梦方醒："对，是六垌江，其实差不多，叫龙潭江也行，叫漓江源也行，都对。"原来龙家兴有自己的小心思，因为姓龙，他便认为自己或自己的家族和龙潭江有命运上的深刻关联。至于是姓龙的人家选择了龙潭江，还是龙潭江选择了姓龙的人家，谁能说得清楚呢？这么玄奥深刻的问题，只有早已经不在人世的老祖宗知道。反正，龙家人世代没有离开过龙潭江，反正，龙潭江就是龙的藏身之处，养龙也利龙。

　　一般的游人来龙潭江走一遭，看看风景，纳纳凉，可以转身就走，可是龙家兴不一样，他哪里都不去，也不想去。从小到大，他就生在这里，长在这里，他还要靠这条江活命度日、养家糊口呢！在外人眼里，龙潭江也好，六垌江也罢，都不过是无关痛痒的旅游景点。它在，不过就多了一个去处；它不在，又有什么好稀罕，天下的旅游风景地那还不到处都是！但在龙家兴的眼里，门前的这条江就是他的命根子。

　　靠山吃山，靠水吃水，是世代山里人的生活法则。幸运的是，龙家兴所在的华江乡既靠山，又靠水，山上有苍翠粗壮的毛竹，水里有美味可口的鱼虾。除了鱼虾和毛竹，山上、水里还有很多有价值的自然资源。先民们过日子没有太多需求和太大野心，只求一个衣食不愁，繁衍生息。开山种地之余，上山砍些毛竹，

第一部　江源序曲

下水抓些鱼虾，或踩着季节的节奏采一些菌子，捉一些林蛙，挖一些药材，背着山货到城里的集市上一卖，换些必要的生活物资，小日子就能过得安稳、平实、有滋味。

那时的山像一个脾气和蔼的老爷爷，任调皮的孩子拔去几根胡须和眉毛，他依然态度友善、满脸堆笑。那时的水也像一个慈爱可亲的老奶奶，任贪婪的孩子不断地把手伸到她的口袋里掏，她总能想着法子满足孩子们的愿望，变出几块糖果给他们吃。自然山水的再生能力远超出人们的想象，只要人们不采取极端的手段，仅仅靠一些原始的方法创造一些必要的生存条件，攫取一点必要的生活物资，自然是承受得住的，也能够供养得起。山上的毛竹砍了再长，水里的鱼虾打过了又生，还有林蛙、药材、菌子，等等，只要你不赶尽杀绝，把它们的繁衍基础和生存条件破坏了，它们总能够很快或慢慢恢复到原来的水平。

后来，山上山下的人口增加了，村子由原来的几户变成了几十户甚至几百户，人口由原来的几十人变成了几百甚至几千人。随着社会生产力的发展和科技水平的提高，人们应对、改变、征服自然的能力大大提高。刀斧一旦变成了电锯和油锯，交通工具一旦由双腿变成了摩托车、汽车，锹、镐、镢头一旦变成了拖拉机，捕鱼工具一旦由划桨的木船变成燃油的动力船，普通的鱼钩、渔网、鱼鹰变成地笼、电鱼的电机和毒鱼的药，人与自然之间的关系便发生质的变化。开始时，人与自然之间很像亲人，很像母子或父子，有求有予，温馨、温和而平衡；后来就由"闹着玩"变成了"下死手"，人类因为嫌自然给予的不及时，不够多，不够好，就变了脸，变了心性，开始以另一种心态和行径对待自然，由索取变成了抢、夺、盗，变成了杀鸡取卵。后来，又由表层的低级索取演变为深层"挖掘"，把大型机器开进山里，采石、开矿；把河水拦住，断流，发电，以此攫取更大的利益。

估计造物主当初没有预料到人类的数量会增加得这么快，会膨胀得这么大；也没有预料到人类会变得越来越贪婪，越来越野心勃勃；更没有料到人类的许多高科技最后变成了对付同类和自然的手段。表面上看，很多都是为了人类提高自身的能力和发展水平，是为了建设、创造，但最后的结果证明，它们在客观上都被"解构"了。具体地说，就是同类之间的竞争、打压、控制、威慑和伤害，就是对自然的攫取的速度、深度和烈度。这一切，很显然已经远远超出了自然的承受能力。

于是，便有了后来的山体滑坡，有了突然而至的大洪水，有了大面积干旱，有了物种的一个个灭绝。有了"山穷"，山上再也看不到山蛙，再也采不到药材和菌子；也有了"水尽"，河道断流，鱼虾绝迹，连电鱼和毒鱼的人也把小船丢在岸边任其生锈、腐烂，不再打理。自然的颓败令人触目惊心，漓江沿岸的生态已受到严重破坏，该长的草不长了，该生的竹子和树不生了，常见的小动物也不知道去了哪里……

　　一说到龙潭江，龙家兴就忍不住回忆起他父亲和爷爷那个时代和自己的童年往事。特别是在回忆小时候自由自在在山上、江里玩耍时，他脸上散发出成人少见的天真、快乐和单纯的光芒。但是，好景不长，话头一转，就说到了情况很糟糕的前些年。

　　"后来那些年"，龙家兴一说到这里，刚刚美好的表情就立即消散了，由明亮、乐观变成了一副冷脸、愁容。这时，人们才发觉，他的脸因为天天在水边忙碌，无遮无挡地暴露在阳光之下和水的折射光波之中，显得很暗、很黑。表情一变，让他看上去仿佛转眼之间就老了好几岁。

　　大约就在21世纪初吧，平静的龙潭江不再平静。突然，就有到处游荡寻找机会的"资本"看上了龙潭江，并且看上龙潭江的人还不止一伙、两伙，而是大大小小的好多伙。"资本"们看上龙潭江的落差大，有可开发利用的水力资源，便通过各种渠道蜂拥而上，把龙潭江的河道截住，把水引走，安上水轮发电机组。清清的流水像被戴上了笼头的牛一样，乖乖地流过引水槽，流过轰隆隆旋转的机器，摇身一变就变成了源源不断的钞票。河水断流一段距离之后，又会回到下游河道，这相当于把一个人的血从胸部血管里引出，在体外利用了一段时间后,再输回腰部,血肯定已经被污染了,但理论上血量并没有丢失,只是胸部到腰部的肌体再也得不到血液的滋养。

水流到下游后,靠自身落差再次积攒了足够的能量。于是又被另一伙接踵而至的"资本"看上了,就又被拦江截流一次,利用一次。可怜的一条龙潭江,从上到下一共建了十多座小水电站。也就是说,一条江要被强行"手术"十多次,断流十多次,引流十多次,利用十多次。最后被遗弃到下游时,早已一脸病容,疲惫不堪,失去了原有的清澈、健康、活力和灵性。原本水流充沛的河道里,不但不再有鱼虾潜游和水鸟光顾,而且变得贫瘠丑陋,放眼望去白花花一片,裸露出大大小小的石头。河道的低洼处,从前是潭,现在只能叫水坑。喜爱戏水的人们,不知道这条江发生了怎样的变化,依然按照以往的兴趣和习惯来河道里戏水或看那些狰狞的石头。

龙家兴清楚地记得,那年,山中久旱,暑热难耐,有一伙人来江上戏水消暑。突然,咆哮的山水带着轰鸣,从上游冲了下来。原来,上游下起了暴雨,由于山体坡度大,山上的植被涵养能力下降,很容易形成山洪。山洪冲破了堤坝的约束,疯牛一样冲了下来,其中有几个人因为躲避不及,瞬间就被洪水冲走了。

即便是守着龙潭江过日子的龙家兴,自认为对这条江的脾气和规律熟悉得不能再熟悉,也不知道龙潭江为什么会一改往日的性情变得如此狂暴。他想了很久也没有想明白，龙潭江之所以会变成那个样子，究竟是自然有意对人进行惩罚，还是实在承受不了人们施加给它的巨大压力最后终于崩溃了。但他知道，人在自然面前是渺小的，不管自然表现出怎样的状态，到最后，人还是要顺应。

真是"屋漏偏遭连夜雨"，此时家里的毛竹又降价了。之前，一根成材的毛竹可以卖到22至23元，去掉3元多的雇工费，差不多还能赚到20元；现在一根毛竹只能卖到12至13元，而雇工费却涨到了8元多，算下来一根毛竹的毛利润还不足4元。这样微薄的收入如何能支撑一家人的温饱呢？对龙潭江怀着满腔热爱的龙家兴，最后也不得不放下执念，离开龙潭江，去城里打工度日。

龙家兴做梦也没有想到，就在几年之后，他的人生发生了逆转。习近平总书记提出"绿水青山就是金山银山"的理念之后，这一理念迅速在全国各地积极践行。在广西，从自治区到市县再到乡镇，领导干部们不仅仅深入学习解读这一理念，还深入调研，制定相关执行方案，确保每一个环节都能扎扎实实地贯彻落实。退耕还林，清理河道，管制排污，关闭矿山，美化环境……龙家兴从一浪高过一浪的治理中，发现这次绝对不是走走形式，是动真格的。政府一动真格，未来的发展趋势也就清晰了，还等什么呢？等所有人都看出来有商机，那还叫商机吗？棋贵先手，在外边闯荡开阔了视野的龙家兴，预感到正在一天天变好的龙潭江孕育着巨大的商机，于是从城里回到龙潭江边，积极筹措资金办起了农家乐。

万事开头难。最初几年，困难还是很大，生意也不算太好。这时，村里为了扶持龙家兴等第一批开农家乐的村民，做了很多工作，又是在资金上扶持，又是通过各种方式到处替他们宣传，结果仍是忽好忽坏、起伏不定。尽管如此，龙家兴却一直坚信，有国家的生态发展理念做支撑，有各级政府的支持、扶持，自己又顺应了社会趋势和自然发展规律，吃生态饭的日子肯定会越来越好，不可能不好。那几年，龙家兴每天都默默地鼓励自己，要坚信，要坚持，只要坚定地把这条路走下去，就一定会走上光明的大道。

果然，龙家兴的农家乐生意就像早春的小草一样，一天天变了颜色，由枯黄而青翠。从开农家乐的第二年开始，他的生意就从小亏到不亏，尔后渐入佳境，又由小赚变成最终的大赚。特别是习近平总书记视察桂林叮嘱"一定要呵护好桂林山水"之后，自治区和桂林市有关部门高度重视漓江流域的整治、保护和管理。自治区和桂林市立即制定了桂林山水的整体治理、修复和保护规划，关闭了矿山，治理了污水排放，逐步修复了从前被破坏的植被、山体、河道。仅仅两年，龙潭江上游的小水电站大部分被陆续拆除，江面渐渐恢

第一部　江源序曲

复了从前的样貌。

　　随着龙潭江的满血复活，龙家兴的生意也在蒸蒸日上。为了让自己的农家乐更加具有天然品质，他首先在吃的方面下了功夫。他在猫儿山管理处有关人员的建议和指导下，对餐馆使用的主要原材料——鱼，进行了脱胎换骨的改良。他在自己餐馆附近的小溪上沿山体建起了十多个养鱼池，这些养鱼池连起来总长度有六七百米，每个养鱼池里的水都是清冽的山溪长流活水。龙家兴从附近水库把成鱼买来，放在最上游的池子里，在不投任何饲料的前提下，以山水冲洗。鱼要在清水里经受"熬炼"，养足一年的时间，五斤重的鱼只剩两斤半到三斤的体重，确保鱼彻底排除体内的饲料激素、药物残留，减掉多余的脂肪，达到优质野生鱼的标准，才能正式"登堂入室"上到餐桌。人们给这种鱼起名为"龙潭江瘦身鱼"。

　　龙家兴开始养"瘦身鱼"时，也不是很顺利。因为开生态鱼馆主要的食材就是鱼，用量会很大，这样就要考虑成本问题。每斤差上一两元，一年下来，就是一笔大账，所以要尽量降低养殖成本，采购价格低廉的品种。为此，龙家兴跑了南方地区的很多地方，最远跑到了广东。经过调查，外地精养鱼塘里的鱼，最低可花四五元一斤的成本进货，而本地水库里的网箱清水鱼大约要十元一斤。一斤的差价就是五六元，当然要选择外地鱼。龙家兴看准了机遇，一次进了很大一批货。

也合该是好事多磨，正当他在心里盘算着这一次投入能得到多少回报时，鱼塘里开始有两条死鱼从塘底漂了上来，并且悲剧越演越烈，短短一周之内，鱼便死了大半。这鱼死的势头太猛，简直让龙家兴心慌、心惊、胆寒。开始他还在怀疑，是不是平时得罪了谁，被人偷偷投了毒。猫儿山管理处的领导知道龙家兴的处境后立即为他请来了养鱼专家。经专家分析，这批鱼由于在水温较高且天天投饲的环境里长大，突然进入水温很低的冷水里，水土严重不服。如果想养好"瘦身鱼"，还是应该不惜成本，多花几元钱，购买本地鱼来投养。

为了提振龙家兴的信心，扶持保护区周边的生态产业，猫儿山管理处决定从预算中挤出部分资金为龙家兴购买一批本地鱼，并聘请专家对他进行跟踪指导。鱼是管理处领导带队送来的，放鱼的那天，龙家兴感动得差点流下眼泪。他一边道谢，一边在心里想：管理处为什么要对我这么好？自己何德何能，有什么功劳？

想来想去他终于明白了，别看自己的小生意不起眼，后边也藏着一个大"事业"，那就是生态的保护和科学利用，大约也就是如何处理好绿水青山和金山银山的关系。原来猫儿山管理处也是冲着这个大"事业"来的。

经过这么一折腾，龙家兴的养鱼事业终于算是成功了，也积累了初步的经验。令人欣慰的是，他竟然一招制胜，只靠着"瘦身鱼"就牢牢抓住了客人的口味和信任的心。眼看着来吃"瘦身鱼"的客人越来越多，自己的生意越来越红火，龙家兴却越来越惦记着如何回报对自己有恩的人。当他把这个想法表达给猫儿山管理处的管理人员时，得到的回答却是："不用感谢我们，只要这片山林能被保护好，一切都好了，你的生意好了，我们的工作也好了。我们不是你的恩人，这片山水和自然才是我们共同的恩人。"

龙家兴是一个心有"灵窍"的人，听管理处的人这么一说，也就领会了管理处对自己好的真正用意，也知道自己应该怎么做了。从此，他更把自觉守护龙潭江当作一件重要的事情，记在心上。别看他每天为了生意忙得不可开交，如果遇到破坏生态环境的行为，他一定会放下手头的生意，专门去管那些"闲事"。比如发现有人乱扔垃圾，他会立即阻止或自己亲手把垃圾从河道里捡出来；如果碰到江里有偷偷电鱼的人或到山里偷猎的人，只要他发现了线索，会第一时间向管理处报告。就这样，他利用地处山口要道的便利条件，当起了生态保护义务监督员。

因为龙家兴的鱼货真价实而远近闻名，很多顾客不断回头，回头客带来的新客人也络绎不绝，客人们不但要在他的餐馆里吃，临走还惦记着买几条带回家。逢年过节，从网上过来的买鱼订单也蜂拥而至。现在，他的"龙潭江瘦身鱼"还销售到了柳州、贺州等周边地区。餐馆的生意好了，住宿的房间也住满了，旅游旺季，客房天天爆满，龙家兴的收入也直线攀升。

随着周边环境的改善，龙家兴把部分不赚钱的竹林改造成了有机茶园。让他意想不到的是，随意而为的茶园竟然也随着客人的增多火了起来。起初，他开了一小片茶园只是为了自产自用，让来吃饭住宿的客人喝上纯粹的有机茶。没想到，竟然发展成"一泡难求"，想不做商品客人都不答应的程度。没办法，他扩大了茶园的规模，正儿八经地搞起了有机茶品牌。经过几年的探索和悉心经营，他的"六垌茶"也远近闻名了。

生意红火，人就忙活。龙家兴每日在餐馆、民宿和茶园之间穿梭奔忙，既要照顾好客人们的吃，又要照顾好客人们的住，还要关心茶园的种植和经营，一天下来休息不到6个小时，人也晒得黝黑。

夜色逐渐深沉，客人们吃好、兴尽，渐渐散去。该归家的开着车，往城里赶；该住宿的，一边享受着山风带来的清凉，一边慢腾腾地朝民宿方向走。打烊的时间到了，龙家兴拖着忙碌一天的身体走到柜台，他要亲自拢一拢一天的账。他忍着困倦和疲劳，一边翻着账单，一边按着计算器。按着按着，不知不觉间就来了精气神。这是7月下旬，真正的旅游高峰还没有到来，账单的累计结果显示，一天的毛收入就已经达到了一万五六千元，一下子就比前几天多收入四五千元。

"如果旅游高峰来了呢?"他在心里这么一想,就立即感觉到浑身上下还很多的力气没有使完。

这些天,龙家兴往往都是一边抱怨着自己太忙,一边笑得合不拢嘴。偶尔偷闲,到临江的餐厅里陪客人聊一会,他爽朗的笑声总能够盖过江面上水打礁石的声音。他会大声自嘲:"你们别看我人长得黑,心里可是亮堂的。"他也会赞叹这一江清澈的流水:"你看现在的江水多清啊,一眼能看到江底的石头。现在的龙潭江,水清了,鱼多了,水面上再也没有工业污染,再看不到漂漂荡荡的油花了。要不是政府英明,坚决把上游的水电站拆掉,龙潭江哪有现在的样子?"

龙家兴所在的村子叫龙潭寨,寨子一共20户人家80口人,过去都是靠种田、种竹过日子。当龙家兴离开龙潭江时,村子里很多人也都纷纷去了外地打工。当龙家兴的农家乐做起来的时候,村民们又纷纷回到龙潭江边,和龙家兴一样,办起了农家乐。

一个山口小村,一下子就有半数以上的人家办起了10多户农家乐,这对长期寂静的山沟沟来说,是一件具有轰动效应的事情。怀着好奇的心来山里游玩的人们,就是要品尝品尝与众不同的"瘦身鱼",就是想体验体验住在山脚下农家的感觉。人们乘兴而来,载兴而归,因为他们在这里品尝到了不一样的风味,体验到了不一样的感觉。于是,大家奔走相告,一时间,龙潭寨成了人们休闲度假胜地。随着游客的不断增长,龙潭寨的农家乐迅速红火了起来。农家乐生意起步比较晚的村民，虽然没有龙家兴做得这么好，但也都风生水起，有的村民光是农家乐的收入一年就有二三十万元的利润。

（二）

沿龙潭江继续上行，两三公里处还有一个自然村，叫高寨，这是一个瑶族村寨。高寨以上，就不再有人家。由于龙潭寨靠地理优势抢占先机做起了农家乐的生意，高寨的人就不能像龙潭寨一样，一窝蜂似的全部搞农家乐，就不得不开动脑筋另辟蹊径，琢磨出一条多元化的生活出路。毕竟一个地方的客流是有限的，不能都开农家乐，光靠单一的业态维持生计。业态过于单一，就会形成强烈竞争，将来大家的日子都不好过。守在山里的人，虽然视野没有外边人们那么开阔，却懂得尊重和顺应自然规律，也都懂得以自然为师，向自然学习。自然生态系统讲究生物多样性，高寨村的村民们认为，经济发展也要讲究多样性。

从高寨村起始，山势突然变得陡峭起来，河床基本由两岸的石崖构成，要不是河道宽阔、曲折、复杂，从高处看，那就是一个石头槽子。如此险峻的地貌，自然找不到一块适合耕种的平缓之地。当初进行山林或土地分包时，高寨的村民们分到的就是荒山，虽土地贫瘠，但面积广大，比其他村寨多出几倍，人均山林面积达17亩。

高寨是一个行政村，处于高寨最高处的自然村叫潘家寨。瑶族村民潘奇全家的山地在潘家寨又是最高的，紧靠龙潭江，海拔最高，土质最差，所以面积也最大。那些年，高寨村的人都是守着大面积山林，过着艰苦、贫穷的日子，只能靠种点竹子、采点山货维持温饱。

山上的竹子不值钱了，村民们为了讨得生计、增加收入，便依仗着对地形地貌和资源分布情况的熟悉，频频潜入猫儿山自然保护区，去采菌子，去挖药材。近处的山货少了、尽了，就一点点往远处走，直至渗透到保护区的核心地带。

那年，高寨的村民潘奇斌和另一个村民蒋军结伴去山里采药，一口气翻过两座山梁，摸到了保护区内戴云山仙愁崖一带。远远地，二人不约而同看到了对面山崖上有一个闪光的东西，便忘记了继续采药，背着背篓沿着陡峭的山体一点点攀爬靠近。当二人爬到海拔大约1800米的山崖附近时，他们发现插在山崖上的那个东西，好像是一只折断了的飞机翅膀，而山崖下则散落着大量的金属残片和其他杂物，包括多挺机关炮、多支机枪、多枚炸弹、多台发动机、多名遇难人员的遗骸和遗物。部分残骸还明显带有被火烧过的痕迹。二人立即把自己的发现报告给了有关部门。

经有关部门调查，潘奇斌和蒋军发现的飞机残骸正是二战期间神秘失踪的"飞虎队"[1]战机残骸。飞机为美国空军第14航空队35轰炸中队的B-24远程轰炸机，编号40783号。该战机于1944年8月31日下午在轰炸停泊于台湾海峡的日军军舰后，返航时因柳州基地遭日军轰炸，改飞桂林秧塘机场，途中因撞上仙愁崖坠毁而神秘失踪。10名机组人员全部遇难。

事后，为纪念美军飞机被发现这一重大事件，广西壮族自治区人民政府和中国人民解放军广西军区于1998年5月30日在猫儿山八角田联合立碑，让人们铭记历史上中美两国曾经联合抗击过日本军国主义。潘奇斌则因为发现有功，不仅没有受到处罚，还获得了美国政府赠送的"绿卡"，移居到美国工作。

考虑到龙潭寨的人已经盯住了客人的舌尖，高寨人因地制宜，转变了一下思维，就盯住了人们的眼睛，把自己承包的自留山圈起来，打造成旅游风景区。人们不是要看瀑布、看深潭、看奇特的风光，一饱眼福吗？那就来高寨的山上看吧！那里有的是人们平素没有看过和想象不出的自然地理奇观。

这些年，守着风景过了一辈子的村民们，看够了美丽的风景，也受够了贫穷，还没有因为这些不长庄稼的山林得到什么益处和回报呢！万物、百业都要互

---

1. 1941年，陈纳德将军组建"中国空军美国志愿援华航空队"（飞虎队），与中国军民共同抗击日本侵略者。1943年，飞虎队被编入美国空军第14航空队。

补、互动、相互效力、和谐共生嘛！人类就更应该懂得和遵循这个道理，社会和自然条件决定了每个人所占有的资源必然有限，必然不同，要想丰富自己的人生经验和体验，就要彼此交换，相互成全。这一回，能不能让挣够了钱的人看看风景，而让看够了风景的人挣点钱呢？

毋庸置疑，这种合理的诉求，命运之神肯定会答应的，但你得主动去敲他的门，否则他不会把好运气送到你的枕边来。当龙潭江的水再一次变得清澈、丰盈之后，潘家寨的村民潘奇全发现了命运之神的暗示。

某日，潘奇全坐在龙潭江边久久地望着自家的承包山发呆。看那苍翠的山、一江淙淙流淌的碧水和满山的翠竹，宛如一天天变得丰盈水润的仙子一样，尽管说不清楚她究竟哪里好，但每每相望，心中都会涌起阵阵莫名的美好冲动。难道这么美丽的山水，竟会是专门让人受穷的吗？落到谁的手里谁就该一辈子受穷？想来想去，他觉得命运之神肯定不会做这种违反逻辑的安排，一定是愚钝的人类没有参透他的美意，不懂如何接受自然的恩赐，才会守着金山银山受苦受穷。

潘奇全的山地和哥哥潘奇斌的山地都紧邻龙潭江的右岸，哥哥去了美国之后，把自己的几十亩山地交给了弟弟打理，两家人的山地连成一片，大约有百亩的规模，完全可以做一点事情。可是做什么呢？潘奇全突然一拍脑袋，灵机一动，想到了搞旅游景点的开发：

"对呀,可以拿自然的美换钱花呀!这里,满山光秃秃的石头,满江清幽幽的水,是生不出什么值钱的物产可供出售,但这里有山水甜甜的微笑、明媚的容颜,有山水千回百转的诱人韵致啊!美是无价的,更何况这世界上果真还有那么多不惜代价去享受美的人呢!"

潘奇全乘兴给在美国生活的哥哥潘奇斌打了一个越洋电话。他对哥哥说了自己的想法,一个是要把自己的山地和哥哥的山地放在一起做旅游景点,要征求哥哥的同意;二是开发旅游景点需要大量资金,除了部分贷款外还需要哥哥在资金上予以支持。潘奇斌和弟弟潘奇全一样了解和热爱这片山水,他也深知它的价值,只可惜他没有等到好时机来临,就离开了。哥哥二话没说,爽快地答应弟弟的请求。这个越洋电话一撂下,龙潭江右岸的大部分地权的问题就解决了。接下来,潘奇全要说服左岸山地的承包者,他要以高出市场的价格转包下那些沿江的山地。

土地的事情几乎没有悬念地办成,剩下的问题就都是自己的了。从此,潘奇全开始了长达十年的拉力式建设。由于资金和施工力量有限,他只能选择边建设边开放的方式,一点点完善景区内难度非常大的道路和设施建设。十年后,景区内的道路、桥梁虽然经山洪的冲击几度损毁,但终于还是建了起来;景区内的设施也从无到有、从少到多地完善起来。如今,他基本上就是忙于两件事情:定期雇人在两岸的山上种竹、种树；每天向客人收取进入景区的门票。一年的收入，用他自己那个低调的说法："至少百八十万吧。"

潘奇全所在的高寨村，是一个大村，全村共10个自然村，总人口达到了1000多人，居住着汉、瑶、侗等多个民族。这几年，富起来的可不只是潘家寨一个自然村，更不是潘奇全一个人。由于打破单一的竹木种植模式，逐步加大休闲旅游业的占比，高寨村的旅游经济已经占到全村经济总量的35%以上，人均收入两万元，成为全乡首富村。除了两家旅游公司和43家农家乐，高寨村还因地制宜开发了农业观光园，竹林示范基地，自治区级野生中药资源保护抚育基地，国家一级保护动物娃娃鱼养殖培育点，蕨类、菌类、笋类时蔬基地等，全部是依托自然资源发展起来的特色"三产"。

潘奇全十分乐观、开朗、健谈，但普通话讲得很不好。当人问起他的姓名时，他基本没有办法把那几个字的发音说准，便只好在对方的请求下，再详细地描述一番："我姓潘，就是那个潘金莲的潘；奇是奇迹的那个奇；全就是那个啥都不缺的全。"见人笑，他也跟着笑，但谁都能听得出，他的笑里明显地多出了几分得意和自豪。

灵渠之灵

第二部

一

千载灵渠

两条江,一条是大溶江,一条是海洋河(古称海阳江),像两个懵懂的幼童,带着纯然的自然禀赋,从猫儿山山系的两道山岭上俯冲下来,虽似并肩而行,却分别是两个走向。一个向南,那是漓江的童年阶段;一个向北,那是湘江的童年阶段。那时的漓江,甚至还没有确切的名字。

在过兴安县城之前,两条江都只是遵循着水的本能在流,只是在流,却都没有想过为什么而流。也就是说,它们在没有遇到人,没有和人类有意识、理念上的交集碰撞之前,都没有承载任何人文意蕴和人文禀赋。

悠悠江水,奔流不息,流到了秦朝,流到了秦朝的兴安，遇到了那场旷日持久的战争，遇到了意想不到的人的干预、调教和改造。经历了战火和命运变奏的洗礼，江被加注了太多人类的理念、意志和复杂的思想。从此，江已经不再是原来的江，水也不再是原来的水，两条江再也不是孤立的山野之水。在一个特殊的时空节点，它们手牵手，成了血脉相连、命运与共的兄弟，并携手开启了全新的人文里程。

那个特殊的时空节点就是灵渠。即便是两千年后的今天，灵渠仍然拥有着不可抗拒的魔力。它像一个时光的旋涡，只要一靠近它，思绪就被一种神秘的力量裹挟着，不由自主地回到两千二百年前。

秦代以前，岭南地区一度被称为"徼外之地"。公元前221年，秦始皇完成统一大业后，一下子就盯上了这片广袤的"徼外之地"。公元前219年，秦始皇命屠睢率五十万大军，兵分五路南征百越。每军要占领五岭一个主要的隘道，"一军塞镡城之岭，一军守九嶷之塞，一军处番禺之都，一军守南野之界，一军结余干之水"，这就是史上著名的"秦戍五岭"之役。其中一路军队在湘桂边境的越城岭下，也就是现在的兴安至猫儿山一带，受到了西瓯部落的激烈抵抗。西瓯人由于久居深山，适应在陡峭的山区活动、作战，且熟悉山区复杂的地形地貌，粮草军需又十分充足；而从北方而来的秦军，不仅难以适应南方的湿热气候和弥漫的瘴气，而且不熟悉当地的地理环境，在迷宫一样的山区作战如同"半盲",随时会陷入对方的包围之中。秦军遇到的最关键的问题是,粮草军需不足,军队即便取得局部胜利,也无法巩固发展战果,无法向纵深地带挺进。所以,秦军"三年不解甲弛弩",兵不能进,死伤惨重。

为了有效解决军队的后勤补给问题,秦始皇不得不于始皇二十八年(前219)命监郡史禄掌管军需供应,"以卒凿渠而通粮道",督率士兵在兴安境内湘江与漓江之间开凿一条运河,打通内陆至南岭地区的水上交通,以转运粮饷和补给兵员。

因为无民、无丁可用,史禄只能带领部分士兵日夜奋战,开山、修路、采石、伐木、挖土方、打桩、砌筑片石……为前线浴血奋战的士兵打通这条至关重要的生命线。始皇三十三年(前214),灵渠凿成。这是一个由南渠、北渠和分水铧嘴等部分组成的水利工程体系,匠心独运,结构复杂。

为了推测灵渠当年的施工状况和工作量,兴安县灵渠研究专家刘建新曾不辞辛苦全面测算了包括南渠、北渠、铧嘴、"大、小天平"等工程主体,推测出灵渠大约耗费300个工作日,按现在的劳动力价格折成现金,耗资约5亿元。如果按两年工期计算,每年除去65天暴雨严寒等极端天气不能施工,大约是300天可以施工,每天平均需要投入5000名士兵。如今,站在"大、小天平"的石坝上,仍能够想象得出当年那人嚷马嘶、凿石筑坝的施工场景。

第二部 灵渠之灵

灵渠修成之后，一下子就打通了湘江流域和漓江流域的水上交通，也使长江水系和珠江水系实现了水网联结。至此，大量军需物资和兵员得以源源不断地补充到岭南地区，秦军很快击溃了百越的抵抗，顺利统一了岭南。司马迁《史记·秦始皇本纪》记："三十三年，发诸尝逋亡人、赘婿、贾人略取陆梁地，为桂林、象郡、南海。"秦统一岭南后，广袤的土地被正式纳入大秦版图，分属桂林郡、南海郡和象郡等岭南三郡。随之，岭南地区各民族也进入了中华民族大家庭的怀抱，中国大一统、多民族国家的格局初步形成。

秦始皇在位37年，干了两件举世瞩目的大事，一件是"南征百越"，一件是"北筑长城"，以此也留下了两个堪称今古奇观的政绩工程：一个是万里长城，一个是灵渠。两千多年时光过去，经过岁月的无情淘洗，一切事物都隐去了最初的粉饰和光环，赤裸裸地露出筋骨，显现出原有的本质。

灵渠开通后，它的实际作用和意义就一直从古代延续至今。仅仅因为一个开放的进取的举动，就无意间打开了一片广阔天地。长江水系与珠江水系打通后，大陆打开南部沿海通道向南延伸成为事实。在国土面积上，由于南海、桂林和象郡三郡的设立增加了60万平方公里，使中国的陆地疆域越过南岭山脉，抵近中南半岛。

汉代以后，朝廷在秦朝的基础上，借助灵渠这条重要水道，沿漓江、西江、珠江继续向南发展。汉武帝平定南越国之后，在岭南设立交趾刺史部，成为汉代十三刺史部之一，下辖儋耳、珠崖、南海、苍梧、郁林、合浦、交趾、九真、日南九郡。这一举措不仅强化了岭南的政治地位，维系了岭南与中原王朝的联系，又通过滨海郡县扩大了周边海域。

灵渠在秦汉两朝基本完成了军事使命后，至汉唐时期基本就转为民用，继续为南北方文化交流和经济发展发挥着重要作用。唐宝历元年（825），由于"渠道崩坏，舟不能通"，桂管观察使李渤下令垒石建成犁铧形的拦河坝，即"大、小天平"，使河水分流进入南、北渠道，并在南、北渠道上设置壅高水位以利通航的建筑物陡门。

唐咸通九年（868）由于大水冲击，陡防损坏，渠道淤浅。刺史鱼孟威在李渤的基础上对灵渠做了进一步的修缮和加固，将沿河40里的堤岸全部用巨石砌筑，有效增加了渠道的坚固性和耐久性。此外还改善了陡门的结构和格局，用大坚木做成木桩，植立为陡门，将陡门增至十八重，大大提高了灵渠的通航能力，"虽百斛大舸，一夫可涉"。

唐长寿元年（692）武则天称帝时期，朝廷又在桂州（即桂林）城西南兴建了相思埭运河（也称桂柳运河、南陡河），连通了漓江和柳江，广西水路交通进一步通畅，灵渠的吞吐量也随之进一步加大，促进了西南地区商贸活动的活跃和经济的繁荣发展。

　　两宋时，"两广食盐行销湖南，广西稻谷北运临安，赖于水路运输"。据《桂林市志》记载，"建炎四年（1130），钟相、杨么率洞庭湖农民举刀起义，江淮食盐不通湖湘，广西食盐大量经梧州运抵桂林由灵渠转销湖南，年运量多达8万箩。除官盐外，商盐运输也相当兴盛"。及至明清时期，灵渠继续发挥南北水运枢纽作用，日通过船舶达200多艘。一直到民国时期，灵渠航运仍然十分繁忙，每天通过的客货船只有三四十艘，这一盛况一直延续到湘桂铁路建成通车之前。

　　1938年湘桂铁路通车后，灵渠的航运功能逐步减弱，但其灌溉功能仍延续至今，仍然滋养着两岸的万顷良田。如此一项活着的、一直保持着巨大生命力的工程，也难怪被人们誉为与都江堰和京杭大运河齐名的中国古代三大水利工程之一。

　　当海洋河行至灵渠的铧嘴时，本可以正式更名为湘江了，但由于灵渠的铧嘴发挥了分水功能，将海洋河的三成水量分派到了灵渠的南渠，又将剩余的七成水量转入灵渠的北渠。如此被分派到北渠里的水只能暂时隐姓埋名，要等与六七里外的湘江故道汇合时，才能称作湘江。这一切都是人类的意志和安排。人类就是要通过灵渠这个特殊的节点，将湘江水注入灵渠，再将灵渠水注入漓江，使湘江成为漓江的上游和另一个源头。

灵渠建成之后，最初的名字叫"离水"，就是"离开湘江的一脉水"。它就像一支部队一样离开长江流域进入了岭南，它一直是有使命在身的。渠成之后的几年、几十年、几百年甚至两千年，它一直在不停地流淌，从未在岁月的长河中断流过。它不仅仅把三分清水注入了漓江，经过两千年的流淌，它注入漓江里的东西太多太多了。盘点起来，绝不仅是空空的流水和岁月，也不仅仅是军队、粮草和战争，更多的还是一些人们摸不到看不到，或者即便是摸得到、看得到，也很难说清的事物，比如说，文化、文明、思想、精神等。很多时候，这些难以捉摸的东西也会如流水一样，从高处流向低处，从上游流到下游。

不知道这段特殊的流水什么时候，为什么由"离水"改名为灵渠，并且用了一个让人联想到灵魂的"灵"字，难道这个称谓与我们说的那些无形的东西有着密切的关系吗？

唐代大诗人柳宗元被贬谪柳州时曾在诗中描述过当时岭南社会的文明状态：

> 桂州西南又千里，漓水斗石麻兰高。
> 阴森野葛交蔽日，悬蛇结虺如蒲萄。
> 到官数宿贼满野，缚壮杀老啼且号。
> ……

第二部　灵渠之灵

那个地域，在稍稍晚近的中唐时期尚且如此，如果时间再向前推移一千年，其落后和原始程度就可想而知了。灵渠开通之后，中原和岭南之间很快展开了军事、政治、经济和文化的融合，先进的中原文化和文明，便如潮水一般，迅速向岭南地区浸淫。

《后汉书·任延传》和《广西通志》等古籍之中均有中原先进的农业生产工具和技术包括锸、锄、铣、铲、铧、耙、斧、镰等铁制工具，包括牛耕技术、凿井技术、穿渠引水技术，包括冶炼和铸造、制陶、纺织、漆器制造、玉石制造、编织、采珠等各种门类的技艺，经灵渠传到岭南的记载。到了宋代以后，中原的竹筒水车也传入岭南。

随着岭南地区行政机构的建立，大批中原官员和文人进入岭南地区，纷纷将中原的法纪制度、管理方法、文明礼仪、宗教信仰、文化习俗等带入岭南，如汉代的伏波将军马援，交州刺史锡光和九真太守任延；南朝始安太守颜延之；唐代的李靖、张九龄、柳宗元、李商隐、李渤；宋代的范成大、黄庭坚、张孝祥、刘克庄；明代的严嵩、解缙、严震直、徐霞客、王守仁；清代的鄂尔泰、陈元龙、阮元、袁枚等。中原文化精英进入岭南地区之后，或留下先进的文化理念，或留下卓著的历史功绩，或留下诗词文章，无不为岭南文化的丰富与发展作出不可磨灭的贡献。

关于湘江与漓江源头的争论，自古有之。古籍《水经注》里曾有"湘漓同源"之说:"湘、漓同源,分为二水,南为漓水,北则湘川,东北流。"围绕这一说法,后来的很多考证者提出反对意见,认为"湘漓同源"之说是一种谬误。有人逆流追溯,一直追溯到二水的发端,认为漓江的源头在猫儿山,过灵川,下平梧,南流入海;而湘江则发端于海洋山(古称海阳山),经衡阳,过洞庭,一路北上。这些也许都对,但都不够周全,他们都忽略了一个细节,那就是灵渠这个特殊的节点。

  人类在追溯家族或民族脉络时,要讲血缘,讲伦理。有人客观,知道尊重事实,承认实际的血缘关系,就避免了对自然伦理的冒犯。有人不客观,只讲道统和正源,不讲事实,势必造成爱恨情仇的错位和紊乱。却不知论及河流水脉时,应该以实际的水流为依据,还是以"正源"、道统为依据。二水过兴安已经通过灵渠实现了联结和融汇,这是铁的事实,尽管这一段河道是人工开凿的,它不是一样在承载着水流吗?难道还能找到什么理由绕过去吗?假如说"湘漓同源"之说不成立,湘源若变污浊,还能保证漓江清澈吗?

二

水利的真义

（一）

刘建新曾说他爱灵渠爱到了骨髓里，并没有几个人相信。厚道一点的人，承认他对灵渠的关注和感情非同一般，但还是觉得他的表述有些夸张；刻薄一点的人，只是撇撇嘴，在心里骂他矫情："不过一堆烂石头，至于吗？"

但这话，他的妻子却深信不疑。她不但相信，而且还信到影响了夫妻感情和正常生活。她常常因为相信而对他心生怪怨："是，灵渠都成了你的情人！"她是认真的。

她知道一个男人心思不用在家庭、妻子和孩子身上，就已经心有所寄、情有所移。好在妻子了解他的心思并没有放在某个女子的身上，而是放在一堆烂石头上了。尽管她内心并没有什么难以忍受的嫉妒，但还是有一些不平衡的。毕竟，灵渠占用了丈夫太多的时间、心思和情感。这让他在这个家庭里看起来就不像一个丈夫或父亲，而像一个心不在焉的房客。

因为男人有男人的事业，理解和支持男人干自己的事业，是做妻子的传统美德，所以，妻子对刘建新的怪怨并不能公开，不能示人。人前背后，都得表现出很贤惠的姿态。有时，她也真的说服了自己，从内心以这个痴迷于事业的丈夫为豪。但遇到一些生活细节时，却难免激起内心的不平。比如，他在写关于灵渠的论文或书稿时，一定要把房门关得紧紧的，家里发生了什么事情，似乎都和他无关。饭做好了，叫他吃饭，他也像没听见一样。这让妻子感觉到了被忽略，或不被尊重。

有一次，说好了周末要陪家人出去散散心，他还是强烈要求去灵渠分水坝的"大、小天平"那边走一走。对此，妻子是有几分抵触情绪的，虽然说选择哪里都是闲逛，但那里已经陪他去了无数次了，都看腻了，为什么还执意去那里呢？显然，去分水坝就意味着他的"极端自我"，连一点点业余时间都不肯给家人。从此，妻子任由他忙，读书查资料也好，撰写论文或其他约稿也好，出去给来访客人当义务解说员也好，妻子都不再奢求他能抽时间陪伴家人。如此，也免去了一份无意的伤害，求得一份内心的安宁。

刘建新现在的社会职务是灵渠研究会会长，之前他曾经是县志办主任、县委宣传部的副部长、党校的常务副校长，因为对灵渠很痴迷，每天把大部分时间和精力花在对灵渠的研究上，最后竟把一件业余的事情做成了专业的事情。这也好，一个人适合干什么就让他去干什么，本来就符合人尽其才的原则。县里顺水推舟，就给了他一个职位：四级调研员、灵渠申报世界文化遗产办公室价值研究组组长，让他专门去研究灵渠。

这回，他高兴了，能和自己钟情的事物朝朝暮暮，岂不是人生的一件乐事！有了充足的时间之后，他每天基本上就是做三件事情。第一件，遍览网络、查阅古籍，寻找与灵渠、漓江、湘江有关的每一段文字、每一条信息；第二件，把零散的信息整合起来，通过思考，勾勒出灵渠的历史、变迁以及各个历史时期的状况，有时要变成研究成果或文章；第三件，就是不遗余力地宣传灵渠，包括灵渠的历史意义、存在价值以及给人们的启示，有时是向前来参观的客人，有时是向自己的亲朋好友，一遍遍介绍，一遍遍地讲。

关于灵渠的事情，相对而言，在兴安县刘建新是讲得比较全面和透彻的，所以每有重要客人来县里参观灵渠，都要把刘建新叫去，全程陪同，详细介绍。对此，刘建新从不抱怨，也不厌倦，每一次介绍都像是第一次，每一次都怕自己介绍不全。

有朋友自远方来，他决定利用周末带朋友好好参观一次灵渠。朋友说："时间很紧张，还有其他事情在后面追着，我们见一面就可以了。"刘建新笑笑说："那怎么行，来兴安不看看灵渠，不是白跑了一趟？那可是能够改变你人生观的古迹呀！不看就太遗憾了。"于是，朋友在他的劝说下，改变了行程，他更是很慷慨地拉着家人一起陪朋友开始了灵渠之旅。

几个人先是参观灵渠的北渠，讲北渠 S 形设计的初衷和功能，讲北渠沿岸的景物和历史传说，每一处都要停够，讲透，39摄氏度的闷热天，边讲汗水边从他脸上雨水般落下。当汗水流到眼睛里时，他顺手抹一下，接着说。到了"大、小天平"，他干脆脱下鞋子，站到了尚有水流下来的堤坝，蹲下来，抚摸那一块块很有岁月感的石头，就像抚摸某种充满生命活力的肌肤。受到他陶醉神情的感染，朋友也弯下腰，伸出手去触摸那粗砺的条石。少顷，抬起头，冲他调皮一笑说："一点快感都没有。"

"那是你没有触摸到岁月的质感。"刘建新并没有笑。

直到20世纪50年代，灵渠上还有运送货物的过往船只。那时，灵渠的南渠刚好穿兴安县城而过，灵渠两岸的居民还要依靠这条水巷出行或搬运生活物资。后来，铁路、公路发达了，灵渠的水运功能便迅速退化。灵渠水除了灌溉，只供人们划船游玩，借此怀念一下旧时光。近些年，县里践行"绿水青山就是金山银山"理念，着力打造观光旅游业，灵渠的另一个功用借势得到了发扬光大。游人们乘小船行走在古运河上，一边看风景，一边听故事，一边放飞思绪遥想远古之事，自是比其他纯自然水域多了些别样的况味。

  游南渠自然要乘船。船是那种比较宽敞的篷船，就像江南水乡的那种乌篷船，篷子却由原色的竹篾编制而成，并没有染成乌黑。为了营造出一种古香古色的韵味，船头上设一案，置古琴，有妙龄女子操琴弹奏。朋友本想吹着微风听一听古琴曲，在古河道里"雅趣"一番，可是，一上船刘建新就迫不及待地对朋友讲起了有关灵渠的事情。从南陡讲到南陡阁，从南陡阁又讲到四贤祠，再讲到飞来石和陶铸桥。

  灵渠的南渠段有众多的桥梁，一顺排开，就有霞云桥、三里桥、立交桥、萧家桥、接龙桥、娘娘桥、万里桥、马石桥、陶铸桥、粟家桥、美龄桥、南陡桥，等等，有些桥年代久远，有些桥则是近现代的建筑。刘建新说到的陶铸桥，一共有四座。

  陶铸任中共中央中南局第一书记期间，于1965年到兴安县湘漓公社花桥村蹲点。当他沿着灵渠而上，看到两岸临水而居的人家，还要踏着用简易木排搭成的"跳桥"过河，心里很是难过。到达渡头江边，他便对随行人员说，现在灵渠的漕运功能已经逐步被淘汰，以后要搞成灵渠风景区,让全世界的人都来游览,人家想随时随地看了这边看那边,那就需要桥。你们看,这渡头江石桥,就给两岸的百姓带来了方便,不过,以后发展了,恐怕这座古老的石桥也跟不上趟啰!"[1]

遥对飞来石,陶铸又给桂林市和兴安县的领导作出明确指示:"要建桥,要在灵渠上再建几座桥。"同时,他强调了几条建桥原则:第一,桥不可以建得太高,要方便群众肩扛人挑过桥;第二,要建拱桥,以体现中国古代桥梁的特色,同时不要影响桥下过船。[2]

不久以后,根据陶铸书记的指示,兴安县委县政府请来专业队伍,在灵渠上新架设了四座桥,老百姓都亲切地称为陶铸桥。

其实,当年陶铸书记关于"把灵渠打造成风景区,让全世界的人都来游览"的设想不仅仅来自灵渠自身以及沿岸的古迹和传说的启发。抛开人文部分,灵渠沿岸的自然景观秀丽宜人,应该属于人文和自然的完美结合。

清代著名文学家、诗人袁枚,晚年曾游历桂林山水。从桂林乘船沿漓江溯流而上,途经灵河口,进入兴安县时,刚好风平浪静,水面如镜,簇簇苍翠的青山,倒影投在江面上,一时让人神思恍惚,分不清哪

---

[1] 引自中共广西壮族自治区纪律检查委员会 广西壮族自治区监察委员会网站。https://www.gxjjw.gov.cn/staticpages/20200922/gxjjw5f69bcd4-151912.shtml。
[2] 同上。

片是岸,哪片是水,哪个在天上,哪个在地上,遂乘兴挥毫留下了千古绝句:"江到兴安水最清,青山簇簇水中生。分明看见青山顶,船在青山顶上行。"

另外还有一个善画山水的广西永福县人李熙垣。晚年游江南,由桂林坐船,经灵渠过湘江至赤壁,一路游览,一路作画,作江行图35幅,并且每幅画附诗一首。仅在兴安一地就作画7幅,其中一幅名叫《大溶江》,附诗:"千家屋舍接长川,古渡斜阳乱泊船。春树春波浑不辨,一林樯画一江烟。"论诗名李熙垣并不知名,但其文字隽秀,生动刻画出大溶江码头当年的繁荣景象和兴安一带有如仙境的迷人风光。

如果刘建新只会讲沿岸的景点、掌故,那也就相当于一个业余导游。实际上,他每次所讲的内容都远远超越了浮光掠影的表象,进入灵渠的身世和命运。

船头,弹琴的女子一曲接一曲地弹,船尾刘建新一段接一段地讲。除了别人知道的和志书上写的内容,他还把他这些年的研究成果一股脑讲给了朋友听。他讲得兴高采烈,朋友似乎也听得津津有味,不知不觉间小船已经在"灵渠游"所规定的水路上走了一遭。朋友说:"有意思,有意思,灵渠的历史脉络和轮廓差不多已经在头脑中勾画清晰了。"而刘建新妻子却在一旁微笑着看了看朋友,小声说:"那还比听古琴有意思?"

"不是比听古琴有意思,是比听古琴有意义。"朋友知道那是夫妻间的调侃,马上解嘲。刘建新也笑而不语，他知道自己一直在做什么，也坚信自己所做事情的意义。

（二）

2018年，灵渠和都江堰双双入选世界灌溉工程遗产名录。

至此，灵渠终于以一个水利工程的身份面对世界，历两千年岁月，褪尽当初"以卒凿渠而通粮道"的原始色彩，成为地地道道的水利。

那么，所谓的水利，其本意究竟是什么呢？我们又应该如何准确地理解水利？

《吕氏春秋·慎人》："掘地财，取水利。"高诱注解："水利，灌溉。"

《史记·滑稽列传》："西门豹即发民凿十二渠，引河水灌民田，田皆溉⋯⋯至今皆得水利，民人以给足富。"

根据这样的定义，一项工程，只有用于民生，利于民生，才可以叫作水利工程，否则只是一条水道或只是一个工程。唯有利民，才是水利的本意、真意。

纵观历史，自"秦戍五岭"之后，特别是汉代以后，岭南地区大多数时间里都是处于政和民安的常态之中，所以地方政权重点考虑的并不是打仗运兵，而是民生问题。每一个聪明的统治者都知道，只有让一方百姓安居乐业，社会秩序才能平顺、和谐，自己的政权才能长久、稳固。回头看，历史上灵渠几次较大规模的修缮，都已经把利用的思路转向民生、民用。

唐宝历元年（825）桂管观察使李渤的修缮，原因是"陡防尽坏，渠道淤浅"，所以才下令垒石建成犁铧形的拦河坝，即"大、小天平"，使河水分流进入南、北渠道，并在南、北渠道上设置壅高水位以利通航的建筑物陡门。据清代郝浴《广西通志》记载，灵渠最早发挥灌溉作用就是从唐朝李渤修灵渠时开始的。系统的修缮工作完成之后，灵渠又恢复正常的分水、载舟功能。文人出身的李渤却没有忘记发挥其另一项重要的功能，那就是灌溉："与渠旁民约，夜听溉田，昼听公私舟行。"

唐咸通九年(868)，自李渤修渠之后，灵渠"不历多年，又闻湮圮"，刺史鱼孟威再一次组织修缮。这次，鱼孟威是奔着一劳永逸去的，在工程上下了大力气，沿河40里的堤岸全采用大石块砌筑，修缮的陡门也是有了不同以往的气势，将原来的小木桩换成大木桩，深埋"植立"，固若金汤。不但"方通巨舟"，而且做到了"益溉其旁田畴甚多"。

北宋庆历四年(1044)，桂林衙前秦晟监修灵渠；北宋嘉祐三年(1058)，提点广西刑狱兼领河渠事李师中修灵渠；南宋绍熙五年(1194)，广南西路经略安抚使、静江府知府朱晞颜修灵渠；元至正十四年(1354)，岭南广西道肃政廉访副使也儿吉尼修灵渠；明洪武二十九年(1396)，监察御史严震直主持修灵渠；等等。在历朝历代修缮灵渠的记载中，均没有用于战争的记录，无论从修缮原因、修缮者身份和最终的用途判断，灵渠都已经被改造和蝶变成了一个水利工程。只是，在陆路交通欠发达的那些年代，灵渠主要还是承担着航运任务，即便有部分灌溉之用，覆盖到周边的田地面积也不一定很大。

时光推移至1940年代，由于桂黄公路和湘桂铁路相继修通，灵渠的航运功能逐步减弱，灌溉功能得到进一步加强。特别是新中国成立以后，当地政府对灵渠的大坝、渠道、道路和文物等进行了多次维修、改建和扩建；还修建了几座水库，以补充灵渠的水源，使灵渠在农田灌溉和城乡居民用水等方面发挥了更大的作用。

1952年冬，为提升灌溉效益，当地政府组织民众在南渠2320米处开挖一支渠，长3200米，过水流量0.2立方米/秒，灌田面积115.13公顷；在南渠三里陡处筑堰拦水，修建严关干渠，长10千米，过水流量0.8立方米/秒。

1956年，广西省水利厅拨款33.8万元，在总干渠大湾陡处新开三支渠，长13.5千米，过水流量1.3立方米/秒；于双女井溪上游修建了支灵水库和泥堰水库，总有效库容323万立方米。

1957年秋，广西省水利厅安排投资74.69万元，修建金沙冲水库，补充三支渠水量，增灌三支渠西北面的高亢农田，有效库容756万立方米。

1965—1966年，广西壮族自治区人民政府拨付水利款4.83万元修建了南岔塘、洛塘水库，以补充三支渠水源，有效库容158万立方米，使古老的灵渠面貌焕然一新，成为兴安县的骨干灌溉工程。

截至2017年底，灵渠总灌溉面积6.5万亩，浇灌着兴安县中部5个最富庶乡镇的水稻和柑橘、葡萄、草莓等经济作物。

沿灵渠南渠下行，20里水路便到了溶江镇的五架车村。这个村之所以叫五架车就是因为自古村头就架着五架硕大的水车，取灵渠水灌溉农田。在漫长的岁月里，五架大水车日夜不停咿咿呀呀地转，成为世代兴安人利用灵渠灌溉历史的有形见证。随着生产力水平的提高，原始的生产工具逐渐退出历史舞台，五架大水车已经被陆续拆除，取而代之的是更加现代化的提水工具。

灵渠过了与始安水的交汇处便进入了自然河段，在历次的灵渠修缮改造中，更多的只是做了河道疏浚工作，清理了影响流水行船的浅滩和巨石，两岸的面貌大致仍保留着原始状态。所以，当地一些上了年纪的居民，并不把灵渠称作灵渠，仍然按照老习惯称之为灵水。

傍晚时分，夕阳将落，鲜红的夕照将树木背后的云霞渲染成一片熊熊燃烧的火。红霞映射到灵渠的水面之上，与夕阳辉映，河面鲜艳得如一匹闪着金光的绸缎。清风吹来，微微荡漾，便幻化为一河缓缓流动的赤金。

时值七月，五架车村种植的1300亩大棚避雨葡萄，正值成熟前的浆果灌浆期，需要大量的水。水源，当然还是从灵渠来。五架车村的蓄水堰坝正好修在葡萄种植区的中心地段。一道宽几十米的堰坝将灵渠水拦腰截住，这让上游的水量看起来更加丰盈。尽管现在河段上已经很少有船只行驶，但堰坝的中间还是留了一道可供船只通行的堰门。在堰坝的最左侧靠近堤岸的位置，留有一条水泥质地的狭窄水道，灵渠水就靠着落差和惯性从高处冲入这条水道。水道的尽头安装水轮抽水泵，利用水流自身的能量将水扬到高处。灵渠水就从这里，源源不断地流到村庄的农田和果园，润养出了飘香的粮食和甘甜的水果。

五架车村和兴安县的大多数村子一样，有着悠久的葡萄种植历史，从20世纪80年代起，这里的"巨峰"鲜食葡萄就已经具备相当优良的品质，但由于受当时人们的思维所限，并没有打出相应的品牌。习近平总书记"绿水青山就是金山银山"的理念提出后，全县人民集体转变观念，将当地的好山好水和好葡萄结合起来，将农业和旅游业结合起来，解放思想，创新思维，将传统产业做出了规模，做出了新意，取得了意想不到的效果。

　　将"绿水青山"变成"金山银山"的过程艰难复杂。首先，他们创新了组织方式，通过党员带群众，组建明鑫种养专业合作社，建设葡萄根瘤蚜病防治示范基地和葡萄新品种培育基地等，使葡萄种植由分散经营向规模经营转变。其次，在品种和品质改良上，在扩大"巨峰""夏黑"传统优质品种种植的同时，引进"阳光玫瑰""妮娜皇后"等优质葡萄种植，全力打造"生态、环保、无公害"的五架车村绿色"诚信葡萄"品牌，带动全村葡萄种植产业转型升级。

　　有了好水果，没有人认识，没有人购买，还是不能变成实实在在的财富的。这就需要在营销方式和营销策略上有所创新。五架车村的方式是由从前的坐等收购，转变为主动出击，创新营销模式，依托灵渠旅游观光带，湘、漓源头等山水和旅游资源优势，打造集休闲、生态、绿色为一体的"宜家宜游"的农旅结合新样板，通过举办葡萄采摘节、开办农家乐、创建露营基地等，吸引了大量的游客前来观光休闲旅游，使原本名不见经传的五架车村蜚声全国，葡萄产业也随之兴盛。

　　五架车村共有土地面积1620亩，目前，有1300亩土地都用于种植自然熟葡萄，年产量2200多吨，人均收入达到2.6万元。去年，赵德新一家靠16亩"巨峰"

葡萄，就净赚了10多万元；今年，他家的葡萄种植品种得到了优化和改善，前几年栽种的"阳光玫瑰"和"妮娜皇后"已经进入盛产期，预计收入增长三至四成。

在一片棚膜覆盖的葡萄架下，赵德新正领着几个人为即将进入成熟期的葡萄果串罩上遮光纸套。有露营基地那边过来的游客与他搭话，客人以前没有看过这么大规模的葡萄园，也没有见过以这种方式种葡萄，对什么都很好奇，问这问那。问他的葡萄都是什么品种，什么时候成熟，一年的收入多少。当游客得知他一年的收入有10多万元时，不由得竖起大拇指，夸他有本事。

面对客人兴奋的表情，赵德新则是淡淡一笑，说："在我们村，我不是做得最好的；在兴安，我们村也不是做得最好的。我们全县都快种半个世纪的葡萄了，都种得好，只不过外边的人不太了解罢了。"

说起兴安县的葡萄，赵德新的话还真是不虚。兴安县的葡萄产业兴起于20世纪80年代中期，但在市场意识淡薄的年代，兴安的葡萄并没有机会走得太远。多年来，人们只是在种植管护技术上进行摸索、研究，但在规模上和品牌效应上还都处于引而未发的基础阶段。近些年，终于迎来了良好的发展环境和发展机遇，葡萄产业开始集中发力。

短短几年时间里，通过全面推广应用了葡萄避雨栽培、一年两熟、促成栽培、错峰栽培、病虫害生态防治等先进技术，葡萄产业已经成为兴安农业的支柱产业之一。在发展历程上，也经历了从零散种植到规模种植，从露地栽培到避雨栽培，从单一品种到多品种的合理搭配，从个体经营走向合作经营，从粗放管理走向标准化管理，从水田种植走向山地种植的复杂过程。

随着产业规模迅速壮大，产业品质不断提升，各种各样的荣誉接踵而至，确切地说，社会各界的认可度越来越高。2017年"兴安灵渠葡萄产业（核心）示范区"被认定为自治区"五星"级现代特色农业核心示范区，同年"兴安葡萄"通过农业农村部的"地理标志性农产品"认证。目前，兴安县已成为华南地区最大的鲜食葡萄产区，是"全国优质葡萄生产基地"，享有"南方吐鲁番"之美誉。2021年全县已经开发出早、中、晚熟葡萄品种约37个，总面积达14.7万亩，总产量31万吨，年总产值近25亿元。全县农民人均可支配收入22585元，其中农民人均葡萄纯收入7453元，葡萄收入在总收入中贡献率达33%，成为农民增收的主要途径。

三

转化之功

（一）

与五架车村同属于溶江镇的五甲村，就坐落在灵渠的右岸，是同饮一江水的兄弟村。村子不大，总共就二十几户人家六七十口人，却和五架车村一样有着悠久的历史。五甲村虽然没有五架车村的规模大，也没有五架车村那样规整，却也是白墙、黛瓦，整洁幽静，错落有致的房屋掩映在青山绿树之间，看上去别有一番谐调、静谧的韵致。

张雪峰是五甲行政村的党支部书记。此外，他还有一个更重要的身份，就是五甲村葡萄种植大户和错峰葡萄种植专业合作社的主任。他之所以担任村党支部书记,并不是因为他有多么强烈的当官愿望,也不是因为他有多强的组织能力和多么好的演讲口才,他的威信,完全是他十多年来在脱贫攻坚和带头致富的实践中树立起来的。

2005年,时任浙江省委书记的习近平同志首次提出"绿水青山就是金山银山"的理念。2007年,在遥远的兴安小城就有人在传播和实践这个理念。当时的张雪峰还是五甲村的村委会委员,坐在自家的几亩承包田边,他开始思考如何让眼前的大片青山变成可供支配的财富。

说绿水青山就是金山银山,可是普通人又没有神笔马良的神通,大笔一挥就能点石成金,怎么让满山乱石、杂树变成黄灿灿的金子和白花花的银子?难道有了绿水青山就一定拥有美好富裕的生活吗?一座荒山即便是真的变成了金山银山,也还需要通过勘探、采矿、冶炼、铸造等一系列复杂的劳动才能真正变成财富啊!如果人不付出足够的智慧和劳动,纵然守着金山银山那也是枉然。

想来想去,张雪峰还是觉得"绿水青山就是金山银山"的理念,是一个可持续发展的理念。这并不是让人们仅仅停留在山前,而是让人在保护好绿水青山的前提下有所作为,将绿水青山转化成金山银山。要做转化之功,可不是有了绿水青山就枕着绿水青山睡大觉。这个理念的提出,最终是要人们发挥人的能动性和创造性，不但要保护好绿水青山，而且要处理好人和绿水青山之间的和谐共生关系，科学利用好绿水青山，使之成为人类源源不断的生活、财富源泉。

别看张雪峰只念过高中，他的脑子可不笨，更不会盲目跟风，人云亦云。凡事他都要认真思考一番，什么时候想明白了想透彻了，想到了根儿上，才肯落实到行动。

五甲村的地理环境很独特，四面环山，只有中间一小片农田。当初分承包地时，每户人家都是三分田地七分山。田，用来种稻谷；山，大部分时间都闲着。村民们有的觉得挺大的一片山地就那么空着，有点于心不忍，便上去种了一些树，后来觉得有心无心种的那些树也没多大用，不能给拮据的生活带来多大益处，也就放弃了关注和看管。村民们该打工的出去打工了，年岁大、出不去的村民，就继续种着那不多的几亩田，勉强维持生活。

按理说，那么大片山地闲着也就闲着了，虽然不能带来什么利益，也不需要操心费力。偏偏事不遂人愿，在那些天干物燥的季节，只要有人进山不小心丢下一颗火种，山就燃烧起来，不仅树木被焚烧一空，还裸露出丑陋黝黑的山石。十年之内烧了三次，一次比一次难看。开始还有村民不死心，在烧过的山地上又种上了树，没想到竟然种一次烧一次，最后干脆就放弃了所有努力。

从2007年开始，有相邻乡镇的一些村子开始试种葡萄发展林果经济，并且出现了较好的势头。张雪峰也动了利用荒山发展葡萄产业的念头。其实，种葡萄对张雪峰来说并不是啥新鲜事。80年代初期，他父亲就试种过葡萄，1995年他高中毕业也尝试过种葡萄，有过种植经验。由于当时的市场情况不好，葡萄是种成功了，也收了不少。但收了葡萄不会卖，很多葡萄最后都烂在手里，还不如不种。

2007年之后，张雪峰隐约感觉到，发展林果业已经成为山区农民的一条出路，渐渐成了气候。特别是兴安县的葡萄种植有着很深的历史根基，在种植技术和品种培育上有很大优势，遇到好的市场环境应该很有前途。更何况，在五甲村这样的山地上种葡萄也符合国家的倡导，既绿化了荒山、美化了环境，又增加了收入，何乐而不为呢！

起初，张雪峰抱着稳扎稳打的想法，并没有开发太大的种植面积。自己家三兄弟加父母一共11亩农田，再从别人手里流转几十亩山地，放在一起种植葡萄，在五甲村也就算有点规模了。当时所有的土地流转价格都很低，山下种熟的稻田每亩流转价格是100斤稻谷；至于那些有主人却没人管理的荒山，哪怕有人给一分钱就算赚到了，流转价格就更便宜。张雪峰大方，给村民每年每亩80斤稻谷的租金，很顺利就在自己的山地旁边租到了所需山地面积。

于是兄弟几个一起动手，整饬山地，购置种苗，搭架施肥，整整忙了两年，到了第三年葡萄开始结果，获得了巨大成功，一年的收入把几年投入的钱差不多都赚回来了。当时的葡萄价格好，每斤可以卖到4元，按每亩3000至4000斤的产量算，毛收入就能达到一万四五千元，除掉3000元的成本，还有万元可赚。

看到张雪峰一家种植葡萄成功，村民们争先恐后地种起了葡萄。一时间，葡萄种植规模大增，土地租金上涨，仿佛一个村庄的人两三年之内都可以发家致富。但随着葡萄的大规模种植，相应的问题随之出现。

就在张雪峰获得丰收的第二年，原本健康的葡萄园，一下子发起了病害，什么炭疽病、灰霉病、白粉病，等等，一样样接踵而至，治好了一样又起一样，过了一段时间，等药力失效，本已治好的病又会卷土重来。一年打了十多次药，依然没能有效地遏制葡萄的病害，折腾了一年，结果葡萄的产量几乎打了一个对折，果实的品质也明显降低。秋天需要卖果的时候，由于村里的葡萄集中上市，在有限的两个月内如果出不了手，成熟的葡萄就要等着烂在架上。无序竞争的结果是，那年每斤葡萄最低只卖到了八角钱。

遇到了这样的情况，村民急政府也急。以前虽然种了很多年的葡萄，但规模从来没有这么大。咨询了专家才知道，植物的生长规律和动物的生长规律一样，当规模小的时候什么问题都没有，即便有一点小病小害基本也无伤根本；只要规模一大，病害就会因为连续种植和交叉感染等原因呈几何倍数增加。

这个问题怎么解决？本地的专家也无计可施，看来只能及时监测及时打药。但大量使用农药，势必造成农药大量残留的后果，水果的品质过不了关，绿色认证的检测过不去，有经验的买家甚至连问都不问。传统的解决办法就是换地避免"重茬"，但那更加行不通。一个村就那么一点儿地，几乎都种上了葡萄，再换还能往哪里换？另外，种果还不同于种庄稼，当年种当年收，种果需要有几年的过渡时间，要等树苗长大才能结果。费了几年周折，刚刚结果就要转产，那是在做产业吗？那是在坑人！

为了解决这些问题，当地政府决定领着果农代表去浙江等发达省份学习取经，寻找有效的应对策略。出去走走，开拓一下思路，也解决了一些以前一直无法解决的问题。通过去浙江学习取经，兴安的葡萄种植户们学会了不少葡萄栽培的秘籍，其中最重要的一条就是葡萄的避雨栽培。通过避雨栽培，可以有效地避免自然的风吹雨淋，不但葡萄的病害和交叉感染问题能得到很好的解决，同时还能部分控制葡萄的成熟期，避免葡萄集中上市的恶性竞争。于是，几乎所有的葡萄园一年之内都架起了棚膜，有的甚至还采取了全封闭大棚和限根栽培、水肥一体化的现代化种植方法。

新的种植方式给五甲村带来了丰收的喜悦也带来

了效益上的回报，村民们一度忧愁的脸上又露出了笑容。但笑容刚刚展开一半，又僵在了那里。葡萄生长了两年之后，又开始大面积减产。但这次减产并不是来自以往的任何一种病害，问题究竟出在哪里一直难以查找到。患病树株并没有表现出哪里有明显的毛病，只是生长得不旺盛，施肥、浇水、通风、透光，任凭如何调理都如缺乏营养一样，生长异常缓慢，甚至停滞不前。

后来有专家推测，很可能是土壤中的一种微小的蚜虫在作怪。待科技人员把受病的葡萄根系刨出来一看，才真相大白。原来葡萄大面积种植时间一久，就会滋生一种叫作根瘤蚜的微小生物，小到肉眼根本就看不见，只有在显微镜下才能捕捉到它们的踪迹。这是一种繁殖能力极强，在土壤中密度巨大的致病害虫。在一个生长季中，它们最多可以裂变式地繁殖12代。

这种蚜虫不伤叶，不伤果，跟水蛭一样密密麻麻地附着于葡萄根茎之上，穿过根系的表层吸食里边的养分。葡萄的根系为了自卫，被迫分泌出大量营养物质封闭住根系上的伤口，这样就会长出像瘤子一样的畸形组织。时间一久，伤口不断扩张，根系上不断长出肿瘤，整个根系就像得了癌症一样，再也无法吸收土壤中的营养，也无法向枝叶、果实输送营养，并且会逐步烂掉。遏制根瘤蚜的一般方法就是施洒农药，将土壤里的蚜虫杀灭，但葡萄的根系很发达，往往是靠近主干的蚜虫被杀死了，远处的蚜虫仍在破坏着农药渗透不到的根系。更何况农药是有有效期的，等过了有效期，那些曾得到过保护的根系又失去了保护，再次被蚜虫侵蚀。

几经周折，人们又找到了有效对付蚜虫的办法。一般的葡萄根系都是水分充足、质地柔嫩、营养丰富，本身就可以充当某些害虫的鲜美食物。而有一些带着特殊基因的葡萄根系却没有普通葡萄根系的特点。它们的根系纤细、坚硬，虽然吸纳土壤中水分、营养的能力不差，但一点都不好吃。当然，它们的果实也不好吃。根瘤蚜这种微小的害虫，拿它们一点办法都没有。农业科学家们抓住了这个特点，便把这些抗病害的葡萄作为砧木，将其他葡萄嫁接其上。这样既保证了地下根系不被伤害，又保证了地上生长出来的葡萄优质、好吃。这些可以做砧木的品种很多，有美国的贝达、法国的5BB和110B以及中国东北的山葡萄和北美的沙地葡萄，等等。

五甲村开始在苗木的选择上并没有太过留意，以为只要是葡萄苗就能结出好葡萄，吃一堑长一智，经历了挫折后，都知道科学选苗和科学种植了。最后他们根据科技人员的建议，都选择了以5BB为砧木的葡萄苗。此后，五甲村的葡萄才和兴安县其他产区的葡萄一样，实现了品质和产量的"双稳"。

五甲村的葡萄产业就这样坎坎坷坷地一边经受着各种考验，一边坚定地前行。张雪峰的种植经验和产业思路也在逐步成熟，应该说别人经历的困难和考验，他都一一经历过了；别人没有思考的问题，他也靠着天生的敏锐和喜欢思考的习惯琢磨得差不多了。这时他赶上了脱贫攻坚的良好机遇，借助政策的扶持，成立了一个既可以实现自己的梦想，又可以带动全体村民脱贫致富的专业化葡萄种植合作社，顺势把五甲村的葡萄产业做大。

首先，他集中自己多年积攒下来的资本扩大了土地承包面积，继续承包了一部分村民的山地。此时，村子的土地流转价格也水涨船高，达到了每亩300斤稻谷的水平。张雪峰这时已是村党支部书记，他凭这些年种植葡萄积累下来的经验估算，按照自己接下来的规划，这葡萄不管怎么说都会稳赚不赔的。每亩300斤稻谷的流转价格放在别人那里算是正常合理，但自己作为村党支部书记，还是有点低了。在保证自己赚钱的情况下，还是要大气一些，可不能让流转土地的群众将来有一天心理不平衡啊。

张雪峰在没有承包土地之前就预测了合作社的未来，望着那片一眼望不到边的山地，仿佛看到了一眼望不到边的葡萄园，翠绿翠绿的，还结满了葡萄，然后是载着这些葡萄开往各地的运输车辆……他相信这样的愿景一定能够变成现实。将来合作社赚得多了，群众会是什么感觉呢？会不会觉得自己吃亏了呢？

因为多了一份责任和考虑，张雪峰在作出选择时就留出了足够的回旋空间。谈土地流转价格时,张雪峰最后还是决定每亩地多给群众200斤稻谷,也就是每亩500斤稻谷。这在全乡乃至全县也是高价了,群众还能不高兴吗?不管将来合作社是什么样子,先让愿意流转土地的群众心里畅快、满意再说。即便合作社吃了点亏也算"肥水不流外人田"。土地成本高了看似对合作社不利,但没准这额外的成本压力会激发出更大的潜力来。

(二)

第二轮土地流转结束,张雪峰手里一共拥有150亩土地。之后,他又发了一个告示,将另外4户愿意加入合作社的葡萄种植户拉了进来。由于大部分村民还是觉得自己的地自己种更有把握一些,不太愿意把土地交给合作社统一耕种、经营,合作社的规模也就只能停留在目前这个水平。

张雪峰理解村民们的小心思,因为有一点阅历的人还是习惯用老观念和老思维来应对新时代的事情。对此,张雪峰也不着急,他相信事实是最好的证明,最有说服力。合作社集体经营和村民个人经营的优劣现在谁都说不好,但几年后定见分晓。他相信时间,更相信随时间而改变的民意、人心。最后,5户人家、1个合作社、200亩葡萄园,就这样开干了。

秋天的最后一茬秋果处理完之后，大地进入短暂的休整期，葡萄园里的葡萄树也放下一切，连最后一片叶子也不放在肩上，开始守着空枝进入沉静的休眠。这一春一夏零一秋的支撑，差不多耗尽了它们生命里所有的能量和热情，如今什么都不再想了，只想着躲在大地的怀抱里汲取、积攒一些续命的能量。

虽然种葡萄的果农也和这些葡萄树一样在田地里守候了三个季节，但他们还不敢懈怠，不敢歇息。特别是这个季节，有很多的农活在等着他们。进入十二月份，张雪峰就开始组织人员进行清园、松土、整架。同时，要联系大型机器，开垦、整饬新流转下来的山地。为了保墒、节水，他干脆将栽葡萄的地沟挖到一米深，劳动量虽然很大，但一次付出可以长久受益，张雪峰现在要考虑的多数都不是眼前的事情。

仅仅不到半个月的时间，新流转过来的土地就整理完毕，应该考虑栽种树苗了。葡萄栽种的最佳时机就在冬末春初这段时间，不能错过，错过了一季就等于错过了一年。时间比什么都珍贵，能往前抢一天就离最后的成功近了一步。张雪峰找来几个合作社成员，集体议事。买谁家的葡萄苗，要什么品种，选哪种砧木，价格控制在哪个区间，谁去办这些事情，等等，事无巨细，一一确定，好让具体办事的人有据可依。

这些年，县里对外来苗木的调运加强了防疫管理，凡有需要大量增加苗木的农户，需要及时联系有关部门，对成批苗木、枝条进行检疫、消毒，以防苗木带毒入境。这是规矩，人人自觉遵守之后才能确保自己和相邻农户的种植安全。张雪峰这些年吃外来病毒的亏吃得多了，才对此事格外重视，不但议事时对合作伙伴进行了反复叮嘱，临出门了还是觉得不放心，又叮嘱了一次。

三辆大卡车把葡萄苗木运送到地头时，全村能参加劳动的村民都已经按作业组分好工，三五成群，边聊天边等着劳作。他们要集中力量，在几天之内把这些小树苗全部栽到地里。由于这次作业规模太大，除了本村的雇工，也从其他自然村雇请了一些村民，都是乡里乡亲。在成立合作社之初，张雪峰就考虑了劳动用工的问题。他和几个合作伙伴商定，合作社的成立不但要起到示范引领作用，还要尽可能地为本村村民创造就业机会，为大多数人谋福利。

种葡萄的人一年有一半的时间都要在田里劳动，而今后合作社的用工量可能会更大。合作社成立后，成员们达成一致意见，要把自己的葡萄定位在中高端市场，并充分考虑市场规律，走"错峰"路线。就是让葡萄的成熟期错过正季葡萄的上市高峰，最长可延后三个多月，等正季葡萄的销售期一过，自己的葡萄就可以采摘上市，这样既避开了葡萄集中上市时间，提高葡萄的经济效益，又拉长了葡萄的销售周期，提高市场竞争力。

这项工作十分繁复，需要大量的人力和科技投入。他们曾仔细测算过，种植错峰葡萄一年365天至少有310天需要用工。村子里已经将土地流转给合作社的村民，可优先长期到合作社来务工，完全不用背井离乡到外地去打工了。手中有土地的村民，侍弄完自己家的葡萄，也可以来合作社打零工，增加一部分收入。

新树苗落地不久，冬天就开始转身，很快就到了春节，先期种植的葡萄经过一段时间的休整，又悄悄在枝条上抽出了新芽。新枝条抽出不久，就要开花，如果不进行人工干预，这季花坐下的这茬果，就和大部分葡萄一样成为凑热闹的正季果。张雪峰的合作社不想要这茬果。

眼看新枝已经抽出了两拃长的枝条，已有花序从枝丫间抽出，张雪峰开始雇请村民对田里的葡萄进行人工干预，把刚刚抽出来的花序剪掉。等这个枝条上再次抽出花序时，已经是两个月之后的事情了。如此，这个迟来的花序再结果，就会比别的葡萄晚成熟两个月。这样的操作，张雪峰要在三个月之内错期操作三次，每一次都需要使用大批人员、大把时间。他在这方面很有耐心也毫不吝啬，他知道每一分钟的时间、每一元钱的花费，投进去都会变成产品的含金量。

这段时间，张雪峰不仅要操心合作社的事情，也要去给其他农户做技术指导。在他的规划和视野里，可不仅仅是那区区的200亩地，而是五甲村的1300亩土地。

他要把自己的经验传授给村里每一个需要的人。三次错峰操作之后，葡萄就被分成了三个梯队，秋天来临之后昼夜温差变大，五甲村的葡萄也进入了最好的生长期，糖分积累和着色条件都很充分，品质自是上乘。紧接着，就可以分批上市了，九月份一批，国庆节一批，元旦一批，步步踩到重要的时间节点上。

三月来临，大地复苏，土壤的活性显著增强，就像人睡了一觉起来，突然就感觉有了食欲，想吃饭，想喝水，想补足一个冬天的亏缺。其实，有些人并不知道，这些信息本都是从天上来的，是太阳传达给天空，天空传达给植物，植物传达给根系，根系传达给泥土。张雪峰从微微皲裂的地表判断得出，是给葡萄园浇水施肥的时候了。

这些天，葡萄园里干活的人明显多了起来。运肥的运肥，浇水的浇水。水是从远处引来的灵渠水，肥却是从周边收来的农家肥。曾有一些农业科学家认为只要氮磷钾配比合适，农作物的口感就不会受到影响，没有必要苛求农家肥或有机肥。

在这点上，张雪峰还是有一点固执，他曾经特意做过对比试验，实际效果还是有所不同，有时是大不同。本来他也有条件搞水肥一体化灌溉，他也知道那样搞可以节约大量人工成本，但多年的经验告诉他，高品质葡萄就是要靠成分更加复杂的农家肥或有机肥做保障。这件事，谁说的话都成不了真理和权威，只有最终的口味和口感才是权威。

　　吸足了营养，喝饱了水，葡萄开始快速生长，放叶、抽枝、生须……就像营养充足、精力过剩、无拘无束的毛小子。汪曾祺先生曾在《葡萄月令》里说，这时的葡萄"简直是瞎长"。是的，瞎长。这样没有节制没有章法地长下去，营养都跑到了枝叶里，果会很小，品质很差，就像一个得不到良好教育的傻小子，只长身体不长智慧。为了合理分配有效的营养，还需要对它们来一番系统的修理和调教，打杈、剪须、掐梢……

　　六月临近，桂林地区的温度明显升高，园里葡萄水嫩嫩的叶子，在高温和阳光的合围下，开始打蔫。从这个时段开始，危害葡萄的各种病害便渐渐滋生。那些微小的生物肆无忌惮地繁殖、为害，可人们却看不到，只能通过葡萄植株的变化判断那些微小的生物都干了些什么。也正是因为看不到，才是最危险的，一旦发现了异常，那已经是病入膏肓，无药可救。张雪峰深知这个道理，还没等葡萄受到病害的侵袭，他就开始安排人员打药预防。中医理论里有"治未病"的说法，张雪峰要防患于未然。

　　这时的葡萄浆果刚刚开始膨胀，不但是打药的好时机，也是疏果的好时机。一棵葡萄树的养分是有限的，滋养50串葡萄和滋养20串葡萄，葡萄里所含的营养物质虽然没有正比关系，但肯定会有差别。市场有时很无脑，但有时又很理性，很讲道理。就整个市场来说，总量大了价格就下来了。就单株葡萄来说，果子结得多了品质就很难说了，品质不好还能卖上好价钱那是运气，品质不好卖不上好价钱才是常理。张雪峰知道自己是种葡萄的，不是卖彩票抽奖的，他不想赌，不敢赌，只想老老实实做农业。别人为了把收益搞上去，猛劲地加大产量，甚至把亩产搞到3000斤或4000斤，他却要想方设法控制在2500斤左右。别人的葡萄卖4元至5元一斤，他却能卖到8元一斤或更贵。除了好收入，张雪峰还一年年攒下了好口碑。

　　一年中的这个时节，葡萄园里的工作最烦琐。工人们要在每棵葡萄树下左右比较、权衡，研究怎么"疏"才更加合理。张雪峰的合作社的疏果工作尤为复杂，他们要根据每年的情况和用户的喜好进行疏穗和疏粒两种操作。疏穗，就是在一棵树上剪除位置和生长形态不好的果穗，留下必要的和优质的果穗。疏粒，就是在一枝果穗上将不好的果粒和不必要的果粒去掉，只留下适量果粒，让果穗处于比较疏朗的状态。

　　近年来，市场上出现一些偏好奇特的客户，买葡萄根本不要那些果粒密集果穗紧致的葡萄，专门要那些果粒稀稀拉拉的葡萄，行内术语叫"稀拉果"。因为有一点经验的人都知道，那种其貌不扬的"稀拉果"因为果粒疏松，透光透气着色条件好，总能够成就它们最香最甜的品质，无疑，口感和营养都出众、超群。客户的需求和偏好就是种植者的标准，张雪峰合作社的

"稀拉果",明显要比其他种植户的占比大。

七月将尽,各个品种的葡萄果穗、果粒基本定型,可以让它们按照事先规划的路线自由奔跑了,张雪峰便把关注点集中在那几十亩最新品种"妮娜皇后"上,在每一串葡萄果粒上都加套了一个纸袋。这是一种品质绝佳但极其难养、市场价格极高的品种。这个品种刚刚被引进时,曾经在云南昆明市场上卖过80元一斤。

前两年,张雪峰自恃经验丰富技术高超,引种了几十亩,没想到却惨遭失败。第一季果结得不错,但在着色阶段就是着不上色,本来应该是粉红的颜色,结果一直那么绿着。第二季果因为赶上了条件较好的秋天,颜色是变成了粉红色,但果粒很小,远远达不到商品标准。

为此,张雪峰很是烦恼和郁闷了一段时间,请了几个专家反复咨询、研究,最后终于找到了症结。原来这种葡萄叶片老化很快,对生长环境和条件要求甚高,按正常的葡萄品种对待,它一定会变得不正常。张雪峰在专家的建议下,加大了株距,加宽了葡萄架。这娇贵的"妮娜皇后"今年才乖乖地按照人的意愿好好成长。

国庆节到了。别村的正季果经历了一个多月的喧闹,早已经归于平静。只有五甲村的葡萄还在有条不紊、一天接一天地往下采摘。采摘下来的葡萄都以更高的价格一车车运送到更加遥远的地方。这些日子,村里的人们更加繁忙了，其他自然村的村民在卖完了自家的葡萄之后，也来五甲村帮忙。尽管繁忙，村民们却没有一句抱怨，每天都跟过节一样，忙碌、劳累并快乐着。种葡萄的人，卖完葡萄回家算算账，每亩葡萄净赚超过一万三千元，自然乐得合不拢嘴；把土地流转出去的农民回家算算账，一年在合作社务工再加上土地出租，收入过了十万元，也乐得合不拢嘴。

　　朝霞似火，铺陈在葡萄园里连成一片的棚膜上，远远看去，就像一个闪着金光的湖泊。但湖泊下面并没有流动的水也没有到处游走的鱼虾，而是一串串红的、紫的、粉的、黑的如珍珠一样的果实。张雪峰合作社的葡萄还没有卖完，五甲村其他村民的葡萄也没有卖完，在今后两个月的时间里，还会有葡萄不断地从这里运出，也还会有金钱从四面八方不断地流到这里。

　　清早，张雪峰正站在自己的葡萄园里，他的身后，是那片曾经被烧得一片焦黑的荒山，那山，现在已经成为真正的"绿水青山"；他的面前，则是五甲村越来越富裕的崭新生活。他知道自己的身份是村党支部书记，也知道自己带领五甲村的村民发展了葡萄产业，但他却不知道，自己在努力将荒山转变成聚宝盆的奋斗过程中，成为"绿水青山就是金山银山"理念的积极传播者和模范践行者。

四

终极答案

（一）

2021年4月25日，对毛竹山村的王德利来说，注定是一个终生难忘的日子。

明媚的阳光照在四月的毛竹山村，山上的毛竹清脆，新笋纷纷萌发，山下连绵无际的葡萄园里，葡萄也刚刚开花。

毛竹山村得名，就是因为山上的竹子。早年这里的山上长满了毛竹，天然的，几乎没有多少其他杂树。那时的毛竹可是重要的生活资源，初来建村的山民们仅凭伐竹、贩笋就足以养家糊口。随着时代的变迁，一切都在发生着不以人们意志为转移的巨大变化。村子里的人口急剧增长，竹子也不那么值钱了，人们不得不转变思路，转变生产生活方式，或离开土地外出打工，或改种产出效益更高的果木，主要是葡萄。在村党组织的引领下，村里成立了党群理事会和葡萄种植协会。一个总面积约900亩、只有46户156人（截至2021年4月）的自然村，一下子种了320多亩葡萄，成了葡萄专业种植村。经过几年的摸索，形成了统一品种、统一技术、统一销售的产业发展经验，亩均收入过万元，村民年人均可支配收入就超过了3万元。

所谓的天无绝人之路，就是说人的能动性、适应性和生活潜力是巨大的，不管社会环境和自然环境如何变化，只要给人们一定的时间，人们总能够在新的环境下找到新的出路，建立起新的平衡。山上的毛竹养不活人时，王德利便随其他村民出去打工，后来村里的葡萄产业兴旺起来了，王德利便回到村里，娶妻生子，侍弄果园。日子平平常常，舒舒服服，不甘落后于人，也没有太大的野心，此生更没有期待着什么一鸣惊人或万众瞩目。

昨天，镇里通知他今天有重要客人来家里做客，他也没想太多。对于一个普通村民来说，就是来葡萄园调研或检查工作的镇里、县里的领导，也算是重要客人了。他知道不可懈怠，那是作为一个人最起码的礼节；但也没有必要紧张，作为一个普通的农民，揣着一份朴实和真诚也就足够了。管他谁来呢，不过就是想看啥就领去看啥，想知道啥就告诉啥，问啥就答啥。清早起来，他把家里的杂物简单地归拢了一下，让自己看起来并不是一个懒散的人，或用农民的话说是"正经过日子的人"大约也就可以了。

一冬一春的忙碌，一直是披星戴月，埋头于手中的农活，只有这个等待客人来访的早晨，王德利才有时间站在自家门口抬头看看自己的村庄。村庄不大，住户不多，房子都是依山傍水而建，有一种"绿树村边合，青山郭外斜"的天然和谐。一条小路穿村而过，正好路过王德利家门口。路的对面，差不多也是山的对面，就是一望无际的葡萄园。山间的土地土质差异很大，靠山的地块贫瘠，靠水的地块肥沃。分田到户时期，为了均衡分配，当时的生产队就把土地按土质划分为几个区域，每户村民在每一个区域都有自己的农田。他突然发现，这个山环水绕的小村庄竟然这样整洁、安静，仿佛重山拱卫的一处世外桃源。他心里突然生出些感动。一感动，竟然想起棚膜下有几行葡萄又该浇水了。那些新栽种的葡萄，就跟还没长大的孩子一样，需要有人每天悉心看管和照顾啊！

王德利快速穿过马路，直奔自己家的葡萄架。王德利家的10亩葡萄园分散在三块土地上，这块地离家最近，步行不到3分钟的路程。要不是有事情在后边追着，根本就不算个事情。现在浇水的方法也很简便，不再像过去那样大水漫灌，每一行葡萄架下都事先铺

第二部 灵渠之灵

设了水管，水管上每隔一定距离有一个小小的出水孔，泵水的开关就安在地头，开关一合，就有水自动流过来，这叫滴灌。人也不用费什么事，只是举手之劳，只要掐准时间，到时记得让妻子来关一下电闸就是了。中国的农业在不知不觉间进步，在土地上劳作的人们，已经不再像过去那样，非要"面朝黄土背朝天，汗珠子掉地摔八瓣"那般劳苦，那样拼命了。

或许是心理作用吧，王德利感觉水一浇上，那些原来有一点打不起精神的葡萄叶片，就像受到了某种激励的人一样，立即挺起腰昂起头来。这是一年中最宝贵的春天啊，王德利看到，架上的葡萄已经纷纷开花了。

日影渐高时，有镇里的工作人员跑过来低声朝屋子里喊："到了，到了。"王德利马上随工作人员跑出来，站在门边等候客人的到来。这时，一辆中巴车刚好停在了王德利家对面的马路上，王德利看见了从中巴车上走下来的客人。王德利下意识地揉了揉自己的眼睛，感觉和做梦一样。

2021年4月25日，习近平总书记来到广西全州县毛竹山村考察，并到村民王德利家中看望。从客厅到卫生间，从厨房到熏腊肉的柴房，总书记仔仔细细看了个遍，详细询问有没有热水洗澡、电价贵不贵、自来水从哪来。

"总书记，您平时这么忙，还来看我们，真的感谢您。"王德利由衷地说。

"我忙就是忙这些事,'国之大者'就是人民的幸福生活。"习近平总书记微笑着回答。[1]

总书记的话如暖暖的春风,阵阵吹拂王德利的心头,让他的心里充满了信心和力量。在中国,像王德利这样生于80年代的人,不少是独生子女,从小过惯了娇生惯养的日子,每走一步身后都有人用手掌托着,责任意识和担当意识就淡薄一些,连父母的良苦用心也很少在意,生命里总是有一些东西半醒不醒。总书记的话,不仅让王德利心怀被关怀的感激,而且让他突然醒悟,明白了一些人生道理:一个家庭也好,一个国家也好,每一个成员之间都应该彼此体谅,要多一些感恩之心,要多一些担当的意识。

转眼,总书记视察毛竹山村已经过去两年时间了,但对王德利来说,那天的情景却依然如在眼前,仿佛一切都发生在昨天。尤其是总书记说过的话,更是让他铭刻于心,难以忘怀。也因为这些话,王德利有了心被照亮的感觉,似乎突然之间明白了很多事,相信了很多事,也知道自己应该怎么做了。

现在在村头广场上,远远可以看见几个字:"幸福

---

1. 引自《人民日报》2023年5月16日01版,《总书记这样教育引导党员干部树牢正确政绩观》,记者张毅、刘维涛、张洋。

第二部　灵渠之灵

都是奋斗出来的。"这句话虽然并不是对王德利一个人说的，但王德利却感觉那是专门对自己的叮嘱，入脑也入心。反复品味，王德利从中悟出很多平时没有想过更没有认真对待过的道理。心灵震颤之余，他突然感觉自己开了窍。从前的日子虽然说得过去，说心里话还是有一些得过且过的惯性，包括自己和大部分村民，缺少的正是奋斗精神，遇到问题往往停滞不前，如果事情难度太大了，知道是个好事也不想费更大的力气去做。人活一口气，也包括心气，心气旺盛了，精神头足了，日子就过得更有奔头了。小坎不算坎，大坎过得去，眼里便再无难事。一个意气风发的人，一个自强不息的人，还愁好运和幸福不会最终找上门来吗？

王德利和毛竹山村的人们不知道这句话会成为多少人的座右铭，但他们是把这句话牢牢地记在了心里，不但记在了心里还做成了巨大的标语牌立在村头。什么时候遇到了困难，什么时候感到了意志消沉，什么时候进退维谷，需要不断对着自己发问"怎么办"时，抬头看看这句话就已经走在解决问题的路上了。

有了这次人生经历之后，王德利的人生状态发生了巨大变化，仿佛心中那根松弛很久的"发条"被一只神秘之手上满了"劲儿"，整天都有使不完的力。

随着周边葡萄种植面积越来越大，葡萄的同类竞争互相压价的现象越来越严重，做得好的收入不至于下降很多，做得不好的收入则逐年下降或大打折扣。

怎么办？这葡萄种还是不种？销路的问题，政府能否帮助解决一下？很多村民在这个问题上打转转，越打转转越想不出出路，思维进入了一个死胡同。王德利则想到了要从自身入手，靠自己解决问题。最后，他决定，每年放弃一部分产量，淘汰老品种，更换品质更好的优良品种。

　　他说干就干，仅用两年时间就把一部分老品种"巨峰"和"夏黑"砍掉，换成了市场需求更大、价格更高的"妮娜皇后"和"阳光玫瑰"。这一换，不仅避免了恶性竞争，而且价格高出差不多10倍。

　　2022年，县农业农村局要在毛竹山村搞大棚种植、定土、定根和水肥一体化试点项目，这是耕种和管理方式的升级。村民们思想偏于保守，一般情况下是不会主动尝试的，只有等有人尝试过了，实践证明没有问题和风险，才会跟上来。

　　来推广项目的技术人员急出了一身汗，还是没有人带头尝试。这时，王德利站了出来，成为毛竹山村第一个"吃螃蟹"的人。试验结果大获成功，实践证明大棚种植水肥效率高，方便管理，葡萄的生长环境更优化，葡萄品质也要比普通棚膜高出一大截。虽然成本一下子高出不少，但是经济效益比原来提高了很多。此后，大棚种植才成为毛竹山村的主流方式。

　　2021年习近平总书记视察毛竹山村不久，王德利向党组织递交了入党申请书。村党支部书记觉得很稀奇，平时总是闷头不语、凡事不往前抢的王德利咋突然发生了这么大的变化？于是，村党支部书记要找王德利好好谈谈。

村党支部书记问王德利为什么要入党，他说："一个人不能总是被人推着走，要主动担当，往前走。一个共产党员不就是应当冲锋陷阵吗？我是要做一名真正的共产党员，当大家需要我的时候，我就往前冲。做啥事也不光考虑自己，要多考虑大伙儿，多考虑别人，要有正义感，要无私奉献。"一番话把村党支部书记说笑了，没想到一个老实人，心里却装着这么多想法。

"好啊，你这叫担当意识，入党动机很纯正啊！"村党支部书记心里有了底。

经过一年多的考察和培养，党组织觉得王德利这个80后年轻人很可靠，思想觉悟也很高，便正式批准他入党。

（二）

2022年，王德利当选为广西壮族自治区人大代表。

当这个好消息传来时，王德利的第一反应并不是高兴，而是犯难。虽然之前他并没有当过人大代表，但也不是没有耳闻。当人大代表要代表人民，这事一定难度不小。市里的领导特意打电话来告诉王德利不用紧张，过几天自治区党校有一个人大代表培训班，专门培训新当选的人大代表如何履行职责。

为期一周的培训开班了,王德利怀着兴奋又忐忑的心情一路赶赴南宁参加学习。他知道自己的底子薄,政治素养低,但也知道自己不怕苦,能吃苦,大不了比别人少睡几宿觉,多掉几斤秤呗!他坚信只要肯花笨功夫,就没有做不好的事情。

精诚所至,金石为开。王德利自己都没想到,平时连听听评书都会打瞌睡的一个人,听起课来竟然做到了聚精会神,连其他学员的存在都忽略了,仿佛老师只在为自己做辅导。虽然多年不写字,字迹并不那么隽秀,但本子上都记得密密麻麻,满满登登,唯恐落下一句话。

经过培训,王德利更加清晰地认识到,自己以前是个普通老百姓,只能站在地头琢磨自己家的事情,现在是人大代表,要思考如何正确行使自己的代表权,代表人民,为人民说话、建言。培训班结束了,王德利的心里也有了履行职责的"谱儿"。按理说,他心里应该更踏实了,可是那天晚上,这个从来不知道失眠是啥滋味的朴实农民还是失眠了。往事在脑子里翻江倒海,好长时间让他理不出个头绪。

"毛竹山,泥瓦房,生活苦,南瓜汤,有女不嫁毛竹郎。"一首曾在当地流传的歌谣,道尽毛竹山村过去贫穷落后的面貌。那时,王德利还是一个在20里外县城里读书的学生,远远没到说媳妇的年龄,也不知道一个适龄青年找不到媳妇是个啥滋味。他只知道学习之路的艰难。那时毛竹山村的孩子上初中,都要到6里以外的镇上的"大车头"中学就读。由于路途较远,学生们需要住校,两个星期放一次假回来探探家。

虽说中学在镇上,条件却一点也不比农村好。住的地方就不用挑剔了,能有一张小床睡下,就算得上很好了。中学生都是十几岁的少年,正在长身体,对吃的都很敏感,吃不饱吃不好,整天都会觉得心里发慌。当时的学校可能也考虑了农家子弟的经济承担能力,规定每一个住校的学生一年只要向学校交200斤稻米,交一点菜金,就可以吃住在学校。就这样,每天都是8个学生围着一张桌子吃大锅饭,一盆饭、一道菜,都很简单。转眼的工夫,饭菜精光,锅盘见底。

至今让王德利记忆犹新的就是每天早餐必喝的豆豉汤,汤里漂着几块油渣,基本不够8个人分。于是学生们把有限的数学知识用于这几块油渣的分配,轮到第二天或第三天,每人都能保证吃到一块。由于条件艰苦,学校的教学质量和升学率都不高,每年除了有几个学生考上县重点高中,到初中毕业时,已经有一半学生辍学回家务农了。

王德利在同班的学生中,学习是出了名的用功,结果也只考上了一个技工学校。由于文凭较低,毕业后只能到沿海发达城市去打工。论智力,王德利自觉不比普通人差,包括自己少年时期那些同学、伙伴,都是机灵鬼，只因为没有受到良好的教育才没有发展起来。时代变了，科技进步程度和生产力发展水平迅速提高，对人的素质要求越来越高，没有良好的知识结构和知识水平，基本寸步难行。就算回到乡村种地、种葡萄，没有知识不懂科技也弄不好啊！眼见人口越来越多，土地也好，山林也好，已经越来越承受不住过重的负担。如果不依靠科技进步，还是恪守过去那种简单粗暴的方式"靠山吃山，靠水吃水"，连山都能吃倒，水都能吃绝。没有知识和文化，怎么保护绿水青山，又怎么让绿水青山变成金山银山？

王德利想起自己近半生的坎坷之路，想起在面对新生事物和农业科学技术时的那些困难，就遗憾自己书读得少。习近平总书记告诉我们"幸福都是奋斗出来的"，是呀，自己的人生起点本来就低，就更要靠坚持不懈的奋斗，不奋斗就更没有出路。假如自己从小受到良好教育，在一个高起点上奋斗，人生岂不是更精彩！可是农村孩子的教育问题，仅仅是自己一个人遇到了吗？千千万万个家庭，千千万万个农家子弟遇到的不都是同一个问题吗？

身为农民，身居穷乡僻壤，除了人居条件和教育，最大的问题还有医疗。多年来，由于乡村医疗设施简陋，缺少技术过硬的医护人员，以至于像阑尾炎手术这样的小手术，卫生院的医生们都不太敢做，如果时间来得及都建议去县医院做。如果遇到急性的心脑血管疾病，得救的概率更是大大降低。至于到村到户的紧急抢救和运送就更谈不上了，结果可想而知。

当清晨第一缕阳光刺透窗帘的时候，王德利仍然睡意全无。起了床，洗把脸，不但觉得神清气爽，而且还觉得思维清晰敏捷。把一夜的深思，稍加整理，三条代表人民的提案就有了雏形。当然，王德利还不敢说自己就代表人民，至少他能够代表毛竹山村或才湾镇一带的农民吧？大也好，小也好，只要是能让一方百姓受益，也算无愧于人大代表这个职责。他在心里想，只要努力，不断学习，不断地了解老百姓的真实情况和国家、地方政府的政策，就一定能更好地发挥人大代表的作用，更好地代表老百姓履行职责。

想到这里，王德利拿出纸笔，很认真也很郑重地一口气写出了三个提案：

第一个是提升农村教育水平的提案。提案所列具体内容，包括加大农村教育事业的投入，改善农村学校的教学条件，引进师资人才，提高农村学校的师资水平。

第二个是加大对农村医疗事业的投入，改善农村医疗条件和医疗水平，方便广大农村居民就医。具体如加大乡镇医疗院所的建设，引进医疗人才，配置先进的医疗设备等。

第三个是加大对农业、农村的资金和科技投入，引导推动农民走科技兴农的路子。建议乡村振兴局和农业农村厅根据农村和农民的实际情况升级产业布局，针对绿色农业和特色农业为农民提供资金和技术支持，特别是在葡萄种植方面要帮助农民淘汰旧品种，更换新品种，推广先进的培植技术和管理方式。

三个提案提交备案之后，王德利根据培训班老师的指导，按程序进行了催办落实，不到半年的时间，相关部门对提案进行了落实，达到了件件有结果、事事有回音的要求。面对落实情况的回执，王德利长长地吁了一口气，感觉到人民代表的责任太重大了。

一年一度的人代会结束后，王德利的日子又渐渐恢复到平常的状态。其实，说平常，也不再是从前的平常。这两年，来毛竹山村的各地游客明显多了起来。从毛竹山村上行，不到20分钟的车程，就到了红军长征湘江战役纪念园。参观完红军长征湘江战役纪念园的全国各地游客几乎无一例外地都要慕名到毛竹山村去看一看。不知不觉之间，红色旅游线路已然将毛竹山村纳入固定线路之中。

几乎是无一例外，来毛竹山村的人们总是要特意来看看王德利，让他讲一讲总书记来毛竹山村都去了哪里，都说了些什么。一开始王德利只是坐在自己家里像招待远方的亲戚一样，情绪高昂地和他们共同重温总书记视察毛竹山村的情景。后来，找王德利介绍情况的人越来越多，团体规模越来越大。考虑到屋子太小根本装不下那么多人，即便装得下，也有人会听不清，

第二部　灵渠之灵

于是他干脆就背上个扩音器,带着大家沿着总书记走过的路,边走边介绍当时的情景。实地实景的现场讲解,总能让游客沉浸其中,流连忘返。

其间,有人在倾听之余,和王德利探讨起乡村振兴等问题。有一些王德利能够回答,就很真诚地说说自己的看法,而有一些问题确实很难、很复杂,他自己也不知该如何回答时,便鼓励对方:"总书记不是告诉过我们嘛,幸福都是奋斗出来的!"

每一次他这样回答之后,对方似乎都有所领悟。

其实,王德利在勉励别人时,自己心里很清楚,毛竹山村的村民包括自己也需要继续奋斗。虽然总书记肯定过毛竹山村的乡村振兴大有希望,但毕竟还没有达到振兴的标准。至于到了什么程度才叫振兴,王德利也说不那么具体。但就自己直观的感觉,至少要山清水秀,环境优美,村容整洁,平常的日子里不但要吃穿用度充足,还要和谐、文明,受人尊敬。

客观地说,在乡村振兴的道路上,毛竹山村算起步比较早的。早在十多年前,他们就开始了新农村建设,不仅统一了楼房建造风格,还通过道路硬化、路灯亮化工程,极大地提升了村民的居住环境。在产业发展上,通过葡萄产业与乡村旅游融合发展,基本上实现了"葡萄基地"变"休闲景区"。

近两年来,毛竹山村的村民们劲头更足了,做的事情越来越多了,变化也更快、更大了。他们不仅加大了基础设施建设，装上了污水处理系统，实现了雨污分离，还在葡萄园里修了游客步道，开发打造出千年古酸枣树、毛竹通道、荷塘垂钓等景点。他们还打算在村头闲置地块上修建餐饮中心和影视基地。

鉴于毛竹山村的客流量越来越大，王德利在自己家开了一间便民超市，既为游客提供了方便，也在种植之外增加一部分家庭收入。

闲暇时，王德利就和妻子罗玲玲商量："最近几年咱家广受关注，也得到了社会各界的广泛支持和帮助，咱们日子过得越来越好了，是不是也不能光顾自己，也要想着为社会多做些有益的事情啊？"

为这件事，王德利夫妇反复琢磨，探讨了好多种方式。最终他们选择了一个比较切合实际，能够坚持长久，也有重大意义的事情。于是，在当地妇联的指导下，由罗玲玲牵头成立了毛竹山村"环保妈妈"志愿服务队，她们以环境美、人文美、家风好、生活富为主题，开展爱护山林、保护环境、环保宣讲、定期义务清理垃圾、垃圾分类指导等活动，为保护绿水青山和建设美好家园尽一份自己的力量。

王德利的日子过得有声有色，有滋有味，有物质也有精神，但也不是没有一点遗憾。毛竹山村的"阳光玫瑰"成熟了，王德利在侍弄葡萄或迎来送往之余，却忍不住唉叹："只可惜，总书记来时葡萄刚刚开花，他没有品尝到我的阳光玫瑰。"

第二部　灵渠之灵

山重水复

第三部

一

秀甲天下

（一）

　　自南朝以来，就有数不尽的文人墨客将赞美的笔墨倾注于桂林山水，有诗，有画，也有文。其中，最为著名的一句诗莫过于"桂林山水甲天下"，语意通俗明朗，如一只神奇的鸟儿，穿越了深远的时空，被世世代代的人们相继传颂，并铭记于心，却终不知此句何年何月出自何人之手。想当初，以历史研究著名的大文豪、大学者郭沫若来到桂林，经多方考证反复研究，也没有查明其原始出处。

　　1983年，桂林市文物考察队的两位工作人员在独秀峰下清理历代石碑和沉积物时，轻轻地铲开读书岩上方的腐殖层，意外地发现了一帧从未在史书中记载的石刻作品。真是踏破铁鞋无觅处，得来全不费工夫，百年来人们寻寻觅觅而不得的诗句就赫然印在上面："……桂林山水甲天下，玉碧罗青意可参……"诗很长，主旨也不是专门为了赞美桂林山水的，而是借助桂林山水秀甲天下的形象作比，勉励学子们在学业上要再接再厉勇夺桂冠。作者是宋代的王正功。

经查考，王正功创作此诗的时间为1201年，即南宋嘉泰元年。其时，王正功的真实身份为广南西路提点刑狱公事。有史料记载：王正功字承甫，原名慎思，字有之，鄞县（今浙江宁波）人。高宗绍兴二十四年（1154）为宜黄主簿，寻改青田。孝宗隆兴初年（1163），调筠州司理参军。乾道四年（1168）为荆湖南路转运司主管帐司。七年，知莆田县。淳熙七年（1180）通判潮州。十一年，改任淮南。十四年，主管荆湖北路安抚司机宜文字。光宗绍熙三年（1192）知澧州。宁宗庆元四年（1198）知蕲州。六年，为广南西路提点刑狱公事。嘉泰三年（1203）卒，年七十一。写这首劝学诗的时候，王正功已经是垂垂暮年，两年后就寿终正寝了。盘点其一生，虽然并没有做过太大的官，却为桂林留下了一个流传千古的句子，当算作桂林的千古功臣。

然而，"桂林山水甲天下"之所以能够千古流传，也并非文字本身的魔力，而是桂林山水确实名副其实，不但过去秀甲天下，现在秀甲天下，似乎永远都秀甲天下。任时光如何变化，人们的眼界多么开阔，桂林山水甲天下这个事实都没有改变。

如果把桂林山水和漓江风光比作一篇洋洋洒洒的长文，由于好看且有名气的山水密集繁杂，一般人都不知道这篇长文应该从哪里读起，如何读才能理出个清晰的头绪，才能捕捉到全貌。实际上不是一般人，是几乎所有的人都很难做到。但只要我们重新进入历史和时间深处，就会发现，虽然谁都不能够将这篇长文读完，但总有一些痕迹可循，总有一些要点可以把握。

还是要从独秀峰说起，它似乎就是桂林山水绕不过去的一个特殊节点。

明洪武三年（1370），太祖朱元璋大封诸王，兑现了"尔他日长大，吾封爵尔"的诺言，封朱文正之子朱守谦为靖江王。紧接着就要修建王府，朝廷采纳了工部尚书张允的意见"靖江用独秀峰前"。洪武九年（1376）朱守谦前往桂林就藩。王府初步建成，一座规模宏大，殿堂森严，宛若仙宫的王城傲立于奇绝俊秀的山水之间。自此，独秀峰与王城相依托、相映衬，成为600多年来人们竞相观瞻、吟咏的绝佳人文风光。

其实，独秀峰的存在和命名对当时的人们来说，也并不陌生。早在南朝时期，就有文学家颜延之写过咏独秀峰的诗"未若独秀者，峨峨郭邑间"。这是现存最早的桂林山水诗歌，也是独秀峰命名的由来。每当晨曦辉映或晚霞夕照，殷红的霞光笼罩在暗灰色的山体上,独秀峰便如穿上了一袭金光闪闪的紫袍,所以,独秀峰在一些历史时期又被称作紫金山。

唐人郑叔齐盛赞独秀峰"不藉不倚,不骞不崩,临百雉而特立,扶重霄而直上"。虽然独秀峰的实际高度并没有高到"扶重霄而直上",但给人的感觉就是那么直上云天。清袁枚也有诗曰:

> 来龙去脉绝无有,突然一峰插南斗。
> 桂林山形奇八九,独秀峰尤冠其首。
> 三百六级登其巅,一城烟火来眼前。
> 青山尚且直如弦,人生孤立何伤焉!

站在独秀峰顶,目光越过桂林市区的"一城烟火",北眺,虞山、叠彩山、老人山、伏波山依次排列;南望,则象鼻山、穿山、塔山、斗鸡山沿漓江远布。桂林最著名的喀斯特山体便群集于这个区域,有如众神,千百年来不知疲倦地佑护着一方水土和一方生灵。

很早以前,整个桂林市尽在喀斯特峰林群里;及至当下,则是群峰散布在现代化的楼群之中。忽一日大雾弥漫,从高处看下来,则是半城楼阁半城山,仿佛人间仙境。桂林的人们有福了,每天上班下班,出出进进都与众山擦肩而过,自会有一股天地间的灵气在胸中飘荡。只是年深月久,很多人对那些神一样的存在熟视无睹,不觉有什么稀奇了。

我们平素所熟知的中国南方喀斯特有贵州荔波喀斯特、云南石林喀斯特、重庆武隆喀斯特，不可否认，它们都是地球上重要而典型的喀斯特地貌形态。这几个典型的喀斯特片区，按照学界的统一说法，经历了长期的地质年代，既保留了地质历史时期古喀斯特遗迹，又代表了重要的和正在进行的喀斯特过程。

然而，桂林的喀斯特地貌却是众多喀斯特地貌中最具个性的喀斯特岩溶地貌。从山体根部相连的峰丛，到山体根部独立但并肩而立的峰林，再到两座山体或众多山体之间完全没有联系的孤峰，在漓江两岸的山体中都能找到典型代表，可以说应有尽有。它们不但全面展现了喀斯特地貌的各种形态，而且也全面反映了地球地貌演化的完整过程，具有其他地域喀斯特地貌不可取代的独特意义。最关键的是，桂林的喀斯特地貌不但具有很高的地质学上的价值，同时，因为有漓江和漓江流域丰富的水系与之呼应，形成了山间缠玉带、碧水映山影的绝美风光，又有了独特的美学价值和意义。

从兴安到平乐，漓江沿岸的石灰岩经亿万年的风化侵蚀，形成了千峰兀立、一水环抱、洞奇石美的独特景观，是天赐人类的一个赏心悦目、怡情冶性之地。古往今来，知名人士、学界巨擘、各国政要以及各种肤色的普罗大众竞相前来观赏漓江美景，党和国家历任领导人持续地关注、关心和保护着这块不仅属于桂林、

第三部　山重水复

广西、中国，也属于全人类的瑰宝。

　　从唐代开始，中原的很多文人墨客和官员不断被派遣到边远地区。来到桂林的文人墨客和官员，如果仅仅是过路，自然要把脚步和目光集中于山水，游览一番再转身而去；如果是久居，也会在公务之余寄情于山水，排解内心的郁闷。还有那些未至桂林，却与这些官员和文人歌诗赠答、遥想山水美景的文豪大家。如此，桂林山水便有了第一批重要的歌咏者，这在客观上起到了丰富、传播地域文化也包括山水文化的效果。桂林的著名风景如象鼻山、伏波山、独秀峰、南溪山、尧山、七星岩、芦笛岩，都曾留下过他们的笔墨、诗文。在这批人物之中，不乏名垂青史的大家、名家，如宋之问、张九龄、杜甫、白居易、柳宗元、韩愈、李商隐、吴武陵、李德裕、李涉等，他们的山水诗文很大一部分都留存了下来，传于后世。

　　到了宋元时期，游山玩水之风盛极一时，关于桂林山水的诗词和文章更多。南宋淳熙二年（1175），范成大在《桂海虞衡志》中称："余尝评桂山之奇，宜为天下第一。"南宋嘉泰元年，王正功在《桂林鹿鸣宴诗》中正式吟出了"桂林山水甲天下"的千古绝唱。元人不仅善玩而且会玩，玩出了不少名堂和花样，将桂林山水概括为八景，即老八景：桂岭晴岚、訾洲烟雨、东渡春澜、西峰夕照、尧山冬雪、舜洞薰风、清碧上方、栖霞真境。

这是人文山水的示范，在此种思路的引领下，历代人们围绕着桂林山水风光不断挖掘出新的风景和内涵。清同治十一年（1872），朱树德增补了续八景，即新八景：叠彩和风、壶山赤霞、南溪新霁、北岫紫岚、五岭夏云、阳江秋月、榕城古荫、独秀奇峰。至20世纪90年代，桂林人再接再厉，在原来十六景的基础上演绎归纳出二十四景，即榕湖春晓、古榕系舟、象山水月、南桥虹影、还珠试剑、拿云揽胜、木龙古渡、老人高风、隐山六洞、西山佛刻、桃江拥翠、芦笛仙宫、花桥映月、七星洞天、驼峰赤霞、龙隐灵迹、桂海碑林、靖江王陵、尧山观涛、穿山挂月、塔山清影、南溪玉屏、冠岩水府、漓江烟雨。可谓是五彩缤纷，令人目不暇接。

这是以桂林为中心的传统核心景观群。就如人的心、眼和脚步不可能永远停留在一个地方和一个区域一样，景区的发展也不可能不向外延伸。20世纪30年代末，全国进入全面抗战时期，内地的社会和文化精英纷聚桂林。据魏华龄、李建平主编的《抗战时期文化名人在桂林》记载，当时在桂林从事文化活动的名人包括何香凝、柳亚子、李四光、郭沫若、梁漱溟、邹韬奋、徐悲鸿、茅盾、陈望道、李达、马君武、夏衍、巴金、高士其、田汉、胡风、吴晓邦、徐铸成等共115人。这些人中有社会活动家、社会科学家、文学家、艺术家、出版家、教育家、自然科学家和新闻工作者。一时间，桂林成为中国战时的文化重镇。

（二）

论自然景观，阳朔绝非平庸之地。县域之内，百里山川，奇峰群起，漓水蜿蜒。山上灌木丛生，郁郁葱葱；山下江水如镜，游鱼历历可数，两岸景物倒映江中，美丽如画；山峰突兀拔地而起，有的如龙、虎、马、牛，有的似老人、书童，形态万千；岩洞里，钟乳石千姿百态，栩栩如生。山水互映中营造出一派山清水秀、峰奇洞巧的自然景观。实可谓"碧水苍山，莲峰万朵，杂花生树，四时无间"，难怪宋代范成大赞曰："桂山之奇，宜为天下第一。"

从桂林沿漓江而下，自官岩村起进入阳朔县的第一景区叫杨堤景区。杨堤村因村后有一山形似羊蹄，原取名为羊蹄村。后人认为村名羊蹄太俗，遂以"羊蹄"二字谐音改称"杨堤"，即垂杨拂堤之意。官岩村头，一山临江矗立，石壁上遍布石纹，似有群猴竞跑，故名猴山。稍下一山，高百余米，山壁宽阔，像一块大幕布，旁有一峰，好似人在拉开幕布。于是，一幕方开，万景毕现，阳朔的无限风光便如一台精彩的舞台节目，悠然舒展，接踵而来——

秀山彩屏、半边奇渡、鸳鸯戏水、虎山锣鼓、石人推磨、鲤鱼登壁、浪石胜景、九马画山、黄布倩影、七姐下凡、碧潭青螺、兴坪佳境……一处处景观的名称是命名也是描述，鲜活生动，闻其名已如身临其境。有一些景观经过漫长岁月的推敲，成为家喻户晓的经典。

从兴坪镇沿漓江逆流而上，去西北4公里，有一山岩裸露的大山，高400余米，宽600余米，石壁如削，面江而立。石壁上彩纹斑斓，远望如画屏，故名画山。细看山壁石纹勾画条条，纵横交错，可依稀辨出群马形象，栩栩如生，如奔、如卧，似嬉戏、若长啸，神态各异，合称"九马画山"。清人徐沄有诗云："自古山如画，而今画似山。马图呈九首，奇物在人间。"称"九马"，是多的意思，不一定就能看出九匹马。在兴坪一带也流传着这样的歌谣："看马郎，看马郎，问你神马几多双？看出七匹中榜眼，能见九匹状元郎。"这说明能辨认出几匹马要看个人的眼力和想象力。

从画山下行1公里就到黄布滩。之所以叫黄布滩，是因为这一带江面长宽整齐，像一匹规整的布。江边侧立一座大山，有金黄色峭壁面江而立，站在峭壁对面看漓江，江面正好被黄色山壁的倒影覆盖，好似一匹染过的黄布一样漂在江面上，故而命名为黄布倩影或黄布倒影。就在黄色峭壁对面滩涂上，还伫立一山，宛如一只浴水而出的海豹，叫海豹山。山壁有一岩，岩头斑纹像匹大黑马，人称画山九马的落后马。把几个景点联系起来琢磨，就给人提供了无限的想象空间。

说起桂林的山水景观，直观感觉真是多不胜数，难以穷尽。仅桂林景区和阳朔景区两地有名有姓的景观就有200多处,而每一处景观都是自然山水和人文内涵的有机融合。据统计,在桂林、阳朔等几个景区的石壁上,历史上共留存摩崖石刻2000余件、山水诗词近5000首、文字近200万字、神话传说数百则以及文物古迹500多处,遂有"游山如读史"之谓。

  正因此,桂林山水才世界闻名,吸引着世界各地的游客竞相前来观光旅游,包括越南主席胡志明,比利时首相莱奥·廷德曼斯,新加坡总理李光耀,柬埔寨国家元首诺罗敦·西哈努克亲王,德国总统卡斯滕斯和魏茨泽克,尼泊尔首相基尔提·尼迪·比斯塔,加拿大总理皮埃尔·埃利奥特·特鲁多,丹麦首相保罗·哈特林,美国总统尼克松、乔治·布什和克林顿,俄罗斯外长拉夫罗夫等40多个国家的首脑、政要。

  1963年2月,陈毅副总理陪同柬埔寨西哈努克亲王游桂林,看过了桂林山水之后感慨万千,陶醉之余作了一首《游桂林》,赠给桂林市和阳朔县的同志们:

    水作青罗带,山如碧玉簪。
    洞穴幽且深,处处呈奇观。
    桂林此三绝,足供一生看。
    春花娇且媚,夏洪波更宽。
    冬雪山如画,秋桂馨而丹。
    四时景物殊,气象真万千。

阴晴和雨雾，着色更鲜妍。
大野青不断，入窗秀可餐。
久看欲舍去，舍去又来探。
佳景最留人，景亦待人勘。
愧我诗笔弱，难状百二三。
愿作桂林人，不愿作神仙。
……

　　黄家城等在《漓江流域生态文化研究》一书里，讲了一个有意思的故事。1996年8月的一天，时值漓江旅游旺季，船行至黄布倒影景观处，忽有一外籍男子大哭起来。船上人不知道这人出了什么事情，还未及上前劝说，只见那男子径直走到船头，一头扎进水中。望着水面的波纹，工作人员半晌才回过神来，大喊："不好了，有人跳江自杀了！"船上顿时一阵骚动。就在大家慌忙准备救人之际，那名男子又从水里蹿出，爬回船上。上了船，他也不理会众人，又面向漓江用法语大喊："漓江啊，你太美了，我真想被你淹死！"至此，众人才恍然大悟，原来那名外籍男子是为漓江的美而癫狂。

　　2006年10月，印尼总统苏西洛来到中国广西出席中国—东盟建立对话关系15周年纪念峰会。会议期间被优美的桂林山水触动了灵感，乘兴创作了一首歌，名字叫《宁静》："快乐的日子，在生命中不断循环，我与伙伴，共同度过那美好时光……"据说，苏西洛总统在中国的山水之间触景生情，想起了自己的童年和自己美丽的家乡。

桂林得天独厚的地理和资源优势，激发了一些有识之士的美好愿景。早在1933年，就有人在《国民日报》上发表文章，建议将桂林打造成"东方日内瓦"：

> 不观诸欧洲瑞士乎？在百年前，其国之人民，不及吾朔人之多，其疆土，不及吾朔之广，四面崇山峻岭，绝少平地，周围不及百里，称为奇观者，只四时之积雪，及自然之瀑布耳。其地瘠，其民贫，正与吾朔等。其人民富于勇敢性，能利用其天然之风景，建设新式屋宇，亭台楼阁，修筑盘旋道路，吸收外资，充实财力，以维持其永久之国祚。近数十年来，惨淡经营，敷设铁道，增加空中电车，电灯，自来水，升降机，各种机器，凡一切便利游客之衣，食，住，行，娱乐，艺术，无一不备。至今欧美人士，每年游其地者，数以百万计，极为世界公园，欧洲列强，且承认为永久中立国，国联会，永定在日内瓦，其声价可知。孟子曰："不耻不若人，何若人有？"吾朔具有世界第一公园之资格，岂肯甘居人后，果能人人负责，当不让瑞士独步，同力合作，倾囊捐助，行之以渐，持之以久，本心理之建设，实现物质

之建设，三年之后，必大有可观，十年之后，不难与瑞士并驾齐驱⋯⋯

就在这份建议书在报纸上公开发表30年后的1963年，时任中共中央中南局第一书记的陶铸到桂林视察时，再次提出要把桂林建设成"东方日内瓦"。此后，桂林山水随着时代的变迁和经济的发展被更多的人认识。改革开放之初，随着国门的开放，大量国外游客涌入桂林，日本的、韩国的、美国的、东南亚的、欧洲的，各种肤色的游客似乎一夜之间都开始痴迷、向往起漓江。可就在这个时候，人们遇到了前所未有的问题，那就是工业快速发展造成的严重环境污染。往往越是优美的自然生态越是脆弱的，即便是千年人文滋养起来的桂林山水，也承受不住化工污水、工业粉尘和大型矿山机械的侵害。

作为历史文化名城的桂林，"文革"时期依然受到国家和各界人士的关注，邓小平、朱德、陈毅、李先念、叶剑英、陶铸、郭沫若等国家领导人和文化界名人都曾到访桂林，游览漓江，都对桂林的环境保护起到了重要的推动作用。

1973年10月，时任国务院副总理的邓小平陪同加拿大总理皮埃尔·埃利奥特·特鲁多来到桂林，游览了漓江，也参观了市区的一些工厂，但这一路所见所感，却让他的心情很沉重，始终也没有露出笑容。特别是看着沿江多处工厂污水排入漓江，江面上漂浮着污水的泡沫，形成一清一黑的"鸳鸯江"，他眉头紧锁，一言未发。当时陪同他的桂林市委书记钟枫见此情景很是紧张，不知道哪里出了问题，一遍遍用目光询问邓小平。许久，邓小平对钟枫语重心长地说，桂林风景世界驰名，保护好桂林山水不受污染，是桂林的一项重要工作。不论是发展工农业也好，搞城市建设也好，都不要忘记这一点。"你们为了发展生产，如果把漓江污染了，把环境破坏了，是功大于过呢还是过大于功，请你们好好考虑。不然的话，功不抵过啊！"[1]

邓小平的一席话给桂林市领导也给广西的领导们敲了一记重重的警钟，他们方意识到桂林山水不仅是一处风景名胜，还是国家的脸面和形象。于是，立即组织人员对漓江和其他风景区污染情况进行调查研究，提出了一套系统的整治方案，并广泛地征求国内外游客对漓江污染和城市建设的意见，整理成册，一并呈送邓小平。邓小平对漓江治理十分重视，亲自召集有关部委负责人，主持会议，专题研究漓江的治理和环境保护。

不久，国务院颁布了《尽快恢复并很好保持桂林山水甲天下的风貌》的决定，要求"广西壮族自治区党委、

---

[1]. 中共桂林市委党史研究室编著：《丰碑·桂林红色记忆》，广西师范大学出版社，2015年，第194页。

政府把治理漓江提上议事日程,采取切实措施,尽快把漓江治理好"。桂林市当即关闭了30多家对漓江造成直接污染的工厂,并在全国率先修建了污水处理厂。

在邓小平的直接关怀下,中央开始高度关注漓江的环保问题。同年12月,国务院环境保护领导小组派出工作组到桂林调查污染情况,并依据调查情况向中央提出了进一步的治理意见。1974年12月,国务院环保领导小组办公室颁发了《环境保护规划要点和重要措施》,把漓江列入全国重点保护河流之一,要求在三至五年内控制污染,十年内使污染得到根治。

1977年7月,中共十届三中全会通过决议恢复邓小平的党政军领导职务后,邓小平同志重提桂林的环境保护问题,并于1978年10月作出重要指示:"桂林漓江的水污染得很厉害,要下决心把它治理好。造成水污染的工厂要关掉。'桂林山水甲天下',水不干净怎么行?"[1]紧接着,中共中央又于10月31日批转了《国务院环境保护领导小组办公室环境保护工作汇报要点》,将桂林市列为全国重点治理环境污染的20个城市之一,要求三至五年内重点整治漓江水质污染,八年内使水质恢复到良好状态。

1979年1月6日,针对桂林治理污染进展不力的情

---

1. 中共桂林市委党史研究室编著:《丰碑·桂林红色记忆》,广西师范大学出版社,2015年,第195页。

况,邓小平再次作出严厉而明确的批示:"要保护风景区。桂林那样好的山水,被一些工厂在那里严重污染,要把它关掉。"[1]看来,中央领导是动了真格,是到了壮士断腕的时候了。根据邓小平的批示和国务院的文件精神,自治区党委派出工作组进驻桂林,桂林市政府克服了财政紧张、就业压力大等困难,在经济发展与生存环境中,选择了不以环境污染为代价的发展立场,打了一场环境治理攻坚战,先后对桂林第二电厂沙河火力发电厂、造纸厂、轴线厂、钢厂、染织厂、化工厂等37个排污大户集中进行了关闭、停产、合并、转移,斩断了污染源,迅速而有效地遏制了污染的势头。

1978—1980年,桂林市除了大力治污,还对漓江沿岸的脏乱环境进行了治理。针对历史形成的船民落后居家习俗,实行"连家船改造"渔民上岸政策,在漓江岸边征地并建立了大圩、潜经、草坪、杨堤、兴坪、阳朔等15个渔民定居点,使绝大部分渔民上岸定居,减少了漓江的生活废水、废物污染,也改善了漓江沿岸的视觉环境。

1986年邓小平重返桂林,看到江水清澈见底,十分欣喜地说:"这就好了,漓江的水变清了!连水中的

---

1. 中共桂林市委党史研究室编著:《丰碑·桂林红色记忆》,广西师范大学出版社,2015年,第195页。

石头都看得见了!"[1]"桂林山水就要讲这个'水',水清才能看见倒影嘛!"[2]他还说,漓江两岸的山峰确实很美,在别的地方看不到,要保护好水,也要保护好山。[3]

(三)

虽然经过世纪末一轮大幅度的治理,漓江流域上游水质有一定程度的好转,但随着城市人口的大幅增长和漓江两岸人民生产和生活的高速发展,原有的排污系统和污水处理设施以及管理和治理措施又远远跟不上实际需求,城市污水、工业污水和其他污染物又开始回流,造成江水和环境的污染。

2011年12月,经水利部门检测,青狮潭库区水质总磷总氨指标严重超标。这座1958年动工修建,20世纪60年代建成的大型水库,集城乡供水、农业灌溉、防洪补水、旅游观光和发电等功能于一体,是漓江上游重要的水源之一,也是桂林市的后备水源地,总库容量6亿立方米,号称"华南第一湖"。湖水曾经清澈见底,20余种鱼类嬉戏其中,乘船游览,湖面碧波万顷,一望无际。库区水面曾一度随处可见一排排网箱,

---

1. 中共桂林市委党史研究室编著:《丰碑·桂林红色记忆》,广西师范大学出版社,2015年,第197页。
2. 李新芝主编:《邓小平实录:改革开放40周年纪念版》,北京联合出版公司,2018年,第188页。
3. 同上。

网箱养鱼、河岸养鸭养鹅致使漓江中下游河段水质受到了严重影响。

此外，漓江上游灵川段的多处河道又出现挖沙船，河道已被挖得满目疮痍，大量卵石堆在河道上，部分江段几乎断流。漓江沿岸出现大量烧烤摊，垃圾遍地，江边的石头已被熏黑，食物残渣满地，一次性筷子、竹签、小刷子、果皮、纸屑随处可见，多次引起广大市民的强烈不满。

同时，相关部门在漓江约1平方公里的水域发现、收缴近百个地笼。这种掠夺性的捕鱼工具，在彻底破坏漓江鱼类资源的同时，也必然会断送漓江渔民的生计。

在一次保护漓江的行动中，华南环保督查中心带领桂林市、县监察人员对全市企业进行了全面检查，共出动环境执法人员8000余人次，检查排污单位2600余家，查处违法排污企业385家，整改企业274家，停产整治企业101家，关停取缔企业31家，淘汰落后产能企业18家，移送公安司法机关1家，行政处罚206件，处罚金额850万元。

2015年7月有记者在桂林市采访后报道，桂林市的灵剑溪、南溪河等多条内河沿线，生活污水大肆直排，导致内河发白、发黑，河水腥臭，而"黑水"最终又流入漓江。漓江流域上游出现了丰水期水质比平水期和枯水期更差的情况，原因主要是径流量迅速增加，把沿河的污染物带入河流，流域周边农业生产中所用的农药和化肥造成了面源污染，市区和郊区的养殖业、水产业也造成了一定的有机污染。

另据环保部（现为生态环境部）的漓江流域卫星监测，在已确认的43家采石场中，有22家位于漓江风景名胜区的禁止开发红线范围内，且全部位于桂林市区和阳朔县辖区。其中有2家位于漓江风景名胜区的核心区域，20家位于漓江风景名胜区的控制协调区。

……

种种迹象表明，漓江山水再一次面临严峻考验。

早在2010年3月10日，全国两会期间，时任国家副主席的习近平同志参加十一届全国人大三次会议广西代表团审议时就指出："漓江不仅是广西人民的漓江，也是全国人民、全世界人民的漓江，还是全人类共同拥有的自然遗产，我们一定要很好地呵护漓江，科学保护好漓江。"[1]

2017年，习近平总书记视察广西时再一次强调："要全力保护好桂林山水，继续做好当地生态环境修复治理工作，特别是要抓好漓江流域生态环境保护，让这一人间美景永续保存下去。"[2]

总书记的指示字字千钧，让自治区和桂林市的管理者们意识到了自己肩上的政治责任。何为"国之大

---

1. 引自《桂林日报》，2010年3月12日，第1版。
2. 引自新华网，http://www.gx.xinhuanet.com/newscenter/2023-04/25/c_1129561019.htm.

者"？漓江的生态和健康水平直接牵动着全国人民乃至全世界游人的目光和心啊！

为此，自治区党委、政府坚持把习近平总书记提出的打造桂林世界级旅游城市作为重大政治任务，作出系统部署，将漓江流域生态保护和环境治理列为全区重大事项和重点工作之一，专门成立指挥部，统筹协调推进漓江流域治理各项工作。自治区党委书记、自治区人大常委会主任刘宁，自治区党委副书记、自治区主席蓝天立，自治区政府分管领导以及自治区生态环境厅等相关负责同志多次亲临漓江调研，督促指导问题整改，在每一个落实环节上着眼、加力。桂林市委、市政府全面贯彻落实习近平总书记视察桂林时的重要指示精神，明确提出，像保护眼睛一样保护好桂林山水，像守护生命一样守护好世界最美的漓江。桂林市第六届人大常委会第五次会议作出决定，把习近平总书记视察漓江的4月25日定为每年"漓江保护日"。

首先，是制度的落实，自治区和桂林市上下联动推动一系列的保护制度和法规快速出台。《广西壮族自治区漓江流域生态环境保护条例》，明确规定漓江流域发展旅游业应当以生态环境承载力为前提，旅游景点、线路、项目的确定，应当符合漓江流域生态环境保护的要求。《桂林市漓江风景名胜区管理条例》《桂林市喀斯特景观资源可持续利用条例》《桂林市灵渠保护条例》《桂林市青狮潭水库饮用水水源保护管理规定》《桂林市会仙喀斯特国家湿地公园保护管理规定》等政府法规，都从桂林的实际出发，对桂林山水提出了具体可行的治理和保护措施。

接下来是资金的落实。针对过去流域治理缺乏系统性、历史遗留问题多、生态脆弱等状况，2019年6月25日，经广西壮族自治区党委、政府批准同意，有关方面印发了《桂林漓江生态保护和修复提升工程方案（2019—2025年）》，明确重点实施漓江综合治理工程、漓江生态保护工程、漓江生态修复工程、城市生态提升工程、产业生态提升工程、及漓江生态保护和修复提升重点支撑工程，内含147个子项目，预算总投资918.8亿元。

一串闪着光芒的字眼和数字在电视和报纸上闪过之后，敏感的桂林人凭借以往的生活经验和直觉，认识到了事情的重大，从政府的管理者到普通的市民，一度平静的心无不因为突然而至的好消息激荡了很多时日。但由于很多人对这个专业领域的事情并不熟悉，难有一个量的概念，人们并不知那些数字代表什么，能给人们的工作和生活带来怎样的变化。并且随着新一轮消息、新闻铺天盖地地涌来，内心的波澜在荡漾了不多日子之后，也逐渐淡忘和归于平静。

虽然在接下来的几年中不断有官方消息陆续报道了漓江流域山水林田湖草沙一体化保护和修复以及"净水、补水、壅水、引水"的"四水治理"工程，但是对于一般的市民来说，仍想象不出那些重要事务的具体面貌，每天仍那么兀自忙着自己的生活和工作。每天要跨过漓江上的几座大桥去上班，去下饭店，去接送孩子，去出游。很多时候甚至顾不上看看江里水情的变化。突然某一天偶得清闲，趁天色晴好带着家人孩子到漓江边上转一转，竟然发现漓江已经变成了一种自己并不熟悉的样子了。江水不但没有像往年这个季节一样细细瘦瘦的，眼看就要断流的样子，反而变得充盈清澈了。以往难闻的气味没有了，江水中的杂质和污浊颜色不见了，连两岸江堤上的破损也没有了。漓江变得更加俏丽可人了。惊奇之余，人们总是忍不住要找人问一问，这究竟是怎么回事。

这时有一个工程人员模样的人会对你说："这不是之前几年巨大的投入和坚决的治理见效了嘛！污水也进行综合治理了，市政管网也彻底改造了，漓江上游除了青狮潭水库和思安江水库两大水源，又花巨资建成小溶江、川江、斧子口三座水库，加在一起就有五座水库。'五库'水量统一调度，全力保障漓江的生态用水，漓江当然就不会再有所谓的枯水期了！这还不算，为了万无一失，还实施了桂林市第二水源工程，从青狮潭水库引水到临桂新区，极大减轻了漓江生态环境保护压力……"

听的人虽然不一定能完全理解这些话的内容，但知道漓江从此就像上了青春保险一样，不会像以往一样时不时就表现出衰老和沧桑的疲态。谁说公家大事无关百姓？这可是漓江啊，每一个桂林人的母亲河，岂止是简单的关心关情？还连着命运呢！

就这样想下去，想到高兴处，遂觉得心胸开敞、呼吸顺畅，抬头之间，撒欢的目光正撞到了对面的青山。青山如黛，苍翠欲滴，有云横陈山顶，宛若在风中扬起的一袭白纱。忽然有鸥鸟飞跃天空，仿佛在与白云争高。其实，它们飞得再高，又能高到哪里？当目光骤然收回时，你总会发现，一切都在江水之中，一切都没有超越江的胸怀。一声汽笛长鸣，一艘豪华游轮正从象鼻山前驶过，匀速朝塔山的方向驶去。瞬时，一江清翠的山形云影化作了满江细碎的金子……

二

命差运使

....

（一）

　　按照民间的说法，一个命里缺水的人，一生注定要追着水走。

　　1946年夏，大暑天，正午时分有一个男孩出生了。从前的人们都有点迷信，生了小孩要找算命先生看生辰八字。男孩父母就请了一个算命先生，一算，说这孩子命里缺水。缺水咋破？缺啥补啥。既然缺水，索性就在名字里把水补上吧！于是，读过几年私塾，粗通文墨的父亲便给孩子起了一个有水的名字：罗桂江。很慷慨地许给儿子一条大江。其实，这名字也有一点绕，容易产生误会。这桂江就是指漓江下游过平乐的那一段吗？肯定不是，远水不解近渴嘛！父亲的本意应该就是桂林的江，漓江，或流过桂林的桃花江。再宽泛一点解读，就是指桂林所有的水系。

其实，就算按迷信的说法，生在桂林这地方的人，也不用紧张，管他名字里有水没水，守着漓江，守着漓江流域纵横交错的水系，哪一日能缺得了水呢？可是，罗桂江不同，这名字就让他一生与水结下了不解之缘。借人一江水，还人一世情，玩水、用水、治水，受水的滋养，也为水而累。晚年时的罗桂江蓦然回首，竟说不清是桂林的水在一直为自己而流，还是自己这一生就是为水而生。

少年时期的罗桂江，家住漓江边的行春门，出门不远就是漓江。这孩子似乎对水有一种天生的喜爱，伙伴们有无数种淘气的方式，他都不甚喜欢，却偏偏迷恋江中的玩耍。每有闲暇，把衣服和父母的担忧往岸上一甩，就钻到水里，一玩就是半晌。很多孩子的家长都担心孩子在喜怒不定的江水里丢了性命，能管的时候都要管，尽量不让孩子在没有大人的监护下下水。说来奇怪，罗桂江从来没有受到过太多的约束，也没有发生过任何危险。反而在进进出出之中，练得一身好水性。游泳泅渡自不在话下，不到十岁，他就能像一条鱼一样，在水里长时间潜游。

罗桂江在家中行三，兄弟姐妹六个人，一家八口，生活极为艰苦。不但"衣"不丰，"食"也难足。有时，

第三部　山重水复

家里连吃的东西都没有，更别谈肉类等副食品了。为了获得食物补充，罗桂江便整日在江里转悠。那时，桂林还没有什么像样的工业，漓江还没有受到严重污染，江里的鱼很多。他就独自或与小伙伴们结伙穿梭在竹排下、江水中，变着招法地抓鱼摸虾，为家里添了不少副食补充。

后来赶上困难时期，家里人口多，生活更加艰难，罗桂江又正处在长身体阶段，感觉每天都在饥饿中度过。恰好这时罗桂江就读的"六初中"就在榕湖岸边。其时，榕湖水清澈透明，鱼虾成群，沿岸草木繁茂，鸟多，树多，野果也多，四时都有可吃之物。学生们常常逃学出来找野果吃。他们到榕湖边上转一转，摘一把野果就往嘴里塞，什么鼻涕果、杨梅、桑葚、地萝卜等，应有尽有。如果时间和条件允许，他们还可以在林子里打鸟或下到湖里捉鱼……

榕湖之所以叫榕湖，是因为湖边上有一棵千年古榕。生活在山水之间的人们，多对自然有敬畏之心，把这种经受过岁月淘洗而仍保持旺盛生命的事物，都视为神明。相传，这棵古榕树也很有灵气，专管小孩哭闹。以前，老百姓家里有小孩子哭闹不睡觉，就会去树下烧几炷香，在树身上贴张红纸符，有的还在红纸符上写几句押韵的话："天皇皇、地皇皇，我家有个赖哭王，过路君子念一念，一觉睡到大天光。"至于大榕树有没有那么神奇，罗桂江没有具体考证过。但榕湖确实在那个特殊的年代里，成了他和小伙伴们的守护神。

高中时代，罗桂江是在桂林中学度过的。学校周边不但山多，甲山、侯山、西山、芳莲岭等环卫伺立，而且有桃花江从旁边流过。这桃花江是漓江水系中最重要、最著名也极具浪漫色彩的一条支流，发源于灵川县公平乡沿口村，北经灵川县、临桂县（现为临桂区）、桂林市。桃花江的河道狭窄而且迂回曲折，大弯小弯不计其数，原在雉山西麓汇入漓江，明代时在象鼻山开挖城壕，故被导入漓江。桃花江的源头有华岩洞，传说经常有桃花瓣从洞中流出，故名桃花江。华岩洞的另一端是否暗通神仙之境，不得而知，但这条拥有着如此美丽名字的江，确实曾经激发过罗桂江丰富的想象。

进入20世纪70年代后，漓江河道里开始有人挖沙子，河床下大坑连小坑，险象环生，就连水性很好的人也不太敢进去游泳。地方上急于发展经济，相继建起了很多工厂，啤酒厂、造纸厂、糖厂、味精厂、化工厂、电厂、钢厂、洗涤厂，等等，那时，举目一望，天空都是黑烟。由于当时的生态观念和治理水平都很落后，工业污水不经处理就直接排放到江河湖泊之中，水体呈现出复杂的色彩，有黄的，有红的，更有黑的。以前南溪河有个白龙泉，泉水可以捧起来直接喝，很甘甜。但是后来沙河电厂一上马，立即到处都是煤灰，整条南溪河都黑了。造纸厂的碱未经过处理，直接排到漓江里，水体浑黄，好大一片区域的水摸起来都滑腻腻的，鱼也成群地死去，江边经常漂起腐烂的臭鱼……罗桂江眼看着周边的水域在一天天受到污染变脏、变臭，痛心不已，那可是自己的"命水"呀！但一个普通百姓着急又有什么用呢？

后来，邓小平陪特鲁多总理来桂林的时候，因为污染问题，作出了严厉的指示和要求，随后《人民日报》和《光明日报》也相继发出了整治漓江、救救漓江的呼吁，引起了国务院的重视，派了当时的国家环保局第一任局长曲格平坐镇桂林进行生态治理，一下子就关了37家工厂，基本上控制了污染。这个弱平衡状态维持到了90年代，由于进入另一轮的市场经济高潮，环保的问题又被抛在脑后，桂林的环境污染再一次反弹。

命运之神也是真会安排人间的事情。罗桂江不是最关心漓江、最关心桂林的水吗？那就让他专管山水的事情。1995年，桂林市环保局局长的职务就落到了罗桂江的肩上。环保局局长是干什么的？罗桂江很清楚，就是要管山、管水、管环境嘛！不好好管怎么对得起父亲给自己起的这个名字？可让他感到惊奇的是，对桂林山水，有人比他还着急。罗桂江刚上任没有几天，桂林市人大常委会主任就找上门来，并且每星期都来，接连不断地找他，要拉他去看小东江。

在漓江水系，小东江也是一条十分重要的支流。它位于桂林市区漓江东侧，为漓江河道变迁遗留下来的一条岔河。流域人口10余万，分布有众多高等院校、国家和省部属研究机构和一批星级饭店以及机电、制药、电子等高新技术企业，还有七星公园、穿山公园、桂海碑林等山水景观和人文景观，是集科、教、技、工、贸于一体的国家级科技园区。

罗桂江知道市人大常委会主任找他去看小东江的用意，无非就是看污染情况嘛！可是和人大常委会主任来到小东江一看，他简直惊呆了，怎么也想不到小东江被祸害成这个样子。这条曾经被历代文人歌咏的小东江，哪里还有当年"满溪流水半溪花"的自然风光？刚参加工作那几年，罗桂江曾经在风动工具厂工作过，那时每天上下班经常从小东江边走过，虽然情况也不是太好，却怎么也没想到会变成现在这个样子：江水暗黑，臭气熏天，水草死亡，蓝藻疯长，鱼虾、贝类等水生生物绝迹。据江边菜农说，在小东江边上种的菜都"瘟莞"，喝了当地的水，年轻人去当兵体检都不合格。

经过详细调查发现，大批郊区居民住宅以及私人作坊等违章建筑沿小东江和灵剑溪而建，并向江中排放生活污水、倾倒生活垃圾。沿岸2438户菜农和六合路沿线违章建筑每天产生垃圾100吨以上，都没有集中处理，直接堆放在江边。菜农们甚至在江岸边进行发酵堆肥，形成长长的垃圾带，臭气数里不散。城郊接合部的养鸡场、养猪场、养鸟场、屠宰场、米粉加工厂、酿酒作坊、豆腐加工厂、腐竹加工厂等加工作坊20余处,所产生的粪便、污水统统直排江中。最主要的还是生产味精的桂林味全食品有限公司,每天要向河流沿岸排放数十吨散发着恶臭的废水,占小东江排污总量的90%以上,成为该水域最大的污染源。味精厂排放出的高浓度工业污水,化学结构里含硫酸根,且有硫化氢溢出,是水质发黑发臭的主要原因。种菜的农民用受污染的江水来浇菜,菜都被烧死。

　　罗桂江带着环保工作人员从味精厂沿小东江继续往下走,一直走到漓江,水体的黑色和臭味仍没有消失。从漓江边上走过去,又发现南溪河被严重污染了,追溯污染源一直追到了啤酒厂;宁远河也被严重污染了,污染源是制药厂。漓江三条支流的总排污量加在一起,占桂林市的工业污染物排放量的90%。

　　本来,罗桂江考虑自己刚当上环保局局长,无论如何也要稳一稳,熟悉一下情况才可以开展实质性的工作,但经过这么一看,一调查,觉得实在不能再等下去了。每当他躺在床上,眼前都是那些垃圾和发臭的黑水,现实情况已经让他这个环保局局长寝食难安了。但同时他也知道,这些排污大户个个不好惹。在当时整体经济很不发达的桂林市,这几家工厂都是纳税大户。当时啤酒厂、制药厂、味精厂年产值都上亿元,纳税都有一两千万元。特别是啤酒厂,每年上缴利税六七千万元。所以,谁都不敢动他们。如果好惹,也不至于让市人大常委会主任一趟趟去找他这个环保局局长。

不好惹也得惹，这样迁就、纵容下去，大家都得成为千古罪人。不就是头上那顶小小的乌纱帽吗，丢掉又能咋样？再者说，生活在漓江边的人谁不在心中把漓江当宝贝，看着漓江一天天变得面目全非，痛心的岂止一人两人。既然当了环保局局长就要履行自己的职责。常言说"得道多助，失道寡助"，罗桂江不信一件顺应人心民意的事情会给自己带来多大的麻烦。

说罗桂江一生注定受水的滋养和相助，似乎有点宿命论的色彩。这不，他刚刚下了治污的决心、狠心，还没有征得领导的首肯和支持，一柄"尚方宝剑"就落到了他的案头。1996年，国务院下发了《国务院关于环境保护若干问题的决定》(以下简称《决定》)，明确要求到2000年实现"一控双达标"，就是污染的排放总量要控制，排放要达标。这是一项硬性任务，任何机构和个人都要保证这个目标预期达成。有了这个《决定》，罗桂江心里就有了底气，之后的一切工作和行动都是依凭这个《决定》，"逢山开路，遇水架桥"。

"打蛇打七寸"，治理抓龙头。关键的几个污染大户治住了，漓江的主要污染源就没有了，一下子就解决了90%以上的问题。罗桂江决定先从味精厂、制药厂、啤酒厂三大厂入手。难，肯定是难。先难后易，硬骨头啃下后，其他的都迎刃而解。

第一战，是臭味最大的"桂林味全"味精厂。这是一家与台湾合作的合资厂，很有背景。果然，一开局罗桂江就遇到了巨大的抵抗。环保局给"味全"下达了限期整改的通知书，告知厂家如果逾期不治理或不达标就要按国家规定停产整顿。这么多年，味精厂都是想咋排就咋排，谁敢说个"不"字？这是从哪里来了这么一个愣头青，敢在太岁头上动土？味精厂的人，转身就把罗桂江告到了国台办。

马上就有上级领导来兴师问罪："你这样搞，我们还要不要发展经济？"

事已至此，罗桂江也就下了决心，决定抗住压力坚持到底："我是环保局局长，我有我自己的责任和使命。我考虑的是我们还要不要漓江，如果谁敢说不要漓江，我马上停止对味全的监管。"

"你去世界各地打听一下，哪个味精厂不往江河里排污？我们在台湾也是把污水排到海里的。"味精厂的人说。

"你味全的高浓度废水在台湾是往海里排放的，大海有稀释能力，你现在往漓江里排，漓江受得了吗？如果我们对台资企业和外资企业的环保不做要求，仅仅为了点税利，拿点产值，把漓江破坏掉了，是否划得来？漓江不仅是桂林的漓江，它时刻都牵动着国家领导人和全国人民的目光，你可以随便往里排放污水吗？漓江毁掉了谁能负起这个责任？"罗桂江毫不示弱，他把这些话说给有关领导。

很多事情的成败,就在于是否敢于坚持。只要话说到理上,事做到理上,坚持住自己的原则,谁也不敢逼着你放弃原则和犯错误,正是所谓的邪不压正。经过不懈的坚持,味精厂终于没有拗过这个"死心眼"的环保局局长。其实,现实中没有解决不了的问题,就看谁给谁让路。因为当时这个厂的技术和资金有限,味精厂无法处理自己排出的污水,只能关掉产生污染的车间,采取外购半成品原料的方法,解决了污染问题。

桂林啤酒厂年产8万吨啤酒,废水超标排放20多倍,不经处理,废水直接排放到南溪河,致使河水变臭。按照环保要求,废水必须经过处理,达标以后才能排放。啤酒厂的污染是与生俱来的,他们自己心里非常清楚。在此之前他们也一直象征性地交着排污费,每年20万元,这叫花点小钱买"平安"。20万元一交,就可以理直气壮地排污了。

啤酒厂厂长孔繁建是罗桂江的老熟人,以前有过交往,是合作伙伴的关系。自从罗桂江当了环保局局长之后,相互关系就立即改变了。所有污染厂家,无不把环保局当作自己的"天敌",他们最怕也最恨的就是环保局。所以当环保局的工作人员去见他,他闭门不见。不见人,那就用文件和罚单说话。

孔厂长认为,我已经交了排污费,再来找我就是找麻烦,没有必要见他们。

没想到，他遇到的是一个死脑筋认真的人，坚持"即便领导答应可以交费，也要按规定标准足额交，你自己不处理，环保局就拿这些费用请人处理"。

工作人员算了一下，啤酒厂每年至少要交300多万元，不但要交费，还要通报。怕了吗？——怕了。这回孔繁建不躲了，主动来找罗桂江。

罗桂江当面和他交底："罚款、通报都是万不得已，目的是把污染治住。你想不想治？你不治，我就罚你，通报你！你治，我支持你，帮助你！"

"治！"孔繁建也下了决心。

啤酒厂当时是股份制企业，为了治理，当年没有分红。罗桂江见厂子决心大，积极配合，就兑现了自己的承诺，帮他们找技术，想办法，把污染问题解决了。这回，厂子可以甩开膀子大干，扩大再生产了。环保局便以奖励的方式，把之前的罚款返给了企业，并推荐啤酒厂为全国环保先进企业。啤酒厂因"祸"得"福"，年产能提到了100万吨。

制药厂的污水治理，主要问题并不是意识问题而是技术问题。经过企业和环保局的积极配合和努力，终于突破了技术难关，把污水处理问题解决好了。

这三个厂子治理好之后，桂林的治污任务就迈出了重要的一大步。两年之内，全市90%的工业污染问题就解决了，三条支流和漓江的水在很短时间内开始变得清澈起来。

（二）

谈到对桂林山水的环境保护，就不能不提到一个特殊人物曲格平。

他是国家环保局首任局长，全国人大环境与资源保护委员会首任主任委员，中国驻联合国环境署首任代表。他对漓江的治理作出过重大贡献。他不仅于1979年受国务院委托坐镇桂林对严重污染漓江的37家工厂实施了关停，而且对桂林的地、市合并也起到了至关重要的推动作用。

1996年10月，时任全国人大环境与资源保护委员会主任的曲格平在四川参加了保护熊猫的活动后，来到了桂林。他到桂林的目的是为1998年召开亚太议员环境与发展大会第六届年会遴选会议地址。当时会议地址有昆明、贵阳及桂林三个备选地。到桂林以后，曲格平不但考察了会址，而且重点关注了桂林的环境保护工作，当时负责接待的市人大常委会领导便责成罗桂江前去汇报。其时，桂林市正在为落实《国务院关于进一步加强环境保护的决定》对工业污染进行限期治理，罗桂江对工业污染源调查的有关情况和数据就显得十分清晰、详尽。面对真正想解决问题的上级领导，负责汇报工作的罗桂江并没有遮遮掩掩，而是实事求是地把桂林在环保工作中的问题和盘托出。当时，驻桂林的政府机构除了桂林市还有桂林地区行署，在环境保护工作中，两家共管一条漓江。漓江上的工业污染除了桂林市分管的区段，桂林地区行署分管的区段如漓江上游的灵川、兴安，中下游流域的荔浦、平乐的工业污染也极为严重。除工业污染外，地区行署所管辖的漓江河段还在大规模挖沙，导致漓江千疮百孔，惨不忍睹。更为糟糕的是，在桂林市采取行动治理工业污染时，桂林地区行署却没有任何行动。行署不动，漓江大部分江段的水质污染和生态破坏问题就无法解决，而桂林市作为地区行署的下级机构无权督促行署工作。怎么办？为了推动桂林地区行署做好漓江的生态保护工作，曲格平当即决定安排一个针对漓江保护的全国人大环境视察。

曲格平从桂林回京没多久，北京就传来了两条消息。一是桂林市在亚太议员环境与发展大会第六届年会会议地址遴选中胜出；二是全国人大对漓江的环境视察将如期开展。视察组包含了国家机关多个部门，有水利部、民政部、国家环保局、旅游局等，阵容强大，极具专业性和权威性。经过多次实地考察，多次开专题会研讨及论证，最后视察组得出了结论：为了保护漓江，地、市必须打破条块分隔，实行合并。视察组将这一结论上报国务院。之后，曲格平又亲自写信给国务院总理，据理陈述了地、市合并对漓江保护的作用，国务院于1998年8月27日对桂林地、市合并方案报告作出批复，同意桂林地、市合并成立新桂林市，从根本上解决了漓江从源头乃至全流域的保护难题。

1998年，对罗桂江来说，是充满戏剧性的一年。

这一年，由于桂林地、市合并，罗桂江成为老桂林市的最后一任环保局局长，也成为新桂林市第一任环保局局长。

上任伊始，罗桂江就赶上了亚太议员环境与发展大会第六届年会这件大事。大会选址经过反复斟酌，最后定在榕湖饭店的国际会议厅。在当时的桂林市，榕湖饭店是最好的一家酒店，而酒店对面榕湖的情况却非常糟糕。湖水污染严重，水体浑浊，臭气熏天，城市生活污水仍在不停地往湖里排放。在这样的环境里召开一个以环境保护和发展为主题的国际会议，实在是太有讽刺意味了。

桂林市当时发现这个问题，也纠结了好一阵子。换会址吧，其他酒店都没有这家体面；不换会址吧，这个环境也确实给国家丢面子。比较来比较去，最后还是决定把这个烫手山芋交给罗桂江，令环保局在半年时间内完成对榕湖的初步治理，达到水清不臭的效果。

这是个政治任务，难度再大，为了大局，罗桂江也只有硬着头皮接下来。接下来的六个月，是罗桂江他们拼命攻坚的六个月，是不分昼夜的六个月。首先是截污，关闭榕湖沿岸所有工业污水和生活污水的入水口；然后是清淤，将整个榕湖的水排干，将湖底腐臭淤泥挖出,晒干,运走,由于时间紧迫容不得按部就班,只能将黑乎乎的淤泥直接装车运走;最后是引漓江清水入湖。1998年10月15日,亚太议员环境与发展大会第六届年会在桂林榕湖饭店如期召开。是日,秋高气爽,天高云淡,清澈的榕湖碧波荡漾,岸边树木和建筑倒映在湖水之中,有几只自由游弋的野鸭路过,随之将水中的倒影摇散……

"好一个静谧、优雅的休闲胜境!"会议间隙,参会的代表们散步在榕湖岸边,不由自主地赞叹。

罗桂江长长地松了一口气,总算是没有辱没这个环保局局长的使命。

亚太议员环境与发展大会第六届年会的成功举办,使罗桂江一战成名。这时,管理者们看到了优美环境给人们带来的美好感觉,也看到了绿水青山将给桂林创造的美好前景。于是在初战告捷的基础上,乘胜追击,提出进一步建设桂林市环城水系的构想,即把桂林市中心区的漓江、桃花江、榕湖、杉湖、桂湖、木龙湖贯通,构建中心城环城水系,也就是后来统称的"两江四湖"工程。这是一个声势浩大的综合治理工程,可以用二十八个字概括描述,即"连江接湖、显山露水、清淤截污、引水入湖、修路架桥、绿化美化、文化建设"。

为工程项目顺利实施,市政府成立了专门的领导小组。由市政府的主要领导任组长,领导小组成员为市各部门的主要领导,并成立指挥部,由罗桂江任总指挥长。得知市委、市政府要对市区内的水体实施彻底的治理，罗桂江自然高兴，甚至有些心潮澎湃。但一听说让自己当总指挥长，却立即在心里打起鼓来，他十分清楚，这实在不是一件容易完成的事情啊！

说起"四湖"，当时的木龙湖还是一片布满房屋的陆地，并没有真实存在。"四湖"当时只有三湖，即桂湖、榕湖、杉湖，但三湖的情况都很糟糕。历史上，三湖均为护城河，成型于宋代，是古环城水系中的重要组成部分。当时壕深水阔，清水长流。随着时代的变迁，城壕的作用逐步废弃，水道壅塞，内湖成为死湖。

长期以来，由于城市规模扩张，人口大幅度增长，桂湖、榕湖、杉湖沿岸民房密集，机关、企业、餐馆围湖而建，污水直接排入湖中。三湖沿岸60多个排污口，仅榕湖沿岸就有43个排污口。这60多个排污口每天向湖里排放污水2万多吨。城市基础设施建设欠账太多，湖内污泥淤积，水质恶腐，为劣Ⅴ类地表水水质，以致夏天臭气弥漫，居民沿湖行走都掩鼻而过。

桂湖、榕湖、杉湖不仅水质差，周边生态环境也很差。三湖周围，居民沿湖自搭自建的民房矮小、简陋。在铁佛塘和少年宫附近的一个塘，长满了肥猪草和水葫芦。本来，三湖周围，名山林立，叠彩山、仙鹤峰、铁封山、宝积山、鹦鹉山、老人山、骝马山等，山山皆景，四时不同。在简陋破烂房屋、乱搭乱建棚架的遮掩下，名山不名，古迹难觅，文物被杂物掩盖，

第三部 山重水复

名山被建筑遮蔽。

尽管如此，罗桂江还是把事情估计简单了。他以为工程的重点无非是想办法把水质搞清，把水系打通，把景观搞好就得了。随着工作的深入，罗桂江才知道这个工程竟然如此浩繁巨大，有一个阶段他甚至有些害怕了。如果仅仅涉及无人之处的河、湖、水道倒是好说，虽然也有难度，毕竟是自己的专业，难也是在想象之中的难。可是一涉及地面和人员，要拆迁，要架桥，还要建船闸、买升船机，要筹措资金，要做好文物保护和修复工作，要涉及那么多的领域、那么多的部门和形形色色不同身份的人，牵涉范围之广，内容之庞杂，行业之多，前所未有，远远超出了罗桂江的想象。罗桂江一想到这些头就大了起来，不敢继续往下想了。

因为焦虑，有时罗桂江会睡不着觉。睡不着的时候难免怪怨自己不知深浅，无知无畏，什么事情都敢接，以致深陷其中，不能自拔。但转念一想，有些事情也由不得自己，即便不想干，又如何推辞呢？既然组织信任就索性硬着头皮做下去吧！只能边干边摸索，也许换了一个人也和自己一样没有经验。

好在指挥部上边有领导小组，下边有各个分团。重大决策由领导小组研究制定，具体实施由各个分团，规划分团、环保分团、水利分团、园林分团、文化分团等都会积极地发挥自己的作用。实际上，这是举全市各个部门之力，来建设"两江四湖"。指挥部、总指挥长主要起协调作用。"不就是在总体上把握整个规划，把领导的意图、专家的意见和老百姓的需求，结合我自己的思考和经验，把大家的想法融为一体，找出一个妥善又切实可行的方案，并协调各部门将方案落到实处，从而把景区建成、建好嘛！"这样想来，罗桂江还感到轻松一点。

这么一个巨大的综合性工程，大家都没有经验，别说国内，国外也不多见。工程领导小组明确要求，必须在大量调研、实地勘察和广泛征求意见的基础上拿出一个操作性较强的报告来。于是，大家本着按团分工、各负其责的原则，开始调查研究，经过8个月的紧张工作，终于完成了《桂林市中心城环城水系规划研究总报告》。

接下来是做具体设计、施工方案。桂林是历史文化名城，也是国际旅游名城，为了跟国际接轨，设计方案要向全球招标。参与投标的设计团队来自美国、日本、法国等国家，仅招标费用就花了300多万元。最后确定的工程总基调就是：环保、生态、文化。

在此基础上，再动员全市的设计院来做具体的设计工作。比如市政设计院管桥梁，规划设计院管规划，水利设计院搞水利，建筑设计院搞建设，还有园林设计院搞园林。

方案拿出之后，他们开始把方案摆上街头，公之于众，面向老百姓征求意见。领导和设计人员都上街，倾听市民意见。为了吸引更多市民参与讨论，他们还把设计的桥梁印成挂历，散发给老百姓。当时有座桥梁叫"观漪桥"，原设计是个波形结构，群众反馈这个方案不好。大家一研究确实不好，就立即改掉。尽管设计费已经用去几十万元，但征得更好的意见，他们还是要选取最优方案，及时调整设计。

工程终于正式动工了。罗桂江要打头阵。首先整治"两江四湖"，截污清淤，改善环境，让水变清，让景变美。要让水变清必须做几件事：一是截污，当时桂湖、榕湖、杉湖这几个湖，每天有2万多吨工业污水和生活污水排入，湖水怎么能不臭？二是清淤，湖中的淤泥沉积多年未清，黑乎乎的，厚度大多都超过了1米。三是引水入湖，只有源源不断的清水进来，水质才能改善，流水不腐嘛！

一着手清淤，罗桂江就犯起了愁，因为清淤面积太大了。罗桂江算了算，四湖水面面积38.59万平方米，现有的三个湖淤泥的平均厚度是1.5米，要从湖底清除多少立方米黑臭污泥？如果还采用1998年的办法，先把湖水放干，将淤泥晒干后挖掉运走那就太笨了。淤泥很难挖到岸上，也很难晒干不说，运输也是一个大问题。记得当年那次运污泥，搞得满城道路上到处都是，市民意见很大，而且成本也非常高，清理1立方米淤泥的费用就达到150元。

没有好的办法就出去学。罗桂江开始带着明确目标边在全国各地跑,寻找可借鉴的经验,边做着自己的工程规划。终于,他在北京的北海公园的清淤过程中学到了比较先进的方法:用高压水枪把淤泥冲散,然后用泵吸,通过管道进行封闭输送。

这个方法好,同时解决了几个令人困扰的问题。在详细了解这项技术以后,罗桂江就在招标中规定采用这一方法。最后,江苏某单位中了标,清淤过程中用加力泵通过铺设的11公里管道,把淤泥直接输送到南郊一个废弃的砖厂。而淤泥废弃地也通过了环境影响评价,确保不会对地下水造成污染。"两江四湖"一期工程共清淤30万余立方米,而每立方米的单价还不到30元,不但大大节约了建设资金,还解决了扰民问题,两全其美。

"两江四湖"工程之中,木龙湖是一个最大的难点。桂、杉、榕三湖宋已有之,唯有木龙湖是规划出来的。为沟通漓江与内湖的水脉,需要打通一块陆地,那就造一个人工湖吧!因为人工湖与漓江的交汇处有一个木龙古渡,于是就把这个后"生"出来的湖命名为木龙湖。

挖一个木龙湖,给"两江四湖"一个入水口,就要平地掘土。匡算一下,有约45万立方米的工程量,工程异常艰巨。但最难的并不是这个,而是"天下第一难"——拆迁。"两江四湖"一期和二期工程拆迁面积共26万平方米,一期就耗资11亿元,拆迁费用占了很大的比重。

　　拆迁的难，难在工程费用和老百姓切身利益之间的平衡。国家规定的拆迁费有限，工程资金有限，不能敞开口子花。老百姓要关心自己的利益，物质上，想多得一点补偿，精神上，故土难离也有损失。怎么办？

　　当时桂林市委、市政府充分考虑了老百姓的诉求，制定了一系列"抚民"政策。首先，把拆迁作为一个民生改善工程，承诺"居者有其屋"，把老房子变成新房子，拆多少平方米，补多少平方米。其次是实施了一系列奖励措施：第一，对一次性搬迁的予以10%的奖励。比如原房100平方米，分新房时奖励10平方米，可以得到110平方米。第二，新旧不补差。房子哪怕就是破破烂烂的，也不补差。第三，地段差，每一个地段增加8%。木龙湖是一类地段，安排到鸾东小区等地段，差了三个地段，拆迁户可以多得24%，加上奖励的10%，原来的1平方米可以置换到1.34平方米，100平方米可以置换到134平方米。第四，搬迁后的居民小区有配套，有物业管理，有小学。工作做到位，诚意拿出来，老百姓通情达理，也希望为城市面貌改变作点贡献，所以事后有很多拆迁户来对罗桂江说："罗指挥长，我们也作了贡献的啵！"

　　接下来，还要涉及文化和桥梁。"两江四湖"光桥就架了19座。涉及文化，指挥部以修旧如旧的方法修缮了东镇门城墙、古南门、李济深故居、李宗仁公馆等一大批文物；开挖木龙湖，是在古城河环城水道体系的框架基础上，修复宋代环城水系；为使历史和现代相衔接，又在景区内修建了众多文化广场供市民使用，以繁荣群众文化。这样奋战到2002年，"两江四湖"一期工程就通航了。

2009年，罗桂江63岁，已过退休年龄，但市里却不让他退。当时市长是李志刚，笑着来对罗桂江说："老罗，你还得干二期呀！桃花江全长有11公里，只干了2.2公里，你还得干！"罗桂江沉吟了半响还是答应了下来。他考虑的是，自己干一期已经积累了丰富的经验，熟门熟路，干这样的工程也是个"积善积德"的好事情，反正退休了也没什么事，能把没有干完的事情干完就更圆满了。

二期工程虽然进展得比一期工程还要艰难，但罗桂江一直坚定着一个信念，要把未竟的事业完成，从2009年到2012年，完成所有的截污工作。特别是桃花江的截污，花了1亿多元。因为要使桃花江江水变清，流域中每个工厂、每个村庄的污水，都要截住。原来桃花江没有管网系统，干管、次管都没有。整个桃花江流域，从芦笛岩、鲁家村、肖家村到筷子园，这一片包括连通水系的截污干管、次管网，都要从零开始。就这样，一、二期工程共在桃花江铺设截污管网60公里，桃花江的污染得到了有效遏制。

2015年，整个"两江四湖"连通水系俱已畅通、完善。这一年，罗桂江69岁，市里正式批准他辞去总指挥长一职，他终于可以休息了。这个命里缺水的人，却把自己的大半生献给了桂林的水。至"两江四湖"工程全面竣工，桂林市四个内湖和桃花江的淤泥全部被清理干净，"两江四湖"沿岸的污水全部被截住。同时，实现了污水、雨水分离，污水送到污水处理厂进行无害化处理，而雨水则分流到漓江和桃花江。市区四湖均由劣Ⅴ类水质，转变为地表水Ⅲ类水质；桃花江的水质也基本达到Ⅲ类水质标准。桂林市区生态变好了，景观变美了，漓江的污染威胁解除了！

三

兼容之策

（一）

天色渐暗，汤建伟才如梦初醒，起身开了办公室的灯，但他仍没有离开办公室的打算。案头堆积着各种各样的文件，有打开的，有平摊在那里的，也有摞在一起的。他不断地翻来翻去，脑子里始终盘旋着一个对他来说很大，也很复杂的问题，那就是如何处理好漓江流域保护和利用的矛盾，也就是治理和民生的矛盾。

桂林漓江风景名胜区管理委员会（以下简称"漓管委"）自2015年挂牌成立以来，以"二郎神"的姿态，大刀阔斧地对漓江流域展开了"治乱、治水、治景"专项行动。

八年来，漓管委四处出击，一个难关一个难关地攻克，重拳打击了各种破坏漓江生态环境的行为：先后对喀斯特地貌主景区内的矿山、采沙场等坚决予以关闭；对漓江城市段洲岛、沿岸鱼餐馆及违法搭建全部拆除并进行生态修复；对漓江、桃花江、青狮潭水库等重点水域网箱养鱼进行彻底清理整治；对城市污水系统实施控源截污，完成城市段污水集中治理及乱象整治，加快向漓江支流"毛细血管"延伸拓展；对"桂桂渔"渔船、"黑船"、"黑筏"全部实施销毁……可以这么说，在过去的八年里，漓管委以"坚定的决心、信心、恒心，用铁的担当、铁的措施、铁的手腕"保护了漓江山水的原真性和完整性。

从实现的第一目标看，已经是成绩卓著，但实际上几年来大刀阔斧的整治，基本上都是拿传统产业和传统生活方式"开刀"，不可能不伤及民生。也就是说，每一项成绩都必然伴生着"断臂"之痛。老百姓几千年来过惯了靠山吃山靠水吃水的生活，突然之间发生了逆转，变成有山靠不上，有水吃不着，不仅在物质层面上是损失，精神上也有巨大失落，观念上更是一时无法接受。

从道理上说，整治工作是一项着眼未来立足长远的千秋大业，是为了沿岸百姓将来更好地生存发展。在绿水青山和金山银山之间，把绿水青山保护好虽然是必要的，却只是初步的，这仅仅是一个完整链条中的第一环。绿水青山和金山银山之间还需要加上重要一环，那就是必要的转化工作，最终，要把落脚点放在金山银山上，要真正地实现地方经济中的生态红利，要让老百姓以另一种可持续的方式在绿水青山上受益。靠山吃山，靠水吃水，"吃"终归还是要吃的，不但要吃，而且要能够长久地、永续地吃下去。人类是自然之子，不吃自然从哪里获得生存资源？不吃自己的"自然"，也要吃别人的"自然"。只不过，当人类已经走到了现实与未来的交叉路口，到了必须敬畏自然、尊重自然、珍爱自然的时刻，必须及时转变传统观念，必须改变生产生活方式，与自然建立起命运与共、和谐共生的关系。

那么，接下来的事情应该怎么办？系统性问题如何找到系统性答案进行系统性破解？

上午，漓管委开了整整一上午会，会议主要议题是如何科学践行"绿水青山就是金山银山"理念，在绿水青山和金山银山之间找到科学的转化方式。市委书记、市长平时忙于市里的全面工作，虽然漓管委这边的工作是兼职，但从来都不是以"兼"的态度对待这边的工作的，凡事亲自抓管，亲自部署。因为涉及漓江保护工作的未来方向，涉及这项工作的最终成败，与会者的发言、论证都十分严肃、谨慎，会议进程也显得有些缓慢、凝重。一直到中午时分，才渐渐显现出清晰的脉络。会议形成了很多重要文件，每一份都落到了漓江保护工作的实际中,但要从海量的文本和文字中抽出其核心和灵魂,就是最浓缩的六个字:保护、管理、利用。

保护,就是指之前所做的大量治理、清理、取缔和修复工作,或那些工作的延续,让人们不再继续破坏和伤害自然、生态。当然,这些工作并不是漓管委一个部门牵头能够独自完成的。当时,市里考虑到漓江的保护和综合治理由国土、水利、环保、林业、自然资源等多个部门管理,容易形成"九龙治水"的局面,才特意成立了漓管委。漓管委的实际职能还是牵头专管,综合协调,并不能取代很多部门"包打天下"。

考虑到行政执法效率问题,桂林市创新组织结构,在全市范围内创新构建行政执法、司法联动、纪检监察、法规管控的"四位一体"法治保护体系。率先建立健全了公安系统生态环境保护机制,在市、县、乡分别成立公安局生态环境保护分局、大队、中队。健全完善了市、县、乡、村四级生态环境保护监管和执法体系,成立了桂林山水保护研究院、漓江生态环境保护民主监督工作站、漓江保护志愿者联盟。桂林市与自治区法检两院、生态环境厅共同建立漓江流域生态环境司法保障服务联动机制,开展保护好漓江、保护好桂林山水专项监督工作。建立了市级纪检监察执纪协同问责机制,并通过自治区实现了人大立法,推动出台广西第一部地方综合性生态环境保护法规《广西壮族自治区漓江流域生态环境保护条例》，出台实施了《桂林市漓江风景名胜区管理条例》《桂林市喀斯特景观资源可持续利用条例》，建成并启用漓江保护5G数字监控平台，构建"天地空人"一体化生态保护体系，实施漓江精细化执法监管。几个体系紧密配合、共同发力，才取得了目前的工作成果。

管理，就目前的工作情况看，主要是保持和扩大已取得的工作成果，把漓江的治理和保护推向深入，尤其是不能出现工作上的反弹和滑坡。

利用，这才是治理的终极目标，才是保持山青水绿的真正用意。人类社会首先和最终都是要考虑人的生存和发展。经过一段时间的大幅度治理，已经在民生上积累了一些问题。有些问题是小问题，很快就得到了解决；有些问题则是深层次问题，必须结合治理做一个长远规划，使其逐步得到彻底、妥善解决。利用问题解决不好，就会使人们的生存和生活受到影响，将治理和民生问题对立起来，结果势必造成管理上的障碍，使一些已经开展的工作发生反弹，最终造成保护工作无法持续推进，甚至造成大面积滑坡。

这个会开得让汤建伟很有感想。汤建伟凭着多年的一线工作实践经验和对诸多现实问题的观察、思考，觉得"保护、管理、利用"这六个字简洁明了，非常适合目前的工作实际。散会之后，他正好和执法支队的队长刘环美走在一起，突然就有了想交流几句的冲动。

刘环美和汤建伟一样,都是漓管委成立时第一批介入的业务骨干。两人一人负责一个部门。刘环美带领执法支队冲在治理的最前线,负责清理、拆除等,属于"破"的性质。汤建伟所在的战略发展部主要负责漓江治理的整体规划和重点部位的修复工作,属于"立"的性质。他们二人是漓管委中的"哼哈二将"。一前一后,一个黑脸一个红脸,一个拆除一个修复,把漓江生态保护这项事业配合得很默契。

漓管委成立之初,工作重心在于治理,清理漓江流域在生态上所欠的旧账。诸如拆除沿江风景区的违章建筑,关闭和处理非法排污,关闭景区内的矿山,禁止河道挖沙,禁止在25度以上陡坡的山体上动土,治理游船、排筏乱象,惩治各种破坏自然生态的行为,等等,都有刘环美的深度参与和冲锋在前。相对而言,他的工作成绩就显得更加耀眼一些。

经过几年的努力,漓江的面貌发生了巨大改变,工作得到了从市里到国家的普遍认可。漓江保护的经验和做法作为全国唯一的江河治理典型得到了国务院的通报表扬,漓江生态保护的改革创新经验得到了中央全面深化改革委员会办公室的宣传推广。漓江入选全国首批美丽河湖提名案例、全国法治政府建设示范项目、山水林田湖草沙一体化保护和修复工程、中国改革地方全面深化改革典型案例,桂林会仙喀斯特入选国际重要湿地名录。刘环美带领的漓江风景名胜区综合执法支队也荣获了全国"人民满意的公务员集体"和"全国行政执法先进集体"称号。

"环美这些年没有白辛苦，取得了令人羡慕的辉煌成就啊！"散会后在走廊里，汤建伟和刘环美打趣。

"成绩也不是我们支队单独干出来的，我们代表的是漓管委呀！再者说，没有你们部门周密的规划和修复工作的紧密配合，也不会有令人满意的效果呀！"刘环美说这些话不是表面的客套，他的语气很诚恳。

汤建伟了解刘环美，他并不是那种贪功之人，工作上一向踏实肯干，任劳任怨，从来不计较得失，不讲代价。汤建伟的本意也不是要谈论漓管委过去的成绩和荣誉，他只是想通过这个切口，把话题引向未来的工作。

汤建伟感觉到，漓江保护工作取得阶段性成果之后，工作重心在往下转移，而下一步的工作重点密集地落到了自己的肩上。虽然他很清楚自己肩上的职责，但这么大的一个系统工程绝不是靠一己之力能够承担得起的。因此，一时还是觉得有很大的心理压力，他很想找一个能够理解自己的人梳理一下工作思路。至于有没有这个必要他没有想，或许这下意识的反应正是一种变相的倾诉。

"你可是大家推选出来的人大代表啊！接下来的保护工作就要看你如何代表人民啦！"刘环美说话时，一副轻松随意的样子，像是在开玩笑。

刘环美的话让汤建伟的心变得沉甸甸的，石头一样，特别是提起人大代表这个茬儿，更有了一点让人无法轻松的分量。或许是这一句话触碰了汤建伟心中的压力按钮，他顿时就没有继续和刘环美交流下去的欲望了。

"我们的工作可都不轻松啊！"他就简单地接了这么一句，声音很小，像是对刘环美说，也像是自言自语。

看来自己的压力只能靠自己消化。此时的汤建伟只想快速回到自己的办公室，一个人静静地好好地想一想。中午，他草草地吃了午饭，回到办公桌前就一头扎进了文件堆里。是啊，如何使接下来的保护工作既不违背自然的本意，又不违背老百姓的意愿？

从中午到晚上，汤建伟一直试图在眼前这堆文件和材料中找到完美的答案。翻来翻去，他有时觉得答案已经显现出来，它们好像就在那里，字句确定无疑；但靠近、再靠近时，那些确切的语义似乎又如受惊的鸟儿一样纷纷飞走了。

那么，究竟是有了答案，还是没有答案呢？后来，汤建伟终于领悟到了关键所在，原来，确切的答案并不在纸上。纸上多是原则和实现途径，并没有给出每个问题的破解方法。就像给了你一把钥匙，告诉了你"石门"的位置，你还需要自己找到钥匙的插孔，需要自己确定旋转的方向。有时还需要很多人、多方面配合才能真正把那个沉重的"石门"推开，还要引领众人走到藏宝的位置。否则，事情总还是没有抵达最终的结果。

上午的会议，实际上已经指明了漓江流域"绿水青山"到"金山银山"之间的总体实现路径，给出了观念转变、产业转型、生活转轨等一系列关键的解决思路。但这个涉及漓江流域12159平方公里常住人口360万人的生产生活和幸福指数的大问题，解决起来也一定是一个庞大的系统工程。具体如何操作，如何将原则落到实处，还需要自沿岸群众到全市各个主管部门的共同努力、积极配合。

想到这里，汤建伟的精神状态稍微放松了一些。至少，他明白了有关漓江保护的事情不能想得过多，因为在这个庞大的系统工程中，每个人都只能担负起属于自己的部分职责，谁也无法"包打天下"。想多了，担负不起，压力又大；但也不能想得太少，想得太少就容易造成工作上的"三不管"地带，形成死角。难吗？难！越是难度大，越要拿出拼劲，越要想方设法去做好。

于是，汤建伟初步给自己的工作做了一个大致梳理：作为漓江保护牵头部门的漓管委，主要职能是漓江景观带的监督、治理和修复，即便是治理和修复也还是要紧紧依托沿岸各级政府，相互配合，齐抓共建。需要漓管委亲自抓的，至多也只是担负部分项目的实施工作。但对沿岸民众观念的转变，对各县市乡保护工作的规范化指导、建议，对相关产业的引导工作还是要尽可能多做一些，要在每一项工作中体现出保护工作的大局观、系统观和民生观。

(二)

这天,汤建伟正坐在办公桌前琢磨着如何将自己一些深思熟虑的想法落到纸上,形成一套操作性较强的工作方案,突然负责修复工作的张科长急匆匆地敲门进来。

"主任,渔村渔业队项目那边出了点问题,施工人员进入现场之后,突然来了一些村民,阻止施工。"

汤建伟当时一愣,觉得情况有些出乎意料,一时摸不着头脑:"没有做解释工作吗?"

"解释了,但他们根本不相信我们所说的话,越是解释村民的态度越激烈,还骂咱们是匪徒,专门搞拆房、拆船的破坏活动。"

汤建伟一听反而乐了,他虽然没有到现场,也差不多猜出了大致的原因。他也知道前一个阶段的"雷霆"治理,不同程度地损害了部分老百姓的既得利益,有一些抵触情绪也属正常。事情已经过去这么长时间了,没想到老百姓的怨气还没有消。况且这次要做的事情并不是拆什么,而是修破利损,怎么还会出现这么大面积、这么强烈的抵触情绪呢?看来,还真需要把施工队暂时撤回来,想办法和群众解释清楚之后再动工也不迟。

汤建伟以前去过渔村，对那里也还算熟悉。这个村虽然不太大，一直以来也没有太大的名气，但占据了一个良好的地理位置，正处于漓江风景名胜区的核心景区。周边各种形态峭拔的山峰像丛林一样，环绕着这个小村庄，举目到处是被收入喀斯特世界自然遗产名录中的山景。不仅如此，小村还紧邻漓江，江上乘船路过的人一抬头，小村的面貌便一览无余。

然而，由于渔村的传统产业就是渔业，建村伊始就没有考虑耕种和地质稳定的问题，主要的着眼点只是停船和下江方便。当传统的渔业生产急剧萎缩之后，耕地稀少的渔村就面临一种尴尬的处境。面对大江，却无鱼可"打"；面对大山却无地可耕，最后只能靠船筏载游客、利用空置的房屋做民宿来维持生计。

遗憾的是，由于多年来受雨水的冲刷、洪水的侵蚀，又缺乏规划和管理，小村的"颜值"越来越低。杂乱的临时违章建筑、各种苫着塑料布的篷子、私拉乱扯的电线和绳索到处横陈；每到汛期暴雨肆虐，洪水把沿岸的鹅卵石冲蚀得越来越少，淤泥覆盖了河床，原有的人工浆砌石护堤已经破损，原有的排污管道也出现破裂，污水直入漓江……这样的环境，别说游人嗤之以鼻，就是本村居民，生活起来也不会有良好的感觉。

漓江流域开展大规模治理行动之后，有关部门动用了各方面力量，将小渔村的违章建筑和没有执照的船筏进行了清理。碍于执法力度的强大，村民们找不到发泄情绪的出口，一口"气"憋到了修复的施工队进驻，终于有机会发泄了。

早在施工队进驻之前，漓管委发展战略处就已经多次组织工程技术人员对小渔村进行实地考察，汤建伟自己也带头去了几次。经过详细测算，发展战略处已经根据实际工程量做了一个总体预算，并正式申请立项。项目总投资503.5万元，修复岸线450米、修复面积15638平方米。

在这个工程的设计施工和预期目标上，汤建伟是下了大功夫的。工程立项之后，他和处里的工作人员曾有很多夜晚加班到午夜，研究如何将这个工程打造成一个高标准的样板工程，使之成为桂林市贯彻落实生态、安全、兼顾景观和民生的生态修复理念的典型案例。经过集思广益、综合考虑，最后确定了几条可以落实在所有景观修复过程中的"尺规"。

概括起来有这么几个要点：第一，就是遵循景观自然、材料自然、工艺自然的原则开展设计和施工；第二，就是要统筹考虑水环境、水生态、水资源、水安全和岸线等多方面的有机联系，在保持遗产地完整性和自然生态原真性的同时，综合施策，开展岸线修复工程、景观工程、污水治理工程，系统解决污水垃圾、景观和防洪等问题；第三，在山体和水岸修复过程中要把民意民心的修复当作一件大事，尽量使工程兼顾和延伸到沿岸居民的生活。通过实施一系列工程，不仅要保护漓江生态景观环境，更重要的是要改善当地居民的人居环境，促进当地旅游业的发展，为处于转型期的村民拓宽生产生活之路。

现在，汤建伟手里不但握着几百万的项目资金，更重要的是，怀揣着一颗体恤民生的心，他相信群众终归是通情达理的。暂时的"阻工"行为不过是一时没有化解的情绪使然，并不是什么大问题。沟通充分之后，他们一定会理解和支持工程的实施。

这次汤建伟要亲自出马，通过当地的熟人，将村干部和几个牵头的村民代表聚到一起，边喝茶边心平气和地慢慢谈。从国家政策谈到漓管委的职责，又从漓管委的整体工作谈到景观修复工作的规划、初衷和意义。同时，还征求了村民的意见和需求。为彻底打消村民的顾虑，汤建伟还郑重承诺，重新调整项目预算，充分考虑项目中兼顾民生的部分。于是，村民代表满意而归，工程顺利推进。

汤建伟吩咐负责组织施工的本部人员，凡工程中的一切材料、人工等能用当地村民的全用当地的，要让村民们在项目的全过程中受益。本来在项目设计过程中，漓管委已经专门邀请规划、旅游、农村、水利、环保、园林等方面的专家参与了项目的设计，考虑了方方面面的因素。为了工程建设更加科学、合理，更符合"景观自然"和渔村的实际，汤建伟决定在施工中进一步征求、听取村民的意见和建议，对村民们提出

第三部　山重水复

的每一项合理建议和诉求都充分予以研究，酌情采纳，尽量兼顾他们的生活和发展需求。

工程开工之后，施工队果然诚恳地邀请了村民代表对工程进行跟踪监督，监督的内容大致包含三个方面：第一，是否在保证岸线得到修复的情况下，兼顾了村庄的污水治理和土路修复；第二，工程质量是否可靠，是否能够保证安全、牢固；第三，工程是否能够体现景观自然、材料自然和工艺自然，与周边的山水保持自然和谐。

岸线修复工程按照设计要充分考虑生态系统稳定性要素，所以施工工艺做得细致而繁复。汤建伟定下的岸线修复目标是，既要保证堤岸坚固又要见到不衰的绿色。这是一个矛盾，也是一道难题。为了解决这个矛盾，施工人员咨询了很多专家，考虑多种解决方案，在反复对比之后，最后选择了网笼工艺。网笼具有良好的通透性，但容易造成水土流失，为了弥补这一不足，他们决定采用无纺土工布实施打底、包围，再添加鹅卵石和种植土。鹅卵石之间富有间隙，可以为植物根系、鱼类和浮游生物提供必要的附着空间和栖息地。不填土，鱼类可以在其间游来游去，填上土就可以固定植物生长的根系。无纺土工布和鹅卵石的合理搭配，将透气和水土流失以及坚固和柔软的矛盾很好地解决了。这样，就给植物生长创造了良好的条件。

固态部分的问题解决后，接下来就要保护植物。由于江岸附近的水土经常受到山上或江中来水的严重冲刷，一般的外来植物很难生长、存活。这时，战略发展处工程师秦景寰发挥他业余植物学家的特长，提出了一个既节省费用又贴近自然的方法。草，选择了生命力极强的象草和类芦；树，选择了水杉和乌桕等耐水性树种。这些本地乡土植物，整体连片种植，并加重苗木根部重量，完全可以避免或减少因洪水冲刷而导致的倒伏、毁损情况发生。

针对村庄原有污水管道破损导致污水直排漓江、垃圾乱扔污染环境的情况，项目部在全面排查污水处理系统的前提下，对原有排污管道进行了彻底改建，实行了雨污分流，建设完善了先进的污水处理系统。这一举措既保护了漓江生态环境，又改善了村庄风貌和人居环境。

由于县里财政紧张，从阳朔白沙镇到兴坪镇大河背自然村有6公里左右的道路修到渔村码头就戛然而止，剩下500米的断头路一直没有修下去。按理说，这一段可以不纳入到这个项目里来。工作人员问汤建伟："怎么办？"汤建伟毫不犹豫地回答："列进来。"于是，在实施景观修复工程里，他们就顺便完成了打通从村里到码头的最后1里路的任务，而且将原来2米宽的简易沙石路修砌成3.5米宽的叠石路和沿江步道。

修缮之后的江段上，岸边的叠石错落有致，树木挺拔翠绿。路边立面则采用平板山石直立围边做花槽，

第三部　山重水复

在保证防洪效果的同时,又营造出一段美丽的景观。然后修建了一个污水泵井,以便把污水收集后输送到污水处理站进行处理。

开始修路面时,涉及路面石材规格的选择。一般情况下,人行路面的石材大多选择3至5厘米的厚度,但这样的路面上大多要做明确的标识,禁止机动车在上行驶。车一上来,石板大概率会被压坏。因为路是一条出入村庄的必经之路,考虑到村民经常因生产生活需要有一些车辆往来,有时甚至还会有拖拉机在路面上行驶,项目部临时调整施工方案,加大铺路石板的厚度,采用了12厘米厚的青石板来铺装路面。

工程施工期间,科里的人员天天往工地跑,一丝不苟地监督指导施工,一个细节都不放过。处里管工程的四五个人,没有一个人有片刻清闲。除了正在施工的项目,他们还要考察其他8个点位,每天都是二三百公里的往返,车开到山脚下再弃车步行。走在凸凹不平的乱石滩上,头上汗水直流,脚下鞋子磨脚,有时一走就要走上个把小时。单位没有公车呀,就得坚持着私车公用,由于每个工程的费用都是专款专用,所以一分钱都不能挪用作管理人员的交通费。交通费用自理不算,一个夏天下来,几个人共计跑坏了六双鞋,跑坏了往办公室一扔,换双新鞋继续跑。"秋后算账",几个人把跑坏的鞋收集到一起给汤建伟看。汤建伟倒也领会大家的意思,转身从柜子下取出自己那双跑坏了的鞋子，扔到大家那堆鞋子里，顺嘴说了一句"一丘之貉"。大家心领神会，耸了耸肩，吐了吐舌头，退了出去。

工程按照几方面期待的样子一天天接近理想目标，村民们的脸上一天天露出笑容，工程的施工人员的脸上也显现出自豪的神情。村民们由于被邀请参与工程的设计、施工，不仅有30多万元的劳务收入，而且有了"当家作主"的责任感，态度由原来的抵触变为大力支持和主动让利。施工场地在一定程度上影响了村民的出行，但没有一个村民出来找施工人员的麻烦；施工期间占用了部分村民的菜园地，全村上下也没有一家提出索要补偿，还无条件提供施工用地和施工便利，从而使修复项目真正变成了一个多方满意的顺心工程与和谐共赢工程。

项目的顺利推进，对涉及民生的其他系统起到了示范和带动作用。紧跟生态修复工程之后，村里的其他配套设施建设也得到了有效推进。县里和镇里相继投入资金支持渔村进行村容村貌改造，实施了村庄改造"五大工程"，实施了沿岸绿道、文化长廊、旅游公厕以及迁移高压线下地等一系列建设项目，渔村村庄风貌焕然一新。

渔村的生态环境和村庄风貌变得美好了，生态产品价值得到了提升，旅游业也随之蓬勃发展起来。如今的渔村像一个俊俏的姑娘一样，吸引着四面八方游人的目光。在实施生态修复前,渔村全年接待游客仅14万人次;实施生态修复后,尽管近几年受旅游市场大环境的影响,渔村全年接待游客仍达31.5万人次,村民旅游收入同比生态修复前增加360万元,集体收入增加40万元。渔村真正实现了产业的转型和生活方式的转变,家家户户都吃上了生态旅游饭。

四

义在人本

(一)

阳朔县漓江景区管理有限公司(以下简称"漓江旅游公司")办公楼装修接近尾声时,四面墙壁还一片空白,像一张张没有内容的白纸。按照惯例,工程进行到这个程度,还不能算彻底完工,总是要填充一些内容,容,否则就跟一个人没有灵魂或没有任何想法一样。

可是填充些什么呢?

公司的副总经理黄金峰跑来问总经理廖浩。廖浩并没有急着回答,而是微笑着问黄金峰,似商量也似试探:"你觉得放些什么比较适合我们公司?贴一些字画怎么样?"

"当然是不能仅仅放一些山水图片和字画。那些东西可以放一些，毕竟我们是一家旅游公司，放一些关于桂林山水的风景照也挺扣主题的，但都是图画好像还缺了点什么。"黄金峰边思考边回答，他心里还没有成熟的答案。

"那就在最重要的位置放上我们公司的企业宗旨吧！"廖浩回答道，"我要让所有来办事的人都知道，也要时时提醒我们自己，我们究竟是干什么的。别一提旅游公司就好像我们都钻到钱眼里，只考虑挣钱，只考虑效益，而不顾其他了。我们是国有企业，我们除了挣钱还有更重要的责任和使命在身。"一接触这个话题，廖浩的声音就有一点高。态度的不平和，就证明在这个问题上他心中是有不平的，不是以往被人误解过，就是在这个问题上没有机会充分表达。

黄金峰很了解公司的历史和近些年的运行情况，也知道廖浩的一贯主张和内心的想法。这个生于1978年的副总经理，是漓江上土生土长的船家人，从小吃过不少苦，成长经历也艰难曲折，人生经验丰富。他不但头脑灵活，也很励志，还具有常人并不具备的情怀和信念。加入旅游公司以来，他从基层一步步干起来，一直深得廖浩的欣赏和栽培。

廖浩的话刚刚出口，黄金峰就接过了话头："那就在正对入门的墙壁上做一幅标语'美丽漓江的守护者，两山理论的践行者'。其他的，再慢慢商量。"

"好。"廖浩注视了一下黄金峰询问的目光，十分肯定地点点头，没有再多说什么。其实，平时像这类事情他是不多管的，既然交给下属办，就由他们来决定好了。只是这个小小的细节确实是他非常在意的。

　　黄金峰转身离去，廖浩则一个人来到了码头上。

　　这个时间正是杨堤至兴坪江段上大型游船和小型排筏的错峰时段。大船暂时停止载客，电动排筏开始载客游览。望着一艘艘整洁的游船、繁忙有序的江面、穿着橙黄色救生衣坐在排筏上的游人、鱼贯而行的排筏队伍、清澈的江水和两岸翠绿的青山，他不由得再一次回想起那些难忘的岁月和漓江往事。

　　多年之前的江上景象，对于一个没有来过漓江没有亲眼见过的人来说，绝对想象不到有多混乱。分属于多家私人公司的6000多只排筏和小船、几十条公私混杂的大型客船，同时进出于同一个码头，同时运行于同一段江面。大船在不停鸣笛提醒排筏和小船及时避让；排筏和小船则在不顾一切地大声叫喊，争抢生意——有的埋头前行，根本就没有精力理会大船的抗议；有的则在大船过后的巨浪里摇摇欲翻，那场面并不亚于一场战争。实际上，这是另一种"战争"，他们在不遗余力地争抢客人，争抢生意，争抢自己的利益。

　　那时，廖浩还没有到漓江旅游公司来工作，对于那些游船和筏工来说，他也不过是一个普通的游客。但普通游客和外地游客不同，如果你是一个本地的普通

第三部　山重水复

游客，去坐那些小公司或私人排筏至少不会被宰；如果你是外地游客那就很难说了，至少有80%的概率会被宰。最初有人对他说筏工宰客的事情，他还不相信，他觉得平时那些老实巴交的筏工怎么能做出那种恶劣的事情呢？

  为了用事实证明那些说法的不实，廖浩趁周末休息，脱去警服，去码头试坐一次排筏。那时，坐排筏是不需要买票的，都是乘客与筏工私下里交易。一靠码头，立即有四五个筏工围拢上来，竞相压价，一个说"看10个景点200元钱"，另一个说"看12个景点200元钱"，还有一个说"看10个景点只要100元钱"，最先叫价的那个人这会儿又改口说"生意不好做，给80吧，我就载你去"。究竟上谁的排筏呢？平时他还觉得自己遇事沉着不会乱了阵脚，但面对这疯狂的毫无标准也没有参照的相互压价，他一时不知道谁是真的谁是假的，无法选择。最后竟然是被一只强有力的大手拉走，反正上谁的船都是上，干脆就跟他去吧！

  "你确定只收100？"

  "是，只收100。"对方回答得真诚，似没有任何猫腻。

  人一上筏，马达启动，随着一股黑烟腾起，排筏脱缰野马一样直奔景点而去。在巨大的马达声中，筏工大声地介绍着景点："我们现在所在的位置是兴坪胜境，右侧往远看是螺蛳山，因为从一个角度看上去，就像一个大螺蛳，所以叫碧潭青螺。我们行走的左侧那一排一座挨着一座的青山，叫碧莲叠翠。前边，从那个码头上去，叫渔村小景，村子叫渔村，曾经有两个大总统去岛上参观过。你看，对面山上那块石头，像不像一个猴子？那叫黑猿望江，再往前那座山，就是九马画山了……我们该往回返了，返得迟了老板要扣我钱的……"不足五分钟的时间，排筏已经掉头了。坐筏的游客觉得还没看到任何所谓的景点，景点都已经在筏工的口里过了一遍，至于是不是真正的景点，也无法求证，反正你没有看到、没有看出来是你的问题。廖浩觉得心里郁闷，想发火又找不到充分理由，因为上筏时只讲了景点，而没讲时间，筏工说："100元的竹筏走10分钟，200元的走20分钟，我是严格遵守时间的。"

廖浩是受过教育也懂得科学的人，他不想也不会以偏概全，不会因为一次被宰遭遇就臆断所有筏工都宰客。在他看来，凭这一件事情就下一个断言，显然有失公道。于是，他又去码头试了第二次。这次，他有了前次的经验，把钱和时间都讲好，看筏工还会不会要什么花样。结果，一上排筏，筏工就向廖浩哭穷，说他一个筏工有多么不容易，哪像坐船的大老板们有的是钱，这200元跑一趟，最后钱都要上交给老板，自己只能得到一点点。"你看，你还一个劲地拖时间，不让我快开，现在我已经晚了五分钟，返回去再晚五分钟，我不但一分钱拿不到，还要被老板罚钱。你再给我加钱吧，补公司给我的罚款……"廖浩当然不会同意。

"什么？不加？排筏误点是你的责任，不加，你就现在下去，我不能继续载你了！"那个筏工吼道，仿佛他自己受了很大的委屈，理都在自己的身上。

但这次廖浩没有生气，他是为了调查而来，他不需要和筏工争执，他只需要看到事实，如果不亲眼看到他们宰客，他无论如何也不会相信有这样的事情发生。现在他明白了别人说的是对的。不对的是，宰客的人，基本都是比较疯狂的，有时根本就不分你是本地的还是外地的。反正宰客的人总能够找到宰客的充足理由，否则那不是变成抢了？后来听说，管理部门就这些宰客乱象进行了整治，基本上统一了价格和点位。但江上却又出现了"挣快钱"的新招法。谁坐筏游江不是想慢慢走、慢慢看呢？但有些筏工为了尽快把客人载到指定的位置尽快返回，纷纷把排筏上的推进器换成大马力的，噪声大了一倍，速度快了一倍，客人的利益又被伤害了一倍。

当一个旅游区的人把自己的客人当作待"宰"对象时，客人们除了伤心防范，捂住自己的口袋，最有效的办法就是不再回头，惹不起躲得起。当漓江边上想"挣快钱"的人越来越多时，来漓江旅游的人却越来越少了。很多客人来过一次就不再想来第二次，甚至还告诫亲朋好友和身边人不要到这里来。这样就形成了恶性循环，想挣钱的人越来越"吃不饱"，越"吃不饱"

越往死里宰,越往死里宰"客源"越少,最后就形成了一个死结。本来是一个能激发人们美好情感的地方,竟然成了游人的伤心地。

廖浩还记得2006年之前那段萧条期沿江老百姓的生活情景。那几年,他因为执行任务需要经常去杨堤码头。那时沿岸的老百姓生活很困难,特别是冬季来临,由于漓江进入枯水期,江里的鱼很难打,老百姓就只能向来往游客兜售一些当地土特产贴补家用。码头上人山人海,卖东西的人一个挨着一个,而真正想买东西的游客总是寥寥无几。于是便有一些年轻的渔民当起了"飞车党",拎着篮子在自家的小船上等着,当大船路过,先扔出一个钩子,钩住大船的船舷,然后爬上大船去兜售自己的东西。

有一次,一张排筏在钩挂大船时发生了侧翻,引发事故,船民溺水身亡。沿岸老百姓聚集到一起,声援溺水船民,将大船截住,要求赔偿,不予赔偿就不让走,大船被扣留长达一个月之久。那些年,因为大船的碰撞导致小船侧翻的事情时有发生。每年也都会因为这样的事情发生几起溺亡事故。

更有甚者,有一些船民竟然向外国游客讨要钱物。那时,几乎所有的滩涂、码头上都有乞讨人员。他们打着赤脚,穿着大裤衩,盯着游人四处游荡。如果是冬天,就在身上搭一件大棉袄,手里拿一根长竹竿,竿子上有一个小网兜,来了船就把小网兜伸过去,索要东西。一些外国游客故意把钱物扔到网兜外,让乞讨人员下水去捡。冬天的漓江水又冷又清,硬币掉在卵石缝隙里,仍清晰可见。为了得到硬币,就有人脱掉棉袄,一个猛子扎到冰冷的江水里去捞,像鸬鹚捕鱼一样。每到这时,船上便会传来开心大笑的声音,一些外国游客还会拍照,之后将这些照片传到国外。为了让这"好玩"的画面重演几次,有时他们会每间隔一小段时间投出一枚硬币,直到最后没有了兴趣。廖浩每次看到这样的情景,心都如刀扎一样难受。从那时起,他就在想,有朝一日一定要为沿江的老百姓办点好事。

所以当廖浩执掌漓江旅游公司之后,当务之急就是给员工立规矩,提高员工待遇。首先建立了严格的管理机制,坚决制止宰客的不良现象,如果发现哪个筏工宰客或收受客人的小费,坚决予以开除;同时也建立起合理的工资分配机制和较好的福利待遇,保证400名筏工和200名其他员工每人每年的收入至少达到4.2万元。他要让每一个员工都成为公司接受、游客认可的优秀员工,也要让每一个员工能够在家乡安居乐业,再也不用背井离乡去打工,或为了几枚硬币丢掉尊严。让他们的"五险一金"有人管,生活有保障,老人孩子有人照料,老人看得起病,孩子上得起学。

面对沿江人民的生存状态和秩序的混乱,当时的阳朔县委县政府,也心疼,也焦虑,下决心将漓江的治理和民生问题当作县里各项工作的重中之重,一边从基础抓起，大力整治各种乱象；一边出台各种规定和扶持、奖励政策，引导、鼓励沿江百姓发展生态经济，种金橘，种柚子，发展健康的旅游业。为了解决沿岸老百姓的生活问题，2012年，阳朔县又下发了42号文件，进一步规范了漓江沿岸的旅游管理，不但成立了具有统一管理职能的旅游公司，还明确了旅游公司的利润分配原则。

至此，廖浩成为这个旅游公司的掌门人，并领导公司担负起一个国企的责任和使命。按照公司的成立初衷和经营宗旨，公司不但要担负自己的几百号员工的管理和就业，还要担负起漓江沿岸5个乡镇、29个行政村、94个自然村共计4.59万人的生活保障问题。每年的门票收入，50%上交县财政，50%补贴给沿岸村委，公司一分不留。此外，还要在公司的营业额中拿出28%分配给筏工，拿出10%给沿岸的百姓。

一转眼10年过去。10年来，公司一直沿着当初的经营方向健康发展，公司员工没有一个因为违反制度被重罚或被开除，但一直执行的老政策也没有调整，还是带来了一定的问题。如今沿岸乡镇的实际情况和百姓的家庭结构和人员数都已经发生了很大变化。利润分配制度有必要根据实际情况进行调整了，否则不但不会起到激励和有效的补偿作用，还会引发新的不平衡和新的矛盾。

廖浩早早考虑到了这一点，已经和相关村镇打过招呼,让当地派出所重新进行统计核实。当初确定沿岸村镇时,是按照沿江直接看到漓江的村镇和百姓确定的。随着漓江治理力度的加大,山后的村镇和百姓保护责任也相应加大,保护漓江也有他们的责任和功绩。漓江前沿的百姓已经知道自觉地保护漓江了,但如果后排的百姓不把漓江的保护当回事,仍在乱挖、乱砍、乱伐,漓江的生态环境又怎样从根本上得到保障呢?

  为此,廖浩也有一个周全的考虑,在新的政策方案还没有下来之前,他已经有了明确的打算。随着漓江环境的进一步改善,公司的效益也在逐年增长。下一步,他还想主动承担一些责任,除了补偿沿江的第一排村镇,还要从公司的利润中再拿出一部分,分配给远离江岸的村镇。他的想法是制定出一个目标明确的股份制度及考核奖励办法,吸引山后的村子入股漓江旅游公司,并对这些村的村委进行考核,达到90分的每年奖励5万元;达到80分的每年奖励4万元。如此,不但可以有效激发沿岸老百姓的山水保护意识,而且可以把公司打造成绿水青山和金山银山之间的一个管道,将从漓江山水而来的"真金白银"通过这个有效的管道,输送给沿岸百姓。

（二）

又有县里退下来的老领导给廖浩打来电话，询问漓江和公司的情况。老领导是当初漓江治理的主要倡导者和直接参与者，也是廖浩当时的直接领导，退下来后却仍然不舍心力，经常给廖浩打电话，询问漓江上的情况。

人老了话多，老领导每次来电话都要聊上很久。廖浩理解老领导的心情，不管工作有多忙，都会暂停下来和他聊上一阵子。由于每次"话聊"他都不厌其烦地对老领导详细介绍目前的情况和自己的打算，公司其他领导有时就有些想法，觉得老领导有些爱管闲事，都退下来很久了，还问那么多干吗呢？对此，廖浩与他们有不同的理解和态度，他知道有些人天生就有强烈的事业心，特别是一些当过领导的人，总希望自己的主张和想法能够在自己退下来之后仍然有人接着落实，接着干。这叫"老不舍心，少不舍力"，本是中华文明的优良传统，也是一种难得的情怀，理应得到理解和敬重。

"小廖啊，你可是漓江治理的功臣啊！"每次聊天结束，老领导都会来上这么一句，算是对廖浩过去成绩的肯定，也可以算是对未来的一种期待或激励。对此，廖浩虽然心领神会也心存感激，但往往会在电话这边微笑一下，及时把话头岔开。对以往自己所做的事情，他从来没有居功自傲的想法，但往事历历在目，偶尔也会不由自主地回想一下。

1969年出生的廖浩，转眼间也已经是50多岁的人了。从刑警学院毕业后，他一直摸爬滚打于民警工作一线，应该说很多工作经历都是不平凡的、难忘的，但最惊心动魄的还是他亲自主办的白沙市场涉黑案件。这是他从警28年来所经历的最触动灵魂的一个刑事案件。他之所以对这个案件记忆深刻，不仅仅因为这个案件危险、复杂、难办，更因为这个案件给他带来的人生思考非常深刻。

案件起因于2008年11月一封来自白沙镇的实名举报信。信的内容很短，总共也不超过50个字。信的大致意思是说，在白沙镇，张某发、赵某敢这伙人独霸金橘市场，为所欲为，无恶不作，你们要去管一管了，再不管整个阳朔市场都要被他们垄断了。说是举报信，实际上也就是一个线索，完全没有列举出具体事实。

最关键的是，举报信中涉及的张某发，这个人的身份极其特殊。张某发是阳朔县白沙镇古板村党支部书记，从2001年起，开始带着村里人开发金橘新品种，推广无公害生产和"金橘避雨避寒栽培"等先进技术。短短几年时间，古板村的金橘名声大振，畅销大江南北，种植金橘的古板村也一跃成为全县闻名的"小康示范村"，张某发则成了全镇、全县颇负盛名的"致富带头人"。有很多村民曾心怀感激地说:"没有张某发就没有我们的金橘产业。"一时间,张某发的威信直线飙升,荣誉频频加身,还当选为阳朔县人大代表,并且连任三届,至于村党支部书记,就更不在话下,一直稳稳当当地当着。

按照以往经验,这样的事情只能简单了解一下再说,如果没有确凿证据,基本就可以做一般性案件处理。但是,办案人员刚开始介入调查就发现了很多奇怪的现象。据白沙镇的果农反映,最初一些年,农户的金橘价格一直呈直线上升趋势,一年比一年高,2004年升至每斤3元,2005年最高达到5元,到2006年最高已经达到9元,并且市场情况非常好,根本就不愁卖。很多果农的家庭收入都因为种金橘而大幅提升,有的开始建新楼,有的开始加大投入继续扩大种植面积。

可是到了2008年秋天,白沙镇的金橘市场明显出现了异常情况。当种植户将自己家的金橘拿到白沙市场上去销售时,价格骤降,往年8元一斤的金橘,突然降至3元左右一斤,全市场好像得到了什么指令一样,口径高度一致。这个价格已经接近金橘的成本价2.7元了。这个价格出手,肯定赔钱,不能卖呀!但等过一两天,价格继续下降,连2元也不到了。更为奇怪的是,原来还有外地客商来白沙镇收购金橘,现在连一辆外地车都没有。这时,有人明里暗里告诉果农:"他们让你多少钱卖你就抓紧按他们的价格卖吧!现在市场已经完全是他们的啦！你要是不卖就等着烂掉吧！在白沙，没有外人能进来，你们也出不去。"果农说的"他们"，就是指已经垄断市场的张某发和赵某敢一伙。结果，那年白沙水果市场的情况果然像人们说的那样，肯卖的果农最后以1.3元的最低价格卖给了市场，而不肯出售的果农果真就一颗金橘都没有卖出去。

其中有一个村委会组织了一个村的村民，全部签了字摁了手印，准备每人挑一担金橘，到公路上去拦路示威，结果也被压了下去。不久，又有更多的果农把卖不出去的金橘挑到了县委县政府的门前。看来情况已经十分严重，引发了阳朔县委县政府的高度重视。

就在这个当口，有人主动反映，两年前，白沙市场还发生过一次血案。一个在市场上挺有实力的人物马某志突然被三个不知从哪里来的陌生人一顿乱砍，肩部、背部、腰部和四肢等处连中14刀，被砍成重伤。因为在这件事情发生之前张某发曾来找过马某志，要求合并经营，被马某志拒绝。马某志知道这件事情与张某发有直接关系，但他找不到证据。事发后，马某志的家人准备悬赏10万元征集线索，一定要找到这三个凶手，却被另一个市霸赵某敢阻止。调查至此，办案人员已经嗅到了涉黑的味道。

于是，办案人员顺藤摸瓜找到了马某志，很快就触及了事件的核心。经过大量的实地调查、取证，案情一点点清晰了起来。

原来这张某发权力和威望大了起来后，个人的野心和欲望也随之膨胀起来，他不再满足在本村的小打小闹，而是琢磨着如何才能在市场上攫取更多更大的利益。2006年，张某发利用自己县人大代表和村干部等多重身份的便利，成立了"白沙镇水果流通协会"并自任会长，开始以暴力、恐吓手段打压其他货运公司，逐步将白沙水果市场上零散的物流公司排挤出局。然而，就在张某发快速实现垄断敛财目标的时候，他遇到了障碍，这个障碍来自一个绰号"赵某敢"的黑老大赵某贵。

赵某敢本来有自己的大名，因为他什么事情都敢干，当地人便给他起了这么一个外号。原来早在2005年，以胆大心狠出名的赵某敢就和他的手下以"保护"为名，强占了浙江果商马某志经营的"江浙货运信息部"50%的干股，并垄断了白沙镇金橘最大的销售渠道"江浙线"。而张某发的"白沙镇水果流通协会"此时只控制着效益较差的"北方线"。显然，马某志的"江浙货运信息部"成为张某发实现垄断计划最大的绊脚石。

2007年11月11日，张某发向马某志提出"合并共赢"的要求。然而，自恃背后有黑老大赵某敢撑腰的马某志，拒绝了张某发的要求。但他没想到，这个决定却引来了一场杀身之祸。张某发为了达到合并的目的，叫来手下人一起商量。既然马某志不同意合并，那不如给他来点非常手段。手下几个人一合计，决定由协会出10万元，到外边请人来砍马某志。当几个人将这个想法向张某发汇报后，正合张某发心意，他当场表态："你们去砍吧，砍死算了。"

张某发的合并要求被拒绝后的第三天，就发生了三个陌生人刀砍马某志的血案。可马某志并不知道，就在张某发实施砍人计划的同时，专程与黑老大赵某敢进行了"面谈"，并达成合并协议。从此以后，马某志只能得到自己经营的"江浙线"利润的40%，其余利润由张某发和赵某敢四六分成。而张某发和赵某敢这两股黑恶势力最终也合为一股，一个组织结构稳定、成员分工明确的黑社会性质犯罪团伙已经形成。

从此，白沙水果市场的收购、包装、运输等全部环节都被张某发等人彻底垄断。从白沙出去的每一批金橘必须经过协会的收购部定价，他们说多少钱一斤就多少钱一斤，最离谱时果农们曾经卖过10块钱一担，一担重量相当于130至160斤，核下来就几分钱一斤，果农们一年的损失从几万元到几十万元不等。货主发货无论是浙江、北京还是重庆都必须经过"协会"的货运部，统一配置车辆。否则，自己找来的货车就会莫名其妙地被一些社会闲散人员打砸，或者因为越过了"协会"而直接招来祸患，被人打伤打残。金橘的外包装也要用"协会"的统一包装，否则不允许进入市场，而被"协会"批准的包装箱商家，每个箱子就要交1元钱管理费；用于垫底的包装纸，原本一捆20斤售价11元，被张某发减量为每捆17斤，售价却提高到15元……

如此一来，以张某发为首的黑恶势力团伙通过暴力伤害、威胁恐吓等非法手段，在白沙水果市场获取越来越大的暴利。2007年该团伙非法获利500万元，2008年非法获利达1000万元，2009年该团伙的获利目标则超过2000万元。而果农们的损失则达到数亿元，由于果农们再也没有种植金橘的积极性，整个白沙镇乃至阳朔县的金橘产业受到了重创。

取证调查结束后，形成的案卷达到了两米高，可见涉案人员之多。怎么处理？阳朔县的态度非常明确："抓！"那时，廖浩还很年轻，看起来还是一个生龙活虎、生猛不惧的小伙子，浑身上下都有使不完的劲儿。一个指令下来，他就立即带领队员冲在了抓捕黑恶势力的最前线，从大到小，由近及远，东征西战，日夜不停地干，终于在一个多月的突击行动中，完成了抓捕任务。此案最后的结果是，打掉了100多名涉黑人员，判刑67人，对黑恶组织的主要成员张某发、赵某敢以及"协会"里的其他头目等都实施了重判。

案件办理得干净利落，但在报功过程中，廖浩却坚持自己不报任何级别的功。他不想当英雄，他还记着上学时恩师的教诲："将来你们可能都是刑侦专家，但我希望你们不要成为这个领域里的英雄，成为英雄之后，人都容易居功自傲，丢失党性，这是非常危险的事情。"

第三部 山重水复

白沙水果市场涉黑案中的张某发就是一个鲜活的例子，那叫德不配位。一个人能准确把握好自己的权力、能量和自己情怀、境界之间的平衡吗？廖浩认为自己把握不准一个刑侦英雄究竟会有多大的能量。所以他连一个三等功也坚决不要，只是给基层干警争取了一些荣誉。

2012年阳朔县漓江景区管理有限公司成立已经两年，但漓江旅游业存在的一些问题仍没有得到很好解决，特别是一些事关社会秩序的复杂问题，急需一个有魄力、有经验的主事人进驻主理。县委领导在可选择的干部中环视了一周，最后还是把目光落到了廖浩身上。当时的廖浩还是阳朔县公安局副局长兼阳朔县漓管委副主任和综合执法大队队长，虽然身兼数职，但也都是高度相关。虽然已经担负很多，但组织需要嘛！阳朔县委决定给他的肩上再落一职，兼任这个公司的总经理。

实际上，从这个任命可以看出，这时阳朔县已经对漓江旅游业态的彻底整治下了最大的决心。任命廖浩正是看中他果敢的工作作风和不计较个人得失、不计较局部利益的大局意识，希望他能够配合有关管理部门将漓江旅游秩序这块难啃的硬骨头啃下来。

廖浩到公司后的第一件大事就是整顿漓江上的旅游秩序，对漓江上的排筏进行严管，制定了一系列的规则、规范和措施，遏制和杜绝以往乱象的发生。

此时，漓江上所有排筏的管理权仍然分属于很多

"小老板"。换个角度说，基本上每一张排筏头上都顶着一家或大或小或黑或白的公司。那些大大小小、有执照的和没执照的公司加在一起，有几十家。大公司拥有几十张排筏，小公司则只有几张排筏，他们各自为政，靠"野导"拉客骗客或与旅游公司销售人员私下联系，实施规则之外的无序竞争。

当时漓江上的排筏大约有6000张，筏工们缺少必要的约束和规范管理，挂到哪家私营公司，签下合同，每年交一定的管理费之后，就是自主、自由经营，信马由缰。排筏行走路线、每天载客次数、载客数量、营运时间、收费价格等都没有明确、严格的规定和监督，赚多赚少，用什么方法赚钱都是筏工自己的事情。所以，漓江上的秩序显得十分混乱。每天从杨堤到兴坪江面上的排筏"像煮饺子一样"，一个挨着一个，尽管如此密集，但仍有筏工载不到客人。能够载到客人的都是会"抢"、能"抢"的筏工，没有任何服务质量和信誉可言，严重扰乱和损害了当地的旅游业。

2014年4月26日凌晨4时，阳朔县漓江富安码头附近水域又发生一起排筏侧翻事故。一张由11根PVC管子制成的排筏违规超载了27名游客和1名筏工共28人。当排筏逆水上行至富安码头附近时，由于发动机突然失去动力，排筏失控，顺水往下游漂去，与一艘正在行驶的大船发生碰撞后侧翻。筏上28人全部落水，其中25名游客和筏工得救，2名游客溺水身亡。

事故发生后，阳朔县政府高度重视，痛定思痛，决定一次性解决掉这个长期没有下定决心解决的问题。收筏，切掉这些严重影响漓江旅游发展的恶性肿瘤！阳朔县决定，由阳朔县漓江景区管理有限公司出面收购私营公司，对漓江上的排筏、筏工实行统一规范管理，彻底结束漓江筏游混乱的"春秋战国时期"。

最初的收购工作还算顺利。虽然这项工作复杂、细致而艰难，需要对所有排筏进行调查、评估，实施补偿或就地销毁，但由于有吸纳适龄筏工进入旅游公司，成为旅游公司永久员工的承诺，船民总体上是配合和接受的。如此操作，受到利益冲击的并非排筏的主人们，而是那些靠筏工赚钱的小老板。有的小排筏公司原本在江上的无序竞争中就没有优势，借着这个收购之机，拿到一定的补偿后，解散公司，也算是顺势而为和"寿终正寝"。而那些赚到了钱的强势公司却会以各种理由坚决抵制，公司一旦被收购，每年不操心不费力就轻松获利几十万元就没有了，怎肯善罢甘休？

从2015年开始，阳朔县成立了由公安部门、海事局、各乡镇和旅游公司等相关部门组成的专班，专门处理漓江旅游公司在收购过程中遇到的各种问题。因为那段时间不断有排筏公司的小老板抵抗情绪激烈，甚至殴打公安干警、海事局工作人员及旅游公司员工。有一天，当地的一些小老板为了阻挠漓江旅游公司的继续收购，在朝板山码头对漓江旅游公司组织了一次"阻击",40多张私人排筏从江心方向一齐涌向码头,将码头外围严严实实地封住,导致已经载满游客的旅游公司的排筏无法出行。

关键时刻需要胆识,在这种情况下,一旦让捣乱分子占了上风,很可能就会纠缠起没完,除了不能正常营业,还会滋生出公司和游客之间的纠纷和矛盾。廖浩一边沉着指挥公司的船只开路,带领排筏紧随其后强行出港,一边组织调动警力对非法扰乱公司经营秩序的人员特别是肆意制造肢体冲撞的肇事者实施有效控制。一个小时之后,因为肇事牵头人已经不在现场,受雇参与围堵的私人排筏纷纷散去。那一天,廖浩让排筏上的乘客体验了一次只有战争影片里才能经历的场面,且有惊无险。

从2015年至2017年,经过两年艰苦卓绝的奋斗,桂林市全面完成了漓江包括遇龙河上各种旅游机构的整合。漓江上原有排筏6000多张,经过收购精简最后收缩至1000多张的规模,并对江上排筏实施了统一、规范管理,使每一个筏工真正成为有归属、有管理、有规矩、有责任感的公司员工。漓江旅游公司则在这次具有历史意义的大行动中,成为冲击"正面战场"的先锋和主力,于2015年收购兴坪排筏1010张、杨堤排筏776张;2017年收购下游排筏870张,合计收购2656张。

整顿完成之后,漓江上乱筏争渡、抢生意的乱象不见了。有游客拍摄以漓江为背景的照片,总会发现,江上排筏疏朗有致，运行有序，与两岸的绿水青山相映成趣，已经成为漓江风景的一个有机组成部分。如果过去将排筏收进画面还觉得画面有些混乱，而今如果将排筏避开，竟然感觉画面上缺少人气，有一些虚空。

（三）

一场洪水过后，漓江沿岸的景观遭到了很大的破坏。清澈的江水变得异常浑浊，江面上漂着自上游倾泻而来的大量垃圾：杂草、树木、各种各样的生活垃圾，甚至动物的尸体。洪水大涨时，江面水位陡升三四米高，夹裹着杂物，呼啸着掠过码头，掠过低处的房屋，掠过两岸的树木，直接将一些脆弱的建筑摧毁，将一些草木连根拔起，变成垃圾。

每次洪水给漓江沿岸人们带来的生命财产威胁和损失都是巨大的，每个单位和个人都要在洪水到来前后全力投入防洪抢险工作。这些暂且不说，几天之后，洪水消退，人们还要面对另一重麻烦和困扰。两岸树木上挂满了"万国旗"般的各色垃圾，塑料、布片、残破的衣物、植物的藤蔓等；两岸的码头、道路上积满了淤泥；由建筑垃圾和树木、杂物组成的"垃圾联盟"，如一层厚厚的被子死死地覆盖江面和码头，人不得入，船不能行。

廖浩不得不紧急召集公司中高层管理人员，专题研究灾后景区内环境恢复和生态保护问题。阳朔县境69公里水路，阳朔县漓江景区管理有限公司管辖50多公里，全程行船需要四个半小时，仅仅正常的环境保护工作就无比繁重。公司每年要专门拿出250万元，投入50多人负责这50多公里江段的保洁，平均每年至少从漓江上打捞2500吨垃圾。每逢涨水，还要额外聘请大量临时工作人员对沿岸环境进行恢复，摘掉两岸树木上悬挂的垃圾，清理码头及江边道路上的淤泥，打捞江面上的大量垃圾……不但工作量大增，在资金上的投入也将以数倍的规模增加，每年至少增加额外投入230余万元。

最让工作人员头疼的是，上下游清理工作在时间上的错位。漓江旅游公司的阳朔段处于漓江的下游，洪水过后，公司以最短的时间和最快的速度清理完江面上的垃圾，以便尽快恢复正常的旅游运营，上游的垃圾却还在陆续漂下来。垃圾漂到了谁的江段上就是谁的，监督部门可不问垃圾的来源。为此，公司不仅要派人在相当长的时间内持续清理江面上的垃圾，还有随时被漓管委等监管部门问责、处罚的风险。

为了证明江面垃圾不是自己的责任，公司员工在桂林和阳朔两地交界处录制了大量垃圾漂流的视频，拿回来向廖浩报告，希望公司及时将情况向监管部门反映。

"我们下游太吃亏了，太受他们上游的气啦！"有的公司中层实在气不过，就开始抱怨。

廖浩则微笑着说:"我们也可以去上游的上游,那样他们就会反过来受我们的气了。可是我们为什么不去?因为只有这里的风光最好,山水最美。造物主从来都是公平的,给了我们好风景,也搭配了上游漂来的垃圾。既然我们占据了这块好风景,就有义务为它们多付出。上游下游之间必然是这样的,不要抱怨,我们只管做好自己的事情就好了,有多少垃圾我们负责清理多少。"

"随着漓江流域环保监管力度越来越大,对环境和生态的要求越来越高,我们每年在环境保护方面的财务支出越来越大,有时费用使用到大半年就没有了。今年这场洪水下来,又要把全年的预算花光。"财务部负责人也开始借机提出自己的困难。

"这也是一个问题,但公司不可能每年在年初预算中都作出一场洪水的费用预算。这样吧,主管副总和财务部门可以灵活掌握一下,在公司责任方面的费用预算要考虑充分一些,适当加大。同时在应急支出项目上打出充足的预算额度,以免有紧急情况措手不及。我们这个美丽漓江守护者的名声在外,并不是一句口号,是要有行动,做出样子来的。今后,我们不但在环境保护方面,在救灾抢险和治理、修护景区内景观方面也要适当增加费用。我们不要在这些方面省钱,漓江风景区的生态和环境是我们旅游公司的根基,安身立命之本。没有了良好的环境,优美的风景和良好的秩序,游客凭什么要到我们这里来？很多钱，花在环保上的、生态上的、治理和抢险上的，看似是花给了别人，实际上最后都是花到了我们自己身上……"这样的主张廖浩虽然自始至终是一直坚持的，但每次强调时他都像第一次，不但慷慨陈词，态度也极其严肃认真。

这些话，是他个人的想法，也是一个公司的经营理念和宗旨。用通俗的话说就是"门风"，用时尚的话说就是企业文化。也只有这样的企业文化环境才有只属于这个旅游公司的人和故事。

这个阶段，漓江旅游公司要做的事情很多。公司刚刚花了80万元购买的垃圾打捞车，已经在漓江边不停地工作，轰轰隆隆地把水中的各种垃圾，大到碗口粗的树干，小到枯枝腐叶矿泉水瓶，纷纷通过传送带从江面上源源不断地输送到岸上的垃圾运送车上。公司一次性将自己江段的垃圾打捞上来，运走，又陆续处理了几批上游漂下来的垃圾。垃圾处理完，马上要种树，岸边的很多地方经过洪水浸泡冲刷，竹子和树木不见了，取而代之的是裸露的泥土和岩石，需要及时补种些竹子和草木。这些事情虽然漓管委那边也在做，但事情就在自己的地盘上，应该不等不靠。漓江旅游公司的想法是，尽快把那些被洪水毁坏的"伤疤"修复治愈，他们不忍心看到漓江风景就那么长时间地"伤病"着。

洪水过后，天气又很奇怪地进入长期干旱状态，眼见两岸的竹子、树木在一天天枯黄下去,岸边的植被在消失。廖浩抓紧带领公司管理人员研究如何应对百年不遇的旱灾。哪有什么巧妙的应对办法?真正的重视,就要不惜在人力、物力和财力上大力投入。十多台手抬消防泵、十多条作业船、几十号员工,什么也不干,每天就是给沿江饥渴的草木浇水。69公长里的江岸线(范围扩至核心景区的上游及下游)、11个游船码头,一尺一寸不落地浇水,抗旱、增湿、防火,所过之处无不回黄转绿。一天天萎靡下去的江岸,在员工们的浇灌下,又焕发出勃勃生机。

当然,漓江旅游公司守护美丽漓江的方式也不仅仅是护林护草、清清垃圾,如果谁做了伤害漓江的事情,他们也有自己的处理手段。桂林市的市民给所有守护漓江的职能部门赋予了一个保护漓江"二郎神"的称号,漓江旅游公司显然也在这个行列之中。也有人认为,他们是漓江的直接受益者,靠漓江吃饭,与漓江有直接的利益关系,他们保护漓江是应该应分的,不应该给他们一个"神"的称号。

对此,漓江旅游公司无意争辩,但他们确实具有部分执法权,县里在公司设立了专门的管理机构——阳朔县公安局漓江景区管理大队。大队配备水上、陆上执法队员66人,配备执法快艇16艘、执法巡逻车2辆。大队采取"两头黑"的工作模式,采用快艇来回巡航、关键节点蹲守的方式,全力为漓江生态保驾护航。三年来，大队共开展漓江生态保护行动29次，出动快艇117艘次、执法人员357人次，抓获非法捕捞11起，收缴地笼1900多米、渔笼215个，有效地保护了漓江生态资源。

江里的生态好了，鱼多了，从前不愿意在江上逗留的白鹭又频频光顾，渐渐多了起来。人们发现，春天以来，漓江景区九马画山、黄布倒影景点附近每天都有白鹭云集，或群飞起舞，或水中觅食，与漓江山水交相辉映，如诗如画，展现出一幅原生态的大美画卷。据鸟类专家说，白鹭对生存环境非常挑剔，被称为"生态环境检测鸟"。白鹭的回归和栖息，也是对漓江环境治理成效的肯定。

转眼又到了暑期，孩子们纷纷涌向漓江边，游泳、戏水。但表面平和的漓江河床上往往潜藏着人们意想不到的死亡陷阱。多年前，沿岸百姓和私营业主常常在漓江里挖取建筑河沙，本来平缓的河道里就留下了数不清的大坑和深沟。一般情况下，漓江靠近岸边的江底都比较平缓，江水清澈见底，随着河床逐步降低，水下的能见度也逐步降低，往往就在这些地方会突然出现挖沙留下的窝坑，窝坑的深度都在三四米到十几米。掉以轻心的孩子们一脚踏下去，便如掉进了一个无底的深渊，一口水呛入喉咙，便失去了自主和自救能力。每年暑期漓江都会有几起儿童或外地游客溺亡事故发生。美好的漓江，不该被诅咒的漓江，却因此而成为一些人一生的噩梦，因此而成为一些受害人亲属诅咒的对象。这也是桂林市坚决制止在漓江河道挖沙的原因之一。

近年来，漓江挖沙现象虽然得到了有效制止，但留在漓江里的那些难以填平的沙坑却依然没有消失。这也是漓江旅游公司持续关注的一件大事。每年枯水季节，公司都要雇人将露出来的沙坑以土石填平，十多年来不曾停止。虽然这样的行为不啻精卫填海，但他们坚信，少了一个沙坑，漓江上就少了一个风险点。就这样不停地填下去，早晚有一天会将靠近岸边的沙坑全部填平。

对于熟悉漓江的当地人来说，漓江是开放的、敞开的。除了一些船筏码头，漓江上还有许许多多的路通往江边。很多村庄和城镇的居民可以从他们熟悉的小路走到漓江边去游泳或戏水。为了提醒人们注意生命安全，每到暑期，漓江旅游公司都要在各个路口设置提示牌，放一两个游泳圈和一两件救生衣，尽量防止溺亡事故发生。当然，漓江旅游公司也不会"光说不练"，只泛泛地做做提示，如果真的遇到意外事故，他们会第一个冲上去，拼力相救。

2017年夏天，一场大水将至，气象部门事先已经有了明确预报。漓江旅游公司在每一个渡口设卡，并安放了警示牌，禁止一切车辆、行人靠近漓江。上午十点左右，虽然天气仍处于晴朗状态，但江水已经开始上涨，以很快的速度漫过江边的路面。就在这关键时刻，一辆红色小轿车从外边闯了过来。因为江边路面已经无法通行，车主受到工作人员的坚决制止。但车主执意要冒险冲过这段积水路面，并对工作人员大发雷霆，骂他们多管闲事，然后开着车绕过警示牌直奔积水的路段冲过去。不幸的是，刚冲过十多米，车辆就在大水中熄火，无法继续行驶。此时江水开始暴涨，眼看水位迅速上升，汽车已经在水中漂了起来，只有车顶部分露出水面。

"赶紧救人！"站在岸边的工作人员大声呼喊，立即有停在附近的五位船员从不同位置驾着小船和排筏向汽车漂浮的方向靠近。当时洪峰来得异常迅猛，情况十分危急，当船筏靠近小汽车时，周边的路岸已被淹没，举目一片汪洋。好在汽车的天窗是打开的，五只船筏将小汽车紧紧围住，在车厢灌满水之前，将车内的五个人全部救出。当最后一个70岁老人被救出之后，小汽车很快就被洪水吞噬。

事件过后，漓江旅游公司重奖了五位船员，并层层推荐，五位船员被评为当年的中国好人。像这种漓江船员不顾个人安危奋勇救人的故事，每年都会发生几起。仅2017年一年，他们就挽救了七条生命。每年，漓江旅游公司都会收到很多全国各地游客写给公司的感谢信和表扬信，漓江筏工的形象和声誉大大好转。

（四）

年轻的筏工莫剑斌站在排筏上，一边调整着排筏的走向，一边大声唱着船歌：

> 二十块钱在我眼前
> 它象征财富和好运
> 它就是金山和银山
> 歌仙三姐山水传情
>
> 不用建来也不用修
> 漓江山水它自然流
> 这块宝地要呵护好
> 人民生活就不用愁 不用愁
>
> 不用针来也不用线
> 漓江山水它自相连
> 这块宝地要呵护好
> 人民生活就比蜜甜 比蜜甜
> ……

小伙子怡然自得，声音清脆、悠扬嘹亮，像漓江清澈水波上腾起的浪花；像翠竹丛中展翅飞翔的鸟儿，在江水和白云间回荡。这情景，让人不由得想起当年刘三姐和情郎阿牛哥在江上泛舟对唱。然而，这情景好像也已经在漓江上消失了很多年。这首歌是小莫自编自唱的原创，旋律也是从电影中套下来的。唱完这首之后，小莫接着再给客人唱，就没有原创了，而是翻唱当年刘三姐在影片中唱过的山歌。显然，他并不是漓江上的船家，当然也不是一个成熟老到的歌手。

从前漓江上的船歌是船家人在日常生活中随意哼唱的小曲，有感而发，没有一首不是原创，内容几乎覆盖了日常生活和个人情感的每一个角落。他们行船运输时唱，出江打鱼时唱，织网聊天时唱，亲友相聚时也唱。总之，他们随时随地都可以"歌以咏怀"，他们唱船歌号子，咏男女恋情，叹生活之艰辛和心中的希望。船歌格调清新，韵律天然，唱叹流畅，感情浓郁亲切，常见的有《叹家姐》《十二月送人歌》《姑娌妹》《打鱼歌》《行船歌》《喊风歌》《上滩号子》等。

漓江船歌曾是船家文化的一大标志和亮点。想当年，胡适来漓江被船上女子所唱的船歌深深吸引，一路上他忘记了看山看水，把全部心思都用在记录船歌上，竟然用铅笔在纸上记下了30多首船歌。

"要吃笋子三月三，要吃甜藕等塘干，要吃大鱼长放线，想连小妹耐得烦。"船歌虽然不是唱给胡适也不是唱给其他游人的，却激发起听歌人内心美好的情愫，仿佛有一场内心的情感纠葛就发生在漓江的山水之间。

第三部　山重水复

从此，再想起漓江，总是有一种美好的记忆。

可惜，随着船家人上岸，一些老的船家歌手渐渐老去，漓江船歌大多失传，不再有人唱了，特别是不再有人在日常的生活和打鱼、行船的过程中唱了。漓江上这一脉文化清流，已经显现出渐渐断流的倾向。

年初，公司副总经理黄金峰特意找了莫剑斌和廖雪林等几个喜欢唱歌的年轻筏工谈了一次话。叮嘱他们要向老船工们学习，多收集、学唱漓江上的船歌，在出筏载客过程中多向客人们唱。并郑重承诺，公司会为他们学唱船歌创造机会和在平时工作中提供更多的方便条件。谈完话不久，几个小伙子都被公司安排参加了桂林市漓江文化传承的培训班。看来，公司还真是说话算数，也真是想把漓江船歌文化继承和发展下去。

培训班结束之后，几个人就开始在筏子上唱起了船歌。让他们想不到的是，虽然自己的船歌还没有唱得那么好，却明显受到了客人们的欢迎和赞美，竟有客人特意点名要坐他们的排筏。渐渐地，几个人也从心里爱上了船歌。莫剑斌还把自己原创的船歌改成说唱，让自己的小女儿表演，录下来并传到网上给客人欣赏，更是获得了10万多的点击量。再提起公司的黄金峰副总经理，几个筏工都一致认为这是一个很有眼光的领导。实际上，他们并不是很了解黄金峰，黄金峰可是一个地地道道的船家人呢！

按照漓江流域的黄氏家族谱系追溯，黄金峰的祖籍在大圩毛村。从最早的先祖到他父亲这辈，他们这条支脉一直在漓江上以打鱼为生，只有到了他这辈，船家人的生活才发生了天翻地覆的变化，而他作为最后一代船家人，也见证了这个变化的全过程。

黄金峰三四岁刚刚记事时，父亲还在打鱼，家里的唯一经济来源是打鱼卖鱼。后来虽然换了大船跑货运，但捕鱼的网具都在，偶尔也会打鱼换些钱贴补家用。货船是木壳船，载重量也不是很大，主要是在桂林到梧州之间运一些零散货物。

20世纪八九十年代，中国的陆路交通还不是很发达，靠货船运一些货物还可以维持生计。在黄金峰的记忆中，父亲的货船运送最多的是糖。那时，阳朔有一个规模不小的糖厂，尽管每天都往漓江里排放黑水，但为了生活，为了有活干，有饭吃，谁都不觉得有什么不对。

黄金峰家的货船就那么周而复始地从阳朔出发顺水开往梧州，一周后再从梧州逆水返回阳朔。那时的木船装备十分落后，没有机动，顺水顺风行船还好，船上有帆，只要将风帆扬起，船会很顺利地漂到下游去，船上的人只要把好舵，掌握好方向躲开江里的浅滩和暗礁就可以了。

冬季从梧州返回阳朔和从兴坪到杨堤，船最难行。逆水、顶风，还有很多枯水期形成的浅滩。船家人要落下风帆，拼尽全力把船划上去，稍有松懈，船不但不往前走，还会慢慢地退回去。所谓的逆水行舟，不进则退。如遇浅滩，任你如何竿撑、橹摇，船也不会前行一步。

莫道山路十八弯，漓江上的水路才是真正的十八弯，转过一座山就是一道弯，而每有一道弯就有一个滩。遇到了浅滩船一准会搁浅，没办法，人就得跳到岸上去用纤绳拉。黄金峰清楚地记得，从兴坪到杨堤十七八公里的路程，逆水行船至少需要两天时间。如果船小载重轻，自己船上的船工、家人下去合力拉一段，也就过了浅滩。如果船大体重，就要去岸边花钱雇纤夫拉纤。好在那时河道里每一个有浅滩的岸边都有一群人在等着挣这笔钱。

穷人的孩子早当家，黄金峰十余岁的光景就要和父亲、哥哥、船员们一起去拉纤。一根长绳，一个垫在纤绳下减轻肩膀压强的搭肩，人就开始像牛一样面朝大地背朝天，一步一个脚印地往前蹚。无论冬夏，拉纤的人都是不能穿衣服的，有女人在场时，只穿一条遮羞的小裤衩，没有女人在则赤身裸体，因为拉纤时要不停地流汗。穿衣服有三大不便，一来穿衣服拉纤用不了多久，衣服就会被磨破；二来衣服被汗水浸泡之后，很容易烂掉；三是赶在秋冬季节，一旦停止拉纤，浸泡了汗水的衣服会冰冷得让人无法承受。

常常，船上黄金峰的爷爷、母亲掌着舵，船下，一船所有有力气的壮汉都要拉纤。脚步一迈开，船歌就要唱起来：

> 哎依呀嘎也，哎嗨哎依也！
> 头缆伙计低下头，一个两个跟着走。
> 哎依呀嘎也，哎嗨哎依也！
> 喊声众位齐用力，缆子莫晃要拉直。
> 哎依呀嘎也，哎嗨哎依也！
> 大船开身出了口，一路顺风往前走。
> 哎依呀嘎也，哎嗨哎依也！
> 大船即将要进口，我们大家加把油。
> ……

那时唱船歌，不是表演给别人听、给别人看，完全是为了凝聚人们的心气和统一步伐。

如果这时船家有妙龄女子在船上掌舵或闲坐，就会出现歌曲里唱的"妹妹你坐船头，哥哥在岸上走"的景象。于是，苦涩的日子里便会出现闪着光彩的浪漫情节。如果拉纤的小伙子与船上的船家女对上心思和眼神，小伙子就很可能为了那个中意的妹子留下来。也许人生的闪光时刻一生也就那么一次，为了可遇而不可求的爱情，何须患得患失？那就留下来，即便是做牛做马，即便是更名改姓，也在所不惜。

时至今日，黄金峰还清楚地记得，小时候家里一直住着的那种"居家船"，包括船的外形、船棚的样式和高度、船体的材料等，也记得在船上生活时种种细节。回首往事，有如梦幻，虽说苦涩中还残留一点属于少年的浪漫，但满满的都是贫寒、艰难和苦涩。

小时候，有几年父母出去帮人当艄公，没有精力照顾年幼的孩子，就在黄金峰的腰上拴一只葫芦，往船上一扔，任由他跑来跑去。那时一只葫芦就是救生圈。

无人看管的黄金峰，却从幼年起就会以一种独立的眼光和独特的情感去感受漓江以及生活在漓江上的船家人。当时他年纪尚小，有两件事最让他感到害怕。

一个是怕鬼。因为父母经常不在船上，有时很晚也不能回到自己的船，年幼的黄金峰就只能忍着孤独在漆黑的夜晚中期盼着父母早一点回家。饥饿，当然如影随形，但还可以忍受，唯有恐惧让他难以克服。那时住在江上的船家人由于缺医少药和生活艰险经常有人突然死去。旧时代的人，又多迷信，相信人死之后有鬼魂的存在。黑暗来临之后，人的记忆和想象力变得十分活跃，每当江上传来鸟叫或猿啼都会让那些在江上行船、打鱼的人心惊胆战，以为是冤魂在哭泣或发怒。大人尚且如此，更何况一个年幼的孩子。大人胆怯时大声唱歌以驱散恐惧，年幼的黄金峰也很早就学会了这个方法。

另一个就是怕暴雨和洪水。以船为家的人们，既要承受夏天的酷暑，冬天的严寒，又要承受因船上空间狭小，容易让人患风湿等疾病带来的痛苦。船上居住不比岸上，想去哪里，抬起腿就可以去哪里，船上居住上一趟岸要先把"家"靠在岸边，然后通过竹筏过渡一下才能登岸。如果遇到暴风雨，天上风雨，船上飘摇，外加洪水的冲击，不由得要担心船在风雨飘摇中翻进波涛之中。若洪水级别很高，上游漂下大型漂浮物，一个正面冲击，多数会将小小的居家船撞翻、撞毁。所以每遇大洪水，黄金峰就会和家人一道，不敢合眼地警觉着，担忧着，恐惧着，一直等到洪水消退才敢安心地睡一觉。

很多船家对这样的生活早已经厌倦。据年长一点的船家人说，早在清嘉庆年间漓江流域的船民就曾集体请愿，要求上岸居住，但一直没有实现。只有到了新中国，1974年国家出台政策，把船家人安置到陆上定居。至此大多数船家人才陆陆续续搬迁到陆地上居住，彻底告别水上漂泊的日子。

上岸居住后，黄金峰的家境也得到了极大改善，家里的货运船由木壳船改成了铁壳船，母亲不再跟父亲一起到江上跑货运，便在漓江边摆摊做起了小买卖。黄金峰先是跟着母亲做小本生意，之后又和朋友一起做旅游，发现本地旅游的局限后，最后去外边闯荡了很多年。2012年漓江旅游公司大批引进人才，黄金峰被当作人才招聘到公司里来。

从部门负责人到公司副总经理，黄金峰用的时间并不长，但工作上花的心血却不少。他是一个比较有想法和开拓精神的年轻人。进入公司高管行列之后,除了正常的营销业务,他重点关注起船家文化的传承,打算把漓江上的船家文化作为一种独具特色的文旅要素融入旅游之中,以期通过文化给漓江旅游注入永久不衰的精神内涵和发展动力。但毕竟公司不是私人的,不能凭着个人的情感和偏好行事,不能想什么是什么,要和公司的主要领导沟通。

让黄金峰欣喜的是,总经理廖浩和他的想法一样,"英雄所见略同",他的想法刚一出口,就得到了廖浩的高度肯定:"对,我们的公司不能是一个没有文化的公司,我们的旅游也不能是毫无文化内涵的旅游。我们要通过丰富的可激发出人们美好情感的文化,让游客对漓江和漓江之旅产生眷恋之情……"

黄金峰正式聘请黄全德老人为公司的渔家文化代言人时,老人已经92岁高龄,好在那时身体还比较硬朗。按辈分黄全德是黄金峰的爷爷辈,并且支脉还不算远。小时候黄金峰的爷爷就经常和黄全德一起出船打鱼。有时爷爷把黄金峰往鱼篓里一放,背着孩子就去打鱼了。闲来无事,老哥俩就一起逗着黄金峰玩耍。

后来黄全德到公司来教黄金峰唱的第一首船歌,仍然是当年他和爷爷都爱唱的那一首:

我祖孙三代打鱼耍咧,西瓜越老心越红。
大河涨水小河清,两岸都是摞鱼人。

摆鱼不到不收网，河面唱歌不收声。

嘿——！

歌声悠扬，总让人想起往昔漓江上那些难忘的时光。

黄金峰后悔了，后悔自己没有早早想起在漓江旅游中融入漓江文化元素。他知道这时聘任黄全德爷爷已经太晚了，这已经属于抢救性质的一个弥补行动。在20元人民币背面的图画中，有一个撑竹筏的渔夫，那个原型就是黄全德爷爷。这样一个可以作为渔翁形象弘扬漓江文化的典型代表，怎么这么多年都没有想到好好发挥其作用呢？黄金峰想起这个事情就自责得直拍脑袋。

那两年，只要黄全德爷爷身体允许，黄金峰总是向他请教很多事情。为了更好地传播漓江文化，老人不辞辛苦、不厌其烦地教黄金峰唱渔歌，给他讲在江上如何找鱼群，如何撒渔网，如何驯鸬鹚等船家生活技艺，并毫无保留地把自己压箱底的蓑衣和船歌歌本都拿了出来，双手颤抖着交给黄金峰，千叮咛万嘱咐："千万不能弄丢了！"看样子，黄全德老人也知道船家文化的重要和自己时间的紧迫。

黄全德老人说："我来景区上班不是为了挣钱，而是想把漓江渔翁的形象展现给游客。"对此话，包括廖浩、黄金峰等公司高层以及员工们都深信不疑，他们

第三部　山重水复

也感觉出老人的全力以赴。为了使渔翁形象更加艺术化和典型化，黄全德老人自己设计了一整套使筏、撑篙、放鹰、击水等渔夫的动作和船歌唱腔，也包括怎么拂胡须，怎么摆姿势，怎么配合摄影师拍照等，十分精到细致。即便到了94岁高龄，在身体状况不太好的情况下，黄全德老人仍坚持来公司配合工作。

尽管大家都很心疼黄全德老人，但还是"抢救性"地给他拍摄了很多图片和短视频，包括"渔火点点""夕阳照蓑衣""山水映红霞""渔歌唱晚"等表现漓江船家文化之美的短片。这些图片和短视频一经传播到网上，立即上了热搜，浏览量上千万、点赞量达10万多次。后来出现的漓江渔翁旅拍热潮，与黄全德老人的助推也有着直接关系。

2023年2月，94岁的黄全德老人带着些许遗憾走了，漓江旅游公司的每一个人都为老爷爷的离去而感到遗憾和悲痛。不知道是人们因为漓江和阳朔记住了黄全德老人，还是因为黄全德老人记住了漓江和阳朔。网上传出老人去世的消息后，全国各地的人们纷纷晒出了他们和老人生前在漓江上拍摄的合影。

那日，廖浩把黄金峰叫到办公室研究漓江文化如何继续做好、做大、做深，两人突然灵感闪现，想到了同一件事情：以黄全德老爷爷的名义建一个船家文化纪念馆，让业已散失的船家文化有一个聚集之处、回归之所和一个再出发的平台。

各行其道

第四部

一

飞羽之踪

一行白鹭,披着洁白的羽衣、一身霞光,突然映现于湛蓝的天宇间。它们飞翔的姿态十分奇特,亦真亦幻,像鸟,也像人,仿佛从盛唐的诗句里出发,飞越千山万水,飞越四季轮回,近切又邈远。迅疾的飞行,如几束白色的闪电,在身后留下了道道彩虹……蓦然,彩虹消散,散成云雾,云雾渐渐沉降,化作座座青山和一湾碧水。

拍鸟人唐斌从梦中醒来,久久沉浸在梦的意境之中,百思不得其解,不知道这个美丽而奇怪的梦境有什么寓意。哲学系毕业的唐斌天生一个哲学脑袋,凡事都要拿到他的哲学管道里过一遍。

"这肯定是一个喻示生命与自然关系的梦境,"他想,"自然无言,也没有喜怒哀乐的表情,它就得要靠山水表形、表意,靠鸟兽传达自己的声音和情绪。那么可不可以说,飞鸟与走兽就是自然的活性语言和思想呢?"睡意蒙眬之间,他觉得自己脑子有些不太灵光,即便是想到了这个层面,也还是无法破解这个梦境的确切寓意。

唐斌躺在床上下意识地向窗口的方向望了一眼,透过窗帘的缝隙,从尚不明亮的微光推断,天还没有亮,但也到了应该起床的时间了。他要赶在日出前或者赶在大部分鸟儿起床之前,赶到指定的点位去守候它们,这是一个拍鸟人必做的功课。只要没有风暴、雷雨,这个时候他就必须起床了。

为什么放下那么多被人们认定为有意义的事情不做,偏偏要日日不辞辛苦地做着这件事情呢?唐斌有时也扪心自问。想当初,他还年轻,每天要按时按点去学校,给学生们讲哲学。那时,他无论如何也想不到,将来有一天自己会成为一个拍鸟人。

这算是一种什么事情呢?既没名,也没利,更没有什么社会地位,不过是定期把一些好看的片子放到网上供那些喜欢的人欣赏一下。图什么呢?唐斌自己也回答不了。也许谁能说清鸟儿为什么要鸣叫,为什么要舞蹈,谁才能回答上这个问题。

那时,唐斌天天教导学生们要学会仰望星空,当然,他自己也经常仰望星空。仰望星空,追问宇宙、人生，那可是一种完全可以登上世界级大雅之堂的事情，叫崇高也未尝不可。相比之下，做一个风雨无阻的拍鸟人，理由就不那么冠冕堂皇了，甚至没有什么像样的理由。但没理由也理直气壮、无怨无悔地去做，也就不需要什么理由了。存在的就是合理的，也是一个哲学命题。

退休多年，唐斌早已忘记了为人师表时期的庄严、郑重，除了在时间上还会严格要求自己，其他方面都变得松散随意。因为长期在山林、水域之间奔走，他发现穿戴是否齐整，吃喝是否讲究，跟能不能拍到鸟儿，心情是否愉快并没有太大关系。你看那些飞鸟，不用洗澡，不用梳子，羽毛一样鲜艳顺滑，是雨水、日光和某个特殊的角度，让它们看起来光彩夺目，那叫天养。月月年年和山水、鸟兽打交道，似乎已经让他沾染上了浓重的山野之气，也有了一些鸟儿的思维和行为方式。

东方刚刚露出一缕银色的亮线，离天完全亮还有一点时间。简单打理一点吃食，背上高倍镜头照相机，骑上"小电驴"，唐斌便匆匆出发了。他没开车灯，车的声音也不大，像一道快速移动的影子，在车辆寥寥的马路上前行。今天他的心情有些不平静，准确地说，是有一点澎湃。今天他要去曾经下乡插队的南洲岛，去会见一位特殊的"客人"。说约见也有一点不够准确，应该是撞，是一厢情愿的打算。约会是双方的事，没有对方的同意算什么约呢？

算起来，唐斌已经有很多年没有去南洲岛了。尽管没有去，这个岛在他的记忆里和印象中仍是一个美好的存在。南洲岛是漓江上的一个小岛，漓江行至此处，水分两路，围起一片沙洲，被当地居民称作南洲岛。南洲岛上曾经有两个村庄，一个叫上南洲，一个叫下南洲，唐斌插队在上南洲。在漓江流域，这样的小岛很多，但南洲岛却一直以其独特性著称，素有"百里漓江第一岛"的美誉。

多年前，南洲岛的自然生态好到难以言说。别的方面就不用一一描述了，因为现在的唐斌只对鸟儿感兴趣，我们就只说鸟儿。

"那鸟儿，那个多呀！"学哲学的唐斌语言体系本不贫乏，但一说到南洲岛从前的鸟儿，立即没有了恰当的词汇。因为他觉得用什么词来描述都不够准确，选择来选择去，只能以极其简单的语言配上夸张的手势来表达脑子里的"多"。那时，每到候鸟大量迁徙的季节，来南洲岛上落脚"过站"的鸟儿就多得不可胜数，铺天盖地，叫声如潮。当时的唐斌还没有太多鸟类学的知识，根本分不清鸟儿有多少种类，更叫不上几种鸟儿的名字。每到这个时候，他只能半张着嘴，以充满惊奇的目光看着那些鸟儿天上地下地翻腾、鸣叫。

1978年，唐斌参加高考，以优异的成绩考上江西师范大学，离开南洲岛，结束了插队生活。随着时空距离的逐渐拉大，南洲岛也就在他的记忆里越来越远，终至浅淡、模糊。再后来，南洲岛上建起了桥，岛上的人口也随之不断增长，岛上的村庄几乎也成了市区的一部分，上游又建起了化工厂和炼钢厂，大量生活污水和工业废水排放到了漓江里。漓江水开始变得浑浊、有毒了，水里的鱼虾消失了，鸟儿也就越来越少了。人们便不再将南洲岛与自然、生态等字眼紧密联系在一起。

唐斌刚开始拍鸟时，整个桂林地区可去的地方还很多，特别是猫儿山自然保护区，早期对外开放的幅度比较大，摄影发烧友们宁可多跑一些路程也要去摄影资源更丰富的地方。自始至终，猫儿山三江源头地区都堪称动植物的天堂。只要稍勤快一点，往那里跑一趟，风光、人文、鸟类几个主题就都得到了兼顾。

可是近些年，猫儿山的保护力度大了，进山要经过几个检查站，层层关卡，已经不再像以前随意方便。即便上了猫儿山，活动范围也十分有限。这样的约束，对于一个摄影爱好者来说就有些接受不了。长此以往，唐斌也和大多数摄友一样，选择了改变方向，挖掘近处的资源。

这个时候，很多摄友才发现，整个漓江流域都可以大有作为。唐斌是个独行侠，他不愿意和别人扎堆出行，他要另辟蹊径。也就是这个时候，他想起了南洲岛。他抱着试探的心理，连续去了几次，发现漓江上游几个工厂关闭、城市排污得到治理之后，南洲岛的水又变清了。至于岛上的自然生态，虽然没有重现往日的优美景象，但每次也都有不少的收获。特别是去年五一期间，唐斌在南洲岛上的经历，可以说是一场令人心动的"艳遇"，以至于在之后的整整一年里，每回想起那个精彩的画面都让他激动不已。

蜊草开花啦！在五月阳光的照耀下，漓江里的蜊草纷纷从水里扬起了头，把一朵朵晶莹、洁白的花举到空中，薄如蝉翼的花瓣贴近水面，以一种飞翔的姿态，抒发着长久隐忍后一朝张扬的妖艳。

这是一种多少年也难得一见的花。因为蜊草开花的条件非常严苛，至于具体需要什么条件，至今还没有准确的说法。据一些用心的关注者观察，不但要水质清澈，有必要的养分，同时还要有充足的阳光，以及成长时间周期。总之，诸多条件很难同时满足，否则也不会难得一见。有人曾经拿人们常见的海菜花与之相比，但唐斌却认为，海菜花根本无法与之相提并论。

蜊草花对阳光的敏感，匪夷所思。多云的天气里，当阳光照临，蜊草便从水里探出头来，绽放它美丽的花瓣；当一片乌云飘来，蜊草花就会慢慢将花瓣合拢，同时蜊草也将它们高举的手臂收缩到水面以下，仿佛每一棵蜊草都长着一双敏锐的眼睛，时刻观察并听命于阳光的号令。

更让唐斌感到惊奇的是，在那些蜊草开花的日子里，始终有一只桂林地区难得一见的棉凫，在蛳草花间游来游去。本来，它的迁徙路线并不经过这里，偶然的出现，让一些鸟类专家也大感惊奇。据推测，很可能是它自己的导航系统出了问题，走错了路线，使自己成了一只迷路鸟儿。

唐斌知道这种鸟对桂林地区摄影爱好者来说是很珍稀的。这些年，他一共只遇到过三次，其中两次是在訾洲岛，一次在南洲岛。所以他自己更知道要珍惜这个机会。那些天，只要太阳出来，他就会准时来到岛上，进入隐蔽的摄影位置不停地拍。让他觉得不可思议的是，这只迷途的棉凫，不知道是贪恋漓江水的清澈，还是贪恋蛳草花的美丽，一直也没有"迷途知返"，回归原来的迁徙路线，每天不飞也不叫，就那么忘情地在蛳草花间流连。

直到一个星期之后，蛳草花纷纷凋谢，棉凫也无影无踪，这片寂寞的水域就好似从来都没有发生什么。只有永不回头的漓江水，静悄悄地，一直兀自流着。

季节轮转，又是五月，又到了奇迹曾经发生的时刻，那些脑袋里定位器容易发生偏差的棉凫，还会按照无法修复的偏差再次飞临这片水域吗？即便棉凫不来，蛳草花也会如期开放吧？唐斌一边在心里想着，一边自觉不自觉地加快了"小电驴"的速度，耳边的风声就一点点大了起来。

五月的南洲岛，风和日暖，天空亦和往年一样晴朗。但让唐斌大失所望的是，他熟悉的江面上出乎意料地寥落。除了几只白色的鸥鸟在潜水处时起时落地与水下鱼虾纠缠，并没有唐斌所期待的一切。没有棉凫，也没有蛳草花，更没有其他意料之外的惊喜。他心犹不死，一边在附近的草丛和林木间游荡，一边时不时用目光朝那边的江面上扫一下，期待下一秒会有什么奇迹发生。

时至中午，江面上依旧如故。那几只鸥鸟竟然也不知什么时候飞走了。唐斌此时的心情已经明显黯淡下来。他知道，再等下去也不会有什么结果，不如早早收工，择日再来。

唐斌刚准备转身离开，就在离江岸不远处的一棵矮树上，发现了一个鸟巢。一窝刚刚破壳而出的雏鸟，黑里泛红的身体上，长着稀疏的绒毛。泛着血丝的肚子浑圆而光滑，像一个一捅即破的水泡，被窝巢底部的羽毛托着，包裹着。这些可爱的精灵最突出的部位，就是它们的大脑袋，而脑袋上最突出的部位又是那张镶嵌着黄色边缘的大嘴。两只尚未睁开的眼睛，则犹如泛着乌青的两个肿块，与那张大嘴一样显眼。

这是生命诞生之初的样子，也是造物主的应许，虽然看起来十分丑陋，但在母亲的眼里却如同珍宝。母亲用爱给它们镀上了神圣的光泽。

开始时，雏鸟们只是老老实实地伏在温暖的窝巢之内，但来自本能的饥饿和欲望让它们很快活跃起来，纤弱的脖颈支撑着摇摇晃晃的大脑袋,像趋光植物的藤蔓,颤颤巍巍伸向空中,似漫无目的,也似愿望强烈地搜寻着什么。

窝巢之外,有风吹草叶树枝的响声,有江水拍岸的响声,还有其他动物行走、争斗或为了传达某种意愿、某种情绪发出的叫声。但对这一切的声音,雏鸟们似乎都不在意。突然传来了翅膀扑打的声音,由远及近,似乎还带着某种热切。虽然这声音它们也是第一次听见,但它们懂得这声音的含意,纷纷张大了嘴巴,同时发出叽叽喳喳的鸣叫。瞬间,窝巢里挤满了张大的嘴——镶嵌着黄色边缘的大嘴。

无疑,这些张开的嘴都在等着母亲哺喂。雏鸟们的食量很大,吞咽能力很强,一条有它们身体四分之一长的蜥蜴,它们也能仰头吞下肚子。从空中看,一张张大嘴就像一个个无底的洞穴,能随时吞下任何食物。它们不但要吃,还要拉,鸟巢边到处都是白色的粪便。

唐斌转动镜头的声音,惊动了这窝小鸟,它们立即伸长了脖子,张大了嘴巴,冲着镜头的方向拼命地叫了起来。唐斌看不出那些张大嘴巴的鸟儿声音是从哪里发出的。他只觉得那声音一浪高过一浪,像祈求,像诅咒,也像带着几分焦躁和愤怒的声讨。鸟儿们是误把不小心弄出声响的唐斌当妈妈了。

这天上午,这一群小鸟的喧嚷把唐斌的思绪搅得有些纷乱。当他举起相机拍下这个一般人难得一见的画面时，他想起了人类自身，想起了被人类称为母亲河的漓江、山水、自然和大地，想起了一切生命和自然之间的逻辑和伦理关系。

早些年，唐斌总爱就某些事情和自己的思考发表些见解，自从拍鸟以来，他什么见解也不愿意发表了，他不想对任何事物进行评说。他无奈地摇摇头，转身离开。

唐斌骑"小电驴"来到桃花江边时，想明白了一个问题。他觉得狂热和激情并不是爱，只有懂得分寸和尺度，有限度的关注和干预，才能体现爱，才可能是爱。否则，爱与不爱的结果都有可能变成伤害。

早年唐斌就露出了自然热爱者的苗头，他的热爱似乎并不是普通的热爱，而是有一些狂热的爱。记得大学刚刚毕业那年，他就干了一件非同一般的大事。因为受当教师的父母的影响，特别是当作家的姨父的影响，唐斌不但懂得哲学，还特别热爱美，满脑子都是一些浪漫的想法，要不是他的专业——哲学约束着他，让他时刻保持着理性，他真有可能做出一些惊世骇俗的事情。多年以前，他把哲学当主业，把美当副业；现在，他已经完全把两件事情颠倒过来了，把追逐美当主业，而把哲学当副业。

毕业那年，他突然就有了一个漂流漓江的想法。从小在漓江边长大，又知道漓江是世界级的大美事物，怎么可以就在那市区的尺寸之地，仅仅满足于每天看上一眼呢?他要利用人生中的这段空白时间好好感受一下漓江,以慰藉自己那始终不肯安静下来的爱美情怀。

考虑到家里会干预自己,简单和父母打个招呼,说要和同学一起出去玩玩,就开始了行动。他选择了在漓江上漂流,就是慢慢地在漓江上漂,保证停留在水上的时间足够长,不能快,当然坚决不能坐大船、快船。坐竹筏可以,但价格昂贵并非一个穷学生能够负担得起。最后他想了一个办法,去商店买了一个大号游泳圈充当筏,借了一台120相机,买了四个胶卷和几个面包,就从解放桥下水了。他的计划是一直漂到阳朔,把漓江最美的段落领略个透彻。

这是他第一次这么近距离地与漓江接触。以前虽然也到漓江里游过泳,但那种接触完全是为了自己,感受自己,愉悦自己,并没有真正用眼睛和心观察与欣赏漓江。这次不同,这次他是忘了自己,完全把目光和情感都给了漓江,虽然也有一种说不出的愉悦,但毕竟不仅仅为了自己的愉悦。一路上,他看到了漓江的丰饶和美丽,看到了群山拱卫一水的诗情画意与和谐。

那时,沿岸的一些工厂已经开始关闭、停产,漓江强大的自洁能力已经使一度污染的水质变得清澈起来。蜿蜒曲折的漓江水,一会儿平阔舒缓,一会儿水深流急,一会儿平滩一展把视野推向远处婀娜的凤尾竹林,一会儿忽有大山以千钧之势从对面灌顶压来。小小的橡皮圈如一叶无根的浮萍在河道里忽缓忽急,忽左忽右地漂来漂去，随着行程的缓缓推进，唐斌的脑海里和他那台老式120相机里又留下了许多不可磨灭的画面和惊心动魄的瞬间。

当时的唐斌是无知者无畏，时至今日漓江上也很少有人胆敢凭借一个小小的游泳圈，独自漂完全程，那是在拿生命冒险。三天的漂流，漓江风景和内心美好的感受自然数不胜数，但让人心惊胆战的险情也出现了好几次，有两次游泳圈遇暗礁被掀翻，差点就要了唐斌的命。多年后，当他回首往事时，不得不承认鲁莽的热情有时是一件很危险的事情。

每到桃花江畔，唐斌的心都会被往事揪扯那么一下，而每揪扯一下，他的内心都会激起一阵波澜。这波澜有时很快就平息下来，有时会经久不息。人生机遇之所以魅力无限，是因为每一次都不可复制，都和前一次迥然不同。而每一次的经历都给之后的人生敲响了警钟。唐斌每次经过这里，都会想起那只中华大草莺，而每次想起大草莺，他的内心都会伴着微微的震动，"当"的一声响。

经济过热时期，政府天天招商引资，卖土地，搞开发，尤其像桃花江这样靠山靠水的好地段，更是炙手可热。甲宅村有一个富商看好了桃花江边上的一块空地，找人出钱，圈得了一块有山有水有岩洞的好地盘，准备开发一个大型游乐场。地权归了私人之后，周边就用钢板、钢网圈了起来，普通的"闲杂人等"便不准入内。可巧，就在这时，圈地的老板出了车祸，把一大片空地留给了无力打理的家人。家人无心继续开发，村民也不敢擅动，一块本来并不安静的土地成了闹市中的"无人区"。

栅栏挡住了人的脚步，却挡不住鸟儿的翅膀。有两只鸟儿看好了栅栏内的一片草地，天天去那里觅食，玩耍，游乐。这块只有足球场大小的草地上，长着齐腰深的各种茅草，有花有草，品种多样，且有各样的昆虫在其间活动。

鸟儿以为自己找到了一片永久的净土，便把人类这个夭折的游乐场当成了自己的家园，竟在草地上筑巢生蛋繁衍生息起来。虽然鸟儿在空中飞行不留一丝痕迹，但终逃不过人类密集的目光。最后，还是有人发现了它们的踪迹。

最早发现这两只鸟的人就是唐斌的一个大学同学。这个人曾开着车每天早八晚五去桃花江一带拍鸟，遇到这两只鸟对他来说也是一个意外的惊喜。但这种鸟不但难得一见，而且行踪诡秘，林草之间或天空之上总是一闪而逝，很难抓到机会拍下它们的影像。他把消息告诉了唐斌。

凭直觉，唐斌判断这两只鸟无论是在自然环境里还是目前自己所看到的书籍里，都没有见到过，他也不知道这是什么鸟。两个人对这两只鸟进行了长期的观察、守候和跟踪。一年之后，唐斌终于成功拍到了一张清晰的图片。不久后，又在鸟儿活动的草地发现了鸟的窝巢。通过这张图片，唐斌进一步确认，他并不知道这鸟的名字和来历。同时他也意识到，这很可能是一种珍稀的鸟类。

唐斌很想把鸟儿的图片发到网上去，请同行确认一下这究竟是一种什么鸟，它的存在价值有多大。但转念一想，这个消息暂时还不能走漏，一旦消息走漏，拍鸟的人肯定会蜂拥而至，鸟儿的栖息地和鸟儿的窝巢怕是不保了。唐斌心里非常清楚，里面不乏专门以爱鸟的名义对鸟儿实施伤害的人。唐斌和他的同学保持着高度的默契，只是定期来观察一下或蹲守在鸟巢旁拍拍照片，坚决不向外部公布这个消息。

这两只鸟的身影依然难以捕捉。它们总是那么神出鬼没，行踪不定。平时根本看不到它们的影子，大概是躲到草丛中或远处的树林里去了，只有在哺育幼鸟时它们才不定时回到窝巢中来。可能是世世代代积存在基因里的生存经验告诉它们，千万不能暴露自己的行踪和生活规律，否则总有一天会大难临头。

唐斌终于还是没有克服人性的弱点，两年后，他忍不住把这个秘密告诉了另外一个同学兼同好，领着他来草地拍了鸟。这时，最早的那两只鸟已在草地上繁衍了三代，草丛间的鸟巢增加到六七个。

虽然唐斌反复叮嘱同学千万别把这个秘密透露给别人，同学还是没能压得住内心的兴奋，把自己的图片和拍摄地点告诉了别人。和唐斌一样，他也是反复叮嘱对方，千万不要把这个秘密告诉别人。结果，这个秘密便以一个不断重复的模式传播出去，并进入了网络渠道。消息一经在网上公开，便成了一个几乎所有发烧友都在议论的热门话题。

有一个摄影发烧友，是一个专家级的人物，一眼就认出了这种鸟。这就是全世界存量不足200只的中华大草莺。不仅稀缺，而且还是珍宝级的稀缺物种。一时间，它像一个被公开了地址的宝藏一样，引得摄影界的各路英豪齐聚桂林，各显神通，展开了一场摄影界的"逐鹿"。可怜一片山间草地，除了鸟巢所在的位置没有被践踏，其余的地方都被前来拍摄的爱好者们夷为平地。其中几个有钱人，干脆在鸟巢所在的位置竖起了摄影协会的牌子，算是以一种民间手段独占了"花魁"，只有自家摄影协会的部分摄影爱好者可以进入拍摄，其余的人一律不允许进入。

再后来，因为人的不断干扰，几个鸟巢已经成为弃巢，不再有鸟儿居住。鸟儿去了哪里，也不得而知。时间又往后延宕了三年，那片土地再一次转手易主，被另一个商家接管，开始了新一轮开发。资金一到位，摄影协会的牌子、人类的足迹和鸟类的窝巢皆被挖掘机一笔勾销。如今，后来的老板也因为交不起承包费，放弃了继续开发，村民们见缝插针，在那片土地上种满了庄稼。至此，这附近的人，除了唐斌，已经不再

第四部　各行其道

有人记得曾有一种叫中华大草莺的鸟儿在这里生活过。

这是世事变迁,也是鸟的命运。

面对这样的事情,唐斌经常处于失语的状态,他无法评说谁对谁错,哪个应该哪个不应该。他自认连自己的行为都无法把控,更何谈其他人,特别是比自己更有力量的人。至于更加庞大的机构或组织,更让他觉得自己弱小无力、望尘莫及。作为一个业余拍鸟人,他能做到的只是,鸟去了哪里自己就去哪里,当然鸟去了哪里也不会告诉他,在鸟儿的心里,他和所有的人一样,是重点躲避的对象。那就只好有鸟就拍,没鸟就不拍了。

多年之前的漓江,是白鹭的天堂。特别是桂林至杨堤一段,沙洲、浅滩较多,非常适合白鹭等这样的涉禽生活。人少、鱼多、江水清澈,站在浅滩上看脚下的鱼儿往来游动,看到哪条中意,一低头就衔到嘴里。如果天下的白鹭都知道有漓江这样的地方,所有的白鹭都会毫不犹豫地选择漓江。那些年,漓江也是拍鸟人的天堂,每到春季,随便在漓江边找一片沙洲或一道江湾都能拍到成群结队的白鹭。

去桂林城南的卫家渡拍白鹭,曾是唐斌的不二选择。那里差不多是百里漓江上最大的一片滩涂了。每年春秋两季,江水未涨,差不多两平方公里的江湾,成为一片泥水交织的湿地。湿地良好的环境滋养了大量的水生微生物群落,像一块具有魔力的磁石,牢固地吸引着各种各样的鸟类。正值其时，涉禽、水禽、游禽齐聚于这个天然大餐厅，尽情享用着来自大自然的馈赠。鸟儿们且吃，且歌，且舞，且追逐嬉戏，在起落聚散的狂欢中，为拍鸟人提供了捕捉生命之美的绝佳机会。

那时的拍鸟人还没有现在这么多，也没有现在人这么善于追求极致。他们往往和鸟群一样自在、散淡。早早地来到江边，找个隐蔽处支一把并不鲜艳的阳伞，鸟儿多的时候拍鸟，鸟儿吃饱散去之后，他们也学着鸟儿的样子去江里洗个澡，泡个凉，坐在浅水中，看清清的江水如液态的风，拂过水中柔软的水草。水草在阳光下摇曳、舞动，像一双温柔的手，拂过人心，渐渐地，竟让人生出一种超离现实的梦幻感，浑不知自己是空中展翅滑翔的一只飞鸟，还是水中懒于游动的一条大鱼。

也就是仅仅十年的光景，往日的情景已不复再现。江滩还在，流水也清，就是不见了成群结队的白鹭，偶尔有零星的鸟儿飞来，在空中盘旋数圈见无处落脚只好悻悻然飞走。江滩已经被人类占领了。很多地产商抢占了沿江有利地形搞了大面积的开发，一片片高过山峦的楼群拔地而起，永久地占领了白鹭们的栖息地。原来藏在树丛间的小阳伞变成了沙滩上隆重大方的天幕；几个蹑手蹑脚的拍鸟人变成了以家庭为最小单位的庞大休闲群体；人们也不再满足于远远地看着水鸟们在水边表演，要亲自成为沙滩上的主角，去戏水，去摸螺蛳，去捕捉水中游动的小鱼小虾，去用此起彼伏的欢笑声填充山水之间的寂静。

人们有这个权利。但随着全国上下环保和生态意识的增强，人们也自觉反思了以往的行为，主动改变观念和思维，开始反哺自然，投入大量人力、物力和财力，用于环境改善、山水修复和生态保护。漓江流域进行大规模整治之后，以往随时散发恶臭的黑臭水体没有了，边啸叫边喘息的大型挖沙机没有了，边冒黑烟边渗油的货运轮船没有了。为了防止江水侵蚀堤岸，各级政府将很多泥岸、沙岸、平滩通过水泥固化及静态修复的方式使堤岸、滩涂坚固而又充满现代气息，大量的工作有目共睹。

然而，人的想法和努力有时并不符合鸟的想法和需求。人们并没有注意，人按照自己的想法，想得太多了，做得太多了，反而违背了自然的本意。人以为为白鹭做了很多事情，却只是一厢情愿，并没有真正征得和尊重白鹭的意见，以至于白鹭并不领情，并不买账。浅滩少了，供涉禽栖息、觅食的场所少了，白鹭们觉得人类并没有给自己在漓江边留下多少生存空间，为了生存，只好选择另一种生活方式。像人们离开故乡迁徙到异地一样，不得不告别世代栖息的漓江。每天清早，白鹭们从漓江边的"世居地"出发，去远处的湿地觅食；傍晚，再陆续回到漓江边的树林中过夜。

如果从一个拍鸟人的角度考虑，唐斌这一天并没有什么收获，他感觉到了异常的疲乏，仿佛走了很多路，做了很多事情。实际上，他的疲劳主要来自内心。这一天，他的心，仿佛被某一些问题逼到了一条平衡木上，左右摇晃，莫衷一是，不知道应该往哪边倾斜，才能保持平衡不倒，不至于酸痛难忍。

作为人类，唐斌很了解人类的需求，也理解人类的艰难，并且发自内心地认为人类的合理需求无论如何也不能被忽略和无视。可是自然呢？自然不是人类的生存之本吗？可是鸟类呢？它们不是自然的象征吗？自然的声音人类应该如何倾听和破译呢？

当唐斌把"小电驴"停好时，已经感觉十分疲倦无力，仿佛被什么力量撕裂、拆分，折腾得骨头都快散了。这些年以来，他第一次感觉到无论是去拍鸟的路还是进城回家的路，想走通走顺都要费些周折。

二

隐而非隐

....

（一）

船至下龙，在漓江的转弯处，举头，山上松林的间隙里，露出了一角屋檐。

镜头拉近才看清，那个屋檐原来是一个用山上茅草做顶建起来的亭子。亭子不大，八九平方米的样子，纯木结构。有一棵松树从亭子中间穿过去，远看，很像亭子上面插了一杆大旗，也像松树上结了一个巨大的窝巢。

这是人和自然谈判的结果，建亭子的人要把亭子建得靠近山崖，还要让视线刚好穿过松林的间隙看到下边的漓江，为同时满足几个相互制约的条件，就只好把亭子的位置定在这没有回旋余地的狭小区间。但这几平方米的地方却有一棵碗口粗的松树，你建还是不建？要建亭又不得伤害松树，就只能让松树穿过亭子继续好好活着。就这样，亭子与松树成为不可分割的一体。有风吹来，松树摇晃，亭子就跟着松树一起摇晃，亭子间的木头发出吱吱呀呀的声响。

闲来无事往这里一站，不但远山、漓江尽收眼底，而且可以听风、听雨、听松涛，兼听吱吱扭扭的歌唱——来自一个有灵性的亭子。

亭子简易，仅靠几根柱子简单支撑起来。梁和柱也都是旧木头，没有经过任何加工，亭子做顶的材料就是这山间割来的茅草，地面用石头简单拼起，缝隙间点缀着很多漏斗状的沙窝，沙窝里住着一个隐者。小时候曾经淘气的孩子们都知道，那沙窝里藏着的小昆虫叫蚁狮。它长着一对大颚，平常倒退着走路，遇到合适的地方，就会在沙地上一面旋转一面向下钻，在沙上做成一个漏斗状的陷阱，自己则躲在底部的沙子下面，并用大颚把沙子往外弹抛，使得沙窝周围平滑陡峭。当蚂蚁或其他小虫爬入陷阱时，因沙子松动而滑下，滑到了底部就成了蚁狮的食物。

亭子往前走不远是一个鸡舍，鸡舍门敞开着，鸡很自由，可以在鸡舍内吃主人撒在地上的玉米，也可以去鸡舍外自由活动，吃草丛中的蚂蚱或刨泥土里的虫子。

第四部　各行其道

这里的一切都自然而然，这里的一切都顺应着自然。沿鸡舍旁边的小路走过去，是主人的画室兼茶室，茶室的前方是会客厅，左后方是居室。四座木结构的小楼都是独立的，各具功能，但排列起来全无规则。楼与楼之间的地面也没有刻意平整，凸凹不平，起伏不定。花卉与野草之间，是由一块块天然石头间隔摆放而成的小径，如一条曲曲折折的虚线，把几座房屋连结起来。房屋面积都不大，几根木头柱子做脚，依山势地形往地上一支，就支起了几座堪称经典的吊脚楼。

石头、山坡和流水，并没有因为房子的存在而发生任何改变，原来是什么状态，现在还是什么状态。建房的人并没有过多打扰，而是把问题的解决方案交给了房子，让房子可长可短的脚各自发挥作用，成功地回避了与它们之间的冲突。

这片房子的主人是一个叫廖东才的画家，1981年生人，长着一张娃娃脸。虽然他刻意地蓄起了胡须，留了长发，但行动和表情之中还是洋溢着藏不住的天真。十年前，他初来这里时，看起来很像一个孩子，所以附近的村民和朋友们都叫他"东东"。其实，那时他已经成家立业，儿子已经出生了。

廖东才出生在桂林市临桂区农村，自小就在漓江边长大，但由于上学、工作，告别家乡已有20年之久，此前一直在北京生活。他以为，在北京那座国际化的大都市里，已经找到了此生的归宿，却不料在一次回老家的几个月时间里，对漓江产生了浓厚的兴趣和感情，一住下来就忘记了一切得失、荣辱。他发现，能让自己灵魂安放之地还是久违的故乡。

至今，廖东才还清晰地记得第一次去北京的感觉。那是升学的第一年，第一次坐火车从桂林去北京。到了北京站，还没下火车就看到窗外没有山没有水，只有几棵孤零零的树。他脑子里面有个念头就是"火车能不能掉头，我不读书了，我要回家。在这里我不能亲近自然，好像找不到自己的生活"。没想到，多年后那个第一感觉还是发酵成了回归故乡的实际行动。

于是，廖东才开始背着行李，带着帐篷，行走于漓江岸边。边走，边看，边画，不知不觉间被漓江的万种风情和惊世骇俗的美深深吸引，他仿佛和漓江在谈一场迟来的恋爱。

那么多年，廖东才也不是没有来过漓江，但总是感觉漓江是别人的。是渔民的，是船工的，是密密麻麻来了又走的游人的，和自己并没有什么关系。而当他单独面对漓江，以画笔与漓江细细交谈时，才发现漓江有那么丰富多彩的表情，那么多起伏波动的情绪，那么美妙生动的容颜和那么幽深厚重的内涵，四季阴晴、风霜雨雾，时时处处都表现出它的不同凡响，宛若人类的喜怒哀乐，总能够在某些时刻触动画家敏感的心，引发他审美的冲动、情感的共鸣和灵魂的震颤。

廖东才开始有了留下来的想法，就在这山野间建一个工作室,好好在大自然中画画,画出漓江每一个打动他的景象。

那一年秋天,廖东才一路画到了下龙,坐在"甲天下"景观对面的山崖上,打开了自己的画板。展眼远望,正长天如水,秋江澄澈,群山环立如一圈绿色的屏障,云影、山影、鸟儿的倒影映到了江上,宛若一幅流动变幻的蓝色锦缎绣上了花鸟图案。对于普通人来说,这不过就是还可以称作美丽的秋天景色,作为画家,廖东才却在甜丝丝的风中捕捉到了由色彩与情绪、生命与自然交织而出的千言万语。他被深深感动了,那一刻他感觉自己的灵魂随着从心底腾起来的快乐在飞升。

就是这个地方了!廖东才不需要再往别处去了。他回身四顾,身后正是一片撂荒的农田和废弃的房屋,从前也曾经有人在这里居住过。他决定在那个四面漏风的破房子里搭起自己的帐篷,就地安营扎寨,至少要在这里逗留一段时间。

在这样的荒野中居住,生活条件十分艰苦、原始。没水又没电,烧饭就在土坑里生火,吃水需要走两三里山路去向老乡借,一根扁担两只桶用肩膀把水挑回来;手机要去老乡家里充电,坐的凳子由远处抱过来的石头充当。

然而,虽然条件艰苦,但并没有冲淡廖东才画漓江的兴致。他画完了左边的大山,就画右边的大山,画完右边的大山，再画对面的群山。画完了朝阳画夕阳，画完了太阳画月亮，画完了晴空画云雾，画完了薄雾画浓雾，画完了春天画夏天，画完了秋天画冬天，画完了山上画山下……尽管他在不断地绘画过程中，笔法越来越纯熟精进，变化越来越多样，却无论如何也没有漓江的景色、面貌变化得快，他感觉自己已经走入了一个幽深的、深不见底、没有边际的艺术境界。

时间一天天、一月月地过去，一晃就是两年，廖东才似乎已经忘记了归途，仿佛自己从来就应该在这里。有一天，他放下画笔，循着小径，再一次来到漓江边。站在江边放眼远望，大江辽阔，群山如黛，江上的游船仿佛无声，静静地在时光中远行，此情此景正契合他此刻开朗的心情。回头望一望山上自己的来处，却依然一片静谧，一行白鹭掠过翠绿的松林，传达出和谐而美好的野趣。这是多么美妙的一种感觉呀！原来，自己逗留了两年的地方竟是一个进可面朝大江，退可隐居山林的绝佳去处。

他当即开始做长期留下来的打算。

廖东才在国内有几个工作室，但那些工作室都是设在大中城市里，离自然太远了。这有一点不太符合他的个性。也许有一股山野自然之气这些年始终没有从他的内心消散。与大多数画家不同，每当进入城市画室绘画时他都觉得缺少激情，画可画，却多了匠气，少了灵气；而每当他背着自己的画板去公园，去郊外，去没有喧嚣的乡野，进行实景创作，内心便充满了激情和灵感。而此处，不正好是能让自己随时置身山野自然，静下心来，安心绘画的理想之地吗！

廖东才开始和附近的下龙村村民取得联系，寻找这片土地的主人，他要把这块业已被弃置，但对他来说却十分珍贵的地方租下来，为自己打造一个可以长久住下来画漓江的工作室。也许是缘之所致，也许是上天佑助，事情进展得很顺利，很快就办成了。35亩山林外加一个破房子的使用权已经归属于他。一个全新的家园和一种新的生活方式，即将从零起步。

仿佛冥冥中早有安排，当廖东才考虑如何建造自己的房子时，房子神不知鬼不觉地送上门来。2016年的一天，廖东才去到山那边的龙胜画梯田，租住在路边的吊脚楼里。那是几幢很完整很漂亮的吊脚楼，屋主几代都是木工，这是他们亲手建起来的。因为要修高速公路，路边的这些房子都要被推倒，当作垃圾处理。廖东才觉得这样漂亮又有特点的房子当木材烧掉太可惜了。可是，想什么办法将它们保护起来呢？干脆把它们买下来放在山上自己住好了。于是，就雇了几辆卡车，从200公里外，搬了两栋楼到下龙来。

因为房子全是榫卯结构，一颗钉子都没有，拆装、迁建，对头脑聪颖的廖东才来说，就不是什么难事了。他先在龙胜把吊脚楼的木头一块块拆下来，做好标记，装上卡车运到山里，雇人力背到山上，再按照原始的结构、顺序一块块组装起来，便实现了整体、原样迁移。最初的两栋房子立在林间的空地上，廖东才的儿子看到了事情的本质："哦，我玩的是小积木，爸爸玩的是大积木。"

吊脚楼，也叫吊楼，是瑶族、侗族、苗族、土家族等民族的传统民居，多依山临水就势而建，一楼关牲畜和存放杂物，二楼三楼用于居住。吊脚楼可以建在陡坡上，充分利用空间，不占用耕地，通风干燥，可防止毒蛇猛兽的侵害。廖东才把一楼空出来留给了风，让风在楼下自由穿梭，带走贴近泥土的潮气，二楼用来看书、画画、写字、弹琴、喝茶，三楼用作卧室。

开始时，廖东才并没有想搞得这么复杂，在他的规划中，不过是要建一个简单一点的房子，只要能够遮风挡雨避寒，能够满足简单的生活条件，能给自己提供一个画画的空间便好。因为小院内有大片荒地，需要种草、种花、种树、种菜，弟弟廖圕生便从北京过来帮助他一起劳作。总体原则就是自然和谐，人文简单，返璞归真，不超出生活功能，所以他打算一点一点亲手建设，缺什么就自己动手去做什么。

他想让他的家园成为自己的另一件作品，每一个细节都出自自己的心，出自自己的手。这是廖东才多年以来养成的一个习惯，或者叫人生观也好，凡自己喜欢的事物，必动用真气、真情、真力，把自己整个身心投进去。只是让他自己始料未及的是，两栋捡来的吊脚楼入院后,自然而然地就扩大了规模,加大了工作量,也不知不觉地把他拖入繁杂的劳作。

从做出第一张凳子,播第一颗种子,种第一棵树,打第一口井开始,廖东才一步步去创造,一件件去体验,需要什么就做什么。想着睡前要看点书,就决定做一盏台灯,用粗一点的废木料打磨成底座,一层层纸糊成灯罩。需要桌子和凳子,就操起斧、刨,按照自己喜欢的样子做几个……慢慢地几乎什么都尝试自己学习做,木工、泥瓦匠、水电工,等等。现在,廖东才终于可以把这里叫作家园了,廖东才给院子起了一个名字叫"东圃小院"。"东圃"二字即取自廖东才和廖圃生兄弟二人的名字,是两个画家名字的合璧。

最后,房子建了四栋。四栋木屋各有区别,有的是单吊,有的是双吊,廖东才按照设想做了简单的功能分区。一栋是他自己的生活区;一栋是客房,两层四间屋,只用于招待远道而来的朋友。还有两栋比较敞开,没有隔出房间,计划是可以成为一个文化活动的场地,做一些高质量的画展、茶艺、香道、花艺、读书会、古琴等的小雅集。回头算一算,为造这个院子,从大的梁柱到小的门闩,廖东才用去了周边村镇废弃木材一百多吨。

建设工程基本完工,廖东才站在远处端详了一阵子,他的木楼、他的亭子和几座建筑之间的小路,仿佛它们都是和这里的松树一起从土里长出来的一样,和谐、自然、气息相投，如果没有它们的存在，这片山一定会显得寂寥、空荡。廖东才满意地点点头，觉得这正是他想看到的，想要的。他现在可以把自己安放在其中了。他用栅栏将院子围好，安上一个木条做成的柴扉，并把它严严实实关紧，他不想这里有游人光顾，他也拒绝与周边的人频繁往来。剩下的时光，他打算安安静静地与漓江单独相处。

（二）

廖东才亲自栽种的茶树终于长起来了。他到茶园里采来明前的嫩芽，请教专业师傅和读做茶的书籍，学习了基本的做茶方法。又根据自己对火候的掌握以及对茶性的理解，做了一款自制茶，喝起来奇香无比，强于他此前在市面上买来的任何一种商品茶。

品着香茶，望着茶盏中袅袅升腾的雾气，廖东才深深感慨于生命成长过程中的奇妙和艰难。

茶树苗是他开车从一千里之外拉回来的梅赞茶树苗，是很好的品种。可是种到山地之后，就是不好好长。开始，廖东才以为是时间问题，等它们扎下根，自己能够汲取土壤中的水分和养分时就好了。有人告诉他，不用担心和着急，小树苗和小孩子一样，要给它们充足的时间。可是过了很长一段时间，它们仍旧是老样子，歪歪扭扭，不死不活的。有一阵子，廖东才甚至怀疑这树苗先天就有问题,想把它们刨去重新栽种一批。

后来,廖东才偶然看到了一本养花的书,书里说的事情很神。说植物们都是有生命的,有的甚至很有灵性,它们和人一样也渴望着被关心、被呵护、被爱。如果一个人有心养花无心管,就算再好的花,也不会好好长,更不会给你开出花朵来。你要是想看到美丽的花朵,不但要按时给它们浇水、施肥,还要让它们感受到你的关心和爱,要悉心看护,要和它们说话,要赞美它们……

这本书给了廖东才很大的启发,想自己的茶树又何尝不是如此。于是,他开始把心思用于这批茶树上,每天看护,松土,施洒肥性温和的农家肥,不到一个月的时间,茶树纷纷抽出新枝新叶,开始茁壮生长。等到制茶环节,他也记着用上自己的心思和意念,终于做成了芳香馥郁、风格独特的私家秘制。

种茶制茶的过程,很有深意,又让廖东才不由得想起了自己的人生经历。

小时候,自己大约也像那些下地初期的茶树,不思进取、不成器。整个初中时期基本也没有好好学习过,成绩在班级里永远倒数第一或第二。不但不好好学习,而且很叛逆,调皮捣蛋,整蛊同学,出老师的洋相,逃学,简直无可救药。如此一来,家长、老师都认定了一种直观判断,那就是"社会败类",最后竟然连他自己也认定自己生来就是一个"坏人"。因为他在家里排行老三,且农村有"家家有个坏老三"的说法,廖东才自己也认了。坏,好像是命里注定的事情,干脆就理直气壮地坏下去好了。

新学期开始了,学校开了绘画课。第一节课,校长特意到班级打个场子,说这学期给大家请来了一个最棒的画家当老师,大家要珍惜机会,好好学习。这话进入廖东才的耳中,不但没起作用,反而激发了他逃学的热情:"我连数学语文都学不成,还能画画?老师好不好与我有什么关系?"于是,他拉着刚认识的同学李志:"走,咱们去玩!"就跑出了校园。

在接下来的一个月里,廖东才感受到了这个绘画老师的独特。其实,无论是从衣着打扮、目光神情还是举止言谈,满校园的人包括老师和同学,没有一个人认为廖东才是一块学习的料。唯有这个叫陶政德的绘画老师,偏偏不把他看成一团提不起来的"烂泥巴"。

一开始,廖东才不是继续逃课,就是交给老师一张白纸,一笔未画。但陶老师却不管他有没有画,画得好还是画得孬,从来没有对这个另类的学生有过一句微词和一句批评,甚至连一个讨厌的表情和责怪的目光也没有。老师对廖东才的包容,让这个从来没有得到别人尊重和善待的学童深受感动,他在感到来自陶老师的温暖、包容、尊重之外,也深深感到了来自内心的羞愧。与其说廖东才是被陶老师的师德修养折服,莫如说他是被艺术的内在力量所吸附。

自尊心在这个孩子的生命里，突然被唤醒了。一个月之后，廖东才像变了一个人一样，不但不再逃课，还成为最认真听课和认真画画的学生之一。在很短时间之内，他的绘画天赋竟然在陶老师的悉心指导下迸发出来，每次绘画点评他都能在陶老师那里得到足够多的肯定和赞扬，一时间，竟然成了班级里最受瞩目的绘画天才。这是廖东才人生之路上的一个重要转折点。从这里开始，他体会到了当一名好学生给自己带来的慰藉、荣光和希望。

刻苦学习是一件很苦的事情，但廖东才从来就不怕苦，虽然年纪不大，这些年他什么重负没背过，什么压力没顶过，吃点苦受点累又算什么？为了不辜负陶老师对自己的期待，有时廖东才宁可一夜不睡，也要把一张画画好，画到自己满意，画到陶老师能够说一句好。这是一段痛苦而奇妙的时光，他需要克服散漫任性的旧习惯，戒掉一切不良嗜好，改掉桀骜不驯的表情和行为……他在努力挣脱旧我的同时，能够感觉到一个崭新的自我从生命内部一天天壮大起来。终于有一天，连他自己都没察觉到那个时间节点的到来，他蜕去最后一层黑皮，成为一只在艺术领域里展翅的彩蝶。

多年后，当廖东才回首往事，他仍然对恩师陶政德心怀无限的感激。正是这个修为深厚的人，没有任何功利思想的人，从公众看法的黑匣子里，拯救了一个被诅咒的灵魂，释放了他生命里那些美好的能量。

说来，也可能归结为缘分，陶老师对廖东才的影响不仅仅在最初的启蒙阶段，直至后来的求学、工作和对绘画艺术的皈依，都不断受到恩师的启发和影响。

特别是对艺术的纯粹性的追求，始终来自陶老师的潜移默化。时至今日，陶老师都是廖东才所见过的人中唯一纯粹画画的人。他画的每一张画都是发自内心，是为了自己内心安妥，因热爱美而画的。他的每一张画都与钱无关，不管多好的画，都可以送给喜欢的人，画得不好的从不保留。他从来没有说过艺术多么神圣的话，但他从来没有让自己的哪一张画蒙羞，他不为迎合任何人而画任何一张画。

有一次廖东才去老师家，发现有一幅装裱好了的大画摆在客厅里。那是一幅画得特别好的画，以至于廖东才一看到那幅画就惊呆了，老师怎么把一幅这么好的画放在地上摆着呢？作为一个学画的人，如果自己能拥有这样一幅画该有多好啊！于是他便试探着问老师，这画怎么不把它挂在墙上？老师的回答却让廖东才心都疼了。原来昨夜楼道里的楼梯灯坏了，陶老师自己买来灯泡，请来单位的电工，把灯泡换上。陶老师正不知如何感谢电工，正好电工说"这幅画画得真好"，他就随手把画送给了电工。

"这也太没有分别心和功利心啦！"那时，廖东才还年轻，不懂老师为什么要把自己最好的东西送给一个普通电工，不过他又一次深深地体会到艺术修养人性中的光辉和伟大。

如今，陶老师已经是年近九十的人了，对人，对绘画艺术仍保有一颗赤子之心，对绘画仍然和从前一样用心，一样认真，一丝不苟，并且画的每一幅画都是出于本性和本心。当年，李可染受邀来桂林在专门招待外宾的桂林宾馆画画，就曾特意点名邀请陶老师和他创作，可见他的艺术造诣已经深得业界认同。用专业的眼光看，陶老师的绘画已臻完美之境，只为了自己的热爱而画。

最让廖东才深深感动的是，时至今日老师对待自己的态度和方式仍如多年以前，像慈父对待自己的孩子，从来不督促他如何努力，如何打拼，如何奔向某一个目标。众画家聚会，海阔天空，各显神通，忙于展现自己的光辉业绩和光辉历程，老师也不多说话，只顾着给廖东才夹菜，让他多吃，吃好。

陶老师对艺术态度的纯粹和为人处世的率真，深深感染、影响着廖东才。廖东才认为，只有艺术才有如此净化、陶冶人心的力量；也只有对艺术的执着追求才会使自己变得像恩师那样丰富、深厚且单纯、美好。这样的认识，让廖东才年轻时在颓废中找到了人生的支点，也让他后来在浮躁、喧嚣的社会背景下像一颗有重量的金沙，沉入生活之河的底部，不参与泥沙俱下的奔腾与喧嚷，只管以自己的存在为河流的净化与美好尽自己的本分。

从廖东才认定并选择了绘画的那天起，他就在心里把绘画艺术当成了一种人生的修炼方式来对待。他不但潜心于绘画技艺和技法的研习，更是在陶老师的感染、启发下，用心感悟绘画中的人生境界与哲理，或往大一点说是"道"，渐渐由美学领域进入哲学领域，或进入到美学与哲学相互浸染相互推助的境界。尽管绘画技艺的熟练和提高，给廖东才带来了现实的利益，比如凭借绘画上的高分顺利地考上了大学，但推动廖东才在艺术之路上继续前行的动力却始终不是艺术能为自己带来多少利益和价值，而是纯然的热爱与兴趣。有时，甚至会进入可以抛开一切现实需求的痴迷状态。

大学时，廖东才与人合租北京一户四院的房间，生活很艰苦。那时候，他一天到晚只想着画画，除了完成学校的课程，他把所有的时间和精力都用在画画上。最疯狂的阶段，曾经一个月时间没有上床睡觉。每天从学校上课回来，就把自己钉在画板前，一直画，一直画，困了就趴在画板前面的桌子上睡一会，醒来继续画。

廖东才也知道，靠艺术、靠画画很难维持正常的生活，所以，毕业后他也顺其自然，像其他同学一样，去应聘设计师。做了几年创意设计总监，后来，又与人合伙搞了展览公司，承接各种大型展览。他的展览公司规模很大，在北京东四环租了一栋四层办公楼，旗下拥有二十多位固定设计师，也做到了同行业全国翘楚。但画画始终是廖东才内心的主业，只要有空余时间，不管在办公室还是在家，随时惦记画画这一件事。

之后的几年，是他的人生从波峰进入谷底的几年。由于经济环境的变化，市场关闭，货源断绝，无事可做。公司里几十个工人、几十个设计师的工资要继续开，昂贵的租金要按月支付，庞大机构的各种消耗不能停止……公司进入一种没有收入却快速消耗的状态。他以为坚持一段时间，几个月或一年，外部环境便会有所改善，公司会重新进入一个良性发展轨道。可是，苦苦坚持两年多时间，外部环境依旧，公司却耗尽了最后的资金。他不得不放弃坚持和等待，解散了团队，关掉工厂，注销了公司。

2014年，廖东才回到漓江岸边的故乡，想给刚刚出生的孩子和自己找一块净土，有清新的空气，有活着的山水。最重要的，可以安心画画，这是他人生中强调过千遍万遍都想再强调一次的事情。

（三）

有了东圃小院之后，廖东才觉得很多事情、很多与外界的交往，已经具备"放下"或至少暂时"放下"的条件了。于是，他进一步简化人际关系，紧闭柴扉，要么将自己锁在小院里，在自己的家中画漓江；要么把鸡鸭锁在小院里，自己去画漓江。数年之间，他一共画下了2000多张漓江的画作，最多的时候，一年就画了800张。

在持续不断画漓江的过程中，廖东才发现漓江是一条非常有个性的江。平日里游人如织，虽然漓江也表现出她的天生丽质，但她也会像一个隐者一样，把自己的真面目隐藏起来，把灵魂藏起来。就像一个强颜欢笑或被"标准化"了的迎宾女郎，她会让每一位迎面而来的嘉宾都能看到她非常标准的微笑，眉梢提到多高，嘴角翘到几度，牙齿露出几颗，毫无差池。这样的漓江，一百个人看到的都是一个样，一个人看过一百遍也是一个样。

开始时，廖东才也是被漓江固定的几个景点和公认的美所吸引，但画着画着，他发现他不能以一个游客的角度去观察、感悟和画漓江。如果仅仅限于几个被规定、被开发的行走路线和固定景点，他就在漓江千变万化的姿态中只能画出她的一个标准化微笑，在漓江万种风情之中只能画出一个她并不完全真实的表象。他是画家，从事的是艺术，是创造，是一种必须深入和捕捉到山水灵魂的特殊职业。他不仅要画出漓江的微笑，更有责任画出漓江的纵情欢笑，画出她的妩媚和娇羞，画出她的忧伤、哀愁，甚至愤怒，画出她起伏波动的情绪和飞扬或低回的灵魂，也画出自己的内心对漓江的理解、感悟和感动。

廖东才画漓江,总是亦虚亦实,亦真亦幻。在专业人士看来,他的每一幅画都是真实的漓江,而每一幅画都是不同的漓江,每一幅画又都是廖东才自己的漓江。因为不但每一幅都是漓江不同的表情、不同的姿态,而且都成功地加载了画家的情绪和情感。

具有30年画龄的廖东才,学习各种技法和物象的表达,山水、花鸟、人物、动物等,目前有七八个系列作品,主打的是山水绘画,在技法上不说已经达到炉火纯青的程度,至少也可以说十分纯熟。自从画漓江以来,他似乎渐渐地忘记了技法,几乎每一幅绘画都来自内心的感动感受。一切都与理念无关,只听凭艺术直觉的驱动。有时,他正在山上刨地,抬头看一眼漓江,就有了特别的感觉,就有了艺术上的冲动,马上扔下锄头,跑回画室开始创作。有时,他正在亭子里读书,突然狂风大作,电闪雷鸣,漓江在这种极端的天气下,呈现出神秘莫测的一面,他马上放下书本,画出一幅有着别致面孔的漓江。

对廖东才来说,每当他进入画画的状态,仿佛世界上只有他自己与漓江独自相对,除了漓江的面貌、声音和传达出来的信息,他什么也看不见,什么也听不见,什么也感知不到,只有漓江,只有那一刻灵魂显露的漓江。至于在忘情的创作中,自己用了什么表现技法或采用哪种绘画语言,全然无觉,更没有想到要遵从哪个流派、什么画风，等等，只知道墨随着笔，笔随着心，心随着灵魂的颤动在宣纸上行走。最后呈现出来的漓江，都是自己想要的那个样子。有人说，廖东才把漓江画活了，廖东才却说，是漓江教会了自己画山水的秘诀。

300年前，漓江岸边的靖江王府走出了一位在绘画史上影响深远的画家石涛。这位为避杀身之祸而削发为僧的没落王族，曾画过一幅山水图《欲避喧嚣地，且来岩上居》。画的是在高高的山上，丛林之中，有一个茅草屋，有人居住在其中。看来，他才是真正的隐者，他不仅仅隐身山林古刹，隐姓埋名，而且彻底断绝了与尘世与人生欲望的联系，一生只潜心作画。他曾对绘画中的有法与无法有过精辟的见解："古人未立法之先，不知古人法何法；古人既立法之后，便不容今人出古法。千百年来，遂使今人不能一出头地也。"他的绘画主张便是："至人无法，非无法也。无法而法，乃为至法。"难道说，廖东才所达到的状态或已近石涛所说的境界了吗？

廖东才已经在漓江边独居太久了，因为每日与无声的山水进行着无言的沟通与交流，几乎快要失去语言功能了。突然有一天，有位古琴师想从广东开车过来，只为了看看这位专门画漓江的画家，看看漓江，看看他在漓江边的小院子和木质吊脚楼。古琴师带来了自己心爱的古琴，并很郑重地坐在廖东才的窗边为他弹了一首古琴曲。

廖东才听着漓江水一样流淌着的古琴曲，看着友人们在自己屋子里走走看看，品评或欣赏着他挂在墙上的那幅漓江，再抬头望一望窗外真实的漓江，心情顿时复杂起来，充满了感念。如果经常有一些志趣相投的人来小院里小住几日，大家一起交流思想，谈论艺术，并通过自己的绘画真正了解漓江，爱上自己热爱着的漓江，岂不是一件很美好的事情？

凌晨两点，夜空彻底静了下来。山下的漓江都已经熟睡，廖东才还没有丝毫睡意。说起这漓江，也真是一条很奇怪的江，性情太安静了。在漓江边上住了这么多年，廖东才只听到过游人的喧嚷却从来没听到过漓江发出很大的声响，即便在这样宁静的夜晚，它也不发出些许鼾声。也许正因为如此，那些胆子很小的星星才会从夜空里探出头来，看着这寂静的人间，眨着好奇的眼睛。廖东才躺在床上不敢发出任何声音，怕一个不小心的响声，惊动了它们，让它们纷纷缩回头去。他就透过屋顶上的小窗口，看着那些闪烁的星星，想着自己的心事。

他开始反思自己在漓江边住下来的初衷和理由。难道自己来这里的初衷真的是要与世隔绝，彻底隐居下来吗？想来想去，答案竟然是否定的。当初自己选择的无非是一种远离喧嚣的生活方式，通过这种生活方式可以更多地贴近自然，更多地感受自然、理解自然。

具体地说，更有机会近距离领略漓江山水，用自己的画笔画出不一样的漓江，画出漓江山水的神韵和灵魂。现在看来，这一点自己已经做到了。

至于隐居的概念，从来都不是自己的说法，隐不是自己的初衷，而是别人根据生活表象的猜想或命名。在接下来的岁月里，也许自己还是要继续"隐"下去，尽量离喧嚣远一些，离自然，离桂林山水，离漓江近一些，否则就无法画出灵动和有灵魂的漓江。而对漓江的美、漓江风景价值的传播却不应该处于"隐"的状态。廖东才的想法是能通过自己、绘画和院子结交更多文化圈的朋友，让他们通过一种远离人群的方式发现更加美好和更贴近自然本真的漓江。

假如有更多的人喜欢和选择和自己一样的山居生活方式，来桂林，来漓江岸边住下来，桂林也许会因为拥有更多高素质人群而增加更多的人文气息和更多的经济增长点。生活滋养作品，作品滋养人心。最好，也让更多的人通过自己的绘画，滤除听觉上的噪声，滤除视觉上的杂乱，排除各种纷纷攘攘的干扰、障碍，找到认识漓江的角度、方式和渠道，真正认识漓江，了解漓江，懂得漓江，热爱、珍惜漓江。

经过一段认真的思想梳理，廖东才终于想清楚"隐"与"显"的辩证关系，对廖东才来说，这也是一次人生观和价值观的确认和确立。他开始敞开自己的心扉，接纳所有对艺术有深厚理解的想法，对漓江有价值认同的各界人士，他张开双臂迎接他们来小院做客。他给他们讲述自己在漓江岸边的生活感受，讲述自己眼中的漓江，讲述漓江给自己带来的艺术成就，并亲自动手给他们置办一桌原生态的饭菜，土鸡、土鸭、各类果蔬都出自他这个毫无污染和农残的山间小院。

从2022年起，廖东才开始和兴坪镇附近的大河背村民宿主何革萍联手开办一个公益性质免费教学的儿童绘画班，广泛接纳附近的儿童入班学习，由他亲自担任授课老师。他要像当初恩师陶政德引领自己一样，引领漓江岸边的孩子们，开发他们尚未觉醒的艺术天分。

绘画班的名字就叫"漓江画童"，廖东才很喜欢这个名字，因为这个名字后边曾隐藏着一段绘画传奇。

就在20世纪80年代改革开放初期，桂林出了一个带有传奇色彩的"画童"，曾吸引大量日本和韩国的游客慕名而来。在相当长的一个时间段里，只要是市面上出现署名为"画童"的所有漓江题材的绘画作品都会被一扫而空，有多少张被买走多少张，根本就没有人考证绘画出自谁人之手，画童究竟是何许人。不管这怪异的商业事件有多离谱，毕竟漓江因为这批绘画得到了广泛传播，也不管这个"画童"确有其人还是众画家的假托，至少创造了中国绘画史上一个短暂而耀眼的繁荣。

实际上，当年那场蜚声东亚的画童风潮也并非毫无根由。纵观古今，桂林这一片平地拔起、卓然独秀的青山和俏丽旖旎、透迤如练的碧水，一直对置身其中的人们具有润泽、感化之功，特别是那些有着高度审美敏感的人，都会在美丽山水的感染和激发下，迸发创作的灵感和激情。

最早与桂林山水结缘的画家是北宋时期的米芾。北宋熙宁六年（1073），22岁的米芾来到桂林，出任临桂县尉。传说他画过不少桂林山水题材的画，其中最著名的一幅为《阳朔山图》。之后便是石涛。两位中国绘画史上赫赫有名的人物，一个客居桂林，一个籍贯桂林，都深受桂林山水的哺育，在桂林画家的谱系中属于开创性的人物，也是奠基性的人物，都为桂林山水画留下了优秀的文化基因，也为后世的优秀画家游览和描绘桂林山水开了先河。

至20世纪初，关注桂林山水的画家多了起来，描绘桂林山水的画作也逐渐密集起来。1905年7月，广西提学使汪颂年邀请齐白石游览桂林。齐白石在桂林居住了近半年，创作了《独秀峰》《漓江泛舟》等作品。多年后，齐白石仍念念不忘，深有感触地说："我在壮年游览过许多名胜，桂林一带山水形势陡峭，我最喜欢，别处山水总觉不新奇。我平生喜画桂林一带风景，奇峰高耸，平滩捕鱼，或画些山居图等……"

抗日战争期间，桂林成为举世瞩目的抗战文化城，中国一批杰出的绘画大师如黄宾虹、傅抱石、李可染、张大千等云集桂林，使中国最优秀的画家和最美丽的风景结下了一段历史奇缘。

1935年，徐悲鸿带着爱情的伤痛也到了桂林。为了留住这位大画家，当时的广西当局专门在独秀峰西南盖了新楼房，准备为徐悲鸿创办桂林美术学院用，还专门为徐悲鸿在楼上西侧设了寝室和画室。后来，虽然因种种原因美术学院没有办成，在广西省教育厅的安排下徐悲鸿还是在这座新楼举办了广西全省中学艺术教师讲习班。1937年，徐悲鸿乘小舟从桂林到阳朔，为美丽的漓江风光所陶醉。他在《南游杂感》中写道："世间有一桃源，其甲天下山水，桂林之阳朔乎！……江水盈盈之，照人如镜，萦回缭绕，平流细泻，有同吐丝。山光荡漾，明媚如画，真乃人间仙境也！"

在饱览了秀甲天下的漓江山水之后，徐悲鸿决定把阳朔当作自己的安身立命之所。一天，他在一家破旧的房屋前停下来。此屋虽然破旧，但环境极佳，不但坐落于漓江岸边，而且院内生有两棵高大的玉兰树，繁花如雪，幽香袭人，正是一个疗愈情伤和专心作画的好地方。他内心的浪漫情愫顿时被激发出来，当即将此屋租下，并刻了一枚"阳朔天民"的图章，准备在阳朔作绘画之用。此事传到了李宗仁那里，他立即派人购下此屋，加以修建，并赠与徐悲鸿。在桂林期间，徐悲鸿先后创作了《晨曲》《逆风》《风雨思君子》《古柏》《漓江春雨》《青厄渡》《漓江两岸》等山水画名作。

1940年，关山月辗转到桂林，这里成为他"行万里路"的第一站。关山月在抗战时期前后两次来桂林，创作了不少桂林山水画，如《月牙山全景》《訾洲晚霞》《桃花江》等。他还专门用了两个多月的时间，创作了一幅宽32.8厘米、长2850厘米的长卷《漓江百里图》。画面是自桂林今漓江桥起，沿江而下，直至阳朔的风景。其在桂林展出后产生了很大的反响，为后来"漓江画派"概念的形成奠定了学术基础。

多年后的1977年，黄独峰完成了他的长卷《漓江百里图》。又过了九年，1985年，黄独峰的学生黄格胜画出了一幅长达200米的长卷《漓江百里图》，一跃成为"漓江画派"的代表性画家，其作品《漓江百里图》长卷和《漓江百景图》系列也成为漓江画派最有代表性的作品。

漓江的文脉如一条隐秘的暗河，在岁月深处悄然流淌，就像漓江滋润着两岸青山一样，滋润着一代代艺术之子。当这条文脉无声无息延伸至廖东才身边时，他并无察觉，但生命中那些澎湃的审美激情，已经先于他的自觉意识一次次回应了冥冥中的呼唤，让他不知不觉地改变了生命轨迹。

如果说当初他定居漓江仅仅是为了找一个能够安心画画的地方，现在他更倾向于将漓江的美妙传播、分享给更多的人；如果说当初廖东才所做的仅仅是为了自己，现在他所做的已经远远超越了独善其身。当有人根据自己的推测给廖东才打上"隐居者"标签时，东东笑着说:"我不是隐居,准确地说我那叫山居。我也不是每年有半年隐居在这里。实际上,我除了参加全国性的画展和在全国的个人画展到场交流及回北京陪陪家人时要离开几天,其余大部分时间都在小院里工作和生活,有时家人和孩子也要来住上一段时间。隐居并不是我的本意,我仍然是一个具有社会属性的人。隐居纯然是为了个人的修炼和清净,而我不仅要考虑自己和自然之间的距离和关系,还要考虑为社会,为漓江,为他人做一些有意义的事情……"

廖东才虽然很少回应社会上的各种邀请,更很少参加社会活动,但在宣传漓江和赞美漓江方面却总是不遗余力。他不仅继续在发现和捕捉漓江任何一个感人的瞬间,并用画笔将它描述出来,而且每天利用现代传播手段——朋友圈和微视频向外界传达各种关于漓江的大美以及生态变化的信息。

打开他的朋友圈,随时能够看见漓江的日出、日落、雨雾、流云……绘画也好,照片也好,视频也好,都源自廖东才内心的感触或感动。廖东才说:"有关漓江的一切不仅链接着我的情绪和情感,也链接着我的生命成色。"

三

一往而深

（一）

太阳刚要落山，就被一大片渔网般的卷积云从下方兜住，就那么想升不能升，想落不得落地挣扎了片刻，西方的大半个天空便如血染一般，红了起来。那天傍晚，桂林市的天空鲜艳得如一个不真实的梦境。

张迪一个人走在漓江的虞山桥上，有好长时间，他脑子里一片懵，说不清自己为什么要绕一个圈子，登上这座桥。如果说，人生中的很多事情都如鬼使神差，向左或向右，向前或向后，都如冥冥中早有安排，莫名其妙的一念就为一生定下了方向或调子，那么，此时的张迪甚至连这一念的指向也不明确。如果真有命运,他还不知道,命运将对他作出如何安排。

走到桥中央时,他才隐约知道应该做点什么。他开始扶着桥上的栏杆,俯瞰桥下。这一看,他才如梦初醒,意识开始在头脑中清晰起来。他到这里来,可能就是为了看一看漓江的样子。此前有人对他说,漓江的水要断流了,他并不相信,可是眼前的漓江确实已经变得目不忍睹了。原来那么浩浩汤汤的一江清水,怎么会变得如此浑浊,如此瘦弱?大片河床裸露着,中间只有一道两三米宽的水流,这哪里还是什么江啊?分明已经变成了一条小水沟。

他想起了儿时家乡的那条小河。小时候的家乡,村后有一条清澈见底的小河。河里水草丰茂,鱼在水草里游弋,河岸上绿树成荫。孩子们经常在河里嬉戏玩耍,捉鱼摸虾,把小河当成自己的乐园。在田里劳作的村民闲来无事也聚在河岸边休息,一边说说笑笑,一边观看孩童们随性玩耍。他曾在小河边度过无数快乐的时光,留下了无数美好的记忆。

后来,村里分田到户时连河岸上的树木也一起分掉。由于水土严重流失,小河的水越来越小。之后,小河的上游建了一座造纸厂,造纸产生的污水流向小河,小河很快成为一条臭水沟,远远就闻到一股臭味。多年后重回故乡,看到被污水荼毒的小河,他痛心疾首,曾写文章呼吁有关部门救救小河,可是人微言轻,终不能改变小河的命运。

江如练

眼看着漓江就要变成家乡的那条小河,他开始担忧起漓江的未来。莫名地,他心头就涌起了阵阵伤感,眼泪禁不住地流下来。路人匆匆而过,却没人知道这个男人为什么站在桥上悄然落泪。

军人出身的他,本来就有着一腔热血,那天晚上,他在心里做了一个决定:这一生一定要为了保护母亲河——漓江,做点力所能及的事情。虽然他并不是桂林人,但他认为漓江并不只属于桂林人,它属于热爱它的每一个人。

其实,如果认真追溯张迪的经历,保护漓江的想法应该不是起始于今天,他早在部队服役期间,就已经开始为漓江做事情了,只不过那时还没有现在这样自觉,这样目标明确。

那时,张迪还在部队里服役,因为从事新闻工作,被安排到桂林日报社实习。本来他实习所在的部门是政文部,有一天却被评论部主任王熙兰叫到了办公室,询问他的一些情况。只是询问,当时并没有说出真正的用意。几天后,王熙兰突然来找张迪,说有件事情要和他单独谈谈。当时的桂林日报社就在榕湖边,两个人沿着榕湖散步,走到无人处,王熙兰突然停下脚步很神秘地对张迪说:"你敢不敢干一个大新闻?"

张迪是一个一直有点理想主义倾向的人,作为一名新闻实习生,有什么能比大新闻更有诱惑力?听说大新闻,张迪眼睛一亮,连思索一下都没有,就很郑

第四部　各行其道

重地答应下来。

　　王熙兰见张迪态度十分坚决，便接着往下说："漓江源头的乱砍滥伐现象十分严重，桂林日报社这一级媒体报道后，涉及方方面面的利益，改变不大。如果再砍下去，后果不堪设想。当地一些人看不过眼，已经多次举报到报社，但报社影响力有限。经过我几次向中央电视台的《焦点访谈》栏目组反映，栏目组已派记者来桂林暗访。栏目组记者来的时候，需要有当地人带路去现场拍摄……"

　　当时《焦点访谈》栏目的影响力很大，专门曝光一些老百姓关心的事情和敢怒不敢言的事情，老百姓有问题也愿意向《焦点访谈》栏目写信反映。听说要参与《焦点访谈》栏目组的暗访，张迪顿时有一种神圣感，别说只是带路，就是需要出镜也在所不辞。

　　王熙兰继续说："《焦点访谈》栏目组暗访记者明天就从北京飞桂林，住的地方我已经安排妥当。暗访记者来桂林后，咱们两人就陪着去漓江源头暗访。此事一定要高度保密，不能对任何人说。我之所以选你和我一起去，是因为你是一个军人，懂纪律，有新闻理想，身体条件好，有能力应付紧急情况。"

　　在机场接到《焦点访谈》栏目组的两位记者后，为避免被人发现，王熙兰刻意安排他们住在一家不起眼的招待所。两位记者一男一女，男记者负责拍摄，女记者负责出镜。第二天一早四个人就赶往兴安。

在兴安，他们又和当地公安部门的一位领导会合，换乘越野车进山。到了车上，张迪才知道正是那位公安部门领导向王熙兰反映，最后才有《焦点访谈》栏目组的暗访之行。他们不忍心漓江源头的生态林遭到疯狂砍伐，但有些人、有些事情，就连当地公安部门也不敢制止，没办法才秘密求助于中央媒体。

既然是暗访，就不能大张旗鼓。进山后，公安部门的那位领导只开车把记者带到一处山脚下，让记者们自己上山拍摄。为了不暴露目标，他要等在车上，接应记者们下山。暗访的经历一波三折。拍摄完山上树木乱砍滥伐的现场后，四个人由于太紧张，也太全神贯注，忘记了来时的路，下山时，绕了好久也没有绕出去。在下一个陡坡时，由于女记者意外跌倒，把走在前边的张迪撞倒了，要不是张迪训练有素，靠一棵毛竹阻止了两人沿山体下滑，很可能会造成两人受伤。

在山里拍摄，由于那些伐木工没有足够的敏感性，并没有给他们造成什么麻烦，但进入山下的木材加工厂拍摄时，情况就可能很危险了。那几年，暗访记者被采访对象殴打和扣留的事情时有发生。进工厂暗访，如果被工人发现，他们很有可能会采取极端手段。为防万一，进厂暗访前，女记者专门给北京的同事打了电话，告诉他们如果长时间收不到里边传出的信息，要及时协调公安部门前来营救。

实际上，在木材加工厂的暗访，大大出乎记者们的预料。他们进去的时候，工人并没有盘问他们，也没有阻拦，照样在做他们的工作。记者扛着摄像机采访他们的时候，他们也没有过激的行为。采访取得了重要的素材，记者出来后，也没有人阻拦。上车后，担心路上会有人拦截，众人便快速离开。

结果，消息还是在某一个环节走漏了。虽然路上没有遇到拦截，但车子快到县城时，王熙兰还是接到了当地宣传部门的电话。尽管后来经过了一系列激烈的交涉，《焦点访谈》栏目组并没有妥协，节目如期播出，曝光了漓江源头的乱砍滥伐现象。

新闻播出后，桂林市关闭了一些木材加工厂，也处分了一些干部。漓江源头生态林疯狂砍伐的现象，一段时间内得到一定的遏制。虽然《焦点访谈》的"大新闻"里并没有署王熙兰和张迪的名字，但事情的成功有他们的努力，也算他们为漓江做了一件好事。

2003年，张迪从部队转业，到桂林日报社任职，使他有机会继续从事自己热爱的新闻工作。相别几年，故地重游，他第一个想起的人，就是当年一起冒险干过"大新闻"的王熙兰主任。报社的人却告诉他，王熙兰已经离开桂林日报社，调到桂林旅游学院当老师了。多年后，当张迪和王熙兰再度相逢，张迪当起了桂林民宿协会的会长，而王熙兰做了教授专门从事旅游研究工作。

（二）

　　张迪成为桂林日报社的在编记者后，比起多年前，多了肩上的责任和职业功能，也多了很大的自主性，可以根据个人特长和兴奋点选择关注领域和宣传主题。不敢说分量和能量增加多少，除了可以给央媒记者秘密带路，至少还可以公开、自主、持续关注某一个新闻目标。

　　虞山桥之行，让张迪发现并明确了一个长期选题。那天晚上，他辗转难眠，围绕保护漓江这条主线，反复思考。说保护漓江，作为一名记者应该从哪里入手？又能真正地做点什么？能做成一点什么？显然，曝光或暗访等方式已经不符合新的形势。从实际出发，总可以以连续报道的方式追问一下漓江断流背后的原因吧？

　　经过一段时间的调查、思考，张迪发现，漓江这个主题并不只是他一个人关心，几乎他接触到的所有人，从官员到百姓无不关注、关心着漓江的现状和命运。许多媒体前辈和一些从事生态研究的学者、职业人员等，更是表现出义无反顾的关切。有了这样广泛的群众基础和社会基础，张迪的内心就更多了一些底气和力量。他开始策划一个既符合记者本分又不至于引起某些方面警觉、恐惧和阻挠的实施方案。

　　他打算以专业记者的身份"走漓江"，从兴安县猫儿山的漓江源头一路走到平乐县的漓江尾部，实地了解这条江断流的真正原因，全程查找，全程分析，全程报道。方案做出之后，张迪满怀信心地向报社领导汇报，时任桂林日报社总编辑的苏理立听完张迪的汇报，明确表态支持，还提出许多专业性建议。

考虑到追踪调查的专业性、客观性和科学性，苏理立建议张迪联系桂林理工大学遥感专业的学者，请他们提供专业资料，为采访提供科学支持。当时，经桂林理工大学一位教授牵线，广西大学研究漓江源生态的另一位学者也找到张迪，主动参与进来。

万事俱备只欠东风。第二天就要出发了，张迪怀着激动的心情开始打点行囊。快下班的时候，张迪接到领导的指示，明确要求取消这个计划。

这就叫"胎死腹中"，张迪只能怀着沮丧的心情将这个令人不快的消息逐个告诉给计划参加活动的成员们。这个最后的决定究竟是谁做出的，是什么原因，直到今日，张迪也没有搞明白。不久之后，一场由《桂林晚报》牵头策划的保护漓江大型公益活动正式启动。由12位晚报记者组成的"走漓江"采访团开启了以"呵护漓江，保护母亲河"为主题的全程行走。团队进入漓江源头猫儿山时，桂林市举行了一个隆重的送行仪式。数百名热心市民为采访团壮行，在掌声和祝福声中，市宣传部领导为采访团授旗并发表讲话，强调了漓江作为桂林母亲河的重要性和意义，表达了漓江不仅是桂林的漓江，也是中国乃至世界的漓江，更表达了桂林市委、市政府高度重视漓江生态保护和对各种保护行动的大力支持。

在这次送行仪式上，桂林日报社领导也发表了致辞："出于媒体的责任和使命，我们策划并组织了这个大型公益活动。我们的想法很明确，漓江决定着我们的生存与发展，我们的意识和行为又决定着漓江的现在和未来。为了漓江永远的清纯，让我们的子孙后代永远拥有一条世界上最美的江，我们必须立刻行动起来，呼唤并强化保护漓江的意识，让更多的人参与到保护漓江的队伍中来。"

遗憾的是，这次大规模的保护漓江行动张迪并没有参与其中。虽然在《桂林晚报》策划的"走漓江"活动中，采访团的成员们也写出了很多有深度、有锐度的文章，揭示了漓江断流的一些深层原因，但张迪是一个执着的人，他还是觉得心有不甘，一直惦记着以自己的方式对漓江进行观察和走访。

2008年8月8日。经过很长一段时间的策划和准备，在张迪心里一直不肯放下的"走漓江"愿望终于得以实施。那天，张迪和摄影家李兴华、桂林电视台制片人余运森等三位漓江的热爱者，正式抵达漓江源头猫儿山，并决定从那里出发，利用每一个周末的时间，沿途断续考察完属于他们三个人的漓江。

这一天正是北京奥运会开幕的日子，三个人在漓江源头举行了简单的出发仪式。随着北京奥运会各个竞赛项目的展开，三个人开始了一段又一段的考察。张迪边走边记录下沿江的所见所闻和感想、思考；李兴华用他的照相机拍摄下沿岸美丽的风光和生态问题；余运森则用他的摄像机对沿岸进行了实景拍摄。

当天中午时分，三人考察小组进入漓江源头的第一村高寨村。李兴华带着两人去他的一个老朋友家吃饭。他的朋友龚本成，也是一名退伍军人，曾在猫儿山保护区做护林员多年，漓江源头许多地方和情况他都熟悉。大家通过龚本成听到了许多发生在猫儿山区的生态故事，李兴华还讲述了他和龚本成之间的一段故事。

李兴华前前后后拍漓江拍了二十多年，留下许多珍贵的资料，先后出版过几本关于漓江的摄影集。他拍漓江源头的斧子口水库移民的照片还曾荣获摄影大奖。有一年下大雪，李兴华开车去猫儿山拍摄。下山的时候，由于冰冻路滑，车子突然滑向旁边的山崖，他和妻子都在车上。当时，情况十分危急，多亏龚本成果断跳下车，快速找来石头挡住车轮，不然，后果不堪设想。

那一年，只是萍水相逢，匆匆一面，谁也没有多想什么。自然，往后的日子张迪也没有和龚本成保持过密切联系。却不想，这一面，正为后来的另一场事业中的另一段缘分埋下了伏笔。

当他们行至阳朔的杨堤和兴坪段的时候，江面上已经开始有许多用PVC管制成的排筏载客。之前,用竹子制成的竹排,由于制作成本较高、载重量较小且使用寿命有限,数量并不多。即便有,也多是沿江的渔民用来打鱼的,偶尔有一些村民用竹排载客,游船公司和政府都没有太在意。有了PVC管制作的排筏并安装了马达后,这部分村民很容易就能赚到钱。载客的收入刺激了沿江的村民,纷纷做起排筏载客的生意。没过多长时间,特别是旅游旺季,江面漂满排筏,漓江上多了一道"风景",同时也带来许多隐患。

几个人在走访中,已经预感到PVC管排筏在不久的将来会进入失控状态。后来,果然不出所料,漓江上排筏泛滥成灾,因为缺乏规范管理,不但屡屡发生宰客现象,还发生多起游客溺亡事故。最后,政府不得不出面花很大力气进行整治。

采访期间,张迪陆续写文章发表在一些媒体上,虽然都没有引起太大的反响,但也算为漓江尽了自己的一份心力。几个月下来,张迪已经积攒了大量素材,他打算将来把这些素材整理加工后,写成一本反映当时漓江全貌的书,留给后来人。但当张迪考察到平乐段时,他竟然被漓江两岸的老房子深深吸引,在接下来的时间里着迷地考察了很多历史遗迹和民居。不知不觉,他的人生轨迹在这里悄然开始了转变。

2017年,桂林民宿协会成立,桂林日报社成为民宿协会的会长单位,因为张迪有过几年民宿研究和经营管理经验，他被推举为桂林民宿协会会长。在几年的民宿推进工作中，他发现兜兜转转中，自己又再一次以另一种方式回到了保护漓江的人生轨道上来。

表面上看，民宿发展得好坏既不能对漓江流域的生态保护起到监督作用，也不能起到直接的保护作用，但可以从根本上解决漓江风景区内民众的"靠山吃山，靠水吃水"的问题。做民宿，就是把农村遗留下来的有特色的老房子从农民手里租下来，精心加固和装修后租给游客。而这些能被用作民宿的房屋，必定符合两个条件，一是自然环境优越，二是周边景观优美。于是所谓的民宿绝大部分都是坐落在漓江风景保护区内的民房，这就与漓江的生态发生了必然联系。

漓江风景区的民宿产业做大做强之后，不但可以通过民宿经济带动和促进乡村经济和环境建设，吸引更多的游客前来游览和居住，为当地村民提供更多的就业机会，拓宽农产品的销路，提高村民收入，还可以通过与外来游客的交流，逐步改变和提高村民的一些落后观念，提高村民热爱环境保护生态的自觉意识。

漓江两岸百姓的收入高了，素质高了，便有能力自觉摆脱基本生活的困扰，把桂林的绿水青山当作"宝贝"好好地爱护起来。在张迪看来，漓江流域民宿业的发展无疑会为漓江生态的保护和健康发展提供一个有效的民生出口。

(三)

张迪是在开展漓江流域的民宿深度调查时认识疯子鹰的。疯子鹰的出现，打开了张迪的国际视野，虽然这么多年他始终在以记者的身份东奔西走，却并不知道漓江两岸早已有很多外国人来此定居，享受漓江岸边静美的生活。这一发现与其说让张迪认识到了漓江流域民宿业发展的广阔前景，毋宁说他进一步认识到了漓江对整个世界的巨大吸引力。也许，身边的这条江，从来都不仅仅是桂林的、广西的和中国的，更是世界的、全人类的。

疯子鹰，本名 Ian Hamilton（伊恩·汉密尔顿），来自南非的德班。因为名字里有鹰的发音，又因为他办起事来思维独特，迅速果决，风风火火，所以被人送以"疯子鹰"的绰号。他原是一个具有独特审美取向、颇有建树的建筑师，只因被漓江岸边那些风格独特的老房子深深吸引，才义无反顾地辞去他在英国公司的职务，留下来当一个老建筑的租用者和保护者。

张迪产生要见一见疯子鹰的念头，完全是出于多年记者职业对新闻的敏感，因为疯子鹰刚刚获得了2016年中国乡村旅游年度人物荣誉称号。经过认真的访谈，他才发现，他正在做的事情和将要做的事情已经远远超出了一个记者的职责，他意识到了自己已经是桂林民宿协会会长的身份,应该考虑作为一个民宿协会的会长应该为漓江流域的民宿做些什么。那是一次富有建设意义的会面和长谈,至今仍让他记忆犹新。

时值盛夏,张迪驱车赶往阳朔,本以为可以在开着空调的民宿前台见到疯子鹰,没料到赶到"秘密花园"时,疯子鹰并没有等候在前台或院子里。前台值班的是一个年轻的女子,一边招呼他们坐下来等候,一边去喊疯子鹰。

原来租下的几间民宿正在营业,疯子鹰心血来潮又把相邻的几间民房花高价租了下来,并每天事必躬亲,带领施工人员忙于和泥、砌砖,此时他正如一个普通建筑工人一样在完善着尚未彻底完成的房屋改造工程。

张迪等了好一会儿,才见疯子鹰一身土、满脸灰地从侧面的旧房子里钻出来。疯子鹰给张迪的印象是随和、亲切,特别具有亲和力,中国话也说得十分流利。两人很快就进入了相谈甚欢的佳境。一来一往的对话还没有超过十个回合,张迪就问了一个敏感的问题:"为什么人们叫你疯子鹰?"

"最初的时候,是我的好朋友陆华平叫我鹰,可能是因为我英文名字叫 Ian(伊恩),也可能是因为我的鼻子有点像老鹰的嘴。另外可能因为我做事情风风火火的,不会十分小心谨慎,看起来很疯狂……我每一年都会受不少伤,在装修的时候,如果我觉得有什么危险的事情,我不会让工人做,我会自己去做,不想让他们受伤。比如说把破旧的屋顶拆了，我会跟工人说，那样很危险，让我来。我曾在两年时间里断了四次肋骨……"

说到这里疯子鹰没有继续了，只是两手一摊，微笑着摇摇头，算是做了一个完美的交代。

在漓江沿岸定居的几十个外国人中，疯子鹰算是来得较早的，在很多外国人都不太了解中国的时候，他敢率先来到中国定居还是需要一些勇气或"疯"劲儿的。1998年，心怀浪漫想法的疯子鹰打算离开南非到英国赚一些钱，然后去埃及潜水以及工作。于是，只身去了英国，在英国他看到有一个旅游公司在招聘领队，这对于喜欢冒险的疯子鹰来说是再合适不过的差事。于是他就开始在英国旅游公司当领队，带团去了埃及，后来还去了印度、尼泊尔。几趟任务顺利完成之后，英国旅游公司问他还想带团去哪里，他毫不犹豫地回答："我很想去中国。"就这样，2001年他如愿来到了中国。

"为什么要来中国？"

在回答这个问题之前，疯子鹰稍微犹豫了一下，显然他在思考应该如何回答。尽管如此，接下来的回答还是让张迪感到有些意外，他曾经以为，外国人来中国可能是因为对中国的历史文化比较向往。

"在外国，人们会通过新闻来了解中国，新闻都说中国不好，所以很多人就会认定中国不好。越是这样，我越想来中国看看究竟怎么不好。在我准备来中国之前，有一些朋友特地跟我说中国人不友好，都跟我说一些不好的事情。但是，从我来到中国的第一天开始就知道我那些朋友错了。以前我在贵州当导游的时候不会说中文，但这个根本不是问题，因为不论我去哪儿都会有人帮忙。中国人真的特别友好，会欢迎我，会帮我的忙。这是我来中国之前真的没想到的……"

后来，张迪又陆续见了很多来桂林定居的外国人，尽管每一个外国人来定居的理由各不相同，但都有一个共同的认知，那就是没想到中国这么好，桂林这么美。因为来中国之前从新闻里听到的都是中国和中国人不好，来了之后都感到反差巨大，喜出望外。

有西班牙血统的澳大利亚人阿尔夫是因为长期紧张工作感到太累了，不想再拼下去，挣再多的钱也不想干，就毅然辞职了。本来他已经是一家旅行社经理了，管中国、日本、蒙古国、巴基斯坦这四个国家的业务，每天早上六点钟起床，一直工作到晚上十二点钟，要对着电脑不断地工作。突然有一天他不想过那种紧张的生活了，就把人生的驿站定位在阳朔。

美国人柏昆原来是一家培训公司的老板，主要是给外资企业行政管理人员培训"软技巧"，设计管理人员的自我管理、跨文化沟通、创意解决问题、团队精神等课程。他们培训外企的中国人，讲如何和外国人实现跨文化沟通；也培训在中国的外国人，讲如何在中国做一个更成功的企业管理者。来到阳朔之后，柏昆被桂林山水吸引住，突然改变了主意，想创办一家高档民宿，专门为外国人提供惬意的休闲之地。他认为，美丽的风景和舒适的居所能给他带来更加稳定、持久的收益。

　　来自荷兰鹿特丹的80后男生罗兰是因为小时候听妈妈讲故事，说遥远的东方有一个神奇的国度叫中国，男孩们的脑袋后都扎着一条小辫子，那是一个多么特别的国家呀！于是，他就在上大学期间利用半年的休假期来中国旅游。来之前也有关注新闻的同学在他耳边嘀咕，说中国是一个很严肃的国家，是一个不能笑的地方。可是，到了中国之后才发现一切都不是他之前想象的样子，男孩子们没有一个是扎小辫子的，人们也都生活轻松快乐，谈笑风生，而且都很友好。他先后游览了好几个城市，北京、西安、成都、昆明，最后到了桂林。之前，他并不知道有"阳朔"这个地方。他是深夜坐飞机抵达桂林的，懵懵懂懂地住进了酒店，第二天早晨起床拉开窗帘才看到了那些奇特的山，当时他就被震惊得目瞪口呆：世界上还有这么好看的景色！几年后，他大学毕业，第一个想法就是来桂林找个事情做，可以边工作边享受这里的美景，没想到不到三个月的时间他就遇到了自己的爱情。从此，罗兰在桂林结婚生子、成家立业，成为一个地道的桂林人。

　　疯子鹰到了中国之后，也先后去过很多城市，北京、西安、宜昌、重庆、香港等，但所到之处不过是一般性的旅游，从来没有动过要在哪里定居下来的念头。2002年，他辗转来到阳朔的旧县村，看到一栋让他心动的房子，房子前面有院子，院子里有很多树，但当时那里已经很破旧，没人住。由于他小时候看过一本叫作《秘密花园》的书，当时他一下就联想到了秘密花园，于是，就有了在阳朔住下来圆一个童年梦想的想法。2003年，他跟好朋友陆华平谈到了旧县村老房子的事情，也透露了自己想在旧县村住下来的打算，但陆华平告诉他那栋房子已经租给了一个外地人。

疯子鹰就是这样的一个人，一旦打定主意一定全力以赴。尽管第一个目标突然丢失，但他仍然不想放弃，在心里认为自己还有机会，因为旧县村里的其他房子虽然不如他看到的那座房子那么有感觉，但也都让他心生喜欢，只要找到一座房子，他就有信心把它打造成自己梦想的样子。于是，他开始揣着"秘密花园"这个美丽的名字，寻找心仪的房子。其间他曾陆续访查过不少房子，也都因为种种原因没有租成，他也曾帮别人想了很多民宿的名字，但是"秘密花园"这个名字他一直藏在自己的心底，从没告诉过别人。

时间到了2009年，疯子鹰帮一个法国老板在旧县村做装修，可是项目做到一半那个法国人就回国了。疯子鹰当时住在旧县村的村委办公室里，找机会把多年前看中的房子跟村委的人说了。出乎意料的是，村委的人说那栋房子当初并没有出租成功，还是空的。惊讶之余，疯子鹰内心狂喜，这房子简直就像在等他到来一样。他二话没说，当即就决定不管花多少钱都要把那栋房子租下来。

半年后，房子正式交到了他的手上，他终于可以放开手脚将自己的专业、才华和汗水尽情地倾洒于一座东方传统建筑之中，为自己成就一个横跨半球的田园梦想。

与其他人不同，疯子鹰的想法总是有一些特殊。谈起他在中国所做的事情时，他的表情顿时由微笑转为严肃，郑重其事向张迪表示："我不是为做生意而租的房子，我的目的是保护老房子。因为我是建筑师，我们南非没有这么古老、这么好看的房子。但是因为要付房子的租金，所以还是得做点生意，赚了钱之后就能租更多的老房子，也就能更好地保护老房子了。以前我刚租第一栋房子的时候，很多阳朔人都说，你为什么要租没有用的老房子，我当时想的就是要让他们明白，老房子还是有用处的。"

前年，他在繁忙中忘记了自己的签证已经过期，按规定就不能继续滞留中国。疯子鹰真是急疯了，带着护照就跑到了阳朔县公安局，一边像小孩一样大哭，一边对民警说："我明天就要走了，但是我不想走，我的家在中国。"公安局人员很是感动，赶紧安慰他："鹰，别担心，我们会帮忙的。"

疯子鹰的这番话让张迪想到了民宿业面对的一个普遍问题，那就是外来资本进入农村时给农民带来的利益和伤害。虽然方兴未艾的民宿业对地方经济的发展和农民收入的提高是一条有效的渠道，但也并非如人们想象的皆大欢喜。并非所有民宿主的出发点都像疯子鹰那样单纯和高尚，甚至也没有考虑到长期的共赢。资本的天性决定了它必然要流向成本洼地，最大限度地攫取自身利益。落实到民宿的房屋租赁上，资本方就要尽可能地利用信息的不对称或其他影响力尽可能地压低租金。在某些个案中，合同双方的利益都得到了充分考虑，最后达到了一种利益上的均衡。但在有些个案中，又逐渐显现出房主的弱势和利益受到了伤害。比如，外来资本在市场低迷时段以很低的价格签了一个长达数十年的租赁合同且期间价格一成不变，就在合同订立的几年内房屋的市场价格开始大幅提升。因此，农民便觉得自己吃了大亏，试图反悔和调整合同租金，而资本方却又以合同为法律依据谴责农民觉悟低、没有契约精神。于是，在合同执行过程中，合同双方会因为心理上的不平衡而发生诸多纠纷和矛盾。这些问题如果不能得到足够的重视，不能进行及时反思和调整，势必造成灾难性的后果。

张迪在和疯子鹰及其他国内外的民宿主访谈中，了解到很多中外、城乡之间文化的差异和管理方法上的不同。包括民宿主与雇员之间、民宿企业与村民之间的种种矛盾与磨合、适应。采访疯子鹰结束之后,张迪把对民宿企业的访谈、调查提上重要议事日程,对桂林、阳朔、兴坪一带特别是漓江风景区内的重点民宿企业展开访谈和调查。他认为资本的贪婪需要遏制,村民的利益需要保护和兼顾,民宿协会这样的行业组织有义务和责任通过倡导行业自律规范行业行为,引导和推动租赁双方实现共赢,推动景区内民宿业整体健康有序发展。

张迪是在一次民宿主沙龙上认识罗兰的。那时,罗兰已经在中国定居8年,与朋友李林在阳朔高田镇凤楼村经营一家叫"月舞"的乡村民宿客栈。因为年龄的关系或了解程度的关系,那天沙龙的主题发言原本并未安排罗兰。会议期间,主持人临时请罗兰做一个即兴发言时,令所有人都没有想到的是,他对中国国情和阳朔农村情况的了解十分透彻、深刻。

紧随其后的专访,张迪从罗兰的口里了解了更多有价值的情况。在罗兰的"月舞",罗兰用流利的汉语给张迪讲了四个"有趣"的故事。

第一个故事,是他与房东之间的故事。"月舞"开业之后,入住的客人越来越多,房东的儿子买了车,一方面有钱了自己也要有一台车,另一方面,也希望用自己的车每天接送来酒店入住的客人,赚一份稳定的收入。这件事,虽然口头答应下来,却没有签订正式合同,执行起来也没有那么严格。一天,别的村民用自己的车拉了他酒店的客人后,房东的妻子很不开心。于是,很长一段时间不理罗兰。罗兰感到很纳闷,他实在不明白房东的妻子为什么不理他。后来,还是更熟悉中国农民心思的妻子李林,经过仔细回忆,认真反思,才猜到了真正的原因。

第二个故事是"月舞"与村民之间的故事。因为民宿经常要接待外国游客,所以需要接待人员懂一些日常英语。一次,一位与罗兰关系比较好的村民,推荐自己的亲戚来他酒店打工。那位村民的亲戚在读初中,不懂英语,罗兰婉拒了那位村民。后来,酒店在十一长假期间客人特别多,服务员不够。这时,正好另外一位村民推荐一位亲戚过来,也不懂英语,但考虑是临时用工,当时又急需用人,罗兰就让那女孩临时在厨房帮忙。结果,前面找他推荐亲戚来打工的村民很生他的气,不再理他。

说起这些,罗兰满脸的无辜,瞪着大眼睛,撇着嘴,很无奈地说:"当时临时聘用后面那位女孩时,我真的没想那么多。"

第三个故事也是他和村民的故事。一天,他开车从村里去阳朔县城的时候,村里的一位老太太和他打招呼,想搭他的车去县城。当时,他没看见,没有停车。后来,一个村民找到他理论,很生他的气。原来,那天想搭罗兰的车去县城的人正是这个村民的母亲。罗兰不明白为什么没有搭上车就一直生气。这点,让罗兰感到很委屈，但他深刻反思，吸取教训，知错就改。之后，每次开车去县城，见到路边有村民他都会停下，主动问他们要不要搭车去县城。

第四个故事大家觉得很有趣，但张迪觉得有些沉重。有一次罗兰带团队去厦门，很多人是第一次坐飞机，其中一个村民就大声说："好闷呀，帮我开一下窗户。"罗兰告诉他说，在飞机上是不能开窗户的。村民却觉得不可思议，很不理解地一直追问罗兰为什么。

"他们总是对的。"总结与村民相处8年的感受时，罗兰有些无奈地说。

后来罗兰不愿意再住在村里，而是选择住在县城。他想尽量少接触村民，减少与村民的矛盾和冲突。但他还是会反复叮嘱他自己的工作人员，要充分考虑别人的感受。

再后来，"月舞"果然就很少发生内外部矛盾。村里有人结婚，罗兰知道特别生疏的可能不好意思邀请他，他知道之后还是会过去送一个红包道喜。村里有广场舞比赛，"月舞"的人一般不参加，但会赞助一些资金，三月三的活动也会赞助。此外像修路、修坝、处理垃圾等，"月舞"都不会落下。也因此，罗兰得到了村民的赞誉。

听完罗兰的故事后，张迪受到很深的触动。客观看待这些事情似乎双方都不是毫无道理，而一些问题也并不是很大、很复杂，只是一个站位问题和文化冲突问题。如果双方都能够站在对方的立场多理解、多包容，就容易进入逐步和谐的状态。于是，他突发奇想，想拍一部关于遇龙河沿途民宿客栈的纪录片，客观记录、呈现罗兰和其他外国人在阳朔经营民宿、客栈时所遇到的故事，展现、宣传漓江两岸优美的风景、动人的故事和民宿业的发展前景。同时，张迪还着手建立"美宿志"新媒体平台。他的用意很明确，就是要通过一系列有效的手段和平台，打造出桂林民宿品牌，并全力将其推向全国。

目前，由张迪和一群志同道合的朋友策划拍摄的中国第一部三集民宿纪录片《广西民宿》已在广西卫视播出。这部纪录片的主要线索就是漓江的上游、中游和下游，张迪默默以另一种方式讲述漓江的故事。桂林旅游学院的专家已义务帮助张迪把《广西民宿》翻译成五个国家的语言，希望有一天这部纪录片能走向国际。在做纪录片的同时，张迪和朋友做的公益性新媒体平台"美宿志"不断报道漓江两岸的优质民宿，"美宿志"系列书籍的第一本《寂静的春天——中国美宿系列访谈·第一辑》已由漓江出版社出版发行，第二本《大地锦绣——中国美宿系列访谈·第二辑（乡村振兴特辑）》也即将由漓江出版社出版。这两本书张迪选择在漓江出版社出版，多少和他的漓江情结有关。张迪觉得做这些还远远不够，在他的设想中，桂林的所有民宿不但有环境美，而且有人文美，都应该有人文加持，有温度、有文化、有情怀、有格局；应该有能力让每一个客人都能因为住一晚、吃一顿饭、谈一次话、稍作停留而留下美好的印象，因此记住桂林，记住漓江。

　　他和广西师范大学的黄伟林教授、刘宪标教授曾经商议，在桂林民宿圈发出倡导，希望桂林的高端民宿懂得并做到善待文学艺术，在非旅游旺季时期腾出房间免费接纳世界各地的作家、画家、摄影家和艺术家。前期可以先组织国内外的作家、画家、艺术家在旅游淡季来桂林体验民宿日常生活，让他们感受到桂林和漓江的美好，也感受到桂林人的美好，并发自内心地向全国和全世界传达自己的真实感受。

四

慧眼妙观

（一）

滕彬站在第十四届全国摄影金像奖的领奖台上，忽觉心境大开，一片光明。透过闪烁迷离、耀人眼目的灯光，他看到了艺术之神那电光一闪的微笑。

幕后，有一个浑厚的声音在播放着评奖委员会为他写的授奖词："外师造化，中得心源……"他虽然暂时还听不懂这声音要表达的真正意思，但有一种庄严、神圣的情感开始在他的内心流淌。这么多年以来，这是第一次有人以这样的语词、这样的语调、这样的态度对他的作品以及他的创作之路进行如此庄重的解读和评价。

中国摄影金像奖是经中共中央宣传部批准、由中国文学艺术界联合会和中国摄影家协会主办的全国性摄影艺术最高奖项，旨在表彰和奖励在摄影创作方面取得优异成绩的德艺双馨的摄影家。金像奖与中国电影金鸡奖、电视金鹰奖、戏剧梅花奖等奖项并列，是中国文学艺术界13个艺术门类最高奖项之一，不仅在艺术界有着重要的地位，在社会上也有着广泛的影响。可以说，这是摄影艺术皇冠上最耀眼的明珠，滕彬有幸成为桂林乃至广西摄影家中摘取这颗明珠的第一人。

圆润、浑厚的声音仍在继续："'外师造化，中得心源。'把一个美丽的地方拍摄得美丽不具备难度，把一个美丽的地方拍摄得深刻才是关键。作为一位生活在广西桂林的摄影人，滕彬花了很多的时间琢磨把桂林如何拍得更好。在他的三部曲《风景新观》《劳作识观》《妙境空观》系列作品中，观者可以感受到他对朝夕面对着的'桂林山水'，全面的观看和思考。他的作品中不仅有传统山水审美的呈现，也有对今天社会变迁的解读，更有对人文劳作的山水风格的定义。"

蓦然回首，36年摄影之路，如36年栉风沐雨的耕耘。走遍桂林的山山水水，滕彬把自己的心血和汗水都撒在了故乡的热土之上。青山绿水之间，到处留下他土里泥里的脚印和风里雨里的身影。他终于等到了这意料之外的一天。终于，曾经播种的一切都已生根发芽，开花结果。授奖词里的每一句、每一字，都如一枚枚饱满的果实，从空中落下来，落在他的心坎，如珍珠落在玉盘之上，声声清脆悦耳。

  他认真品味着授奖词里每一句每一字的内涵，像剥开每一枚果子的果皮，从而进入某种隐秘的核心。他发现，在一切语言之外，在一切行为之外，在一切技巧之外，有一种灵魂一样无影无形又决定一切的东西，谓之爱。只有爱，才能让一种语言变得真诚感人；只有爱才能让一种行为持之以恒无怨无悔；只有爱，才能让技艺出神入化。

  现在，如果让滕彬用最简短的语言谈一谈，他是如何将桂林山水拍得如此出神入化的，他会毫不犹豫地用一个字来回答，那就是——"爱"，是对八桂大地的热恋，对桂林山水的情深。因为喜欢而坚持，因为坚持而执着，因为执着而更加熟悉，因为熟悉而更加理解，因为深深的理解而更加热爱。正是他内心的情感，内心对这片山水的深刻理解和爱，让他看到了别人遇不到，也看不到的桂林山水。

  当典礼结束，各家媒体的记者蜂拥而至，让他谈谈获奖感言时，他终于可以说出他许多年以来放在心里一直最想对人们说的话："说句心里话，这个奖，确实是对我36年艰辛努力的一种认可，证明我36年来的心力和汗水没有白费。获得金像奖只是我人生和艺术里程上的一个驿站，是上一程的小结和盘点，也是下一程的起点。我所期盼的，是一个一直没有变化也永远不会变化的恒定目标。那就是以我的镜头，以我的摄影语言，不断地向人们表达、展现不同凡响的广西山水和玄妙幽深、富有灵性的桂林风光。我之所以为得这个奖而内心充满喜悦，是因为通过这个奖，会有更多人认识我，理解我，又通过我对桂林山水予以更多的关注、关心、理解和热爱。"

（二）

人生如白驹过隙，36年时光转瞬即逝。回想起当年的往事，滕彬感慨万千，件件往事，段段历程，清晰可见，仿佛就发生在昨天。

1987年，当很多国人对照相器材的认知还停留在海鸥照相机阶段，滕彬就已经拥有了一台日本进口的尼康FM2相机。他因此对他的父亲充满了感激，因为拥有一台照相机是他多年的梦想，如今父亲成就了他这个梦想。同时，父亲明明知道一旦相机到手，就会变成一个"败家"的烧钱工具，但父亲并没有因为经济上的压力而选择不支持滕彬。

其实，早在读中学时，滕彬就开始对照相机感兴趣。多神秘的一种东西呀！咔嚓一声，一处风景、一个人物、一个值得留存的时刻，就凝固在一张相纸上。什么时候喜欢，就可以拿出来欣赏一下，或干脆把那些照片装在一个大相框里，挂在屋子的显眼处，一抬头就能欣赏到。当然，对那种拥有老式海鸥照相机的人，他更是艳羡不已。但艳羡归艳羡，也只能止于艳羡。那时，家庭条件还不允许一个中学生肩上挎一台照相机到处玩耍。

那个年代，如果想拍一张照片留个念，就得去照相馆花钱拍照，对着一台蒙着黑布的照相机，听凭摄影师摆来摆去，最后咔嚓一声，再等上个三五天或个把星期，拿小票取回来，一看，就看个许多天。后来，有些照相馆和个人为了招徕生意，开始对外出租照相机，这可给滕彬接触照相机提供了机会。找准时机，他便和几个同样喜欢照相的同学凑钱租来一台照相机，买一卷胶卷，寻一处有山有水、有花有树的地方，取个好看的背景，相互咔嚓咔嚓地拍照起来。

桂林山水甲天下，就是不缺好景观，想照山，想照水，想照江上的渔船或烟雨朦胧的风景，随处都有。随便选一个地方，一转身就可以取好几个不同的背景。几个人一人拍一张，再相互组合照几张，还没变换几个地方，一卷胶卷已经咔嚓完了。桂林山水真是费胶卷啊！没办法，还得跑到照相的摊子上再买两卷胶卷。几卷胶卷拍完，天色尚早，几个人也只能悻悻而归，口袋里攒下的零花钱都用光了。

那个时期，在每户人家的柜子里或书架上，都有几本用于保存照片的纸质相册。家里来了客人，等饭期间，主人便信手取下架子上的相册，供客人翻看、欣赏；有时，闲来无事，自家的人也会拿出来边看相册，边回忆起过往的一些经历和美好时光。有一天，滕彬的父母终于发现，由滕彬拍的照片并不比照相摊和照相馆拍的照片差。他们嘴上不说，心里还是美滋滋的，认定自己的孩子是有天赋的。他们不会用才华和天赋这类词表述，只说"这孩子挺有才"。

  那一时期的相册，滕彬一直保留了很多年。有时他自己也拿出来翻上一阵子。他自己翻看，并不是为了孤芳自赏，他在看早期的这些照片自己都拍了什么，是怎么拍的，差在哪里，缺少什么技法。那时，他主要还是参照当时的照相摊和照相馆的拍摄手法学习基本的摄影技法。那时，很多拎着照相机的人，所从事的事情还只是"照相"，拍出来的东西以人为主，拍人的脸，重点放在把人拍得帅气、好看、没有黑斑皱褶等问题上。山水建筑等都是陪衬，偶尔把人拍得小一点，也是为了要一个全身，依然能够辨认出每一个画中人是谁，还是具体的人，而不是抽象的人，画面语言大多不过是"到此一游"。

  在整个审美意识萌动时期，滕彬像一个情窦初开的少年，热爱、迷恋着那个仿佛存在，又摸不着、看不见的艺术之神。对艺术，对美，他始终保持着一颗敏感、灵动的心。美丽的山水，漂亮的影像，优美的意境……样样都能激发起他内心的波澜，但当他用力奔跑，以为已经接近了艺术之神，达到了某种美的境界时，事实又无情地告诉他，他还有一些距离。

也正是这样一个微妙的距离，成为牵引他在艺术之路上不断前行的动力。他是一个不放弃、有韧性、不服输的人，也是一个善于反思和不断总结的人。回顾半生经历，他从来没有认为自己是最好的，但从来没有放弃过努力，去做最好的自己。

（三）

当滕彬拥有第一台相机之后，他的审美意识开始觉醒。他不再满足为了一点美好的感觉，频频地拍摄记录下人们的行走片段。他开始意识到，要想进入艺术的更高境界，必须超越生活本身，要跳出生活常态，让自己的灵魂和作品得到升华。

面对诸多艺术方向和众多艺术门类，滕彬开始遵循自己的感觉一点点靠近并最终选择了山水风光摄影。不能不说，于他，这是一个非常聪明的选择。因为桂林山水在所有的山水风景之中，都是首屈一指的，选择了桂林山水就拿到了最优选题。从漓江源头猫儿山到漓江之尾平乐，其间有多少清秀挺拔的山，又有多少蜿蜒秀丽的水，山水之间又有多少烟波雨雾、美丽的霞光和山水相互映衬下的万千变幻，这样绝美的风光还不知道有多少人心驰神往、魂牵梦绕！能在这样绝佳的风景区内徜徉、创作，即便拍不出艺术上出类拔萃的片子，至少也能在山水中得到美的熏陶，成为滋养生命和心灵的一个道场。更何况，这里就是自己的家乡，有养育、滋润的恩情在，有近水楼台的便利在，仅仅为了记录、见证、守护，以绵薄之力向人们传播桂林山水的美好，便值得付出自己的一生去追逐。

滕彬打定了主意之后，毫不犹豫地将摄影镜头对准了家乡山水。他以一个初学者的热情和痴迷一头扎进了桂林的青山绿水之间。那个年代，全国各地的交通工具都很落后，连比较大的机关和企业单位都没有几台汽车，作为一个普通市民，出行只能靠步行、坐公交和骑自行车等几种方式。好在已经有了几年工作收入的滕彬拥有一辆自行车。虽然速度不算快，加一点劲儿，半个多小时也能跑十多公里远。

拍山水风光，必须赶一早一晚两个黄金时段。早晨，需要赶在日出之前到拍摄地点，太阳升起来之后，就出不来好片子了。晚上，要在落日之前一个多小时赶到拍摄现场，一直拍到太阳落山。这样算下来，作为一个业余摄影爱好者，滕彬如果想把上班前和下班后的这两段时间充分利用起来，平时就只能骑着自行车在离家15公里的半径内转悠，拍摄市区内和靠近市区的风景。这个时期，象鼻山、独秀峰、七星岩、塔山、伏波山、叠彩山、骆驼山，还有流经市区的漓江等，都是滕彬摄影镜头主要捕捉的对象。

只有到了周末和节假日，滕彬才有可能走得更远一些，去阳朔拍片。但节假日有节假日的弊端，虽然能走得远一些，但受天气和时间的限制，即便能及时到达事先计划的拍摄地点，在一两天内也不一定能等到光线、云雾、人物、飞鸟等诸多因素都完美的时刻。那个时期，滕彬看了很多摄影杂志和别人的摄影作品，每次出去拍摄之前，差不多心里都有一个"谱"，然后按图索骥，捕捉理想的构图和光影效果。

无论是绘画还是摄影，表现山水，都离不开"意境"这个词。为了拍出好看的山水风光，滕彬阅读和背诵了很多古典诗词。有一个阶段他偏爱"空山不见人，但闻人语响"和"野渡无人舟自横"等此类的诗句和意境。此前，他拍摄过一些人像照片，经历过太多的人对风景的干扰。现在他希望他的照片中没有人的影子，没有太多人工的痕迹，他不想在自己的镜头里看到三五成群和熙熙攘攘的人，更不想看到楼房、电杆、电线、汽车、轮船等太过抢眼、强势、工业气息太浓的物体。他希望自己的片子，像杂志上发表的那些图片一样，干干净净，清清爽爽，漂漂亮亮。

这个时期，滕彬拍出的桂林山水，除了有限的一点陪衬物，基本上就是纯然的山水，有云霞，有雾气，有半遮半掩的山体，有光芒闪烁的河流，至多有些树木和飞鸟，干净利索，清爽简洁，是所谓的"空山不见人"，但显得清冷和寂寥。

1987年，市场上已经有彩色胶卷和反转片出售，虽然比黑白胶卷贵很多，但想一想拍出的照片有红有绿，色彩斑斓，一定对人们的视觉是一个很大的冲击。滕彬兴奋了好长一阵子，他要赋予桂林山水最美丽、最动人的色彩。他开始不计成本地把所有能花的钱都花在摄影上。买胶卷、坐车、拍摄、冲洗胶卷、扩片等一系列动作下来，刚刚发下来的工资转眼就"挥霍"干净。

　　曾有人大略算了一下，那时使用135彩色胶卷，连买胶卷的钱，再加上交通费用和冲洗费用，一个摄影者手指一动每按一下快门，就差不多要花掉3元多钱，拍完一卷胶卷就要花掉一个中低收入者一整月的工资。但是，因为热爱，就很难再计较这些了。不遗余力，不仅是当时滕彬的状态，直到现在，他从来不在摄影投入上节俭犹豫，几乎所有稿费和奖金全部投入摄影设备更新和其他器材的购置上。当时的坊间流传，每一个国家级的摄影大赛获奖作品后边，至少要有一麻袋胶卷支撑着，谁知道一麻袋能装多少卷胶卷呢？如此这般，还得是一个成熟的摄影者，如果不成熟，经常犯曝光不准的低级错误，恐怕一麻袋胶卷也难以支撑一个国家级大奖。

　　滕彬没有像那些疯狂的摄影者一样，他自知没有那么雄厚的经济实力。虽然桂林山水的魅力无限，吸引他把所有的业余时间都花在了拍摄上，"不是在拍摄，就是在去拍摄的路上"。但他还是冷静的、克制的。他的策略是，尽量多动眼，多动脑，多动脚，少动手指。滕彬平均每年100卷胶卷的拍摄量，不能算小，但面对变幻莫测，有着超强吸引力的桂林山水，那就算克制的了。因为克制，也养成了他善于用脑、用心的良好创作习惯。

（四）

在看似平坦，实则崎岖的艺术之路上，滕彬已经健步向前，越走越深了。惊回首，却发现，自己依然走在别人走过的老路上，每一个脚印差不多都落在别人的脚窝窝里。虽然滕彬拍摄的技术成熟了、老到了；摄影设备也更新换代了很多次，老式的胶片相机变成了数码相机，低像素的机器变成了高像素的机器；镜头也由原来的一支变焦镜头变成现在的从鱼眼、广角到中长焦的四五支，片子却没有自己所期待的那种超越。

有些片子虽然看起来很好，就如一个时尚美女，什么都不缺，什么都不错，鼻子是鼻子，眉眼是眉眼，五官端正，皮肤细腻，打扮时尚，可就是没有让人动心的"神"。这时，滕彬想到了作品的个性和灵魂。他反复对照自己的作品和之前大家都认为比较成功的作品，几乎没有什么差别。如果不是摄影作品，而是一只烤鸭，几乎没有人敢提出任何异议。但这是创作，创作就要超越和出新，正是因为太像最好的作品，才不是最好的作品。

滕彬开始研究拍片子的角度和独特的构图，苦思冥想如何才能走出成功作品和成功摄影家的模式和窠臼。好在相机更新成高级数码相机后，不但可以放开自己的手指随意按动快门而不增加成本，而且，曝光的问题、密度设定的问题、速度的问题和防抖的问题等都得到了很好的解决，发现了理想的拍摄对象，成像效果即时就能看到，即时就可以调整。

曾有人评价"脚勤、眼毒、手快"正是滕彬这个阶段的状态。就如蛹正在向蝶的状态蜕变，滕彬迎来了一个繁花落尽小杏初结的时刻。真是腿不停地跑，视角不停地变，脑子不停地转，手指不停地按，片子在不停地出。并且，谁都能发觉，滕彬的作品在发生着快速的变化，不是简单的形式变化，而是理念和效果的双重飞跃。

渐渐地，一些著名的图片库开始销售滕彬的片子，一些摄影杂志开始向他约稿，一些大型摄影展和较高级别的奖项里开始频频出现滕彬的名字。在此期间，滕彬先后出版了《漓江》《桂林山水甲天下》《桂林美景》等个人专著以及《边游·边看·边拍——桂林风光摄影指南》《玩转阳朔——阳朔旅游摄影指南》《行摄桂林——桂林风光摄影指南》《醉美阳朔——阳朔旅游摄影指南》等摄影工具书。

当然，他出版这些书的目的主要是把自己的直接拍摄经验，包括拍摄时间、地点、角度和方法等告诉不熟悉桂林风景的外地拍摄者和本地的初学者，让他们以最快的速度捕捉到桂林山水最美的瞬间。在那个资讯还不发达的年代，纸质出版物无疑为爱好拍摄桂林风光的摄影者提供了方便。至于能否凭借这些书籍直接成为拍摄高手或某个大奖的得主，那就另当别论了。俗话说天机不可泄漏。能说出来、教给别人的都不属于天机，而真正属于天机的内心感悟往往又不可言说。

无论如何，从这个时期开始，桂林山水的形象也借到了滕彬的力，凭借着他的名字和名气向更加深远的领域传播。

"怎样才能拍出更好的作品？"滕彬在一些小小得意过后，经常会突然打个激灵，然后在心里这样问自己。难道桂林山水仅仅是我们眼睛所见，镜头所摄的平面图片吗？在山水的纵深，在历史的维度，桂林风景是否还蕴藏着更加丰富、更厚重的内涵？作为一个摄影家，要通过怎样的角度，怎样的瞬间，怎样的外在条件，才能捕捉到它超凡脱俗的灵魂？

再一次走在山水之间，滕彬的思绪变得纷繁复杂。当他把这片山水当作一个生命去看待时，他感到了山水的呼吸和脉动，也仿佛有情感、情绪和思想蕴藏其间，只不过它们的表达方式并不是人们通常使用的语言和表情。它们以流水、山风、鸟语、虫鸣为语言；以四时变幻、阴晴雨雾为表情；以山水间一切生灵包括人类的苦乐愁怨为情感和情怀的表征。

自然界的山水、树石、烟云之形变化莫测，缥缈无常，但其中的理是恒常如一的。山水的图像呈现，要求创作者全身心地融入山水画意之中，把对山水的理解和感悟内化，再以此为出发点，探索山水影像的多种可能。"有时，我们需要闭上眼睛去感知、领悟我们置身其间的自然山水。"因为我们的眼睛习惯于停留在表象，被某些表象蒙骗。

这就是滕彬摸索出的摄影心法：以心观物。通过以心观物，用敏感的艺术之心去寻找、发现、捕捉那些最适合表现它们的角度和瞬间。终于，滕彬在困惑和彷徨间突然找到了突破山水风景摄影的瓶颈，打开了解读山水自然的"众妙之门"。

他发现，山水从来都不是空的和孤立的，自然为万物生灵之母，自然与人类从来相互依存，命运与共，只有人在自然之中，自然才多了一重生命的光辉；只有自然在人的心里，人才多了一缕与天地自然相通的灵气与神韵。

从第25届全国摄影艺术展之后，滕彬的所有作品，几乎都不再是自然风景的独舞，而是加载了更多人的气息，成为人与自然的互动、共舞和相互阐释。

（五）

　　远山半掩在雨雾之中，山体黝黑，云雾乳白，有光从云雾背后照射过来，将云雾缠绕的天际线转化成一道明亮的光晕。这是一个既显得空灵也有一点虚空的自然空间，刚好有人，戴着斗笠赶着牛在光晕里行走，恰如其分地填充了画面上巨大的空白。人物在画面中的占比不大，也不小，刚好让整个画面看起来既不空落也不臃肿、沉重，十分均衡。赶牛人肩上扛着镐头，显然是一个开垦者，但他脚下却依然生长着茂密的茅草，因为这是江的领地，也是山的领地，他并没有就地耕种的意思，这是人与山水之间所把握和应该把握的恰当分寸和尺度，各自尊重留有充分的空间和余地；人物的步幅不大但坚定有力，牛的姿态悠闲但依然没有停下来的感觉，不慌也不忙的样子，体现的正是一种既不紧张也不慵懒的生命节奏……一条乡间流淌的小河，就横陈于山之脚、人之侧，如一面镜子，把这个美妙的瞬间倒映、收纳并留存在心间，使一切景物与关系得以成倍地放大和凸显。

　　这是滕彬获奖作品《劳作识观》系列中的一幅作品。画面拍摄下来时，是彩色的，但滕彬认为他的作品要达到的效果不是好看，他要借助图片阐释一种观念，一种比色彩、比好看更加深刻的认知和感悟。他要通过片子让人们看到和领悟到，人与山水之间要保持怎样的关系才是和谐、美好和美妙的，为了不让绚丽的色彩迷住人眼、人心，他干脆去掉浮彩。

滕彬参评第14届全国摄影金像奖的作品共30幅，分为《风景新观》《劳作识观》《妙境空观》三组，每组10幅。作品选定后，他特意将彩色图片转成了黑白图片。这些作品虽说没有色彩，但看起来似乎都有色彩，翻看一幅幅作品，甚至会认为那就是山水和人物本来的色彩与面貌。无疑，滕彬的想法和理念已经得到了实际验证，他成功地将人们的审美引向了更深层面，引向了自然的某些本真属性。

真正成功的艺术作品，显然不能只以理念的新颖论成败。如果没有美的形式，再好的理念也难以成为完美的艺术。显然，阐释滕彬的创作和作品也是这样，不能偏颇，不能只从概念入手去理解和评判。仔细品味他的作品，就会发现，他绝不是只强调某些理念而忽略了美。相反，在构思创作系列作品时，他以哲理画理为主导，完成了标志性符号和经典性画面的表达，他是独辟蹊径创造了另一种陌生化的审美，是一种我们并不熟悉，确切地说是打破了常规的审美。

在《妙境空观》这一组作品中，我们看到的都是竖版的条幅。画幅瘦长，如门里看天，幅幅有云，有山，有水也有人，或斗笠、热气球、鸬鹚、渔火等代表人的符号。初看时不明就里，只觉得画面好看，超越了我们日常的想象，但不知他的灵感从何而来。

　　《妙境空观》系列作品之四让人眼前一亮。高高的群峰直插云端，浓淡不一的山影，像山，更像云，那是山与云、地与天的融合、共舞。向下，再向下，山若无根，与山脚下面的水融为一体，构成了山水之间的融合。中有一艘速度很快的小艇，运行于亦虚亦实的云水之间，若不是在明亮处荡起了道道水波的暗影，还以为它是翱翔在云端。这层次分明又轮廓模糊的画意，立即让人联想到天地人三者在一个画面上的无缝衔接。这正是中国绘画中虚与实、神与形、隐与显的对立统一，也是轻重、远近、浓淡、大小比例恰当把握后，虚实相生、情景交融的艺术效果。

　　滕彬在阐述自己的艺术观点时曾说过："世界于我是表象，摄影于我是意象。虚与实不仅是摄影形式的表达，更是摄影观念的证明。"将滕彬的话和他的作品放在一起对照体会，会让人感悟到原来他的创新正是建立在中国传统绘画艺术基础上的创新。虽然每幅图片看起来都更像古代的山水写意，但构成图画的各种元素又都是来自现实，是古典画意和现代观念、现代技术的有机融合。

　　载誉归来，滕彬实现或部分实现了他弘扬桂林山水之美、之妙的心愿。本来，他并不急于对自己的创作经验进行总结，他还要乘势而上，把自己没有做完的事情继续做完，怎奈，一顶顶花环还是从各个方向陆续向他飘来。有人评价说:"他突破了固化的山水影像俗套。"有人说:"他创新了桂林山水美学影像的整体表达。"而他自己却说:"我始终坚持本土化创作,把镜头对准家乡的山山水水和生活在这片土地的人民。在创作中,我不过是用中国式的影像表达,体现东方审美意趣,在有限的、既定的艺术形象中引导或激发受众向着无限的主观情思去拓展、去深化。就是要用新风景为新时代描绘新气象,以新思路、新方法为美丽中国呈现另一种绿水青山的新时代画卷。"

漓水船家

第五部

一

漓江渔火

山,总是那种山,总是那个姿态,很突兀地,拔地而起,有的一峰独秀,有的三两并肩,前拥后挤地排列在一起,便酷似一个规模庞大的军阵。术语中叫塔状喀斯特地貌,或再细分一些,有的叫峰林,有的叫峰丛。唐代大文学家韩愈不是专门研究地质的学者,只喜欢和习惯于文学表述,说"山如碧玉簪"。千年之后,这个比喻被人无数次借用后,已经成了一个毫无新意的俗套,但想换一种表述仍然感觉很难。

水,也总是那道水,平平静静的,仿佛从来就没有起过波浪。虽然从绘画中和图片中看不出水质如何,但在想象中,是清澈透明,如镜,如一江可以流动的琉璃。还是韩愈,对这道水也有过形象的描述:"江作青罗带"。这依着群山缠缠绕绕的罗带，确有色彩但并非纯然的青。罗带上时时都有色彩斑斓的锦绣，一切被映照之物，如流云，如山影，如日、月、飞鸟、山花，尽在其间变换、流转。

落日方尽，右岸山头上还残留着暗红色的晚霞，左岸山头上便有一弯清秀的月高悬于深蓝的天幕。忽有打鱼人戴一顶斗笠，执一根竹篙，驾一张竹筏，在洒满落日余晖的江上慢慢漂来。逆光望去，人与筏都只是一帧剪影，看不清渔人的面容。如果没有竹筏划破江面时剪开的人字波纹，如果没有竹筏上的鸬鹚偶尔引颈扇动几下翅膀，还让人以为是一幅静态的油画。

天色渐暗，竹筏上点起了照明的灯火，渔人解开拴在架子上的鸬鹚。若有鱼从竹筏旁边匆匆游过，银色的鳞片一闪，跃入鸬鹚绿色的瞳孔，便如一道神秘的指令催促它纵身一跃，如黑色的箭矢般冲向水下的游鱼。于是，鸬鹚追着鱼儿，竹筏追着鸬鹚，渔人一边发出短促的吆喝声一边用竹篙拍打着水面，用脚猛烈地晃动着竹筏，激烈的声波与细碎的水花相交织，瞬间打破了江面的宁静。随着一抹生动的渔火渐行渐远，隐入夜的深处，江面上只留下闪闪跃动的星光。

这就是漓江自古以来不曾改变的一幅肖像，虽然从来没有改变过，却也从来没有重复感。不管是哪一个江段，哪一片山间，也不管观看的人是身临其境，还是凭借一幅画、一张照片或一段视频，都会立即辨认出那就是漓江。

千百年以来，漓江以其毋庸置疑的辨识度，将一幅幅美好的画面深深印在和她邂逅过的人们心中。而漓江上的渔民，在沿袭古老的生存法则中，世世代代演绎着渔舟唱晚的人与自然和谐的生活图景。

其实，更早的时候，漓江上的渔民也是以撒网打鱼为生。大约600年前，漓江上迁来了黄姓先民，他们开始以漓江为家，从事水上运输和驯养野生鸬鹚用以捕鱼。时至今日，漓江上以船运和打鱼为生的人们大部分仍为黄姓，他们在族源上同属一脉。

早年的渔民和鱼共同生活在江上，以船为家。鱼住在水下，渔民和鸬鹚住在水上。每一个渔民都深谙水性和鱼性，他们抬头看看天气，看看风向，再看看水上的浪花，就知道哪种鱼躲在什么地方。该撒网的时候撒网，该使鹰的时候使鹰。渔民们从来不管鸬鹚叫鸬鹚，要么叫鱼鹰或鹰，要么叫鸟儿。特别是渔民管自己的鸬鹚叫鸟儿时，常说"我的鸟儿"，态度异常亲切，仿佛是在称呼自己的孩子。

渔民和鸬鹚，关系紧密，形影相伴，须臾不离。即便撒网打鱼不用鸬鹚时，渔民也要把鸬鹚带在身边，就像一些从前的猎人，即便走在大街上也喜欢牵着自己的猎狗。爱与习惯，有时很难区分，说不准渔民把鸬鹚带在身边是出于情感还是出于习惯。反正只要自己的鸟儿在身边，他们心里就会很踏实。至于鸬鹚，它们本来就是自然之物，最珍贵的品质就是对水和鱼的敏感和保持着足够的野性。只有每时每刻待在水上，待在行走的船上，看江上的浪花翻卷，看水底的鱼儿游动，才能调动和激发出它们战斗的激情，保持它们永不衰减的野性。

鸬鹚站在竹筏尾部的架子上，两只长有全蹼的脚，紧紧抓住架子上的横担，与其说抓，还不如说包裹或缠绕，因为此时鸬鹚的两只脚看上去就是两块黑色的布。这是一种潜水能力和飞行能力超群的大型游禽，潜水深度可达十米，飞行，据说一个迁徙周期可以绕地球飞行一圈。当先民们捉到野生鸬鹚进行驯化时，必须三天给它们剪一次翅膀，否则它们就会展翅飞走，一去不回，直到它们被驯化出强烈的依赖性，误以为只有主人才能给它们提供食物。

即便鸬鹚的脚被绑到了架子上，它们的目光和心思也时刻不离江水。漓江的水清澈见底，如果不是遇到雨季涨水，从江面望下去，总可以看到江底的石头。站在高处的鸬鹚，时时转动着它们那长着尖尖长喙的头，水下的一切尽收眼底。不知是因为沐浴江风的惬意，还是游鱼在水下往来穿梭触发了它们的兴奋神经，鸬鹚从颤动的喉咙里发出了咕咕的叫声。那叫声酷似家鸭，又绝非家鸭，因为它们听似柔和的叫声里明显多了一种尖锐的成分，近似带钩的利喙。鸬鹚不顾一切地扑向水面，怎奈身后有沉重的铁架牵住了身体，翅膀在空中徒劳地扑打一阵子，画了一个弧，知道挣不脱这禁锢，不得已又回到了架子之上。甩一甩头，抖一抖羽毛，准备着下一次的飞行尝试。

这是藏在鸬鹚基因里的密码，也是它们与生俱来的习性。它们的羽毛完全不同于普通游禽的羽毛。在世世代代的进化中，它们为了减少身体在水下的浮力，变得像鱼类一样，可自由下潜和快速游动，它们的羽毛接触水以后立即变湿，化作两支桨，脚蹼和翅膀并用，迅速将身体推向前方。但为了拥有这样的功能，它们似乎也付出了相应的代价，那就是，出水后如果不把身体上的水抖净、晒干，就不能飞远。

现在，它们只能老老实实地站在架子上，为了不被水中的鱼儿诱惑，它们暂时将长喙插在翅膀之下，养精蓄锐，只露出喙根至眼睛一线明黄色的皮肤。而时时闪动着绿色光芒的那双眼睛，也一定是无可奈何地紧闭着。一身黑褐色的飞羽晒干、合拢之后，显现出鱼鳞般规则、细密的斑纹，经阳光一照，隐约发出金属光泽。

渔民特意用绳子将鸬鹚的脚拴在架子上，并不是担心它们飞走，主要是防止它们乱跑乱撞，这也是对它们的保护。鸬鹚一旦进入水下，被前边的鱼儿引诱，就是一支射出去的箭，别说主人，就是它们自己也无法控制。鸬鹚不知道预估和防范水下的凶险，勇往直前的结果，往往惹来杀身之祸。

第五部　　漓水船家

从前，有渔民因为不熟悉水下情况，在别人下了丝网的水域里放鸬鹚捕鱼。只见鸬鹚一个猛子潜到水下，却久久不见衔鱼返回，左等右等不见鸬鹚踪影，主人便以篙击水，以脚踏筏，拼命呼唤，直把嗓子喊哑，脚跺出血，也没见鸬鹚回来。待撒网人来收网时才发现，鸬鹚已经被网死死缠住，死在水底。

有一年冬天，一个渔民在一处大鱼聚集的深水区放出了自己的鸬鹚。他的鸬鹚，是阳朔一带江面远近闻名的捕鱼大王，雄性，野性十足，只要它潜到水里，就没有空嘴而归的时候。渔民相信自己的鸬鹚没有抓不上来的鱼。可是放出后，鸬鹚却一去不归，纵然千呼万唤仍然没有回音。转眼半日有余，渔民已经知道鸬鹚此次凶多吉少，但不知究竟发生了什么。情急之下，渔民已经顾不得安危，凭借自己的好水性一头潜入水下。原来鸬鹚遇到了一条差不多20斤的大青鱼，追上去死死钳住青鱼鳃骨不放，但又无法将大鱼拖到水面，就只好且行且搏斗。一直到大鱼钻到地下岩洞，鸬鹚誓死也不肯松口，最后，鱼与鸬鹚同归于尽。

在诸多的捕鱼方式里，大约让鸬鹚单独发挥作用的只有"放潭"或"放漂"两种。"放潭"就是遇到某个地形复杂不便下网的深潭时，把竹筏停下来，放下鸬鹚，让它们潜到深水里，去抓大鱼；"放漂"就是在鱼稀的季节，零星的鱼分散在不同水域，下网难有所获时，渔民便载着自己的鸬鹚沿江漂流，遇到了鱼，蹲在船上的鸬鹚就会跃到水中把鱼抓上来。其他情况就是发现了鱼群之后，把整个区域用网围起来，把鸬鹚放在中间去追鱼、抓鱼。一方面，方便鸬鹚在围网中间直接把鱼抓起来；更重要的是，由于鸬鹚的追逐，鱼群四散而逃，慌不择路，很快就撞到了周边的大网里。

不管以怎样的方式捕鱼，捕获多少鱼，鸬鹚永远是为渔民卖命，自己在捕鱼的过程中一条鱼也吃不到。为了让鸬鹚不停地为自己捕鱼，渔民们往往要在鸬鹚下水前让它们处于饥饿状态，只有这样它们对捕鱼才有更强烈的欲望。为了让鸬鹚捕到鱼又吃不到鱼，渔民便用锁环将它们的脖子套住，以防它们把抓到的鱼吞进肚子。为了始终让鸬鹚处于饥饿状态，渔民会把锁环卡得很紧，紧到连一条指头大的小鱼也吞不下去。

走到指定水域之后，渔民会用竹竿把鸬鹚赶下水。鸬鹚在水下的状态十分灵活，一旦游动起来便不像鸟，而像一条条黑色的鱼，但它们的速度可比鱼快多了，几乎没有哪一条鱼能逃脱它们的追捕。一会儿的工夫，视域之内的鱼儿就会落入它们的口中。鸬鹚捕鱼的本意是为了平复自己亢奋的食欲，可是捕到鱼后，却吃不下去，就那么活生生地卡在喉囊中。渔民伸出竹竿，鸬鹚便跳跃其上，竹竿再往渔筏上一搭，鸬鹚就上了筏。待鸬鹚抖落毛上的水珠，渔民用手抓住其喉囊。如果是小鱼，渔民轻轻一捏，鸬鹚喉囊里的鱼便转个方向，再一抖，鱼便落到了箩筐里。如果是

第五部　漓水船家

大鱼，鱼体的大部分都含在鸬鹚口中，渔民顺势一抖，一条活蹦乱跳的鱼就被用草绳穿过鱼鳃拴到了竹筏旁边。如果鸬鹚捕到了大鱼，主人很高兴就会解下锁环当场奖励给它一条小鱼。往往，经过几个小时的劳作，鸬鹚也疲乏了，渔民就唤回鸬鹚驾筏返航，把筏停泊好后，用早已准备好的小鱼犒劳一下辛苦工作的鸬鹚。这种捕鱼的方式在渔民中叫作"用网"。

所谓的渔火，就是渔民说的"打夜鱼"，其实就是夜间的"用网"。自然水域中的鱼夜间容易集群，又不爱游动的特点，刚好适合渔民们打夜鱼。打夜鱼往往适合集群作业，十多个渔民、十多张竹筏，几十只鸬鹚联合作业。确定了鱼群所在的大致范围，渔民们把各家的小网连接到一起，成为一张大网，用大网把水域团团围住，再把众鸬鹚放到中间去。因为鸬鹚在黑夜的水里看不清东西，便需要渔民们在船头燃起渔火为它们照明。鸬鹚在水中借助水上的微光，左冲右突追逐鱼儿。它们能衔起多少鱼，渔民们并没有抱多大的期待，最重要的是把鱼群逐散，紧紧围在四周的网里，就会有丰厚的渔获可供分享。

早年，桂林市区的人口还没有现在这么密集，漓江上的渔业资源丰富，渔民常在漓江象鼻山、木龙洞、解放桥等岩石多、有木桩、水深而其他网具不易作业之处用鸬鹚捕鱼。渔民们通常是三五张竹筏，二三十只鸬鹚共同作业。那时，鸬鹚饲养成本低，每户渔家都能养得起几只，即便捕鱼淡季，它们也能捕到自己的"口粮"。

据资料记载，1960年8月，在漓江象鼻山一带还有一次鸬鹚捕鱼的辉煌成绩。那一次捕到的小鱼不算，仅仅大个的草鱼就捕捉了30多条，其中最大的5公斤。后来，桂林市区漓江段的渔民越来越少了，只有兴坪和阳朔一带还有一些。

遥想过去的那些年代，漓江渔火并不像我们现在看到的这么唯美。那时叫打夜鱼，几个渔家一商量，不等太阳落山就拎着汽灯上了船筏，丝网、渔具杂乱地堆放在一起，也没有在意是否好看。渔民对待鸬鹚的态度也不是哄着、捧着，而是嫌走路碍事拎着脖子从筏头扔到筏尾。如果不下雨，是不会有人穿蓑衣的；如果不是天已经黑透，是不会掌灯的；如果没到一定的年龄，也不会有人留胡须的。

那时的鸬鹚捕鱼从来都没有那么诗意，从来都没有什么表演性，也从来都不是什么乐趣。那只是渔民生活中不可或缺的一部分。鸬鹚和人都背着沉重的魔咒。因为贫穷，人不得不驱使鸬鹚，鸬鹚因为饥饿不得不去抓鱼。漓江就是渔民耕不完的地，鸬鹚就是渔民拉套的牛。"君看一叶舟，出没风波里。"艰辛的劳作形象，无意间却成为别人眼中的风景。

进入新世纪，漓江渔火被赋予了新的形式和内涵，它已经成为漓江往昔记忆的一个符号。夜幕降临或天将破晓，漓江岸边的筏民们纷纷换上中式衣衫，对镜整理一下自己的胡须，如果胡须不够白、不够长，就会摇摇头表示一下遗憾。然后拎起斗笠，披上蓑衣，直奔自己的竹筏而去，之前已经有演出团体或旅拍公司约好，要在指定的时间里赶往指定的地点，他们和自己的鸬鹚要配合节目或客户摆上五到六个姿势。竹筏是电动竹筏，不再需要用手划动，竹篙在表演中也只是一个道具，筏体是用更加粗大的PVC管串联而成的，跑起来更加稳当。

　　他们都是从前的渔民，但如今，他们不再是渔民，他们和鸬鹚都成了演员。现在，他们并不需要一身泥水一身腥地驱使鸬鹚，只需要到时提着马灯和酒壶，摆一摆姿势；鸬鹚也不再需要潜到水里玩命似的追鱼，它们只需要到时扇动几下翅膀，历史的、现实的许多问题都迎刃而解了。

二

时代的转弯处

（一）

漓江南下，过虞山桥突然走神，分一支水流向右，离开主江道，开了一段小差；再凝神，已有一片沙洲永远留在了记忆之中。从高处俯瞰沙洲，形似一条巨大的蚂蟥，故称蚂蟥洲。

蚂蟥洲两侧航道各具特色，主航道斜坡急流，好过船；侧航道湾环水静，好停舟。因此，靠其独特的天然优势，蚂蟥洲曾经拥有一段熙熙攘攘的繁华岁月。在航运兴盛的年代，桂林的航运公司就建在蚂蟥洲附近，大小船只在蚂蟥洲靠岸停泊。如今，蚂蟥洲昔日的繁华虽已不再，但仍不失为一片风景秀丽的上好休闲之地。

正午的阳光照在漓江的主河道上,水流湍急,跳跃回旋,泛起层层波光。曾经繁忙的渡口不再有船只停靠,清清爽爽的堤岸之上,生长着茂密的芦苇。芦苇丛中,有几张排筏静卧其间,几个垂钓者在气定神闲地打量着水面,间或有闪着银光的鱼儿被钓了上来。

"唉,如今的蚂蟥洲已经空空荡荡啦!"落霞的出现仿佛从天而降,不知道她是沿着哪条路走过来的。但从她深沉的语调和惋惜的表情推测,她应该是从时间那端,另一条小径而来。

是的,这是时间维度里的蚂蟥洲,有些路并不是谁都能走进去的。就在常人无法进入的时间维度里,落霞可以自由出入,穿梭于往昔和现实之间,因为这蚂蟥洲上有她曾经的家,有她在世或不在世的亲人,有她走过千遍万遍的足迹,有她的童年和少年的往事……有太多太多情感和记忆的珍藏。转身或回眸的瞬间,如果她愿意,她就可以回到遥远的或并不算太遥远的往昔。

1970年代出生的落霞,已经算不上真正的船家人了,但她是船家的后代。虽然小时候并没有像母亲、外公、外婆一样,生在船上,长在船上,但因为和"船家"在情感和生活上有着剪不断的关联,所以半生也没有真正远离过船家和漓江。

船家的生活苦啊!"行船走马三分命,为了生活硬打拼。"过去漓江流域一直流传着"有女莫嫁船上汉"的民谚。落霞的妈妈是船家人,爸爸一家人上岸早,算是岸上人。落霞曾经问过妈妈怎么会嫁给爸爸的。妈妈说以前在船上生活太艰苦，无法忍受。别的不说，单说拉纤吧。漓江河道复杂，多暗礁、浅滩，船在江里过滩、上滩的时候都要拉纤，不管春夏秋冬，人都要跳到水里去拉，而桂林湿冷得沁入骨髓的冬天又无比漫长，冬天的江水更是冰冷得让人畏惧，女人生理期也要往冰冷的水里跳。妈妈说，她是太怕那样的生活了，所以立志找个岸上人嫁出去，一辈子再也不要回到船上生活了。

说来也奇怪，也许是从来没有经受过真正的艰难和困苦，也许是骨子里生就一段特殊的情感，落霞对船家的感觉和态度与母亲完全不同。母亲上岸之后，外公、外婆和舅舅们仍住在漓江上，以船为家，漓江和落霞之间并没有两相遗弃，她因为"好玩"常常要回到船上，与外公、外婆、舅舅、舅妈、表哥、表姐们重温船家生活。船当车，水当床，竹筏当摇篮。耳濡目染，船家的生活习俗渐渐渗入到她的血液之中。后来虽然亲人们都陆续上岸，连最依恋旧日生活的外公也离开了他的小渔船，落霞还是没有彻底离开漓江，喜欢抽空到漓江边上转转，用"船家话"和停留在江边的船家聊聊天。

每当她说得并不太流畅的"船家话"被船家人接受，并把她当作"一家人"热情地拉到船上时，一股暖流就会涌遍落霞的周身。她深深为自己也是个船家人而感到骄傲,也深深为那些一去难再的温暖时光而感伤。

船民没有土地,长期生活在水上,以船为家,被称为"漂着的人"。在中国古代,船家人社会地位低下,不准到岸上居住和经营谋生,生为船上人,死为船上鬼,终其一生都只有在水上漂泊。代代相传,相因成习,后来船家人便适应、习惯并留恋起船上的生活。

20世纪80年代以前,由于渔业资源丰富,船民的收入水平相对于种地的农民较好,甚至和城市工人的收入相当。随着渔业资源的衰竭,水利工程建设的大量增加,许多传统渔场被挤占,捕捞产量锐减,渔民捕鱼收入和生活水平逐年下降。传统的船家生活失去了社会基础,无以为继。

为了解决船民生产生活的出路问题,20世纪70年代初,政府便动员漓江岸边的船家们告别传统落后的生产生活方式,上岸定居。很多船家人响应政府号召,纷纷上了岸。因为生活方式、思维习惯和理念的巨大差异,经过了一些年的岸上定居,一些人仍然适应不了岸上的生活,又回到了船上,重操旧业,过起了"逢河打鱼,逢水湾船"的生活。

改革开放之后,国家的土地和水利资源都经历了再次分配,岸上的土地在农民手里,江上水面也分属给不同的个人和公司。重新上岸的船民们,由于失去了资源分配的机会,常常只能选择一些三不管的水岸泊定自己的船只。

　　他们停泊的水域，一般情况下，卫生也很差，不是在工厂、居民区的排污口边，就是在垃圾堆积的岔河里。在他们狭窄的生活空间里，别人往里面排污、丢垃圾，他们自己也在制造着各种生活垃圾。尽管上了一些年岁的人对旧有的生活方式恋恋不舍，但这种生活方式遭到了年轻人的无情遗弃。他们不再愿意留在破旧的船上，不再愿意忍受那种脏乱潮湿的生活环境，纷纷选择了离开。有的上岸打工，有的撑起了竹排载游客，有的为航运公司开游船。

　　时代发展日新月异。对岸的小区又起了新楼，气息时尚的楼群看起来整洁又气派，和江边这些低矮、灰暗的房船形成了强烈的对比；江上的船筏清理之后，旅游公司更换了四星、五星级的现代游轮，每天快速从江上驶过，尤显得岸边这些不会行走的"船"破旧、呆滞。其实，说是船，它们已经没有船的功能，只会摇晃而不能行走；说是屋，也没有屋的样子，那些丢在水中的锚链，那些拴在岸边树上的绳索，证明了它们的不稳定性和不固定性，大约来一场洪水就能把它们冲走。与城市边缘破旧的棚户区相比，它们更少了宽敞，多了阴暗潮湿。岁月的激流在飞速向前，它们却在不断地沉沦，沉沦为难以再一次拾起的弃物。

　　这些年，桂林市在不断出台保护母亲河漓江的文件、方案。治理风暴，一遍遍吹，逐个领域地吹，终于在2014年这一年，吹到了漓江边上这些五花八门的船屋。据当时有关部门调查统计，桂林市区段的船家基本停靠在龙船坪、訾洲、泗洲湾、安新洲、蚂蟥洲、伏龙洲等地。从南洲大桥绵延至净瓶山大桥，共有住家船100户229人，船135艘，而在这135艘船中，有41艘为铁质船，55艘为水泥船，27艘为木质船，7艘为泡沫船，5艘为塑料船。

清理行动开始了，落霞敏感地意识到，随着漓江主江段上航运史的终结，船家这个被深深地打上时代印记的群体也即将在人们的生活中彻底消失。她开始怀着极其复杂的心情，逐一敲开漓江岸边那些"住家船"的门，为他们拍下船上的生活画面，拍下船上的细节，拍下那些船的样子，并随手捡回他们弃置不要的什物，放在自己的房子里作为永久的收藏。落霞是个摄影家，还有不错的文学功底。她要以自己微薄之力，以影像的语言，以文字的语言，以实物的收藏，为那些即将告别旧生活的人，为自己灵魂的安放，为时代，也为历史，留下一份记忆。

（二）

春天一来，落霞就在龙船坪、訾洲、泗洲湾、安新洲、蚂蟥洲几个地方轮番跑，她已经不知道是第几次来蚂蟥洲了。每次来都觉得跑过这次以后就不来了，但每次告别之后都觉得意犹未尽，还是觉得有谁、有什么被遗忘了。她每次来，都不是由官方或熟人介绍，都是自己来到岛上撞，撞到谁算谁，撞到了什么算什么，凭的就是一份机缘。

船家的门是很难敲开的，即便是落霞，也需要赶上好机会，才能顺利上船。最好是赶上船家在外面活动，也最好是有阳光的日子，因为晴朗的天气里，船家的心情会好起来。否则，船上住的都是一些七八十岁的老人，在外喊他们也未必听见；听见了，也未必愿意陪着你折腾。

再一次来到蚂蟥洲，落霞依然感觉很陌生，从前探访过的几户船家陆续搬走了，有的连"住家船"都被拖走了。看来，政府的清理工作也正在向前推进。

没有人和她打招呼，半年前她拜访过的一个老太太，还守在她的小船上，落霞上去和她搭话，问老太太还认不认识自己，老太太瞪着茫然的眼睛看了半天，摇摇头。老太太看上去比半年前瘦弱和苍老了许多，老得和她的小破船一样锈迹斑斑。落霞没再继续提醒老太太自己什么时候来过，来干什么。对于一个老人来说，很多事情忘就忘了吧，记得和忘记又有多大的区别呢？

落霞今天的运气不错，遇到一艘大船的主人。前几次来，这条船一直没有人影，今天怎么突然就有人了呢？那是一个女人，岁数不算太大，六七十岁的样子，

第五部　离水船家

在众多船主人中算是年轻的。

落霞走过去,张嘴想跟对方搭个话,对方冷冷地瞧了她一眼,便低下头,继续劈柴,也不知她从哪里弄来了那么多截成尺余长的圆木,全没有搭理落霞的意思。

见此情景,落霞干脆厚着脸皮一屁股坐到了女人身边,用船家话对她说:"哎呀,阿姨,我走得太累了,在你这里坐一坐吧!"

见落霞说了船家话,阿姨立即暂停了手中的活儿,像遇到了远方的亲戚一样,满脸的惊喜:"你也是船家人?"

"是呀,我母亲和外公外婆以前都住在船上。"落霞没想到两人的气氛会在瞬间升温,继续和对方套近乎,指一指江边的船,"这是你的船吧?蛮大,这是我见过的民船中最大、最漂亮的一条了。"

落霞的话并不是平白无故的讨好,这家的船确实比周边的船都大出很多。看样子,如果发动机没有报废,还可以航行。船屋和甲板也收拾得干净利索,并不像其他船只那样,船体上缠绕、堆积着那么多的破木板、苫布、铁皮、石棉瓦、木板、绳头、渔网等杂物,远远看去破败不堪。见落霞赞美自己的船,阿姨很高兴,脸上立即泛起了自豪的光芒。

"阿姨呀,哪天得空到你家船上耍一耍啊?"落霞嘴甜,每开口说话都很认真地叫一声阿姨。

"有次一个男的说上我的船，要下拍下，我说不给的。你会讲船家话，我们就是自己人一样，我才给你上船。虽然我再难再穷，但是也不敢随便给人上船的。"阿姨说着就丢下柴刀，站起身来，热情地招呼落霞上船，"你现在就可以上去呀，走吧！"

阿姨姓黄，叫黄土秀，男人不用说，也姓黄。这漓江边上所有的船家人都姓黄，100人里找不出一个不姓黄的。打鱼的，行船的，400年前都是一家人，都是亲兄弟。黄土秀一家是从恭城那边过来的。10年前，兴坪那边的旅游公司为了扩大旅游规模，更新游船，就把小一点的船只卖给了有需要的船家。黄阿姨说，当初买这条船本想要永久住下去的，所以在这条船上花了不少的心思和钱。说到这里时，黄阿姨的脸上突然掠过一丝乌云。看来，她也知道这船早晚都得拆，住不长。

船，是全铁的，买来的时候是个大空壳，上面的棚，是自己后来花大价钱请人搭建的。船大，就能多隔出来几个房间，否则怎么住得下？经过精心改造，这船上一共开辟出三个房间，住了六口人，夫妻两人一个房间；丈夫的哥哥住一个房间；女儿带着两个孩子住一个房间。

黄阿姨的船比别人家的船大了很多，里边的家具和所有船上人家的家具一样，桌子、凳子、碗柜、衣柜、床等一应俱全，只是全部都是袖珍版。船舱里的空间有限，一切都刚好可用，没有一点多余的尺寸。别看船家的住家船外表破旧，里边的卫生可是毫不含糊。不说一尘不染，至少也是物见本色，窗明几净，连地板都每天擦得锃亮。

一上船，黄阿姨就招呼落霞喝水："来来，我倒水给你喝，康师傅绿茶哦，船上生火费事，你要吃开水没有。"

落霞熟悉船上的情况，也知道船上的诸般规矩，所以行走说话都很得体，喜欢得黄阿姨眉开眼笑。落霞见时机成熟便提议给黄阿姨拍一些照片，留着将来看看，回忆回忆。

"你是要帮我照相啊？我衣服好看吗？你看我的头发咧……"为了做好照相前的准备，阿姨好一顿手忙脚乱。这让落霞感到欣喜，她喜欢别人因为自己要做的事情而高兴。船上的生活简单寡淡，人的内心也没有太多的想法和欲求。可是，女人的天性就爱美，不管年纪大小，也不管容貌妍媸，都期盼着自己的形象比在镜子里看到的更好、更漂亮，黄阿姨也不会例外。落霞知道女人心里的愿望一旦被激发出来，就会很执着，所以临下船时答应第二天就把照片冲洗出来送给黄阿姨。可是，由于临时有事耽搁了，再次返回蚂蟥洲时，竟然是几天之后了。

经过几天的忙碌，落霞手头的事情终于处理利索，便抓紧时间赶往蚂蟥洲。上午11点半赶到江边，船外无人。有了前次的铺垫，落霞也没有那么多客套了，大大方方地上船，喊门。这一次，是黄阿姨的女儿来开的门，她一家三口住在船头的蚊帐里，黄阿姨住在最里间。

今天，黄阿姨的精神状态看起来一点也不好，形容憔悴，一脸倦意。落霞猜出一定有什么变故，便随口问了一下："要求搬迁的公文下来了？"

黄阿姨有气无力地回答："是的，已经有人来量了船，但是还没有说赔偿标准。船那么大，没晓得赔多少。"一阵沉默之后，落霞开始拿冲洗出来的照片给黄阿姨看。一幅幅照片，有黄阿姨单独照的，有孩子单独照的，有大人和孩子组合照的……几十张放大了的照片，一张张翻下去，黄阿姨脸上的阴云在一点点消散。

黄阿姨高兴起来了："姑娘啊，你太好了，我们船家生活简单，也没有啥答谢你的。要是不嫌弃，晚上来船上吃顿饭吧！"

约好了晚上6点钟落霞到黄阿姨家吃饭，不到5点落霞提了一堆礼物上了船。她是要利用饭前的这段时间再拍一些片子，包括黄阿姨家的和周边其他几户人家的。

听说落霞要去拍下游的几条船，黄阿姨的老伴黄叔叔，主动提出用自己家的竹筏载落霞去，从水里往岸上拍，这是难得的好角度。黄叔叔麻利地解下系在大船边的竹筏，等落霞上来，几篙就撑到了江心。真正的船家人，水上的功夫了得，船筏就如他们在水上

第五部　漓水船家　　　　　　　　　　333

飞行的翅膀，摆弄起来得心应手，干净利落。

  落霞赶上了一个好天气，夕阳西下，阳光从河岸上平射过来，像一支神奇的画笔，轻轻一扫，一切都不同于平时的庸常模样。只要是迎着阳光，就连那些破铜烂铁都会发出神圣的光泽，而那些杂乱的旧物经过暗影的遮挡已如无物。有那么一刻，落霞被眼前的景象震惊了，那些从破船边缘闪射出来的明亮光晕，让她想起了这些船往日的光辉。这一刻，光与时光在这些旧物上产生了共振。

  接下来的一段时间，落霞因为内心的感触太多，影像、情感和思维在头脑中发生了"交通堵塞"。她像一个毫无想法的人一样，呆呆地站在那里看黄叔叔抓鱼。

  鱼是早先从漓江上打上来的野生鱼，养在网箱里。黄叔叔一边捞鱼一边感叹："早些时候，江中鱼的种类有上百种，数量也多，一天就能捕到三四十斤鱼，还可以拿到市场上卖掉。现在，可不同于以往了，江里的鱼太少了，虽然在网上加了钩子，但是有时一天一斤鱼都打不到。"尽管如此，作为一个从小在漓江上长大的船家人来说，总还是有办法抓到一些鱼的。漓江对他们来说，就像自己家的菜园一样，哪里种了什么菜，是茄子还是辣椒，结了几个，长到多大，他们差不多都了如指掌，这也是他们离不开漓江的一个原因。由于养的时间久了，鱼很大，很有力量，野气十足，即便用抄网抓，也是花了很长时间才抓上来三条鱼。那条大的，黄叔叔特意上秤称过，足有七斤。

鱼捞上来，女人们开始忙碌起来，挖酸坛，洗菜，剖鱼。那大鱼在网兜里还折腾个不停，眼看着就要从甲板跳到江里去了，黄阿姨的女儿用板凳用力敲打鱼的头部，大鱼终于安静不动了。黄叔叔则闲下来，在二楼甲板上和两个小孙子玩了起来。

说来奇怪，这个破船房，黄叔叔的子女们能走的都搬到岸上去住了，平时都不愿意在船上多停留一会儿。但几个孙子和外孙却不断地吵着闹着要到船上来玩，有几天没来就会磨着父母把他们送到船上来。

黄叔叔一家人的生活场景，又让落霞的心动了起来。她意识到，有一些瞬间很可能转瞬即逝，永远也不会在未来的生活中再现了。趁光线还好，落霞开始不停地拍。边拍，边在心里说："以后你们想看自己从前的家，就多看看这些照片吧！"咔嚓咔嚓不间断的快门声，传递着落霞内心的失落。

菜上来了。黄叔叔喊来了家人，包括住在岸上的儿子。晚餐的全部食材都来自刚才黄叔叔捞起的那三条鱼，鱼肉切薄片烫了，鱼头滚锅底，满桌都是鱼，香且不腻。船家人吃鱼是看家本领。夜幕降临，船里开了灯。大家吃着，说着，笑着，喝着，月亮升起来了，像一只好奇的眼睛，从船屋小小的窗子外凝视过来。大家喝得疯，一杯接一杯，话也说得开，想啥说啥，全无顾忌，但就是不说船屋拆迁的事情，似乎心照不宣，

第五部　离水船家

在刻意回避。

黄阿姨见大家谁也不想停下自己的酒,就高声说:"你们是专门想喝醉呀?"大家笑笑,谁也没有回答她。黄阿姨也喝了酒,当一个话题停下后,她还是提起了那个敏感的话题:"你们说,住在船上多舒服啊,在水边洗什么都方便,随便就洗两床被子,甲板上地方大,一下就晒干……"

就在这短暂的间隙,突然有人游泳过来,趴在竹排上喊黄阿姨女儿的名字。她放下筷子跑了出去,坐在竹排上面和水里的朋友聊天。不知聊了些什么,许久才回来。落霞就想,这水上有一户人家,人家里有一个朋友,就是一份牵挂,有时甚至是美好的牵挂。如果没有了船,没有了朋友,那个游泳的人,还会在这里停留吗?

酒微醺,落霞问黄叔叔:"搬家那天会不会哭?"

这个问题看似突兀,落霞却觉得一点都不突兀。她通过这几年和船家人的密切接触,已经深深地了解了他们和船有多深的感情。去年,她在伏龙洲跟踪采访了一户船家,船屋拆除时,老两口商量了一下,费了很大周折,把船上的地板全部拆下来,搬迁到政府的安置房之后,他们把船上的地板又铺到新居。为此,他们的儿子强烈反对,觉得这老旧的木地板和新屋子格格不入,老两口却执意坚持。儿子要的是变,老两口要的是不变。儿子不理解,老两口每天走在木地板上，木地板发出咯吱咯吱、咚咚咚的声音，让他们觉得心里很踏实，就像从前在船上一样。老两口每天蹲在地上擦擦地板，仿佛时光仍停在从前漂泊的漓水上，想起了与那条江相依为命的日子，艰辛又美好。

　　黄叔叔对落霞提的这个问题也不觉得突兀。他很严肃地回答："不会。"

　　他似乎想得很开，喝了一杯酒接着说："不管是现在搬，还是以后搬，早晚都得搬。现在既然政府有这个工程，有这个补助，大家也都搬了，咱还能说个啥？顺其自然吧！人不能和政府过不去，也不能和自己过不去，更不能和环境过不去。江边这些破船啊，有时我自己看着都觉得碍事碍眼，也是到了拆除的时候。我们不愿意搬，主要还是留恋这条江，在江上生活了一辈子，有感情啊！以后啊，住进了新家，想看江，没事就到江边看看，啥时候走不动了，就骑车来。"

　　虽说黄叔叔嘴上说不难过，但说着说着还是有点哽咽了。

（三）

　　再一次来到龙船坪时，落霞发现这里的船家大部分已经不在了。江岸上的环境也干净了许多，不多的几艘住家船和岸上的小棚子，有人在里里外外地忙碌着，像是在收拾东西。不远处的小路边上突然多出了一块巨大的标语牌：漓江风景美如画，爱护环境靠大家。

记得两年前落霞第一次来龙船坪时，这里的船家还很密集。当时有一个黄叔叔介绍说那里一共有三四十条船，很多船是几十年前从兴坪上来帮沙厂挖沙的，之后不再回兴坪，都在龙船坪扎根生活了。东边那些，大部分也是以前从兴坪来的，零星混杂了一些安新本地的船，但安新人的船多数都不是住家船。安新人都在岸上有房子，就算有船也只是平时用来捕点鱼，并不住人。

和龙船坪的船家相比，安新洲上的船家过的完全是另外一种生活。他们虽然也在水边生活，却没有太大的生存压力。他们以前是菜农，在岸上有住房，有些人干脆把住房出租了，买条船在漓江上居住，说江上的空气好、安静。他们在肥沃的洲上种些蔬菜，河边空地平时用渔网围着，养些鸭子，还可以卖鸭蛋。夏天有些年轻人干脆在那四面环水的洲上开茶庄，自得其乐还可以赚点小钱。现在准备要拆船了，就算船和竹排没有了，也不会对他们的生活造成太大的影响，何况还可以因这次船民安居工程得到政府不少的补偿。

说起龙船坪，它本是宁远河与漓江交汇处的一个狭窄地带。当年徐霞客来访雉山，"从山之西麓转其北，则漓水自北，西江自西，俱直捣山下，山怒崖鹏骞，上腾下裂，以厄其冲……"（《徐霞客游记》）站在宁远河边，看着那一脉浅水流向漓江，河两岸高楼林立，河滩边船屋杂陈，鸡飞鸭走，满是菜地和垃圾。当时落霞怎么想都无法想象当年徐霞客是怎么写出"山怒崖鹏骞，上腾下裂"的句子来的。

其实，在这样的环境里生活的船家，并不是每一个人都对自己的船屋充满感情和依恋，很多人也是出于无奈。

落霞记得最靠边的一艘小渔船里，曾住着两位六十多岁的老人。也是因为落霞会讲船家话，老人特许她上船给他们拍照。一间十多平方米大的船屋，只能叫蜗居，里面的家什十分简陋，船舱内根本就没有床，铺一张床垫，就是全家人睡觉的地方，炉灶锅台就摆在近门的一侧。因为屋顶不高，所以用木板钉成的凳子都很矮，拍照时落霞需要坐下来降低高度。

船体小，重量轻就更不稳定了，住在船上，每天都在摇摇晃晃的动荡中度过。一遇到刮风下雨，夜里睡觉都不安稳。到了夏天船里比外面还热，冬天冷的时候风透过船板缝隙吹进来，感觉就非常冷。老两口在船上生活了一辈子也就习惯了，儿子受不了船上生活的这种苦，出外打工去了，租房在附近的岸上住，有时候，孩子就丢给两位老人带。靠河边的水质越来越差，他们平时的生活用水要划竹排到河中央去打。老两口每天上下船都要经过一块窄长的木跳板，跳板两侧没有护栏。可以想见，如果是在风雨天上下船，实在是很危险。

为了维持生计，这家的男主人不得不每天晚上到漓江下网，次日凌晨3点再去收网，捕获的鱼虾拿到市场上卖。当时很多渔民在漓江里乱下地笼捕鱼，江里鱼虾少了很多，很少能捕到大鱼，加上长丝网对航道安全和人们游泳有一定的威胁，渔政部门不允许他们大面积作业。老人指着船舷上挂着的几张渔网告诉落霞："现在是捕鱼淡季，所以就把渔网重新修整换线，以备开春时捕鱼用。"

为了固定小船，他们在船上前后大概绑了七八条绳子，另外一头连接着岸边的树干、石栏杆。落霞那次上岸前，漓江刚涨过一场大水。于是她问两位老人："那天那么大的水，你们是怎么湾船的？"湾，在当地的土语中就是停泊和固定的意思。

"湾了这头湾那头，好辛苦哦，那天水都涨到差不多河堤这里了。"老人叹气道，言语间透着无奈，"昨天晚上又下冰雹，船摇得要死，怕也没有办法。现在老了不愿动了，东西也搬不动了，也不愿湾船了，上岸就上岸吧！"

再来龙船坪，两位老人的小船果然不见了。原来停船的地方干干净净，连一块木头都没有，江里的细浪不断冲刷着草岸，像不断地否认着这里曾有人生活过。只有草丛、卵石间那条隐约的小径，为落霞提供着一个模糊的记忆坐标。

满眼都是一派散场的景象。落霞很想再找人拍几张照片,再聊一聊,可是喊了几个人,人们都在忙着收拾自家的东西。要拆船了,并没有人愿意搭理她。在纷纷离散的时间节点上,船家话也不管用了。落霞还记得有一位老太太叫黄仁妹,她家的船就在前边不远的地方,现在也不知道还在不在。

落霞找到了那棵粗大的枫杨树。她之前来过几次,大树下摆着一张旧沙发,黄仁妹就坐在沙发上。可是,现在沙发和人都不见了,对面江上,那艘她熟悉的船也不见了。取而代之,江岸上堆满了各种各样还没来得及运走的杂物。落霞下意识地举起相机,拍了一张没有人物的"空镜"。她在想,如果把从前那张照片和现在这张照片做成幻灯片,连续放,会是什么感觉呢?

两年前初次见到黄仁妹时,她正在用柴刀劈一个涨水时从上游冲下来的杂物柜。那时黄仁妹的身体还很好。落霞走过去很真诚地用船家话夸她身体好。"阿姨身体真棒啊,这么大年纪还能劈柴!"

黄仁妹很高兴,停下手中活很自豪地说:"这堆柴火我都劈得完,这些船的女人都比不上我,那条船的女人劈那蔸树劈了两年才劈完,我一年能劈几蔸树。"那时,落霞就发现了那张摆在大树下的沙发。黄仁妹告诉落霞,她家的船一直湾在这里,那张沙发也是涨水时她从江上捞起来的,船上放不下,就摆在大树下,得闲就到沙发上坐一阵子,看看长流不息的江,想想自己的心事。

第五部 漓水船家

黄仁妹的性格很开朗，很愿意讲自己过去的经历。配合着落霞拍完照片之后，黄仁妹邀请落霞坐在她的沙发上，给落霞讲自己的人生经历："我那时是乘船上来的，搭人家的船，讨米上来的。在柘木就搬上岸了，有两个小孩，满嫂说船上住不下了，喊讨米的搬去岸上住，我就搭起棚子住在岸边，好造孽。现在住的这条船是买的。后来船烂了，没有底了。现在船底用木板搭着，下面是泡沫。"

黄仁妹说，她原来是兴坪桥头铺鲁山寨人。妈妈在她三岁时就过世了，只好由奶奶带着。说是奶奶带，却是和伯父伯母生活在一起。伯母是个心硬的人。家穷，负担重，她便成了伯母眼中的累赘。伯母说她这个孤寒女，也是前世的孽债。与其养在身边还不如送给别人家做女儿算了。当时，有一个姓徐的人家，因为家里没有女儿就收养了她。黄仁妹长大嫁人以后，因为婆家也没有女儿，干脆就随老公再改了一次姓，姓黄了。

黄仁妹的两个子女，一个在平乐，一个在阳朔。女儿在卖烧鹅，生意艰难日子也不好过。儿子在漓江旅游公司的船上做事情。老伴18年前就去世了，她一个人在船上生活。见她年纪渐渐大了，女儿、儿子都不想让她一个人继续在船上生活，反复劝她上岸，她一直不同意。她不上岸，不是留恋船上的生活，是因为不愿意给子女添麻烦。这辈子在船上风里雨里她也是受够了，但比起与人相处，对她来说在船上还是更容易一些。因为从小是孤儿,她的性格也有些孤僻。

　　黄仁妹对落霞说:"我可不想去,我没有牙齿,吃的东西和他们不一样,又没有退休金。养老保险其他船的人买了,我没有钱。崽女也没有钱,女儿帮买点米,我种点菜,今年那么大的水种不了菜。在水上生活,最起码用水不花钱,电费一个月就十几块,电表装在岸上的树上咧,你看见了没有?兴坪船有20多条,他们生活好过,有养老金,有船可以打鱼,有游览船。他们走对了路,我走错了路。老伴走了18年了,王宝钏18年寒窑,苦哦。这些菜是老亲给的,儿媳妇的妈给了香肠。过年的米有,崽女久不久带点菜给我。我的低保去年每月75,今年每月90,怎么吃啊,买米啰。去年我在河边掐野菜都可以卖得十几块一天,现在野菜都没得掐了。狗崽要吃饭,我就去前面的大船问他们要剩饭。没有竹排,没有鱼打,有个捡垃圾的把竹排绑在我这里,久不久我划出去舀点水……"

　　说起生活的艰难和过去的苦难,黄仁妹忍不住落下泪来。她养了一条小黑狗,现在唯一与她朝夕相伴的亲人就是那条小黑狗。当落霞给她拍照片时,她特意把小狗的头扭向落霞的镜头。

　　之前,落霞一直为这些住家船迅速消失而惋惜,自从见到了黄仁妹之后,她的情感和思想发生了微妙的变化。她开始希望船民安居工程快一点推进,在寒冬来临之前,让这些受了大半辈子苦的老人尽快告别

第五部　　漓水船家

江面上的漂泊岁月，不再遭受寒风的袭扰。

黄仁妹的船已经被拖走了。

黄云秀的船被拖走了，黄有凤的船被拖走了，黄德明的船被拖走了……这一次，落霞在龙船坪看到一座座船屋不断被拖船拖走，一个个曾经相识的故人不断在她的视野中消失，她却不再像从前那样感伤了。因为她突然发现，自己在这里再也找不到需要牵挂的人了。虽然内心也有一些怅然若失，但毕竟都是生活之外的情感。如果从生活的角度去看待生活、理解生活，生活总该是另外一番样子，也总该是另外一种况味。

（四）

2016年7月1日，当落霞再度登上蚂蟥洲时，蚂蟥洲上所有的住家船都不见了，江边空空荡荡。前些天还在里面喝过酒的船屋已经不复存在，在那个地理坐标点上，只有一片平静的江水。一时间，落霞有些恍惚，仿佛置身于梦境。

许久，她才想起转身，赶往其他地方。她要抢在大拆迁结束前把手中积存的许多照片尽快送出去。否则，很多人将看不到自己在船上的最后影像。

2016年7月9日，蚂蟥洲、龙船坪、安新洲、訾洲的船只清理工作全部完成，落霞的照片派送也基本完成。她曾长期关注过的那一条条船，那些在灯火下喝酒的人，那些在洲上油刷铁船的人，那些在河边织网河里打鱼的人，从此也将彻底消失在茫茫人海中，沉积成岁月的记忆。现在她手里只剩下一个人的照片，不知还有没有机会送到她的手里——就是那个在小铁船里油船（指为船体刷油漆）的黄正英老人。

　　落霞也说不清楚，为什么对这位老人的印象那么深刻，是因为在纷纷拆船的当口油船有一些行为独特，还是老人的经历、性情深深吸引了她？落霞也说不清楚为什么并不复杂的事情到了她这里，总显得很黏腻，很纠缠，想办利索，就是不能利索。这算是没有缘分，还是缘分太深呢？

　　第一次拍黄正英老人油船的照片，落霞完全是被油漆鲜红的色彩吸引。她当时认为，褐色的江岸、蓝色的天空和江水以及红色的船是一种复杂色彩的组合，拍出来会很好看，于是便凑上去和老人搭话。没想到，黄正英老人的耳朵有些背，一句话要大声说几次她才能听清。

　　黄正英老人说她从8岁就开始在这里住，一住就是70多年。江上发生的许多事她都知道，也都记得。这漓江过去啥样子，现在啥样子，发了几次大洪水，淹死了几个人，船家里出了几个有钱人，几个出去当了官，等等，她都能说清楚。她说，别看这漓江平时风平浪静的，温温柔柔的，发起洪水来可凶了。1952年的洪水最大，大水来的时候，什么都推了去，只能把船湾到树林里。原来船家的船都湾在訾洲尾，后来又都湾在訾洲头，再后来湾到了这里。现在訾洲尾没有船了，他们都去岸上住了。

看样子，黄正英老人很喜欢她的这条小船。她油船的样子聚精会神，很像在从事着某种神圣的事业，边干活边给落霞解说："这船十几年了，老船，年年都要油，一年不油就生锈，露出了老相。这个船，没有地方给湾，只是过渡船……"落霞拍完照和她打招呼时，喊了两声，老人也没有抬头，可能没有听清，也可能太专注了。

过两天落霞给老人送照片时，她还在江滩上油船，船没有油完。落霞喊她，老人抬起头却一下没有认出来。落霞提醒她是来送照片的，她才像从记忆深处把前天的事情打捞出来似的，接连"噢、噢"了几声。

老人拿着照片看，笑了，露出了豁得厉害的牙齿。她笑，也正是笑自己照片里的样子，边笑边说，自己的牙齿都没剩几颗了，那么难看。不一会，又说昨天有个人来想拍她，她没答应。落霞觉得老人很可爱，就在两个人说话的过程中，又抓拍了几张动态照片。

此后，落霞来过訾洲岛两次，试图给黄正英老人送照片，却都赶上她不在。一次落霞路过訾洲岛，找不见黄正英老人。邻居告诉落霞，老人病了。落霞给邻居留了电话，说好有消息就告诉一声，结果一直没有电话来。另一次也是路过訾洲岛，落霞抱着碰碰运气的想法去打听黄正英老人的消息。结果遇到了警车和海事警船，几十名警察围了一圈，里面聚集了很多人，有警察有居民，不知道发生了什么事情。落霞问了一位大姐，才知道黄正英老人也在里面。透过人群的缝隙，落霞果然看到了黄正英老人。他们是在商谈最后一批船民拆迁离岛的条件。

转眼，半年的时间过去了，落霞也没有想到，船民的拆迁工作这么快就接近了尾声。如果这次仍然见不到黄正英老人，可能就再也见不到了。

说来很像是一个奇迹，在不抱太大希望时，反而遇到了惊喜。当落霞赶到訾洲岛时，没想到黄正英老人竟然在自己的棚子前站着，像事先有约一样。现在，訾洲头一共就剩下五个简易棚屋了。在景区里搭棚居住的，都是既没有船，也没有房子的家庭。换句话说，也都更艰苦。

落霞往棚子里看了一眼，棚子里的床和家具都已经搬走了。原来黄正英老人也不在这里住了。她的船被拉走后，她住在施家园儿子的家里。每天早上和下午她都从施家园走过来，来到訾洲头，坐在漓江边。这是她生活了一辈子的地方，她说，一到这里她的心就安然了。

盛夏时节，桂林的天气十分炎热，室外温度高达38摄氏度。黄正英老人穿着长袖厚外衣，全都湿了。落霞问她为什么不换短袖，她说习惯了。落霞猜测，黄正英老人是没有合适的换季衣服，岛上很多人都知道她是个苦命人。正说话间，突然有两个男人匆匆跑过来，说黄阿姨的那艘小船，正在被拆。落霞和黄正英老人赶紧跑了过去。

　　拆船的临时场地就设在訾洲桥附近。工头站在江边桥下指挥着，一条船大概是三个人在拆，动作很快。从船顶棚开始，一路下来，大概一小时整个棚顶就揭开了。铁船拖上岸后，被切割机分割成几块，由工人们搬到大车上去。船上的木板被一块块拆下，抬到岸上后被几个女人装到车上运走。

　　黄正英老人着急想从岸边走下去，她想亲眼看看自己的船是如何被拆解的。工人怕有危险不让她下来，她只好匆匆跑回去，撑着竹排，从水路麻利地赶到拆船的地方。八十多岁的老人了，还能有这样的举动，是因为怎样的牵心、动魄呀！

　　黄正英老人和落霞从两个不同方向看工人们拆船，却从不同角度看到了一个共同的结果。火花在铁板上烧出缕缕青烟，半年前黄正英老人在江滩上一遍又一遍刷油的小铁船，一会儿的工夫就不再是船，而是一堆需要当垃圾处理的废铁。

　　落霞转过头，看见有清理杂物的车辆开过来，麻利地将訾洲岛上剩下的几个棚子拆除了。返身回来的黄正英老人，望着远去的卡车，一句话也没说。她就那么形单影只地站在棚子的遗址前，表情落寞而无奈，仿佛一个没有赶上列车的旅客，不知该转身离去，还是该继续等下去。

一切都已经结束了！一个属于船上人家的时代已经终结了，时光突然在这里转了个弯。落霞沿着江岸往回走，她看见，在所有人迹消失的地方，江水开始荡漾，青草伸展开久被压抑的腰肢。

三

转身即岸

（一）

从前，桂林一带传统的农家房屋大多是用土坯垒成的。

田间的稻草和着河岸的泥土，细细地搅拌，实实地踩压，晒干成坯，便可以用来垒砌房屋。条件不好的人家，直接用土坯从地面往上垒起，一直垒至高处。之后，就近在山上砍伐树木，搭成人字架，架子上铺些细竹或茅草，茅草上再铺上瓦或厚厚的茅草，即筑成一屋。条件好一点的人家垒屋时则要先打地基，花钱雇人去山上采来方方正正的大块青石，严丝合缝地砌至两米高，然后再往青石上垒土坯。

江如练

这种房屋的好处是，就地取材，经济实惠，隔热绝凉。材料出自当地的泥土和山林，房屋也就有了泥土和山林的自然禀赋，与周边的环境有说不出的和谐。自然，坏处也显而易见。因为土坯原本就是泥土，晒干，变硬后就不能再遇水，一遇水又天性难改，还原为泥。

漓江流域由于水系发达，地理环境特殊，历史上有记载和无记载的大小洪水不计其数，每隔两三年甚至一两年就是一场大规模的洪水。年代稍久远一点的土坯房早已经在雨水冲刷、洪水涤荡和岁月的淘洗中荡然无存。只有少数是幸运的，留存下来，成为民居中的瑰宝。

无论如何，毛村还是幸运的，百年之前的房子还在使用。虽经过历年的修葺与反复维护，竟然姿态和风格未改，仍如一个个生命般存在，以一种独特的语言讲述着岁月沧桑。

里里外外、方方正正地绕那些老房子转一圈，就会发现，很多房子的背阴处，土坯上已经长满了青苔，有的甚至沾染着来自烟熏火燎的炭黑；向阳的土坯却依然保持着光滑平整；朝向风雨、不被遮挡的裸露部分，已被风雨啃噬得凹凸不平、斑斑驳驳；被屋檐遮蔽住的部分土坯，则抗住了岁月的侵蚀，仿佛它们只是在几年前被主人码放在墙体之上。

早年的毛村，曾有"一塘""二井""四溪""十八桥"的生活用水系统，可谓水巷如网，四通八达。后

第五部　漓水船家

来，虽然被现代的自来水系统取代，但水系隐约的遗迹还在，像一幅陈年的铅笔图画，偶尔还有一些残存的墨迹从模糊的线条里突然跳出来。浅水上的石桥还在，石桥边的老树还在。只是有的树在那里站得久了，站得累了，倒在石桥上睡着了。睡着了的树，不知做了什么梦，竟然顾不上自己的叶子和树皮，让它们四散而去，在正午的阳光下，露出了白花花的生命底色。

最初那些房屋的建设者，一代代从房子里走出去的人，一代代在房子里逝去的人，以及那些被人们讲来讲去的故事和传说，都已经在岁月的流逝中隐去，消散了。与从前的繁华和荣光相比，如今的毛村，显然已经清冷下来，看上去有如燕子纷纷飞出之后遗下的旧窝巢。

如果还要给这个窝巢冠姓氏，那就毋庸置疑了，它姓黄。600多年来，24代黄氏子弟从这个小小的窝巢中陆续飞出，像蒲公英的种子一样，因风而动，落地生根，散布在整个漓江流域，并远远地超出了漓江流域。曾有黄氏族人专门对黄氏族脉进行过追踪调查，凡茶江、漓江、荔江、桂江乃至珠江流域的水面和两岸姓黄的水上人家，皆为同源，而最初的根系都肇始于桂林大圩镇这个小小的毛村。

据黄氏族谱记载，黄氏最早的先祖是黄氏峭山公。至于其人生于哪朝哪代，官至几品，说法不一，唯有祖籍的说法基本一致："桂林毛村黄氏祖籍邵武，乃峭山公和上官夫人之发脉十世至十五世后裔……"至今，位于大圩镇毛村的妈祖庙仍保存完整，"圣母宫"三个石刻大字清晰可见。2019年，黄氏族人出资对圣母宫进行了全面修复，大殿基本恢复了原貌。但大殿正首供奉的并不是妈祖神像，而是黄氏先祖峭山公和他的三位夫人上官氏、吴氏、郑氏的画像。

据说，峭山公的三位夫人中上官氏和吴氏均生七子，郑氏只生六子。峭山公为了达到各支均有七子的均衡，特意接养了一个王姓孩子为子。诸子都婚配完全，子孙繁衍，人丁兴旺。峭山公年届八旬之日，召集众妻儿计议族群未来发展大事："我今已老，慨涉九泉之虞，今仓廪暂虚，供给活大，为前途计，当各自谋生为上。"遂命三氏各留长子侍奉，其余十八子将钱八百万贯，金银八百斤，作二十一份均分，各人依数领取。峭山公还告诫子孙："务必躬唱诸随，减顺指挥，不得迟延。"随即吩咐各人收拾行当，各奔前程。

临别时，峭山公吟诗八句勉励子孙，诗云：

骏马登程往异乡，任从随地立刚强。
身居外地犹吾地，久住他乡即故乡。
朝夕莫忘亲命语，晨昏思念祖宗香。
祈望苍天垂庇佑，三七男儿志气昌。

最后，峭山公还谆谆教诲："凡以此诗相对者，即系同宗脉也,可草堂入室,勿以客相待。"十八子各奔东西,依言相辨。

且说长房上官氏所传后裔,直奔广东发展。十代之后,已经到了明初,也有人说是宋末,南海县珠玑巷出了一个黄氏子孙黄冬进。因为苦于兵乱,同郑、马、丁三姓人结为金兰,一同前往广西桂林府临桂县东乡龙马威富家庄栖身。后因躲避战乱,迁到东乡毛洞洲,农忙耕种,农闲捕鱼。在此期间,黄氏家族得到了一次传奇式的发展机遇。

大房一支的先辈黄维荣于清嘉庆二十五年(1820)编撰的族谱记载,冬进公"在明朝英宗皇遇水渡河有功,封官爵位,敕赐龙牌圣旨一道:逢水捕鱼,逢处泊船,至岸有三丈六尺晒网之地"。冬进公获得了龙牌,从而得到了在茶江、桂江(漓江下游)、荔江、马岭河以及"上到兴安观音堰,下到梧州獭水地界"的捕鱼特权。

一时间,黄姓家族的势力快速发展壮大,"人烟可旺"。为了壮大家族势力,郑、马、丁三姓人家干脆也改姓黄,并入黄姓族脉,并建立宗祠,另改村名为东乡毛村,立"天太后元君圣母神位"祭祀。

据李天雪《客家人生存智慧管窥——桂林市灵川县毛村社会历史调查》(《赣南师范学院学报》2010年04期)介绍:黄冬进"所生二子,长子居平乐府恭城县白洋江山背,土名黄瑶河;次子随父生子茅苘洲,改地名茅村，捕鱼为业"。黄家取得茶江、桂江、荔江、马岭河的捕鱼权之后，郑、马、丁三姓子孙也自愿跟随捕鱼为业。为了平均分配资源，经过各房子孙商议，决定划分捕鱼水区：长房子孙仍在平乐府恭城县白洋山背黄瑶河下一带水区捕鱼；郑姓二房子孙在阳朔县前江一带捕鱼；马姓三房子孙在荔浦县（今荔浦市）修仁河下捕鱼；丁姓晚房子孙在荔浦县马岭江下捕鱼。

大约从那时起，漓江一带水系上的渔民就开始使用鸬鹚打鱼。据记载，明万历年间，毛村大房渔民，为了方便区分、统计各号头的渔获，就把他们所使用的鸬鹚作出易于区分的独特记号。大房共八个号头，以鸬鹚鸟头部剪毛为号，上户黄汝思分一甲、二甲两个号头，分别剪为"蛋子头""耳环脚"；二户黄美盛分两个号头，分别为"左一字"和"右一字"；三户黄逢进分三个号头，分别为"僚颈形""拖号形"和"断颈形"；下户黄敬重（新大房）号头为"雨林形"。

为了保持渔业资源的可持续性发展，黄冬进早早就为江上打鱼的子孙定下了"三不打"严格规矩：春天不打、旋子（产卵）不打、小鱼不打。这条祖训后来成为一种不变的渔家传统，一直恪守了500多年。

后来各房人丁众多，光靠捕鱼难以维生，毛村黄姓子孙便有80%改从水路运输业，仍以捕鱼为业的仅占20%左右。

黄冬进后裔经过约600年的繁衍生息，如今，毛村的黄氏后人已传至第25代，遍布在茶江、漓江、荔江、桂江乃至珠江流域的水面与两岸。世世代代的黄氏后人"耕江"不辍，子子孙孙"吃水上饭"，成为"四大江"流域江河资源开发、利用的主要力量，还通过勤劳的双手和不同于桂林话与客家话的独特方言——"毛村话"或称"船家话"，创造了一方独特的"船家"文明。

黄冬进公年近老迈时，殷殷叮嘱各房子孙，大家要和气生财，不得纷争。所以，团结、和气、互助，成为漓江流域船家人数百年来的优良传统。

（二）

船长黄好富认真梳理过自己的家谱，经过确认，他认为自己是黄冬进公的24代孙，是大房支脉的后裔。毫无疑问，他的根也在大圩古镇的毛村。但这些年，他很少去毛村，他不是不以自己为黄氏后裔而自豪，也不是不愿意回去看自己的祖居之地。他觉得有些事情，比如故乡，经过岁月的磨砺，已完全失去了物质层面的意义，成为一种精神符号。不去，也一样可以把它放在心里。

其实，到了黄好富这个辈分上，家族里已经有几代人不在岸上居住了，自从选择了江上打鱼这个行当，就选择了人不离船、船不离水的船家生活方式。家族里更加久远的事情，由于没有明确的记载，已经没有人能说清楚。但家族的气脉，却源远流长如漓江水，日日滋养、滋润着他，使船家文化和船家性格一直浸透到他的血液和骨髓之中。

　　黄好富的爷爷过世早，父亲便如老爷爷一样经常给他讲那些船家的故事和江上行船的规矩。每当宁静的夜晚，月亮高高挂在天空，月光如水，水如月光，轻轻摇荡的渔船，仿佛是轻轻摇荡的摇篮。船上的人，反而没有了睡意。黄好富的父亲便像很多传统的船家人一样，跟孩子们扯起了板路（讲古或聊天的意思）。但黄好富的父亲是个严肃的人，和孩子们讲古多不是没有目的的闲谈，而是"正事"多，"闲事"少；警示多，故事少。

　　"我们船家人世代在漓江上生活，江就是我们的衣食父母，就是我们的保护神，船家人要对江心存感激和敬畏！"父亲很多时候是用这句话开场的。只要父亲一这样说，黄好富就知道父亲要向他们交代江上的规矩了。

　　"漓江里住着好多河神，过一个江段就有一个。河神个个耳聪目明，啥都能看到，啥都能听见。所以在江上生活的人，可不能不懂规矩，犯了忌，河神会生气惩罚人的。小孩子们要记住，漓江的水，我们可以直接洗脸，直接喝，但就是不能往江里撒尿。"父亲说。听他的声音好像是在讲一件很严肃的事情。

　　"撒尿会咋样？"黄好富和哥哥异口同声地问。

第五部　　漓水船家

"老人们都说，小孩子往漓江里撒尿，哗哗哗地一响，蹲在附近的河神就听见了，念一念咒语，就会烂鸡鸡，可不得了啊！"父亲接着说，"还有……"

父亲的话音刚落，黄好富还在期待着下文，父亲那边此时已经响起了鼾声。

"还有什么呢？昨晚你刚说完还有，就睡着了。"第二天吃饭的时候黄好富还在惦记着昨晚的事情，试探着问父亲。

"哦，还有很多呢！"父亲指了指盘子里的鱼说，"比如说吃鱼，你们知道大人们为什么不让你们把鱼翻过来吃另一面，更不可以说'翻过来'吗？这也是船家人的忌讳。我们在船上吃饭，河神就躲在船底下听着，如果我们说了不吉利的话，河神就会以为我们在祈求他将船翻过来呢，很危险的！"

"还有，"父亲这回肯定不会打鼾了，他看出孩子们的眼睛在紧紧盯着他，"在江上行船，不能说什么时间会到哪里。如果有人问你，这船，什么时候到哪里，你也一定不能回答。因为有一些河神是专门惩罚狂妄自大的人的，行船是顺风还是顶风，水流中有没有漩涡，等等，都不是人说了算的，那要取决于水流的情况，要取决于河神的心情。如果你说能指定到达，河神就会怪罪你自以为是，偏偏不让你的船在那个时间到达，结果不是搁浅，就是哪里出了故障……"

"你们知道你姨娘为什么叫水妹吗？"另一个夜晚，

父亲突然想起了什么，问黄好富和哥哥。

黄好富和哥哥当然都不知道，于是便睁大眼睛等着父亲讲下去。

"因为你姨娘从小命不旺，体弱多病，就拜了漓江做寄娘……"

在桂林，常有人的名字里头含有"树""木""水""井"的情况。这与这个地域特别是江上人家的先人们具有自然崇拜的习俗有关。一般来说，家里有小孩体弱多病，就会被认为"五行"里缺少某种要素，这就形成了这类孩子"命硬""克父母"或"命薄""不好养"的认知。为了弥补人事或人力上的亏欠和不足，就需要向自然求助，借助自然界中山水树木土石草木的力量加以弥补。于是便有拜自然之物为寄娘和寄爷，向自然之物"借运""借势"和"借命"的风俗。

寄娘和寄爷的选择，是很隆重、谨慎的，需要事先遍访周遭，做认真的调查。一般要本着"强大""久远""坚固"的原则，选择百年以上的古树、从不干涸的古井、巨大坚固的石头、永不断流的流水，等等。这些崇拜物不但"寿命"要长，坚固耐久，而且在未来的时间里，也要不会遭到砍伐、破坏、移动等，总之要具有某种恒久的品质和力量。

需要认"寄娘"和认"寄爷"的孩子，一般由成年人带领，来到被认之物的跟前，烧一炷香，叩三个头，响响亮亮地叫一声爹或娘，人与自然之物之间的"拟亲关系"便正式确立。从此，寄爷娘要像爱护自己的儿女一样，保佑寄子女身体健康和生命安全；而寄子女也要像孝敬亲父母一样，年年岁岁或每遇大事都要去向寄爷娘上香、叩头、祈祷。

如此一来，凡在人群里发现有唤作树长、树弟、树妹、树望、树香、桂弟、桂妹、桂发、桂旺、桂有、樟发、樟富、樟贵、樟明者，多是已经认了某种树，或桂，或樟，或榕为寄爷的人。凡有以水生、水发、水弟、水妹、水贵、水德为名的人，大概都是将某一条丰盈之水认作了寄娘。

黄好富的姨娘也是漓江上的船家人，自然要认漓江为寄娘，贴身，亲近，又方便。认亲时，在自己家的船头上做一个仪式，几分钟即成；有事需要祈求时或年节需要祭拜也是从船尾到船头那么一会的工夫。如此方便，就可以比其他人多祭拜几次，有事无事常祝祷。在外人看来那很像封建迷信，但对那个时代的船家人，却是一种巨大的精神力量。有了一种可以依赖的精神寄托，就多了几分战胜困难和逆境的力量和勇气。客观上，也让漓江上的船家在世代的生活中，养成了爱护自然和敬畏自然的良好习惯。

黄好富就在这样的环境里长大，不但成为一个虔敬的自然主义者，更练就了一身江上行船的好本领。1994年，他开始脱离父亲和家庭的羽翼，将家里那条货运木船留给哥哥，自己则在漓江的水上闯天下。

黄好富拿出了全部积蓄，又向银行贷了近8万元，总共凑了15万元钱，建造一艘载重60吨的铁船。船是他凭借着多年的琢磨和感悟自行建造的。自己进料，自己设计，自己监制。26岁，他成为漓江上最年轻的船长。

1994年，对于漓江上的货运船家来说，那是一个金色的时段。从平乐到广州的主航道上，每天单程有100多艘船顺流而下。黄好富仗着年轻精力旺盛，一个人单独驾船往返于平乐到广州或到深圳之间的航线上。他的船从平乐的码头，将当地的物产，比如各种木材、竹子、各种矿石、轮胎厂的轮胎、大理石材、水果等，穿过六座水电站，一直运到广州地区；返程时，再将广州地区的各种轻工产品运回平乐、桂林。

头两年的生意真是兴隆啊！一个最年轻的船长，驾驶着最年轻的铁船，大有"春风得意马蹄疾"的意思。黄好富至今记得那些飞奔的日子。在将近三年的时间里，他整日、整月、整年在江上奔波往返，去时一星期，回时半个月，有时一个往返就是一月有余。一年十多趟长途航船，时间一晃就过去了，风里、雨里、浪里，不辞辛苦地打拼，虽说辛苦，但也充满期待，期待着尽快将造船的贷款还清。

可是好景不长。就在黄好富意气风发又聚精会神地投身于漓江水上货运时，全国的交通运输形势和资源配置、流通形式正在发生着天翻地覆的变化。全国的高速公路网正在快速地延伸、联结，一个更加高效便捷的物联运输网络，不可阻挡地逐步取代了内陆水运网络。国家经济建设经过了几十年大规模的自然资源开发之后，开始向环境保护方向回归。

到1997年，漓江上的水运就出现了明显的收缩趋势，受货物量大幅减少和陆路运输替代的双重压力，货运船只陆续停运。黄好富不甘心自己倾囊建造的崭新铁船一转身就宣告退役。他要继续抗争下去。虽然每年苦苦支撑，奋力拼搏，盘点下来，微薄的利润还是难以冲抵剩下的银行贷款。

2001年末，年关临近，按理说这应该是一个航运的小高潮。黄好富抱着一丝希望等待着奇迹的发生，结果生意还是像漓江的水一样平静，始终也好不起来。

失落之余，黄好富开始在空荡荡的甲板上一圈圈踱步，踱到后来，他仿佛真的看到了某种他以前从来没有看到的真相。那一天，他看到了越来越明确的经济发展方向和航运趋势，也看到了一条已经变得浑浊、疲惫的漓江，他突然心头一动，意识到他自己所从事的水上航运事业永远不会再回到从前。那一刻，他决定放弃长达五年的坚持，转身离开已经看不到前景的祖业。

2002年，桂林市"两江四湖"旅游公司大量招聘富有经验的船工，黄好富怀揣着决绝的心情和那3.9万元卖船的钱从平乐来到桂林，去"两江四湖"旅游公司应聘，成为进入该旅游公司的第一批正式员工。

（三）

早晨8点钟，黄好富准时来到位于桂湖花园附近的公司办公楼。离正式上班时间还有半小时，他并不急于上楼，他习惯性地走到漓江边的游船码头，他要看一眼漓江，也要看看那些游船的情况。

在离开平乐来到桂林的20年里，黄好富已经在旅游公司里辗转更换了几个岗位，当过船长，当过机修技术员，也当过管理人员。但无论岗位如何变换，他有一个习惯始终没有改变，那就是每天必须到漓江边上转一转。有时是因为工作需要，有时是没有任何事情，但只要不在漓江边转一转，吹一吹江上的风，看一看水中的浪，黄好富的心里就会感觉空落落的。

黄好富现在是公司里主管安全的负责人，这是一个和以往船长工作完全不同的工作岗位。当船长时，他心里要记住对应几十个航段的几十幅航线图，每天要死死地盯住江面，哪里有暗礁，哪里是浅滩，哪里有激流都要牢牢记住。现在他心里记住的不再是航线图，而是一条条航运规程，要盯住船上的每一个人和每一个细节。

每天上班时间一到，黄好富就要打开办公桌上一台大屏幕的电脑，开机后，电脑上便出现了很多个小窗口，一个小窗口对应着漓江上公司所属的一条游船。他用鼠标双击一下小窗口，小窗口的画面就立即放大，占据了整个屏幕。于是，船上的每一个人，每个人的每一个动作，船上的每一个角落，每一台设备都尽收眼底。

黄好富的工作就是随时监督船上的工作人员有没有违反工作规程的动作或行为。比如，船开到什么地方，船长有没有坚守岗位，关键处有没有及时瞭望，转弯或两船相会时有没有正确使用信号旗，机修人员有没有按时检查船上的机器和设备，船上机器是否有渗油、漏油，船上人员有没有乱排污水和乱丢垃圾，船上的乘客是否安全……

随着漓江治理的力度不断加大，有关管理部门对漓江上各种游船的运行和碳排放指标要求也越来越高。各家旅游公司出于对环保和舒适度的双重考虑，都逐步淘汰了排放标准较低、渗漏严重和舒适度较差的游船。黄好富所在的"两江四湖"旅游公司也将原来的老旧游船更新为造价100万元左右的豪华舒适游船。船还是黄好富去浙江的造船厂家订制的，包括钢板和船型的选择、船内导航、空调系统的配置以及部分图纸的修改，都是黄好富提出的。特别是船上的监控系统，采用的都是当下最高配置，高清、高速，像一双双明亮的眼睛。

船上的高清监控系统直接与黄好富办公桌上的电脑和手机联网，即便黄好富离开了办公室，打开手机一样能够随时了解游船的航行情况。如果他发现船上的工作人员有违规行为，马上就会把电话打过去，及时提醒，对造成后果的或不及时改正的，要按规定予以处罚。如此一来，黄好富成了漓江上的"天眼"，为游客的安全保驾护航。

现在对江上的行船要求越来越严格了，特别是对污染江水现象的监管处罚越来越严厉，船上有没有厕所，船体有没有漏油，码头上有没有专门的排污站和垃圾处理站，有没有随意往江里排放污水等，凡涉及环境保护的事情他们都监督，什么都管。

黄好富也很清楚，保护好漓江的优美环境攸关生存和发展。环境破坏了，谁还会来臭气熏天的江上游览？没有游客，游船再豪华舒适又有什么用？从某种意义上讲，环保责任就是安全责任。

作为旅游船只的安全监督人员，同时担负着环保监督职责，黄好富一刻也不能放松。一方面，他作为一个漓江的热爱者，他最希望漓江水永远都那么干干净净、清清亮亮，有朝一日也像从前一样，掬一捧江水就能喝下。另一方面，他不希望自己的旅游公司屡屡受罚，经济和形象受损。

"你没见海事船每天都在江上巡来巡去，你没见漓管委的高清摄像头已经铺遍了风景区的角角落落？那些看得见和看不见的眼睛整天在盯着江面，盯着在江上活动的每一个人，看究竟是哪个旅游公司、哪个人破坏了漓江的生态。如果我们不自觉遵守规则,不自觉爱护和保护漓江,就要受到处罚。摆在我们面前的,有三种方式可选:一是随意而为,接受相关管理部门的处罚,个人和公司的名誉受损;二是公司内部的处罚,及时制止不良习惯和违规行为,个人受罚公司形象没有受损;三是人人自觉,漓江的环境和生态不受破坏,每一个公司和每一个人也都从中受益。你说我们应该做怎样的选择呢?"黄好富在给公司员工讲课时,总是这样讲,这样问。

每年,黄好富都要对公司里的员工进行培训,培训的内容主要是安全管理方面的,包括各种航行规程和操作规程,也包括行船过程或事故状态下的燃油泄漏处理预案等。但每一次他都将环境保护方面的内容作为一个重要部分条分缕析地讲解一番。他的安全培训课同时也是爱护环境和生态保护教育课。

这一天,黄好富不想坐在办公室里看监控屏了,他很想到江上走一走,四处查看查看,和船员们打个招呼说说话。虽然说做安全管理工作是一件得罪人的事情,但他自我感觉和船员们的关系还算融洽。他很自信,是因为他一直坚持处以公心,严格执纪,即便是自己的亲戚朋友他也一视同仁,绝不偏袒迁就。

那天,当他走到象山码头时,发现有一条游船没有按规定为上船的游客搭跳板。这是一个明显的错误,船体和码头之间有那么大一条缝隙,不搭跳板万一有游客从缝隙落入水中怎么办？黄好富当时觉得血往上涌，忘记了调整自己的态度，直接向船长指出了他的错误。可是船长却以游客少没有必要那么紧张为由和黄好富大声争辩，并说："出了事情我个人负责。"

"你个人负责？"黄好富当时的心情很复杂，态度莫名地激烈起来，"你以为游客个个身轻如燕，都能从码头飞到船上？一旦有游客落入江里，摔伤了你怎么负责？溺亡了你又能怎么担当？"

黄好富一番诘问，把船长说得面红耳赤，一旁的水手见势不妙，赶紧把跳板搭好。事后，黄好富也觉得自己的态度过于激烈，为缓和关系，便约那个船长一起吃了饭。漓江上的船长大多都姓黄，都是来自一条族脉的兄弟，本来也不是外人，他们心里很有数。

这一天是4月24日，对黄好富来说，是一个极其难忘的日子。40年前的这一天，黄好富痛失了自己的母亲。

1983年，中国改革开放不久，整个社会的经济基础都很薄弱，很多单位不景气。黄好富父母所在的平乐船务公司也是一派破败景象。不改革没有出路，改革，部分人也要暂时付出沉重的代价。改革后，船务公司分配给员工的货船，大部分已破旧不堪无法装货了。想用，就要自己花钱去维修，可是钱从哪里来？黄好富的父母只好先放下那条破旧的货船，去别人的船上打工。

打了一段工之后，赚了一点钱，黄好富的父母就买了一艘小型沙船运河沙。运河沙比较辛苦，收入也不是很多，指望那条小船也难以翻身，父亲便再次带领黄好富的哥哥外出打工。船上只留下母亲照看黄好富和弟弟。母亲是一个闲不住的人，她看着小船闲置太可惜，就请了两个年轻人到船上来一起开船运河沙。

1983年4月24日晚上，是一个异常漆黑的夜晚。当天是星期天，15岁的黄好富和弟弟不用上学，就跟着母亲在船上帮忙。黄好富因为要去几公里外的奶奶家船上拿东西，暂时离开了母亲和弟弟。晚上8点左右，天就下起了大雨，江水暴涨。母亲把船上的河沙卸完后，就想把船停在安全的地方。

船在风雨中逆流而上，经过一处江段时，因江水湍急，母亲苦撑了几次都无法继续上行。母亲只好下水用手推船，这样可以更容易渡过险滩。不幸的是，她脚下一滑倒在了水中。因为她当时穿着厚重的雨衣，加大了江水的冲卷力量，瞬时被洪水吞噬。当年纪尚小的弟弟和另外两人跳到水里去援救母亲时，她已经被激流卷得无影无踪。

当晚单位的人找到了黄好富的奶奶，黄好富才知道家里出了事。那时，交通和通信还都十分落后，黄好富的父亲和哥哥因为在其他船上打工，到梧州时，接到单位发去的电报，第二天晚上才赶回到平乐。第三天，单位开了一艘机动船，拖着黄家的小船沿江寻找黄好富母亲的下落。最终，在平乐的长滩乡江边找到她的遗体。

转眼40年过去，但那个巨大的伤痛和与日俱增的遗憾始终无法在黄好富的心中消散。特别是近些年，很多船上人家都转身吃上了旅游饭，日子过得安然而滋润，黄好富的内心更是时不时地就那么刺痛一下。如果母亲躲过那一劫，如今也能过上好日子，安享晚年之乐！

　　那天，黄好富和那个船长都喝了很多。夜深酒酣，黄好富使劲地拍打着船长的肩膀，一遍又一遍大声地说："珍惜吧，好好珍惜吧！"

（四）

　　夜晚10点钟，游人散尽，喧闹了一天的漓江又归复平静。从兴坪码头到大河背村的江段上，除了码头上的霓虹灯染红一小片水域，沿岸再无一点光亮。突然，码头的一个角落里亮起了一束电光，紧接着便传来机动排筏的马达声。67岁的黄健狗，身体依然健壮如牛，在兴坪镇的亲戚家中聚餐之后，独自驾筏返回大河背村。

　　"请问您叫什么名字？"

　　"黄健狗，健康的健，动物的狗。"

　　"哦，应该是草字头加上一个句字的那个苟吧？我看报纸上都是这么写的。"

　　"就是狗子的狗，有的报纸不懂文化，假装文明，歪曲我们的民俗。要是我爹还活着,就得骂人。我小时候身体弱,如果不起这个名字,怕早就死了。"

旧时的船上人家,由于常年在水上漂泊,生活条件艰苦,缺医少药,小孩子又很脆弱,容易夭折。为了让自家的孩子像狗崽子、牛犊子一样生命力强大,好成活,便有很多船家在孩子的名字中加上一个"狗"字或"牛"字,认为孩子的名字越贱越好养活。

而桂林、阳朔一带的船家似乎更喜欢狗,所以年纪在50多岁的男人的名字里多有狗字。比如春狗、秋狗、夏狗、冬狗、连狗、贱狗、狗崽、狗弟、大狗、二狗、荣狗、盛狗、狗蛋、狗剩,等等,也有个别女孩名字或称谓中带狗字,比如狗妹、狗芬等。

从前,江上人家喜得"贵"子,做外婆的少不得要送些礼物。送什么呢?当然最走心的是美好的祝福。那就给孩子做一个狗头帽,孩子戴上狗头帽看起来很可爱,很像一个憨态可掬的小狗娃。如果这时"阎王"想抓人,他哪里能认出谁是小狗谁是娃呢?这正是以"贱"的表象成功地规避了"贵"的风险。为了逃避诅咒,为了不暴露秘密,甚至孩子得了病也不能说得病,而是叫"做狗"。谁家的小孩生病四天没好,只能说"他家的狗崽已经做狗四天了"。在当时的生活条件和认知水平下,给孩子取贱名并非迷信,是智慧和传统,是支撑船家人好好活下去的信念。

当时有船家的船歌唱道:

> 名字不怕丑，只要喊得久。
> 名字若要丑，里头带个狗。
> 名字不怕贱，只要能如愿。
> 名字贱又丑，活过九十九。

"狗"字虽然听起来不雅，却是一份庄严的祝福，隐含了船家人万物平等的生命意识和自然观。什么是丑？什么是美？什么是贵？什么是贱？船家人可没有那么强烈的分别心。在他们看来，每一种生命都有存在的理由，每一种生命都有自己的尊严，都不容贬低和歧视。如果擅自把"狗"字改成"苟"字，不但不伦不类，而且恰恰反映了一些人的狭隘、偏颇与粗俗。

黄健狗的大名叫黄能弟，但除了办身份证用过一次，平时几乎没怎么用。如果你去大河背打听黄能弟，不是几乎，是根本就没有人知道黄能弟是谁，他们只知道黄健狗。这些年下来，黄健狗也就默认并在内心里接受了这个名字，也就这么理直气壮地顶着一个"狗"字健健康康活了过来，不但完成了作为个体的成长和繁衍生息，还见证了漓江船家的兴衰和变迁，见证了漓江的今昔变化。

早年，黄健狗也是像父辈们一样在漓江上打鱼。不同于其他船家人，黄健狗家是专门打鱼的，会使鱼鹰，也会撒网。虽然不是这一带漓江上的渔王，但也算是一个打鱼能手。漓江上的船家人,自古分打鱼和行船两种。行船是指江上运输,需要长途远涉;打鱼是不去过远的水域,只在离居家船不远的水域里捕鱼,是巧工。行船和打鱼使用的船只区别很大,稍熟悉江上生活的人,一看船便知是行船的还是打鱼的。行船的人,都是使用载重量在几吨甚至几十吨的大船,声势浩大地从江上突突驶过。而渔民则喜欢使用竹排,他们不使用大船也不使用小艇。虽然竹排造价低,但平稳,浮力大,轻便灵活,没有噪声,有利于撒网捕鱼和放鸬鹚。

天气和暖,江上碧波荡漾,清风徐来,撑一张竹筏顺流而下,架着鸬鹚,追着鱼群。虽为劳作,也平添几分怡然自得和轻松惬意。只有到了寒冷的秋冬季节,为了御寒,渔民才放下竹排偶尔使用小艇或乌篷船。外出打鱼的渔民,经常早出晚归,早迎鱼肚白,晚接夕阳红。跑得远些的渔民无法赶回家中吃饭,清早出门就要自带竹筒饭。竹筒放在竹排后面的篓子旁,底部浸泡着清凉的漓江水,使竹筒里的饭不致发馊变质。雨季,渔民身披棕蓑衣,头戴被称作鸡仔帽的尖顶斗笠,在烟雨漓江上穿梭,这便是漓江上最经典动人的画面。

黄健狗年轻时不但会打鱼,还会唱船歌。每当清早出江或是夕照晚归,在碧波荡漾的江面上,在欸乃的摇橹声中,黄健狗便扯起嗓子,忘情地唱了起来:

嘿嘞，嘿嘞，出舟来，
鸡仔帽、棕蓑衣，
你划桨来，我唱歌。
天寒地冻，全不怕，
我是漓江打鱼人。
舟出篷船随我意，
一撑划破漓江水，
一舟出没烟雨中。
如有仙女来相会，
江上烟波建琼楼。
钩子放江中，
渔网撒水里，
竹篓装大鱼。
雨水帮点烟，
歌仔唱起来。
饿了吃口竹筒饭，
不晴不收工……

无论怎么说，江上捕鱼毕竟是一个艰苦且收入微薄的行当。如果仅从生存和生活的角度考虑，没有哪个船家人打算在江上奔波一辈子。风里雨里扑打到了40多岁，赶上一家私营旅游公司招人，黄健狗就果断地放弃了打鱼生涯，去旅游公司撑竹筏载客人。

初期的漓江上遍地都是小旅游公司的船筏，管理比较松散，载客没有统一价格，只要客人认可，有时一天下来能赚几百上千元。每天日上三竿去上班，天还没黑就可以收工回家歇息了，比起顶风冒雨、披星戴月的江上捕鱼的生活，在旅游公司撑竹筏可是舒坦多了。

大河背的船家被动员上岸定居之后，由于岸上的土地已经全部承包给了当地的农户，使用权几十年不可变更，他们便没有机会拥有土地。另外，政府也考虑这部分人世代以船为家，水上耕耘，不习惯于农耕生活，便将他们定义为城镇居民。政府虽然取缔了船家停在江面上的住家船，但并没有绝断他们依靠漓江谋生的路，允许他们继续从事水上的各种营生。也只有放下打鱼的营生，在旅游公司撑筏之后，黄健狗才感觉到自己似乎真是一个城镇居民。

12年前，黄健狗满55岁。为行船安全，按照旅游公司的规定，就要及时退休，黄健狗不得不告别旅游公司回家养老。这对黄健狗来说，无疑是一个不愿面对的现实。之前的许多年里，他几乎没有想到"老"字和有一天会退休。一方面，他的身体一直非常健壮，水上行走，撑筏也好，开机动船也好，干什么都可以轻松应对，怎么可能不安全？怎么可能会发生什么意外？别说有筏在手，就是没有船筏，让他跳到江里去游泳救人也不在话下呀！另外，此前曾有人劝他买养老保险，但他始终没有在意。

"还没老呢，买什么养老保险？世代的渔家人，谁干过这种事情？"每次有人劝他，他都会毫不犹豫地拒绝。

生活仍在继续，日子还得往下过。眼看着之前的一点积蓄在慢慢变少，黄健狗心里有些发慌了。如此这般地消耗下去，明年靠什么生活，后年靠什么生活？虽然人生已走过了大半程，剩下的路也要有一个起码的着落和基本保障啊！

黄健狗开始怀着急切的心情寻找出路。恰好这时又有了一条新的生活之路显现出来，漓江上悄然兴起了"旅拍业"。随着旅游业的兴旺发达，来漓江旅游的客人不断激增。很多年轻人特别是那些时尚的女孩子，纷纷迷恋起漓江渔火的意境，排着队来漓江拍旅拍，一组照片花上几千元也在所不惜。一袭白纱，一盏马灯，一个蓄着胡须的渔翁，两只鸬鹚，一张竹筏，一把酒壶，两个杯盏，摆上几个造型独特的姿势，这就是风靡全国的一种时尚。经过摄影师的编辑处理，一组具有古典意味的旅拍网红照就出来了。

来漓江旅拍渔火的人多了，一两个旅拍公司怎么能应付过来？于是，就平地里冒出上百家旅拍公司，每天从凌晨到夜晚穿梭于城市和山水之间。从事旅拍的公司一多，配合旅拍的竹筏、鸬鹚和渔翁也成了短缺资源，十个、二十个有闲的"渔翁"根本满足不了旅拍公司的需求，这下可忙坏了那些上了年纪的渔民。

从前，漓江岸边最火的渔翁是住在大河背村的黄全德老人。关于黄全德老人走红的原因,曾有很多人探究。一是老人一辈子在漓江上打鱼,他的天性中又有天然、纯净、不做作的品质,表演起来每一个动作都标准、典型、到位,浑身上下都洋溢着传统渔民的气息。二是因为他长着洁白的胡须。据说某位知名的旅拍导演最看重的就是渔翁的胡须。在他的引导下,很多旅游公司和旅拍团队,都习惯于以渔翁的胡须为审美标准。没有胡须的渔翁最不受欢迎,可能因为不够老也不够"酷"的关系吧;黑色胡须的渔翁稍次之;白色胡须才符合他们的审美标准,而长着又长又白胡须的渔翁,则是最受旅拍团队追捧的。黄全德老人的胡须,自然是又白又长的那种。

黄健狗因为刚退下来时没有蓄胡须,所以还无法顺利进入旅拍行业。但这个事情不能着急,人在很多时候要懂得顺应,所以从打算做旅拍那天起,黄健狗就耐着性子蓄胡须。几个月之后,胡须蓄了起来,但是是黑色的。虽然黑色的胡须并没有白色的胡须那么受欢迎,退而求其次,也还是能够接到一些订单的。

黄健狗有黄健狗的过人之处,他虽然胡须不白,但有一个棱角分明的生动面孔,且沉默寡言。当他独处时,一个人坐在船上抽旱烟,颇有一些古意和侠士之风。这状态,正好彰显了漓江上渔民的某种硬朗气质。再加上黄健狗为人和蔼,容易合作,不斤斤计较,便有越来越多的拍家愿意找他合作。发展到后来,黄健狗拥有了三张竹筏六只鸬鹚，平平常常的日子，他都会拍两到三场，每场按200元计，一天的收入多时600元，少则400元。生活已无忧矣！

凌晨4点整，黄健狗就开始了一天的忙碌。沙沙沙，他独自走出大河背的小巷，走下堤岸上的石阶，走过卵石堆积的江滩，直奔他的竹筏。戴在头上的电池头灯随着他的脚步一起一伏，在尚未放亮的夜空里画出一道道光的弧线。登上竹筏之后，灯光就照不到脚下了，从一张竹筏跨越到另一张竹筏，从竹筏的尾部走到头部，清理归集竹筏上的物品，扯着鸬鹚的脖子将它们从大竹筏扔到小竹筏上等一系列动作，与其说黄健狗这是借助了灯光的照耀，不如说是盲操作。实际上，那灯光的作用并不大，一切都基本上靠脚上和手上的准度。

4点20分左右，他驾驶着他的电动竹筏，准时赶到元宝山的对面，等待日出前与客人会面拍摄渔火。路上，黄健狗看到了两张夜间出去电鱼的竹筏，像贼一样载着渔获归来。黄健狗大喊一声表达了心中的气愤，但并没有采取任何行动。眼看着江水越来越清，按理说应该生态越来越好鱼儿越来越多，可是多少鱼能抗得住电鱼这种极端的手段呢？好好的一条江都让这些不法分子给糟蹋了。

有一个问题已经在黄健狗心里纠结很长时间了。面对肆意破坏漓江生态的行为，要不要找有关部门去

第五部　漓水船家

举报？不举报，对这种行为实在看不下去！什么时候这些人收手了，漓江里的鱼就有希望多到从前的水平。举报吧，又不符合船家人的传统，从古至今，船家人也没有举报的习惯，宁可和他们硬碰硬也不愿意当"告密者"。可是硬碰硬，怎么能干得过那些穷凶极恶的人，毕竟自己已经是年近七十的老人了。

其实，从大河背到元宝山对面这段水路，并没有多远，转过兴坪码头，十多分钟就到达了指定点位。此时的江边还是一片静默，没有人比黄健狗到得更早，他今天成为这片水域的捷足先登者。江边的浅水处密密麻麻地锚定了很多竹筏，它们都是等待租给客人拍照用的"道具"，只不过这几天拍渔火的人少了。拍渔火需要起大早，也是要付出辛苦的。看来，这几天勤奋的客人少了。

客人中的旅拍也分多种，有的是拍渔火，有的是拍挑鹰，有的是只借用他的竹筏和鸬鹚，有的是需要他进入角色和客人搭配着摆姿势，完成几个简单的动作。今天预约的客人是一个美丽女子，需要他配合在竹筏上表演两个镜头：一个是对饮，一个是撒网。

黄健狗的客人还没有到，他坐在竹筏上闷头抽起了烟。抽完烟，他抬头望了望兴坪码头的方向，还没有船开过来，路上也没有朝这个方向行驶的车辆。如果客人很守时，以往这个时间，那边应该有一些动静了。

黄健狗像是突然想起了什么，从竹筏旁边系着的一个小网袋里取出两把小鱼来,一条条喂他的鸬鹚。吃到了鱼的鸬鹚,立即从呆立的状态转为活跃,一边吃着鱼,一边轻轻地扇动着翅膀,一边从喉咙里发出快乐的鸣叫。黄健狗的鸬鹚一共六只,其中有两只是很厉害的,能在漓江里抓到野生鱼,购买时价格很高,每只要3000多元,而另外四只都是一般的鸬鹚,很便宜,只花1000多元就买来了。因为那四只鸬鹚并不需要很好,只要它们能好好活着,每天能站到横担上去,供客人挑在肩上拍拍照就算完成了任务。

至于鸬鹚的捕鱼功能,已经用不到多少了。一只能够捕鱼的鸬鹚,生物钟和捕鱼的本能非常强,到了捕鱼的时间它必须跳进江里去抓鱼,绝对不会老老实实地蹲在横担上配合客人拍照,所以好鸬鹚反而不适合在这里供客人拍照。黄健狗的另外两只鸬鹚却一直保持着捕鱼的野性,当客人需要观看鸬鹚捕鱼的表演时,他就去市场买来一条一斤重的活鲤鱼,带着那两只好鸬鹚去现场。当他把鸬鹚的脚松开,将鲤鱼放在江水里,鸬鹚一个猛子扎到水里,只几十秒的时间,那条鲤鱼就被鸬鹚衔到嘴里,一仰头把它甩到半米高的空中,然后用嘴将鱼头接住,再一仰头就吞到了喉囊中。几乎所有的客人看过了都交口称赞。

需要表演捕鱼的鸬鹚事先是不能喂食的,要让它们空腹,保持着对鱼的高度兴奋。今天因为不需要表演捕鱼,他带来的鸬鹚也不是那两只出色的鸬鹚,所以就趁时间上的空当，把喂鸬鹚的工作做完。一般鸬鹚的食量都在六两到一斤之间，喂更多它们也能吃得下，但几乎所有养鸬鹚的人都不可能不计成本。

　　黄健狗对他的鸬鹚还是比较节俭的，每天只喂它们六两多一点，六只鸬鹚四斤鱼，但必须保证是野生鱼，他绝对不给他自己的鸬鹚喂人工养殖的鱼。几十年的喂养经验告诉他，只要给鸬鹚喂上人工养殖的鱼，几天之内鸬鹚就会毛色发暗，口、脚溃烂生病。所以他宁可少喂一点，也不让它们吃饱了就生病。

　　客人终于在东方露红的时候赶了过来，趁着太阳还没有出来，还能拍出渔火的效果，黄健狗抓紧点着了竹筏上的马灯，迎接客人的到来。女客人穿一袭白色的纱裙，提一盏白色绢罩的灯笼，在摄影师的陪同下涉水从岸边走上竹筏，拍摄便正式开始。摄影师轻车熟路，手把手指导女客人微笑时露出几颗牙齿，灯笼挑起多高，转身时转到多大的角度，假装饮酒时手抬多高，脖子仰到多少度角……

　　拍摄进行得很顺利，不到一个半小时，几组动作都顺利完成了。摄影师将一条齐胸"水裤"递给女客人，转头收拾自己的相机、灯具，一切停当之后，向黄健狗挥手告别，一次拍摄活动即告结束。

河背之表

第六部

一

澄江如练

凌晨4点的大面山，藏在黎明前的黑暗之中，也藏在裹着湿气的云雾之中。但云雾并不那么浓重，抬头望天，还能看到云雾之间偶尔露出的星星，一闪一闪地，如某个站在高处的人在眨着眼睛。

在这种望不见尽头的陡峭山体上攀爬，总能让人感觉脚下的路并不是路，而是一部隐秘的天梯。急促的喘息和微微的眩晕之中，甚至不知道自己能爬多高，去高处干什么，究竟有无必要。人，总是这么懵懵懂懂的，靠着一种说不清来由的神秘力量牵引着一路前行。

云雾和黑暗有时各行其是，有时齐心协力，做一些我们并不明白的事情。但它们的结合常常是短暂的，经受不住风吹日晒的洗礼。当太阳一点点地伸长脖子，探出脑袋时，它们就会像胆怯的鸟儿，拍打着翅膀纷纷飞走了。即便有些云雾仍萦绕山间，但也深知此间并非久留之地，不久也都遁迹潜形了。

那天，还没等天光大亮，大面山的夜色和大部分云雾就匆匆退去，仿佛受了人们的惊扰，又仿佛和人们达成了默契，为登山观光的人们揭去厚厚的幕布，敞开一幅别具一格的漓江山水图景。

对于漓江流域的生态来说，大面山似乎刚好站在一个特殊的分界点上。

山的西侧，已经很少见到典型的峰林、峰丛喀斯特地貌。山也是有的，但都是些山体庞大、坡度平缓的大山，如果按喀斯特地貌的特征衡量，它们似乎已经不在其列。因为它们从山脚到山顶之间的坡度小于30度，山体上允许当地农民从事耕种活动，山上种满了金橘，山脚种满了柚子。

大面山的东侧则是漓江流域最典型的喀斯特地貌核心区。那里的山全都是陡峭的，从远处望过去，整体上都基本与大地垂直，谈不上什么坡度。一座挨着一座，或相隔不远，拔地而起，并肩而立，构成了一片山的森林。在这样的区域内，有关部门制定了最严格的管理规则，坚决不允许人们在里面从事任何农耕种植活动。

站在大面山顶上极目远眺，身前是漓江和喀斯特山体组成的旖旎风光，身后是满山遍野的果树。太阳初升，阳光柔和，如一缕缕透明的丝线，掠过对面的山峰，在山与山的缝隙间留下明亮的轨迹。山间的云雾，如棉絮，轻盈地在山间堆积着；如烟缕，丝丝袅袅地在山腰缠绕。一种自由自在的状态，悠闲又从容。

  日影渐高，山脚下的云雾如早起来到漓江边觅食的鹭群，吃饱喝足之后，纷纷离去，要么就去了更远的远山，要么就飞上了蓝天，只有很少一部分仍盘桓于山腰后、滞留于山顶。这时漓江的身影才清晰地显露出来。由北而南的一条大江，就那么穿过黛青色的群山，浩浩荡荡而来，如一条耀眼的金色绶带铺陈于大地之上。

  江水依依，刻印着青山的倒影；青山脉脉，承接着江水的波光，辗转腾挪，曲曲折折，在同进共退的空间契合中，完成了一场优美的山水之舞。睡眼惺忪的村庄，此时只是一个心怀艳羡的观众，因为并不懂风的节奏和阳光的韵律，只能站在远处愣愣地看着。

  澄江如练，从上游而来，已经不知迂回过多少次了，到这里的山脚下，又放缓了前行的脚步绕山而行，似有无尽的眷恋，返回身，又走了很长一段回头路，才一步三回首地离去。

  很显然，这里的山都是一些有着非凡身世的有名之山。就在漓江放缓脚步的转弯处，就遇到了对面那座螺蛳山，有人将其命名为"碧潭青螺"。此山高百余米，富有节理的山石裸露在外，从山脚螺旋而上，山

第六部 河背之表

体上有植被亦呈螺纹带状生长，直到山顶。无论从什么地方看，都像一只正在觅食的大海螺。山顶上，生有青翠的细竹和灌木，看似依附在江底螺蛳身上的青苔。此刻，正当朝阳直射山头，逆光中，能看到阳光在山体周边勾勒出一个明亮的轮廓。

　　从漓江对岸的大河背村可绕到螺蛳山的另一侧。那里有一岩，名腾蛟岩，最早也叫螺蛳岩。据传，有一名为何腾蛟的书生因上京赶考，行船至此，突然狂风四起，暴雨不止，不得不泊船于岩门。大雨暴风越来越大，肆虐不止，水势高涨，有怪异的风，从岩洞内吹出。何腾蛟自思此风有异，即向空祷告："吾乃上京应试，望神明息风停雨消水，我若上京应试如愿，誓于此岩建一精舍，安定僧人修行，弘法利生，继承佛之慧命。"言讫，风止雨住。何腾蛟继续上京赶考，果如其愿。何腾蛟言而有信，不违背誓愿，即兴工建庵。

　　从有庵之日起，庵叫腾蛟庵，而岩也随庵改称腾蛟岩。腾蛟岩下有一开敞宏阔的巨大岩洞。奇异的是，洞内常年干爽，而洞外却滴水不止，虽然不成水帘，却有甘露长淋，每有游人来此，常因为有一两滴水滴落至头顶以为是幸运的吉兆。

　　关于何腾蛟其人，史书上有明确记载，生于1592年，卒于1649年，字云从，贵州黎平府（今贵州黎平）人。南明重臣，1645年任湖广总督，与李自成旧部农民军合作，共同抵御清军。1647年清军攻陷湖南，他退至广西，守全州，击退了清军。1648年发起反攻，收复湖南大部。后在湘潭兵败被俘，誓死不降，被害于长沙。至于腾蛟庵的这段传说，是真是假，就不得而知了。

漓江过兴坪，再一次勒住缰绳放缓脚步时，是因为遇到了几座样貌奇特的山峰。一般的喀斯特山峰多笔直峭立，很少有丰满圆润的山形。这一簇山体却大有不同，竟然生得圆头圆脑、饱满丰腴，三座相似的山峰并立组合在一处，远看正如一块金元宝，由此得名"元宝山"。大概正因为它们长得一身福相，肥而不笨，且周边的风景优美，群山簇立，翠竹掩映，曲水环绕，才被选为第五套人民币20元面值的背景图案。

说起这座山元宝山，不仅象征意义独特，作为自然景观也堪称奇特。元宝山三座山峰中，有一座山峰的黄色山岩裸露出来，正对着漓江江面，山水呼应，就有了另外一个著名的景观"黄布倒影"。

"相看两不厌，只有敬亭山。"在众人的心目中，相看两不厌的，还有这眼前的元宝山。受天空不同颜色和光影变幻的影响，元宝山的色彩也随之变化而焕发出不同的样子。山有表情，也有心情，总是随着晨昏四季的变化而变化。

太阳高高地升起，云雾彻底散去，天空露出了干干净净的水蓝色。平静的江面上开始有船只在行驶，像谁用手在江面一下一下地划，划出一道道人字形波纹。波纹一点点扩大、交叉，波纹又碰撞着波纹。像

第六部　河背之表

混杂在一起的无声的钟声,把漓江水下的水草和鱼儿纷纷唤醒。山下劳作的人们开始走出家门,戴着草帽进入自家的果园,在花香四溢的果树丛中辛勤耕耘。受这方水滋养的人们,正在恪守山水的法则,安顿各自的营生。

当人们把目光从远处的江面收回时,却发现,自己又被某些表象欺骗了。原来这江水并没有走远。走,只是人们的目光在走。对沿江的景物、山峰和村庄来说,江水永在,它既没有抵达也没有离去。

大河背村,就在漓江的臂弯里。当阳光照在那些房屋的白墙黛瓦上,人们才看清了小村的俏丽姿容。有那么一些时刻,以为漓江忙着赶路忘记了这个村庄,却原来是人们飘忽不定的目光,忽略了一些美丽的风景。这是常有的事情,但漓江不会,漓江与人相比,堪称一种恒定的事物。

漓江水流过,早把众多有名有姓有经历的山应许给了小村。于是小村不再是单独的村,山也不再是单独的山,山与村融为有机的整体,命运与共,互动互生。

站在大面山上往下看,大河背村与漓江的关系十分特殊,它基本就处于漓江的心脏部位。那么能说它就是漓江的心吗?这样说,肯定是过于夸张了,但至少可以说,大河背村的存在对漓江至关重要。因为如果把这个村子从漓江的那个位置移去,那么漓江流过时,就会显得毫无生气。

二

水墨情怀

....

段友良和何革萍夫妇从大河背村民手里租下那栋徽式小楼之后,就潜心研究起这栋民宿的风格和名字。他们觉得,这是顶顶重要的事情。在这样一个紧守漓江、群峰环绕、远离喧嚣、空气清新的地方做民宿,至少由表及里都要与漓江岸边的山水田园风格相协调。

一切要从热爱说起。在来大河背村做民宿之前,段友良和何革萍夫妇俩在桂林一家五星级酒店工作,段友良做厨师,何革萍是前台服务员。从原来工作的酒店出来后,他们又去另一家酒店做了一段时间的管理工作。从2001年开始,夫妇俩告别酒店业开了一家平面广告公司。广告公司的业务繁杂而忙乱,需要在不同行业、不同城市间往返穿梭,这会让一些性情恬淡的人感到疲倦。

因为业务需要，段友良夫妇要带客户到大河背村做培训，当时就住在现在做民宿的这座房子里。那时，这房子也是一家民宿，共8间房，前庭后院被营造出浓浓的文化气息。也正是这房子的气息和漓江的优美环境让段友良夫妇感受到了另一种人生境界，并为此动了心，动了情。

每天清晨，段友良夫妇都要抽出一点时间去漓江边散步，享受一段美如仙境的意境和美好时光。清晨的漓江正呈现出没有游人惊扰的本真：江水如镜，夜渔归来的竹筏静静地泊在江边，竹筏上的鸬鹚既不躁动，也不鸣叫，就那么三三两两地蹲在竹筏上发呆。远山静默，有乳白色的平流云，在山间缓缓流淌。二人被优美的风景吸引，遂有不再离去的想法。

恰好，他们入住的民宿主人知道段友良夫妇从前做过酒店工作，又见他们对漓江边的居住环境赞不绝口，便来询问他们是否有意要接手这座房子。此话一出，正合段友良夫妇二人心意。但他们并没有立即应承下来。即便要做民宿，也要做一个最好的选择，不一定就承租这一家。于是段友良夫妇便开始在周边四处寻访，包括附近的厄根底、小河背和遇龙河一带，先后看了不少房子，但最后还是觉得这一处最合适。

段友良夫妇原本想要把这座房子打造成自己的家，所以接手后又与房子的主人签订了一个长达60年的租用合同。他们的想法是，即便将来不再做民宿，也能自己住下去。

租下房子之后，段友良夫妇就把主要精力用在了房子的改造和装修上。某日，两人透过自家的窗子向漓江方向一望，一片山清水秀的大好风光，竟美若一幅匠心独运的水墨丹青，还搜肠刮肚地想什么名字啊，就叫"水墨居"好啦！

一座房子有了名字，就相当于有了形象与格调。至此，段友良夫妇已经无心继续打理公司的广告业务，自觉不自觉地把精力全部投入"水墨居"的改造上来。他们要做的不是小打小闹小改，而是大投入、大制作，从里到外、脱胎换骨的大改。他们要把房子改成自己的家，改成与漓江相宜的样子和韵味。

房子改造好之后，段友良夫妇确实有了家的感觉，但这并不是他们的最终目标，他们的目标是要让每一位住到"水墨居"的客人都有家的感觉。

妻子何革萍说："这是一件很难做也很容易做到的事情。"说容易，是因为对于做了多年酒店业务的段友良夫妇来说，有什么不懂的，有什么不会做，只要把客人当作自己的亲戚朋友就什么问题都能解决了。当然，难也就难在这里，难在真心付出和真心对待，难在形成一种不需要刻意坚持的观念和自觉行为。

客人说到就到了。客人打电话给段友良时，何革萍正在自己的房间里摆弄花草。段友良立即通知妻子去码头接人。民宿里工作人员不多,大部分工作都由段友良夫妇二人承担。此外他们还在当地村民中聘请了两名服务员,干一些打扫房间、帮厨、传菜、清理环境等日常杂务。他们的原则是,来了客人必须是"老板"或"老板娘"亲自接送,让客人由始至终感觉到自己被尊重。一般情况下,如果何革萍在,就由她开车到码头去迎接客人,段友良则在家里泡上一壶茶等待客人的到来。如果何革萍不在,那就由段友良去码头把客人接回来。

客人到来,打过招呼之后,何革萍让服务员将客人的行李送到房间。这时,段友良已经把茶泡好,在那边招呼客人过去先喝一喝茶,边喝茶边了解和帮助客人规划、安排行程,给客人提供一个合理的食住行方案。如果客人是一个喜欢聊天或好奇心比较强的人,段友良还会给客人介绍一下"水墨居"的来历以及漓江流域特别是阳朔一带的风物、掌故和历史,或者介绍一些周边饮食、旅游的价格、服务水平等情况。让客人没等起步就知道应该往哪里去,尽量少花冤枉钱,少走冤枉路,看到最好看的风景。

为了保证客人的安全和保持好心情,何革萍一般都会陪客人四处逛逛,给他们当义务导游,解决客人在旅游中常会遇到的困难和问题。因为态度真诚和服务周到,客人们自然而然地与段友良夫妇在感情上拉近了距离,都习惯与他们以兄弟姐妹相称。

"水墨居"运营十年,段友良夫妇积攒下了大批回头客,他们每年都来"水墨居"度假,看漓江。入住"水墨居"的客人都说,他们看到的漓江总是和别人看到的漓江不同。因为他们看到的漓江不但是美丽的,而且是安静的、有温度的和有情感的。

有一天,段友良夫妇二人闲聊,何革萍突然问丈夫,语气像是疑问也像是感慨:"我们怎么想起在这里搞起民宿?"

"那还用说,当然是因为漓江和大河背一带优美的自然环境啦!你为什么问这个问题?"段友良感到很奇怪,这个问题对他们来说,并不是一个需要回答的问题。

"我是觉得,既然我们把这里当成了家,想天长地久地在这里生活下去,周边的一切都与我们有关。但我感觉,除了我们这些外来户,本地的村民似乎并没有我们这么在乎村里的环境和漓江的生态,他们是不是住得太久了反而不知道珍惜?"

"应该也不是,这里的每一个人都应该知道,大家都是在吃着漓江,喝着漓江,指着漓江过生活。只不过他们受世世代代生活习惯的影响,不像我们的环保意识这么强,不像我们的标准这么高罢了。"

"我觉得我们这些民宿主应该联合起来,做点事情,真正把漓江当成我们的保护神,好好地敬畏和保护起来。"因为何革萍心里清楚,离开漓江和大河背村,所谓的事业和梦想都是无根之木，无源之水。

段友良听何革萍这么一说，笑了，他了解妻子的性格，热情如火，行动力强，虽然有时显得有些天真，但她的热情确实能打动人，也真能够靠这份激情和热心肠干成一些事情。既然她有这个想法就让她张罗去吧，毕竟这是一件有意义的好事。"那你就张罗着办吧，你的沟通能力强，在这方面以你为主，我在后边全力支持。"

其实，何革萍也不是一个没有分寸、没有智慧的人。她做每一件事情之前也会做全面评估，对事情的可行性和介入方式有一个周密考虑。

就在夫妇俩对话后的第二天早晨，大河背村的街道上，出现了两个扫大街的人，是两个戴着口罩的女人。村民们大部分都不认识这两个人，但有人说，有一个可能是"水墨居"的女老板，因为她们扫街的路线正是从"水墨居"的门前一直沿着中轴街扫到码头。

"对，就是她们！"有人终于认出来了。

虽然认了出来，有些人不置可否，还有个别人指指点点。

对村民的反应，何革萍早有预料，她认为有些村民之所以不置可否，是因为他们并不知道她心里想的是什么，究竟要做什么。但这误解不能靠自己向村民们解释来消除，只能靠时间，靠他们的观察和感知。也许，只有这样，才能对他们产生深刻的影响。她知道做这件事情的目的并不是要自己把全村的扫街工作包揽下来，而是要通过自己的行动传达一种理念和意识，影响大家，让更多的村民都能和自己一样有环保意识和自觉行动。

何革萍并不介意村民的态度，她还是和往常一样，还是从村民手中采购民宿所需的食材，推荐自己的客人去乘坐那些厚道村民的竹筏，去租他们的鸬鹚照相。时间一点点过去，埋在土里的种子终于发芽。在日益密集的交往中，村民们可以拒绝民宿主们的行为方式，却无法拒绝民宿主们给他们的生活带来的种种变化和好处，于是也就有了最终的接受和认同，不再把他们当外人了。

但何革萍还是没有向村民提起自己扫街的事情，她要让村民们感觉到，扫街是她自己的事情，自己愿意干的事情，不需要任何人认可。

当扫街行动坚持半年之后，何革萍想要的效果终于显现出来。何革萍已经能够感觉到村民对自己的好感，他们不再认为她是在作秀，而是真正爱护村子的环境，真正想让村子变得更好。

有一天，一个年纪较大的阿婆拉着何革萍的手说："姑娘啊，你咋那么傻呀。那些垃圾是不用扫不用清理的，放在那里，等来了一场洪水都冲到江里了，自己就干净啦！"

听了阿婆的话，何革萍忍不住笑了："阿婆呀，咱们这么好的村子，不能等洪水来了才干净一次，要天天干净才行啊！再说了，把垃圾都冲到漓江里，把漓江弄脏了，也没有人到咱们这里来啦！咱们的日子也不好过了。"

何革萍带着员工扫街扫到一年的时候，街面上扫街的人多了起来，几条主要街道都有人打扫。村民们即便不到大街上扫，也会把自己家房前屋后的空地打扫干净。之后，他们干脆就不用再出去扫街了，村民和民宿主们集体出了钱，雇请专门的清扫人员，全天候负责街面的清洁卫生。村里的垃圾不再像以往那样，长期堆放在一个固定的地方，而是每天都有卫生船将垃圾及时运到漓江对岸的垃圾处理站进行处理。

十月的漓江，江水清澈，白云映照到水里，显得更加洁白和高远。但江上的游客却渐渐稀少起来，一年一度的旅游旺季过去了。大河背村的民宿主们终于可以从不容喘息的接待中腾出一点时间做自己的事情。何革萍便找到和自己合办农场的另外一个民宿主商量，动员几个有情怀的民宿主联合举办一场音乐会，一方面给大河背村增添一些文化娱乐活动，另一方面，可以借此机会宣传一下漓江。

两人一拍即合，马上分头联系各家民宿，各显其能，各尽其力。很快，一场由当地农民、学生、儿童、国内外游客、民宿主、当地官员参与的大型乡村音乐会在"兴坪佳境"景观下面的洲子上拉开了序幕。但音乐会也只是一个平台,他们的真正用意,是要在音乐会之外附带两项他们认为有意义的活动。

一个是以保护漓江为主题的捡垃圾活动。因为音乐会是由漓江两岸的人们共同参与的,所以,分两路同时展开活动。人们分别从厄根底村和大河背村出发,在各自村子的各个角落捡垃圾,然后到漓江边的音乐会现场集合。在音乐会现场,他们还举办了一场"保护漓江,爱我家乡"的大型海报展,展览是何革萍从广州、桂林等地请来的专业设计师设计布展的。

特别是对孩子们的组织,更是别出心裁。不但让他们打着旗帜分组前行,还高唱着民宿主们自创的保护漓江的歌曲。到了集合地之后,所有参与捡垃圾的孩子都可以参加一项抽奖活动,中奖的孩子可以于当天免费坐一趟直升机,从空中观赏漓江和自己的家乡。

与此同时,在另外一家民宿大厅里,一场关于保护漓江生态的论坛正在热烈展开,参加论坛的有当地的行政人员、生态保护专家、音乐家、电影导演、画家、作家等,大家各抒己见,围绕保护漓江这个主题,分别从不同专业、不同领域提出了自己的想法和建议。大家一致认为,做旅游必须把文化做足,没有文化含量的旅游是不成熟的旅游,没有文化要素注入的漓江也是一个经不住看的漓江。

入夜,十多个渔民开始驾着竹筏登场,黄健狗、黄七一等平时比较活跃的"漓江渔翁"都成了这个夜晚的明星。他们不仅做了"打夜鱼"的传统渔火表演，还与观众互动、合影，一直持续到午夜。

从2017年开始，大河背村的音乐会除了因故停办两年，每年都会有人牵头如期举办，每年一个主题，每个主题都与热爱漓江、保护生态有关。

现在，何革萍又有了一个在大河背村做文化公益的新渠道。一个偶然的机会，她认识了在下龙的山上居住画画的年轻画家廖东才。廖东才的绘画主题只有一个，那就是漓江，千姿百态的漓江。这个主题一下子就引起了何革萍极大的兴趣。一方面她从小就喜欢画画，虽然一直没有机会学习画画，但对绘画艺术心怀一种特殊情结；另一方面，她很敏锐地感觉到，以廖东才的画为媒介可以更好地宣传漓江。

于是，何革萍便有了一个在自己民宿里举办画展乃至长期展览廖东才绘画的想法。这是一个三全其美的事情。第一，当然是宣传漓江，让更多的人通过廖东才的画从艺术的维度认识漓江；第二，通过这些画让"水墨居"真正具有"水墨"的气息和文化内涵；第三，也为画家提供一个与外界沟通、增进了解的渠道。当她把这个想法与青年画家一沟通，当即得到了廖东才的响应。

不久，画展便成功举办，大河背村又多了一种艺术气质。除了举办画展，一个由何革萍深度策划，以当地少年儿童为主要对象的"漓江画童"公益绘画班也如期开班了，一些爱好绘画和具有绘画潜质的少年儿童终于找到了一个学习提高的机会。

三

古樟奇缘

大河背村另外一个具有传奇色彩的民宿主郭林因为年龄和精力的原因离开了村里，一个广为流传的保护大樟树的故事也暂时失去了续集。虽然郭林将自己的"山水涅槃"民宿转让给另外的管理者时有过明确要求，并把要求写进了转让合同，但此事还需要有一个明确的接续和推进。这涉及一种珍贵的生态文化意识的传承和发展，需要有人接过这个火把，让它继续燃烧下去。

在这个关键时刻，何革萍站出来把这个担子扛到了自己的肩上。她借助自己在"古村之友"公益组织中的关系，联系了"古村之友"负责人，以"水墨居"和"古村之友"两家的名义，在大河背村的"山水涅槃"民宿举办了一场以"保护大樟树"为主题的论坛。

说是保护大樟树论坛，其实也不仅仅是谈论保护大樟树一个主题，而是多个主题、多项内容的生态文化传播活动。其中主要包括讲述大樟树保护的故事、朴门生态农业推广和关于综合生态治理特别是污水和垃圾分类处理等话题。

为了使活动影响更加深远，何革萍不仅把这次论坛的核心人物郭林请回了大河背村，而且还邀请了相关专家、兴坪镇领导、兴坪旅游达人、各大民宿主、关心大樟树的友人、大河背村村民代表以及刚刚落户兴坪的最大规模民宿"三千漓"的副总郑浩等。特别是郭林的归来，使一个关于大樟树的故事如大樟树本身一样鲜活、完整，从根部到枝叶完完全全地呈现于人们眼前。

郭林之所以把自己的民宿起名为"山水涅槃"，大有因山水而使自己重生的含义。

一般来讲，生于20世纪五六十年代的人，经历都十分丰富。可以说他们个个都是新中国历史的经历者和见证人。而1951年出生的郭林，人生经历，更比同时代的人丰富许多。

1968年，郭林正在北京师大附中上初二，刚过完17岁生日，她就随浩浩荡荡的人潮上山下乡去了。插队期间因为有机会参军，郭林入伍到广州某部队，身份便从农民转变为军人。本来，郭林是随父母生活在北京，是地道的北京人，因为1979年被调到桂林陆军学院工作，便与桂林结下了后半生的缘分。

郭林调到桂林之后，总参要求所有部队院校都要开英语课。当时从部队调了几个人来教英语，但是他们之前也没有教过英语，因为郭林曾经自学过一段时间英语，虽然不是特别专业，但毕竟也会一些，所以在之后陆军学院招老师的时候，她把握住了这个当教员的机会。

1988年部队裁军，那年郭林37岁，转业去了深圳蛇口康华公司。她在深圳待了8年，做过进出口贸易，又做企业，算是有过企业经理的经历。1996年，公司已经发展壮大，拥有3000多名员工，但管理上还不规范，存在很多问题。当时的公司老板很有远见卓识，见郭林有外语基础，管理上也很有潜力，便决定送她到美国学习管理。

在美国，她念的是哈佛商学院，学的是工商管理，她报的是总经理班。全班有40多个学生，分别来自20多个国家，学生都是大公司的老板，唯有她不是大老板。就这样，她跟着一伙来自不同国家的企业高管一同学习了半年，学得很刻苦，每天只能睡两个小时。外国人读英文很容易，可她理解起来却很费力，一个案例几十页，字小，每天都需要读几个案例。看到夜里，看得头疼眼花。学费算下来平均一天5000元，连吃饭的时间都不敢浪费。外国人吃饭喜欢交谈，郭林舍不得时间，大多时候待在宿舍不吃饭，只喝咖啡、饮料，吃泡面、面包、爆米花等各种零食。总经理班是把两年的MBA工商管理硕士课程浓缩了,整天就是讨论案例,所以她感觉在那半年的时间里没学到什么东西,回过头,还是决定从基础学起,便又读了两年MBA,系统地学习了12门必修课。

两年后,郭林觉得自己学得差不多了便回到国内。回国后,由于国内工商管理人才短缺,她就没有再回到康华公司,而是直接去光华管理研究中心当了副院长,把彼得·德鲁克的管理课程和哈佛的网络管理课程引进中国,还把全球排名第一的创业学课程也引进中国。这期间她的主要任务是走访商学院,谈合作,把他们的课件买进来,翻译成中文,请他们的教授来中国讲课。之后,郭林又是当哈佛商学院出版公司的中国代理,又是和哈佛医学院合作,请他们的教授来讲课,培训医院院长。论事业,可谓如日中天。

2005年的五一假期,郭林为了给国家药监局做一份咨询报告,一直把自己关在房间,不接电话,不吃不喝,一通没日没夜地忙。没想到,就在这时病魔已悄然来临。五一长假过完,她就感觉自己的腹部有个包块,到医院一检查,检查出了一个12厘米的大肿瘤。

"那么大的肿瘤你居然没有感觉?"医生问。

"可能是前段时间公司事情比较多,自己精神高度集中,就没有注意到身体的不适。"郭林回答。

当时她自己和医生都没怀疑那个肿瘤是恶性肿瘤,可是,手术后做了切片,才确诊为卵巢癌。晴天霹雳。

这样的事实无论谁都难以接受。郭林也一样，在相当长的一段时间里，她怎么也想不通，自己为什么会得癌。

原本郭林还觉得自己做的工作挺有意义，能把国外很多管理教育产品引入中国市场，事业才刚开始，却来了当头一棒。不但她自己感到绝望，公司的其他人也觉得很绝望，原打算和她一起干一番事业的人陆续都离开了。

医生说卵巢癌是妇科肿瘤中最凶险的，做化疗还有26%活下来的希望，不做化疗就只有两三年。当时，郭林听到医生说只能活两到三年，想都不敢想能活到第三年，就想着这两年要干什么，要赶快把剩余时间安排好，有点像被判死刑后的缓期执行。化疗结束后，她就决定回桂林。以前忙忙碌碌没有时间陪父母，现在可以用余下来的两年时间陪陪父母。

由于哈佛医学院的教授曾跟郭林合作给中国医院的院长讲课，她跟那个教授很熟。教授在得知郭林的病情后，就跟她说，可以找美国癌症协会了解癌症。郭林给美国癌症协会发邮件之后不久，就收到了一箱子关于癌症的书和癌症病人的支持疗法小册子。

在化疗的那半年时间里，郭林在病房里遇到很多年纪在五六十岁的人，他们也都不知道自己得的是什么病，不了解癌症。她就抽时间给病友科普化疗为什么会发烧，为什么浑身疼，为什么白细胞会低。病友们觉得很有用，就很信任郭林，说各种心里话和面对的问题，倾诉内心的情感和悲伤。

郭林发现能够用自己掌握的知识和信息帮助别人，是一件很有意义的事情，有生之年当奋力而为。于是，在那两年里，她把一套六本关于癌症支持疗法的小册子翻译成中文，找人印刷，印刷以后，只要有癌症病人需要，就给他寄一套。

之后，郭林觉得自己这一生经历了太多的事情，虽然同代人都有很丰富的经历，可是谁又比自己的经历更加复杂丰富呢？她下过乡，当过兵，经历过战争，出过国，下过海，得过癌……这样的经历，这样多的人生感触，难道会对别人没有一点启迪和借鉴意义吗？于是，她开始写，最终写成了一部60万字的自传体小说，不过直到现在也没有发表，也没给别人看过。

2005年12月30日，正是郭林54岁生日。那天，她乘飞机离开北京回桂林，住到母亲家里。做完化疗后，她总是感到非常疲劳，想多活动一下，就独自背着包到处走。一段时间之后，她几乎把桂林市走遍了，也走腻了。就想着往远一点的地方走，本想去龙胜看梯田，后来因为交通问题就改道去了兴坪。

真正的传奇，就是从这里开始。到了大河背村之后，她住进了当地农民开的农家乐"漓江写生苑"。当时村里只有两家民宿，一家是漓江写生苑，一家是绿洲小院。漓江写生苑的菜是主人自己种的农家菜，这很符合郭林的口味和选择，因为此前她就从一些书籍中看到，使用化肥和施洒农药的蔬菜水果是导致癌症的原因之一。对于一个得了癌症的人，在生活的每个细节中都会尽量回避这个词。

有一天，郭林散步偶然遇到了那棵大樟树，一下子就感觉自己的灵魂被震撼了。那棵苍老的大树，虽然看起来依然伟岸，但已经形容憔悴，树干上一些残败的枯枝像一些无声的语言，告诉人们这个苍老的生命正在一点点枯萎，一步步走向死亡。也许是因为同样的遭遇和同病相怜的关系，郭林看着大樟树站在黄皮果树丛之间无人关注、无可奈何的样子，无比心痛，突然生出了要尽自己的一切努力把大樟树救活的念头。

挽救一棵树的生命，并不是谁心里有了愿望就能做到的，那要靠专业人员运用专业知识和力量。为了解决确诊和确定有效救治方案等问题，郭林辗转联系到了阳朔县林业局，林业局的一名副局长很重视，带了一个林业专家专程到现场诊断。经过测定，那棵大樟树约有1600年的树龄。大樟树旁边都是农民栽种的果树，其中树龄最大的黄皮果树也有120年了。综合考虑大樟树的生存环境，林业专家拿出了切实可行的保护方案：一是请专业人员将大樟树上的枯枝、病枝剪掉，并用药加以保水灭菌，防治病害；二是将周边的果树砍掉，保证大樟树能够吸收到足够维持生长能量的水分和养分。

然而，做这些事情都需要花钱。郭林便自己着手筹钱，五万元钱筹到手之后，马上又遇到了另外一个问题。本来，已经有部分村民提议要将大樟树伐掉，一来可以得到一笔不小的钱，二来可以避免它继续遮挡那些果树，影响果树的产量。这又涉及观念和利益冲突，大樟树和黄皮果树究竟伐谁保谁？要想顺利地解决问题，还需要继续做人的工作，也还要筹更多的钱。

经过坚持不懈的努力，郭林终于做通了大部分村民和村干部的工作。当时全村有121户人家，家家户户都要签字表态是否同意保护大樟树，结果除了大樟树下的三户人家，其他村民都签字同意。

这期间，社会上很多知情人为郭林的执着所感动，也为保护大樟树尽了一份自己的心力。北京一个企业家捐了三色生态卷；阳朔县白蚁防治所捐赠了相关药物；村里的民宿主和村民们也开始主动捐款；有了大多数村民的支持，村干部也敢采取保护行动了，他们锯下了大樟树的枯枝，再把枯枝卖掉，得来的钱也放在保护大樟树的捐款中，用于大樟树的治疗和果园补偿。

经过多方共同努力，大樟树的状况渐渐有了好转，树冠上又抽出了新枝，发了新芽，恢复了强大的生命力！当一切都妥当之后，郭林在大树旁立了一块碑，刻上了为拯救大樟树的捐款者名字。

有一天，香港一个公益组织的总干事来到大河背村。这个专门在偏远地区做公益事业的组织，长期对当地农民做生态种植、环境保护、朴门种植等课程培训，平时跟郭林有合作。这个总干事对兴坪的大樟树也格外感兴趣、格外重视，他到来后，就让郭林带他去看大樟树。望着已经恢复生机的大樟树，总干事突然提议郭林把手放在大樟树的树腰上感受一下。让郭林感到惊奇的是，当她把手放在那里仅仅一会儿，就有一股热流穿过了手心。

事后，总干事建议郭林到成都去听一门名叫"大树工作坊"的课，那是一个法国老师教的。郭林果然于2018年9月怀着极大的好奇心去那里学习了一个星期。经过学习郭林才知道，不光是树，其他的植物都是天地间的媒介，它们的感觉比人类丰富得多。人只有几种感觉，而树有十多种感觉，它们的交际和沟通很有意思，也是人类一般无法想象的。

课程中，授课老师还建议郭林在森林里找一个伙伴树，每天跟树说话，然后体验其中的感觉。郭林想，还用去森林里找吗？这些年与大樟树朝夕相处难道不是很好的伙伴吗？如此想来，树与人的关系确实十分微妙。人们都以为是郭林保护了大樟树，但郭林自己却认为很可能是这棵大樟树护佑了她。虽然没有人能够证明其中的关系，但有一个事实却不能忽略，患病多年之后，检查结果却是她体内已经没有癌细胞的存在了。至少，这是人与自然之间相互治愈、守护的象征。

救活了大樟树之后，郭林的心情彻底好转起来，似乎忘记了自己还是一个癌症患者，感念于兴坪这一带山水的美好和人们对自己的友善，她觉得自己有必要为这里做一些力所能及的事。于是郭林雇请了两个保洁员一起捡垃圾。可能是村民们感觉到郭林是在心里把大河背村当成自己的家了却还没有自己的居所，就告诉她村里有一所废弃的校园，建议她把校园租下来。当时郭林并没有多想，甚至租下来做什么都没有考虑清楚，就租了下来。

2009年，郭林开始建设她的"山水涅槃"。当时，她也已经是50多岁的人了，但所有建材都是她亲力亲为从江边运过来的，她感觉到自己确实在这块神奇的土地上获得了重生。房子建成后，还有六亩空闲土地。这时，她已经想好，可以在这里做一个农村环保的示范点。

在这六亩"方寸"之地上，她建了一个具有"朴门"理念的环保生态农场，备有污水处理池，经过三级处理，养猪，养鸡，做堆肥，并倡导垃圾分类、物品的生态环保和可重复利用。在她的农场里，很多用品都是用有机的植物和花草制作的，她拒绝使用任何农药和化肥，因为化肥的使用会导致土壤板结，会杀死土壤里的微生物，要想做生态种植首先得改良土壤，让土质干净、健康。美国癌症研究院证明有92种农药可以致癌，而农作物农药残留是癌症高发的罪魁祸首。此外，禽畜果蔬使用的激素、抗生素也是造成人类罹患各种疾病的重要原因。

"朴门"是英文Permaculture一词的音译，意为永续，国际朴门协会把它定义为有目的设计的生态系统，实际上是一种生活方式和生存理念。朴门的要求比较多，比如种植必须是生态种植，不能使用农药化肥，盖房子不使用水泥，只用石头、泥土、竹子、木材等自然材料，有些朴门村不使用现代器材，甚至不用电，只用太阳能……

除了做示范，郭林还对当地农民进行朴门培训，努力将国际先进的生态理念根植于农民心中。朴门课堂里，有个种植户学员的家里有一大片农场，她刚开始来听课的时候还很犹豫，但听了全部课程之后她就有了使命感，自己又学习了活力农耕、自然农法，把学到的知识和理念在自己的600亩土地上实践，在水稻田里养禾花鱼、蚯蚓、青蛙，什么肥都不放，结果比打农药、施化肥种植的稻田收入高出三倍。

郭林考虑到自己年事渐高，便把"山水涅槃"的管理权交给了一个叫石头的人。移交之前，郭林和石头陆陆续续谈了差不多一年，边谈边考察，最后确认没有问题，才正式签合作协议。现在石头管理"山水涅槃"已经有几年了，他不仅热心于公益，在生态农业方面，他也很用心，加上他有做青年旅社的经验，"山水涅槃"一直都做得很好。几年来，石头不仅按约定每年继续为大河背村提供3万元处理垃圾费，践诺继续关注和保护大樟树，还把农场两边的果园租下来，打造了一个规模更大、更加规范的朴门基地。

四

心怀手握

....

没有人比渔村党支部书记唐存学更清楚漓江对他个人以及对整个渔村的价值和意义,所以他透明的手机壳永远衬着一张20元人民币,让背面的元宝山图案露在外边。用他的话说,这叫把漓江握在手里,放在心上。

几年来,经常来渔村开展生态监管和修复工作的漓管委工作人员,因为和村里打交道的时间久了对唐存学比较了解。他们都觉得唐存学这个"创意"很好,既宣传了漓江和大河背村的独特风景,也表达和提醒自己要时时刻刻想着保护漓江的事情。如此一来,漓管委的很多工作人员,包括战略发展部副主任汤建伟和执法支队的干警们都在手机壳衬上了20元人民币背面的元宝山,以此提示和激励自己。

唐存学所在的渔村是个行政村,大河背村、渔村等自然村都归属于它。村里的工作千头万绪,经过了几年的忙碌和体会,最后唐存学还是觉得保护好漓江的环境和生态是头等大事。

一个村党支部书记上任后,肯定是要抓经济,把自己管辖范围内的民生搞上去。为了增加村民收入,发展村集体经济,那些年唐存学没少发愁,也干了一些很关键的大事,比如修路。为了修通岛外进入大河背村的路,他不顾个人安危与蓄意阻挠的村民周旋,在资金短缺时拿出自己的10万元存款垫付进去。可是,路修好了,来岛上的客人并没有增加多少,村民和集体的收入还是上不去。

那些年,唐存学也和岛上的居民一样,并没有完全理解和把握好绿水青山和金山银山之间的关系,把富不起来的原因归结到有关部门管得太严。见到了执法部门的人和漓管委的人就躲着、防着、对付着。土生土长的村民不就是要靠山吃山,靠水吃水嘛!但是村民到江里电个鱼不让,到山上砍棵竹要罚,到山上栽棵树要拔掉,甚至去漓江里抽点水浇地也要办个取水证,条条来钱的道都被堵死了,去哪里挣钱?但国家大的形势在那里,作为一个村党支部书记还不能像村民一样,表现得没有觉悟和大局观。

为了给村民争取更大的发展空间,唐存学多次去漓管委反映村里的意见，诉说村里和村民的难处，争取漓管委多给政策松绑。漓管委也很重视，因为大河背村在漓江沿岸的生态保护中是一个很关键的点位，具有典型性和示范性。只是生态保护的事情涉及国家的生态保护政策，不能随意开口子，说要兼顾民生，也必须在保证不触碰政策底线的前提下兼顾。

具体如何处理漓管委也没有经验，但这确实是一个需要认真研究、严肃对待的事情。漓管委决定从大河背村入手，探索和总结出一个两全其美的解决方案。为了倾听村民的意见，漓管委特意把唐存学请来，所有班子成员和100名执法队员在大厅听他一个人讲，听他陈述渔村的历史、现实、困难和诉求。

在接下来的生态修复和监管过程中，漓管委打破固有模式，创新工作方法，在坚守政策和原则底线的前提下，和村民们一同探讨、摸索出一条兼顾保护和利用的发展模式。一个关键的修复工程干下来，唐存学和村民们都感受到了政府及相关管理部门对民生的关切和用心，受到了教育，也受到了触动，明白了思维方式和观念的改变是把绿水青山变成金山银山的关键。

老百姓的心顺了，和漓管委的关系也亲密了，做事情不再是为了"找茬"和"置气"，不挖沙了，也不砍树了，开始眼光向内，从自身挖掘致富潜力。遇到困难主动去找监管部门帮助，使一些比较棘手的问题在监管部门的帮助下，通过专业处理，得到了很好的解决。

从前，村民并不关心村里的卫生，垃圾乱倒，污水乱排，经常受到监管部门的警告和处罚。村委也感到头疼，虽然反复强调，但仍有一些年岁大的人不看微信，不懂政策，不听劝阻，我行我素。天天和漓管委的人打交道，村民耳濡目染，也意识到了保护景观的自然性和完整性的重要。

本来，漓江沿岸的每一棵凤尾竹都是村民的，每一块土地都有土地证，每一棵竹子都有归属。村民们种下的竹子，原本是要砍掉卖钱的，后来成了风景，便不忍心往下砍了。但这样一来，村民们的收入减少了，沿江的竹子不但没能给村民们带来直接收益，每次遇到洪水冲倒了、冲跑了，还要自己掏腰包买竹苗补种。为此，村民们偶尔也会发一发牢骚，觉得自己作出了牺牲，遭受了损失。但随着旅游经济的发展，村民们慢慢悟出绿水青山和金山银山的关系之后，也心理平衡了，毕竟在竹子之外得到了其他方面的补偿。

其间，唐存学随镇里组织的考察团到过浙江考察，学习发达地区的"千户示范，万村整治"的先进经验，也就是如何打造高端精品民宿。经过考察学习，唐存学意识到了渔村的旅游业发展缺乏的正是与文化有关的新的要素和增长点。

一切都如刻意安排，恰好这时外地的一些民宿主也开始向大河背村聚拢。让唐存学感到欣慰的是，这些民宿主进来后，主动融入当地环境，很快投身到大河背村的生态保护和生态文明建设中来。民宿主们不但自己雇人捡垃圾、清理街道，还主动出钱雇专人转运岛上的垃圾。看到外来人都知道爱护自己的村子，村民们也悄悄地向外来的这些有见识、有文化的人学习，摒弃了落后的旧观念、旧习惯，主动参与到岛上的环境保护和生态保护中来。

随着游客数量的不断增长，岛上很多有条件的村民开始在外来民宿主的指导下，创办了自己的民宿。现在岛上180户居民中已有21户开设了民宿。虽然他们在投资上没有那么大，在管理上还不是那么规范，在文化上做得还不够深透，但都有不错的生意，也都在逐渐发展进步。作为领头人，唐存学从这些变化中能够感觉到，在新时代的开放与融合中，村民们正在吸收新的发展理念，开创出新的发展路子。

镇里开会时，曾有人提出民宿并没有为地方经济作出贡献。

唐存学首先就提出了不同的意见："这个问题，我觉得我还是有发言权的，因为我从村子的角度看到了民宿主们给村子带来了什么。在他们没有来的时候，我们每个村子的情形不都是一样吗？脏、乱、差。可是自从这些人来了之后，短短几年时间村民们的环境保护意识、生态观念都大幅增强了。拿大河背村为例，虽然占据着最佳的景区位置，开始也是脏、乱、差，集体也没有钱,光靠政府每年拨来的钱处理垃圾,远远不够。谁说民宿主们只顾赚钱没有回报社会,在村里最困难的时候,他们不仅雇人清理垃圾,把村里的道路扫得干干净净,还每家每年出几万块钱支持村里的环保工作。应该说,他们的存在给我们带来很多观念上的转变,他们对整个村子的发展起到了很大的促进作用……"

村子干净了,生态好了,景观也变得更加优美,更有吸引力。自从漓江岸边的生态修复工程完成之后,渔村特别是大河背村的客流量就呈直线上升的态势,每天进村观光游览的客人络绎不绝。

作为一个旅游风景区,只要客流量上来了,大账、小账就都有得算了。

先算算小账。那些开民宿的村民就不用说了,收入肯定会排在前边。客人来村里住宿,已经不再是简单的睡觉,而是体验一种生活方式和生活节奏。由民宿的"住"带动更多形态的"玩",促进了村里旅游业和经济发展。一个客人可能在村里住上五天八天,还要带着自己的家人,沿江边慢慢走,租筏慢慢游,早上去看打鱼,晚上看星星,或者到村民果园里自由采摘,吃农家乐。客人多了,吃、住、行、游、购、娱就会形成互动,就会全方位增加村民收入。

这岛上的居民有两种身份,一种是村民,有农村户口;另一种是船上的渔民上岸定居的,户口不在村里,归镇里的渔业居民委。但不管什么身份，客流一大，开筏的、撑船的和那些担着两只鸬鹚给客人表演或照相的生意都红火起来。每户一名筏工，要加班加点，平时收入在四万左右，好的时候就能轻松超过五万；而那些表演渔火和陪客人照相的"渔翁"的收入就更不用说了。

然后再算集体的大账。村集体经济困难时期，唐存学就曾发誓，等将来集体有钱时，所有公共事业都由村集体来管。什么接送村民出入、接送孩子上下学，什么污水处理，什么清理和转运垃圾，全不用民宿主和村民们操心。

这样的时刻终于让唐存学等到了。

客人多起来后，从兴坪码头到大河背村的游客也越来越多，过去散乱的管理方式带来的问题也越来越多。原来有四条轮渡负责客人往返摆渡，时间、价格都没有统一规定，因为船是个人的，往返水路虽然不长，但也要合上成本才能开船。客人多的时候，就十分拥挤，价格也可能"水涨船高"；而客人少时，则会因为要等客、凑数，很长时间也不开一趟，客人们的反应和意见极大。不但客人不满意，村民也有意见。村里规定每天早晨四条船必须有一条送本村的孩子们去兴坪镇上学，却常因为沟通、协调不畅，四条船都以为别人已经去接送了，而无一到场，全村的孩子因此集体迟到。

为了加强摆渡管理，唐存学决定将摆渡收归村里集中管理，成立一个摆渡公司，摆渡时间、价格统一管理，有船只调度的专门负责人。摆渡船的起始和休息时间固定，班次间隔时间固定，船票价格固定，每人单趟5元，一半归船主，一半归村集体，用于村里的公共事业费用支出。此项收入，每年大约有100万元，这样一来，不但客人和村民的意见得以平复，村集体因为有了费用，也可以大大方方地做一些公益性的事业了。

现在，最让唐存学操心的，就是距大河背村仅一公里，漓江对岸的另一个自然村——渔村。想当初，这个村可是整个广西最受欢迎的一个村子。因为岛上有一大片保存完好的古民居建筑群，明清时期的古建筑有50多栋，历史文化底蕴丰厚，曾经慕名前往的人络绎不绝。就连孙中山和美国总统克林顿都到渔村参观过。为此，旅游公司曾特意设计了一条旅游线路。在2016年之前，岛上的居民家家户户"富得流油"，村集体收入每年都超过300万元。

当年，旅游公司与村委签了合同，在码头上设景点入口，每卖一张门票，村里可以提留3.8元。这样算下来，平常年景按100万张门票算村里的年收入也达到了380万元。可是由于钱太多，反而不知道应该怎么分了。在外面的人，通过各种手段拼命把户口落回来；在村里的人拼命扩展自己的地盘，在古建筑旁边建新楼，使很多古建筑看起来不古不新。由于利益分配不均，村民之间、村民与村委之间的矛盾日益加深，卫生没有人管，古建筑遭破坏，餐饮、特产高价宰客，私设收费点等各种乱象层出不穷，不断遭到客人的投诉。好好的一个旅游地，竟然没有人敢再去，以致村集体现在一分钱的收入也没有。上级领导和旅游公司以及曾经的合作伙伴无不一声叹息："自毁梧桐树，怎得凤凰来？"

到目前为止，这个自然村还是桂林市四个没有通公路的村庄之一，村民出入、岛上运输全靠船只。为了这个村能通上公路，唐存学四处奔走，跑完了漓管委跑县里，跑完了县里跑镇里，各个关口都跑完了，因为这个村和另外一个村发生矛盾，出岛的路修到一半又不得不停了下来。如果这事情从头说起，又是这个村自己的毛病。当初，另外一个村想联络渔村一起修一条出岛的公路，被渔村拒绝了。渔村当时考虑自己的村子到另一个村子的距离短，而另一个村子到公路之间的距离长，等另一个村修完路，他们再往上一接，花很少的钱就能办成很大的事。可是另外一个村子的人也不傻，悄悄把这笔账记在心里，等渔村回过头来想把自己的路接到人家修好的路上时，对方的回答很坚决："没门儿。"为了解决渔村出岛的问题，镇政府和村委会也很着急，反复做工作，那个村的村委是没有意见了，但村民的工作做不下来。看来，还得靠时间来消化这些民间的恩怨了。

近些年，来漓江摄影的人越来越多了。但风景区里有两处电线大煞风景，好好的一幅照片，偏偏多了那么一条黑道子，躲不开，抹不掉。一处是元宝山下

第六部　河背之表

凤尾竹丛旁边的电力输电线，一处是"兴坪佳境"前一处跨江的通信线。不断有客人对此表示不满，也有村民过来向唐存学反映情况，他自己每次走到那里也感觉别扭。

于是，趁一次南方电网公司领导走访的时机，唐存学重点向电网公司领导谈了这件事情："你看，电力系统这些年搞优质服务，真是想用户之所想，各方面做得都很到位。你们电力以前是电老虎，现在是电保姆了，保障我们的民生。你们是乡村振兴的先行者，首先保证了我们用电，我们才能发展。可是，还有些事情需要注意一下。我今年刚刚陪了领导爬山视察，他爬到山顶就指着跨江电线跟我说，这么好的山水怎么会有条电线过去了？"

南方电网公司领导一听立即表态："这个好办，我们安排人将架空线路改成电缆就行啦！"

"哎呀，这样就好啦！你看我们这个村要打造5A级景区，江边的竹子一根不允许砍。以前一下雨刮风，竹子就扫到电线上，还得麻烦你们来抢修，多辛苦啊！这样搞下来好是好，是不是得让你们花不少钱啊？"唐存学抓紧表示客气和感谢。

"是要花一些钱，这要是在全网推广肯定有难度，但我们南方电网公司打造你一个村还是有实力的。"

事情就这样成了。几个月之后，人们再也看不到凤尾竹旁边那个亮晶晶的铁塔了，天空中也没有了它拖着的那根长长的尾巴。但漓江上空那几条最扎眼的通信线，黑黑的、粗粗的，还在"兴坪佳境"的景区上空摇晃着，像几条不甘寂寞的绳子，与下边"拍渔火"的客人们抢着镜头。它们也是让唐存学最寝食难安的事情，前一个阶段他已经与移动和电信两家通信公司联系了，对方也答应了要尽快想办法让架空线落地。唐存学说，他就是在等着那几根绳子消失。去那里拍摄的人多了，也没意见了，他也就能睡个好觉了。

在兴坪码头附近的路边，政府竖起了高大的广告牌："像保护眼睛一样保护好桂林山水，像守护生命一样守护好世界最美的漓江。"对此，村里的很多人有不同理解，唐存学觉得也都很正常，毕竟每个人都有自己的站位和思考评价事物的角度。但唐存学并不是普通村民，他要考虑的并不是某一个个体的诉求，而是要考虑整体的诉求和发展，所以他就觉得这句话说得有针对性，有必要，也有哲理。现在，对漓江山水的关注和保护，已经成为他认准并抓住的一条工作主线。

唐存学每天早晨6点要准时起来跑步。以前他的身体非常差，各项指标都不好，起来跑步是单纯为了锻炼身体。通过坚持，最近两年他的身体已经恢复得很好了，似乎也忘记了自己身体的不适，但他仍然这样坚持着跑步。他坚持，是因为除了锻炼身体，他还有另外的使命，他要每天沿这个岛跑一圈，巡查一下有没有卫生死角，有没有生态破坏现象。

五

消失与留存

　　漓江南下,如一支永远不会停下脚步的远征军,无休无止地流淌于无休无止的岁月中。过桂林,过兴坪,过阳朔,行至平乐县城,有荔江、茶江与之会师同进,至长滩、大发,往南流入昭平县境至梧州。

　　在更早一些时候,漓江流过平乐也没有因为有荔江、茶江的汇入而改名。那时整个水系都叫桂江,甚至桂江也不叫桂江而叫府江。现在,这里是漓江尾、桂江头,一个江河和历史的交叉点。

　　江从平乐县城往东南方向奔流至11公里处,因受羊咀岭的阻挡而转弯,从而形成了一个镰刀形状的大拐弯,俗称"桂江第一湾"。因在拐弯处往下流的江段落差大,从而连续形成三个长约700米的急水江滩,故得名"长滩"。由于该江滩水流湍急,激起白色的浪花终年不断,故又称"白浪滩"。据当地老人说,白浪滩的水流声,在一里地以外也能听得到。2004年,因巴江口水电站蓄水,长滩只剩下一个名字,从前的急流险滩变成了一片大水泊。

随着时光的推移,历史的演变,似乎一切都在发生着改变。从前,平乐的商贸中心并不在平乐县城,而在这片已经消失的"白浪滩"。从长滩逆水而上,至上游后,桂江水深而平静,水面宽广约达300米,并形成了一段"镰刀湾"江段。这段镰刀湾江段就是昔日平乐县最为繁华之地。自明万历十三年(1585)"两粤通衢"后,桂江成为桂北地区通往珠三角的"黄金水道"。明末以后,随着广州、香港等沿海地区工商业的兴盛,大量商货经广州、梧州、昭平、长滩至平乐,再到桂林。每天往返于桂江途经长滩停泊的船只不计其数,有的在此过夜,有的在此装卸货物,各种船只从江边一直排到江心。

由于商贸活动频繁,周边居民渐渐向这个地段聚集、定居,沿江东岸遂发展成远近闻名的繁华街道——长滩街。在当年的人口水平和社会背景下,长滩街周边村庄聚居的人口达1万人左右,成为古昭州(平乐)与梧州之间重要码头之一,有"小香港"之美誉。

随着时代的变迁,现代公路运输飞速发展,长滩已经失去商埠地位,昔日繁忙的景象不再,当年靠打鱼和航运为生的船家人也纷纷上岸。长滩成为平乐县的一个乡，镰刀湾成为一处没有码头，也没有传统居家乌篷船的山水风景，但长滩老街却因为保留了大量的古建筑而成为游人观光的必选之地。

黄良平的"江上人家"就坐落在长滩古街关公庙的斜对面。黄良平的店之所以起这个名字，是因为他的祖辈、父辈都生活在江上，他自己从小也在桂江上长大。这是一种纪念，也是一种往昔的事实。

这一天，黄良平、黄金华、黄金来、李芳、梁锦鹏、苏鹏、萧芳武等一群文化人坐在"江上人家"讨论平乐往事，聊着什么留下来了，什么永远消失了的话题。

黄金华说，江上的船家旧时靠天吃饭，靠水航船，水是船家人的恩公，也是船家人的仇敌。从前的渔民就是水上的"卖炭翁"。黄金华是船家后代，十分熟悉从前船家的生活。当他讲起旧时江上的船家生活时，言语和表情都充满了情感。

从前，每逢春夏之交，汛期来临，便有大量鱼儿溯桂江而上来产卵，景象十分壮观。有鱼来，就有生活来源，这也是渔家所期盼的。另外江水水势旺了，船家的船只可以"一马平川"，一天一夜自平乐赶到梧州，节省了时间，减少了很多劳力。船家也不再为枯水期停航，生活无着落而伤脑筋了。然而，盼着盼着，江水就涨大了，成了自然灾害。江水暴涨，沿岸人民都不得安生，而首当其冲、最受伤害的就是船家。一是航道封航，不能下江讨生活；二是长居江畔的渔民，因无法抵御洪水的冲击而被迫迁居，流离失所。

旧时，江畔南洲一带，全是打鱼船民低矮的简陋柴屋，江边则停着密密麻麻的船屋。大水一来，都会被冲得七零八落。为了防止"家破人亡"，每年他们中的大多数人都要搬一次或几次家。没水时盼水，现在水来了，鱼也来了，说什么也不能轻易放弃呀！为了维持生计，渔民还要一边顾及搬家，一边放罾打鱼。因为涨水后，水浑水急，河岸边的隐蔽处，常有鱼群聚集。夏季气候炎热，鱼都游到陡岸深潭，杂树和灌木林之下，这时可垂钓，鱼来吃食，捕获率很高。到晚上，在三江交汇之处，由于水质、水温不同，那里的水草、矿物质和微生物十分丰富，众多鱼儿跑往那里觅食，也是下网的最好时机。

恶劣的自然环境和落后的生产力不仅给昔日的船家带来了生活上的困扰，同时也带来了精神上的困扰。"天公打雷，船上打锤。"铁打木船，像棒打皮肉，让人饱受惊吓。因此，在春季涨水时期，只要连天淫雨不断，桂江船家会在雨前和雨后烧香、拜佛、放炮仗。在桂江船家看来，他们的船是木龙，木龙强不过水龙，要对水龙多虔诚才对。然而不管有多虔诚，水龙也没有彻底饶过木龙，每次洪水都有人被夺去生命。即便不涨洪水，船家人也没有过上丰衣足食的生活。

那时的船家，连起码的生活都难以顾及，更不用说人口素质的提高和子女教育了，很多船家的孩子10多岁就不得不随父母上船讨生活。一代代就这么疲于奔命地应付下来，生活始终没有太大的改变。如果不是政府收船让船工们彻底改变旧有的生活方式，恐怕很多船家子弟仍如父辈们一样，深陷于生活的泥潭，难以自拔，哪有机会坐在沙龙里"忆苦思甜"？过去的已经一去不复返啦！

近年来，桂林市以漓江流域奇特的山水资源大力发展旅游业，平乐县作为历史上漓江文化的重要发祥地，当然也不甘落后。2018年12月，由平乐县人民政府悉心打造的"十八酿"美食文化旅游节隆重开幕，名不见经传的渔家传统美食平乐"十八酿"满足了食客们的味蕾，一时间引爆了一个传统却崭新的饮食产业。

在这个行当里，具有几十年餐饮业经营经验的黄良平，理所当然地成为一方翘楚。黄良平家族是专门经营船家美食的世家，到了他的父辈，还有好几个是做船家菜肴的厨师。黄良平讲起平乐"十八酿"的来由和故事，自然细致而生动。

追溯平乐"十八酿"的历史源头，各路专家一致认为，可以追溯到北方饺子。古时候由于战乱等原因，大量北方人随军南下，驻守平乐，把传统面食中的饺子文化带到了当地。漓江是一条包容的江，喝着漓江水长大的平乐人自然有一颗包容的心和一种包容的性格。这些品质反映到食品上来，也就有了兼顾南北又独具特色的平乐"酿"。北方饺子是以面粉为皮，所包裹的馅料则千变万化，荤素搭配包罗万象；而平乐的"酿"，不仅馅料和形式千变万化，做"皮"的食材也千变万化。这就在饺子的基础上有了更多的变化和更加丰富的内容。

据说最经典的酿菜有十八种。当地有船歌唱道：

高罗汉做了个竹笋酿，
矮罗汉做了个螺蛳酿。
肥罗汉做了个冬瓜酿，
瘦罗汉做了个柚皮酿。
哭罗汉做了个辣椒酿，
笑罗汉做了个豆腐酿。
美罗汉做了个茄子酿，
丑罗汉做了个苦瓜酿。
长眉罗汉做了个葫芦酿，
大胡子罗汉做了个豆芽酿。
降龙罗汉做了个萝卜酿，
伏虎罗汉做了个芋头酿。
大嘴罗汉做了个南瓜花酿，
高鼻罗汉做了个蛋卷酿。
巨手罗汉做了个大蒜酿，
三眼罗汉做了个香菇酿。
天聋罗汉做了个油豆腐酿，

地哑罗汉做了个菜包酿。

　　实际上，平乐的酿菜远远不止这些，基本上日常生活中遇到的任何一种食材都可以"酿"。说来，这也是由地域特色和食用人群决定的。漓江上平滩多，特别到了冬季枯水季节，旧时生产力低下，离开纤夫，船就无法正常行走。纤夫拉着船逆水而上，经常一拉就是一整天，中途不可能停下来休息吃饭。怎么办呢？聪明的船家姑娘想出了一种既可当饭又可当菜，既让纤夫吃饱吃好又不影响拉纤的食物——"酿菜"。借助一种方便携带的食物，把能包进去的馅料包进去，纤夫们只要腾出一只手就可以把食物吃到嘴里。一边吃着酿菜一边拉着纤。同时，船歌号子在桂江上空回响起来：

　　　　左手端杯酒呀，
　　　　右手拿个酿呀。
　　　　嗨哟、嗨哟。
　　　　喝口酒呀，
　　　　吃个酿呀。
　　　　嗨哟，嗨哟。
　　　　用点力呀，
　　　　嗨哟，嗨哟。
　　　　上了这个滩呀，
　　　　到了平乐府呀。

> 嗨哟，嗨哟。
> 有个美姑娘呀，
> 和我去看戏呀。
> 嗨哟，嗨哟。

但是酿菜却是种可厚可薄、可贵可贱的食物，就和饺子一样。别光看外边的那张皮，里边的内容才是衡量人们生活水平高低的依据。旧时船家生活贫寒，即便吃着"十八酿"也不一定就有鱼、有肉，美味可口。即便做酿菜的人有再好的想象力和手艺，也不一定有充足的食材支撑自己的创意，就更不要想从那些贫穷的船家人手里挣到大钱了。从这一点说，黄良平可比他的父辈们幸运不知多少倍。现在富裕的生活和丰富的食材，为他这个酿菜师傅提供了不受限制的发挥空间。

从小时候起，黄良平就跟父亲外出主厨红白喜事，受父亲的熏陶，他5岁学做酿菜，10岁会做玻璃扣、白切鸡等船家人喜欢的菜品。但家境始终没有太大的起色，酿菜手艺也没有机会发扬光大。最近一些年，随着漓江流域旅游事业的发展，来自全国各地的游客不断增多，他的"十八酿"手艺日益精进，得以尽情施展。除了传承了酿菜的传统制作，他还把心思放在品质的提高和形式创新上来，不仅创新了平乐"十八酿"的制作工艺，还将水上饮食文化与岸上饮食文化相互交融，形成了自己独特的厨艺风格。

2001年，在桂林市旅游年首届地方特色菜烹调比赛中，由黄良平制作的船家传统名菜玻璃扣夺得一等奖。2016年10月，黄良平被授予"中华金牌五星行政总厨"称号。2017年，电影版美食纪录片《舌尖上的新年》把平乐酿菜作为影片重点，将一碟碟酿菜在镜头里推出。至此，平乐"十八酿"跻身全国美食名菜的行列。

女作家李芳是瑶族人，对民族节庆文化颇有研究，也写过很多这方面的文章。她的叙事体系展现的都是本民族的风俗、生存状况和命运的变迁。

平乐县内的瑶族主要是盘瑶支系。明代瑶民为反抗明王朝的统治，发动了起义。起义失败后，被迫从大罗山进入平乐等地。据大发瑶族乡四冲村雷氏瑶宗家谱记载："千家洞好山好水好良田，不怕洪水不愁旱，五谷年年好收成。皇兵催粮杀鸡待，朝廷反蔑害皇兵。千军万马来围剿，男女老少遭杀身。百死一生离虎口，从此逃到大罗山。丢掉良田烧荒山，艰难困苦好凄凉。"在漫长的旧时代，瑶族先民由于无地无田，只能躲进深山老林，在无人管理的高山上过着居无定所的"游耕"生活。因为山地贫瘠，地力难续，他们只好在一个山头耕种一两年后，又到另一个山头"刀耕火种"，放火烧山，砍伐树木，开辟新的农田，"吃了一山过一山"，被人们称作"过山瑶"。

由于生活贫困又迁徙频繁，大多数瑶民的房屋十分简陋，以竹篱茅舍为主，只有少数瑶民盖得起竹瓦和杉皮房。竹瓦,就是把较大的竹子破成两半,把竹节去掉当瓦盖,住房、厨房、洗澡房相连,房屋窄小黑暗。旧时瑶家民谣唱道:"几个木桩几个叉,上面茅草下篱笆。风吹雨打屋梁动,世间最苦数瑶家。"他们不但居住条件差,卫生条件也极差。

大约他们也知道自己对生态造成的破坏,所以在传统的节俗里,多体现出向自然低头,主动寻求与自然和解的意识。

桂北瑶山,二月的忌日颇多,大概这与他们深居大山,生产、生活严重受自然条件制约有关。到了二月,就有"初一鸟,初二蚕,初三初四忌野羊,初五初六忌牛马,初七初八忌虎狼"之说。禁忌里含有深刻的敬畏。在众多的禁忌日里,最为有趣的是忌鸟,也叫作"爱鸟节"。

每年农历二月初一,天刚蒙蒙亮,家家户户就跑到井边,去淘洗头天晚上浸泡的糯米,熙熙攘攘,络绎不绝。其后,隆隆的石磨声从家家户户传出,整个山寨有如闷雷轰鸣,原本寂静的瑶寨喧闹不已。而人们在这轰鸣中,不但不觉心烦,反而磨声越响,响声越大越觉得心安。相传忌鸟这一天,磨鸟粑时,若石磨不响,鸟儿就不怕,这年的禾穗、粟子就会遭鸟损害。如果石磨响声刺耳,鸟儿就会被吓得远走高飞,这年田地间的禾穗、粟子就不会被鸟儿损害。糯米粑粑磨好后,就要做成鸟粑。这做鸟粑的工艺是很精巧的,各人的手艺不同，做出的形态各异。有的人把鸟的形象做得生动活泼，形神兼备；有的做得非鸟非兽，形貌全非。

对于心灵手巧的，人们喝彩不绝；技艺笨拙的，则惹人嘲弄戏谑。大家言来语去，别有一番风趣。鸟粑蒸熟后，各家至少要从山上割回六根青竹，掐去竹叶，留下枝杈，然后在枝杈上插粘鸟粑。有的还用烤熟的糍粑把所有的枝杈缀满。一支先插在大门前，敬天帝鸟王，一支插在上厅神龛之上，供奉祖先，托众神庇佑。而后由家里主持生产的人再拿一支稳稳当当地插在秧田的田基上，并站在田基边虔诚地唱道：

> 鸟哟，快来领粑粑耶！
> 粑粑粘你的嘴，飞去高山喝清水；
> 粑粑粘你的舌，飞到月亮树下歇；
> 粑粑粘你的脚，拍打翅膀快扯脱；
> 粑粑粘你的翅，飞去银河过一世。

唱罢，伸手把田中的水，用力往高处扬，能扬多高就扬多高，表示百鸟飞逃。然后便默默地走回家，途中遇人，皆不可言语。其余的几块鸟粑，由家里主事的妇女拿着，走到种植诸样地货的园里、地头，恭恭敬敬地插上，同样要唱请鸟吃粑粑的送鸟歌，然后默默地回家……

如今，平乐县曾经的"过山瑶"已经全部在政府的安置下迁到山下定居。每一户人家都有了固定、结实、宽敞的住房，耕地问题也得到了根本的解决，再也不用到处"游耕"和破坏自然环境了。但这个习俗却在农户中得以保留下来，成为人们敬畏和爱护绿水青山的文化基因。

在黄良平的"江上人家"，大家谈论的话题渐渐触及了山水与人文之间的关系，于是也就遇到了很多历史与现实的问题。诸如为什么一条江会有两个名字；从哪一年开始漓江叫漓江，桂江叫桂江的；漓江和桂江有没有一个明确的地理分界点和人文分界点；平乐的船家消失之后他们的后人都去了哪里，是桂江继续滋养着他们还是漓江继续滋养着他们……

带着这些问题，他们来到桂江大桥上，在他们的脚下，一侧是漓江，一侧是桂江。但由于问题很难回答，他们都沉默着，桂江大桥也沉默着，两岸青山面面相觑，什么脸谱壁、仙人山、少妇问佛等也都沉默着。唯有江水在旁若无人、无始无终地流着，翻滚不息，发出阵阵涛声。一艘白色的海事船，鸣了一声悠扬的汽笛，穿过桂江大桥的桥洞，继续往下游行驶，去执行惯常的巡查任务。

尾　声

又是一年金风起。

桂林的天，更高、更蓝了；天空里的云，也更加纯净、洁白了。清澈的漓江水在天空的映衬下已经由碧绿一点点转为深蓝，两岸错落有致的青山依然高耸如林。苍翠处，平添了隐隐约约的黄和闪闪烁烁的红。黄的是满山遍野的金橘和黄柚，红的是经霜变色的黄栌和丹枫。山岩裸露之处的图案和那些天作之画，如有人精心描绘过一般，更加清晰、透彻。

就在这美丽的山水之间，"2023桂林艺术节"徐徐拉开了序幕。艺术节以"共生"为主题，高扬"美美与共、和谐共生"的旗帜。这里的人们一刻也没有忘记人与人之间，人与国之间，国与国之间的和谐相处和命运与共，以美的名义，以绿水青山的名义，以艺术的名义，盛邀世界各国人民来到这天赐之土，与我们共同见证、阐释"和谐共生"这一中国传统理念的丰富内涵。

一场中外瞩目的国际性艺术盛会，以蓝天为背景，以山水为舞台，开始面对世界讲述、传播它的艺术和山水传奇。

艺术节充分挖掘桂林的山水特色场域空间，以戏剧为核心，融汇舞蹈、音乐、跨界创作、户外展演等艺术形式，多渠道链接人类的生活、历史、地域和民族文化，彰显城市与艺术、艺术与人生以及人与自然之间共生互动的永恒主题。

虞山公园位于桂林城北，因园内虞山、虞帝庙而得名。虞山公园园美庙灵、山奇洞幽，是桂林市最大的仿古园林，也是桂林山水游览的开山地和桂林历史的渊源地。此次桂林艺术节因为虞山公园具有山的优势，将其开辟为天然的"山剧场"，演员、观众置身视野开阔的幽谧环境中，在欣赏艺术表演的同时亲近自然，沉浸于桂林的山水美景之中。

象山公园以象鼻山为主体，因其山形酷似一头巨象临江汲水而得名。园内自然山水与人文景观交相辉映，山、水、洞、岛、亭、台、古迹相映成画，美不胜收，令人心驰神往。此次桂林艺术节因象山公园而具有天然的"水性"特色，被打造成了"水剧场"。舞台依山绕水而建，将壮丽景色尽收眼底，结合戏剧艺术和山水倒影，为观众创造了令人陶醉的艺术之境。

七星岩以雄伟、宽广、曲折、深邃著称，是石灰岩发育较完全，景物较丰富，保护较完好的地下宫殿。洞内石乳、石笋、石柱、石幔、石花变幻莫测，玄妙无穷，组成一幅幅绚丽的图景。此次桂林艺术节为凸显桂林特有的喀斯特地貌，将神奇的七星岩打造成了独具特色的"洞剧场"，结合洞内的奇妙景观和地下河流，为人们营造出令人惊叹的视听体验。

桂林艺术节组委会主任、艺委会主席、中央戏剧学院院长郝戎代表"2023桂林艺术节"向世界发出邀约："志合者，不以山海为远。"

于是，来自全球14个国家和地区的艺术家和热爱艺术、钟情于山水旅行的朋友们纷纷如约而至，共赴这一场期待已久的心动之约。来自世界各地的33个剧目代表了33种艺术基因，在美好的山水之间开放出色彩纷呈的艺术之花。韩国中央大学的《很久很久以前》发掘大韩民族本土文脉，在桂林奇幻溶洞山水间呈现韩国民间浪漫传说；来自格鲁吉亚的《阿伊亚》以古格鲁吉亚民族文化为背景，在七星岩洞讲述着一种古老文明的精神传奇；新西兰土著艺术家携《毛利歌舞》走进桂林的山水舞台，与华夏儿女欢聚一堂，开启一场别具一格的歌舞狂欢；中国青年导演查文渊怀复古传统之心，遥望新新未来，在《奔月》中将"嫦娥"这一中华神话符号解构重塑，实现了东方美学与宇宙科技的大胆碰撞……

回首往昔岁月，这个山水舞台上的主角历历可数：最早是蛮荒世代的鱼虫鸟兽；之后是刀耕火种、渔猎为生的人类先民；再后来，是贫乏的农业、落后的工业、无序的游人和只有利用而没有尊重和爱惜的经济……终于到了这一天，美、艺术与文化成为山水舞台的主角。融合、共生、互动，相互成就，使桂林山水真正升华为国际性的魅力人文山水。

早在一个世纪之前，就有有识之士呼吁，要将桂林打造成"东方日内瓦"。现在看，这梦想不但业已成真，而且已经成为过了时的旧梦。如今的桂林人秉持的是"世界眼光、国际标准、中国风范、广西特色、桂林经典"。一个新的目标——将桂林打造成世界级旅游城市，正在被各级政府和全体人民齐心协力步步推进，并取得显著的阶段性成果，一点点显现出完整清晰的轮廓。

入夜的桂林市，人来车往，霓虹闪耀，好一派绚丽、辉煌的繁华景象。漓江有心，自北向南，环城而过，过虞山大桥之后，流速渐渐放缓，波浪不兴，似乎被满城的桂花和迷离的灯光绊住了脚步，满心满眼都是色彩和花香，遂荡漾成一条彩色的江和梦幻的江。

静谧中忽有渔歌传来：

哎——
虞山桥外蚂蟥洲
日子红火人不愁
山有情来水有义
最是一年好时候
……

  歌声清越而缥缈，有如天籁，也如来自高远之处的祝福。

检验合格
检验员 12